PURGATORIO

JON SISTIAGA

PURGATORIO

PLAZA & JANÉS

Papel certificado por el Forest Stewardship Council®

Primera edición: marzo de 2022

Travessera de Gràcia, 47-49. 08021 Barcelona

Printed in Spain – Impreso en España

ISBN: 978-84-01-02821-2
Depósito legal: B-921-2022

Compuesto en M. I. Maquetación, S. L.

Impreso en Black Print CPI Ibérica, S.L.
Sant Andreu de la Barca (Barcelona)

L 0 2 8 2 1 2

A mi amatxo,
porque no pudo llevárselo,
y a mis hijos, Ibai y Ander,
porque no lo vivieron

1

Viernes

Si empezaba a escribir, seguramente pasaría el resto de su vida en la cárcel. Cerró los ojos y volvió a pensarlo por última vez, apretando fuerte el bolígrafo con la mano derecha. Si confesaba, estaría redactando su propia sentencia y a lo mejor su epitafio como persona, pero también saldaría viejas cuentas con todos sus demonios y algún que otro antiguo amigo. La tenue luz que colgaba del techo iluminaba la primera página de una pequeña libreta de cuero negro en la que iba a escribir esa condena. Sentado allí, en el rincón preferido de su restaurante, junto al pasillo que lleva a los baños, este hombre abatido ya hacía tiempo que había puesto su alma en la cola de espera del purgatorio.

El último de los empleados del Toki-Eder se extrañó de que todavía estuviera por allí: «*Agur*, Josu, hasta mañana. Cierras tú, ¿verdad?», le gritó desde la puerta antes de salir. No tenía la sensación de haber sido mal jefe durante todos los años que el restaurante llevaba abierto. Prácticamente el personal era el mismo desde el principio y esa fidelidad debía de significar algo. Su proyecto de casa de comidas, de lugar de encuentros culturales y sociales, había funcionado. Josu Etxebeste tenía un don con el público. Su clientela, entre la que no faltaban escritores, actores, empresarios o políticos, había dado al Toki-Eder fama de ser un lugar donde se comía muy bien y siempre pasaban cosas interesantes.

El edificio, una vieja fundición de hierro, tenía más de un siglo. Josu lo había comprado en ruinas y lo restauró manteniendo la planta original y las robustas paredes de piedra. En la parte exterior del complejo todavía resistía en pie uno de los antiguos hornos que fundían el mineral extraído de las cercanas minas de Ibarla. Una cascada de hiedra verde lo cubría entero, dándole un cierto aire fantasmal y misterioso. Toki-Eder estaba situado a las afueras de Irún, en uno de los últimos meandros que trazaba el río Bidasoa antes de diluirse en el Cantábrico. A Josu le gustaba contar a sus clientes que ese río tan barojiano abrazaba y bendecía a su restaurante y que el aventurero Zalacaín, del que siempre hablaba como un personaje real, había pasado por allí en alguna de sus correrías.

Josu, pelo canoso y abundante a sus cincuenta y cinco años, vestido siempre con vaqueros y camisetas oscuras que le daban un cierto aire de artista abstraído, era el alma de todo aquello, pero ahora, inclinado contra esa mesa, estaba a punto de romper con su pasado y destrozar su presente. Su popularidad y su éxito como restaurador se habían construido sobre una mentira miserable y atroz. Abrió los ojos y miró con melancolía las mesas vacías del restaurante después de un viernes trepidante de trabajo. Le dio mucha pena perderlo todo, pero empezó a escribir con pulso firme en el diario.

En Behobia, 35 años después...

No sé por qué quiero contarlo. Ni por qué ahora. Supongo que necesito sacar todo este pus de dentro. Esta pena honda que me pudre.

No quiero tachar nada de lo que escriba en este cuaderno. Lo que salga será lo que siento. Y de lo que me avergüenzo. Así que «pena honda» no es seguramente la mejor expresión. De-

bería decir la vileza que me pudre desde hace tiempo. Y la CULPA. Con mayúsculas. La CULPA por haber sido un canalla y seguir siendo un cobarde.

Ya está bien de callar.

Ya casi nadie recuerda a Imanol Azkarate, excepto la familia y los amigos que acuden a su homenaje en cada aniversario. Su hija...

Yo fui uno de los que le secuestraron hace 35 años.

Yo fui el encargado de meterle un tiro en aquel bosque húmedo y oscuro, cuando la Dirección nos comunicó que había problemas para cobrar el rescate.

También fui yo el que le habló, cocinó y entretuvo aquellas dos semanas angustiosas. El único del comando que tenía humanidad para charlar con él y jugar a las cartas durante largas horas, y el único con cojones para matarlo. Mi primer muerto. Mi último muerto. Para los periódicos, otro de los asesinatos sin resolver de la banda...

¡Así es como hay que llamarlo! Asesinato. Ni acción armada, ni ejecución, ni atentado, ni ekintza. *Por su nombre: ASESINATO... Supongo que entonces eso me convierte, por fin, en lo que siempre he sido: un asesino*

La mano de Josu se detuvo al acabar de redondear con el bolígrafo la última letra. Ni siquiera añadió el punto final. Perfeccionó esa *o* repasándola una y otra vez y luego fijó la mirada en la palabra que acababa de escribir: «asesino». Y volvió a cerrar los ojos, cansado de su silencio, de su impostura, profundamente triste, porque sentía en ese momento que llevaba toda la vida ocultándose de sí mismo. Escondiéndose de Josu. Del otro Josu, de aquel al que llamaban *Poeta* por su afición a leer. ¿De qué le sirvió tanta lectura? ¿Tanta filosofía y tanta novela? Matar es un acto mecánico. Una suspensión temporal de humanidad. Se deja de ser persona. En realidad, se deja de ser humano. Da igual la formación, los estudios, los valores.

Cuando se hace, cuando se mata, se iguala en inhumanidad a otros asesinos. Pero cuando esa suspensión temporal finaliza, se vuelve al Yo. Al de antes. Y eso es lo que Josu, a diferencia de otros asesinos como él, no había sabido asimilar.

Poeta fue solo un alias, un sobrenombre, un *nom de guerre*, como le gustaba decir entonces con cierta arrogancia. En la Organización no había nombres ni apellidos. El alias era lo primero que te daban en el ritual de iniciación, en la primera cita. Una ceremonia rápida y furtiva en la que el aspirante pasaba a convertirse en miembro de esa comunidad de elegidos. Poseer un alias te permitía desdoblar tu personalidad. Ser el de siempre ante los de siempre, y el héroe arriesgado y entregado a la Causa para los partidarios de esa causa. Ser Josu para la familia y para los amigos de la cuadrilla, y *Poeta* para los compañeros de lucha. Una nueva y rutilante identidad clandestina.

En realidad, *Poeta* era solo un mote. Un simple mote para despistar a la policía y ganar tiempo en los interrogatorios sin identificar a otros. Josu lo sabe. Si es que algún día la tuvo, hace años que se despojó de cualquier épica revolucionaria. Incluso le fastidia encontrarse de vez en cuando por el restaurante con ciertos conocidos de aquella época, antiguos miembros de la Organización que van saliendo de las cárceles y que mantienen todavía, orgullosos, el alias de entonces, tratando de aferrarse a su pasado y conservar así una notoriedad o un reconocimiento del que ahora, acabada la lucha, perdidas la guerra y la esperanza, carecen.

Muchos de ellos, pensaba Josu, son solo títeres extraviados que añoran los tiempos en los que se alistaron como candidatos a mártires. Al menos, entonces se creían alguien. Y los suyos les hacían sentirse importantes. Ahora, muchos de ellos estaban sin trabajo. En una Euskadi que no era la que soñaron. Deambulando de bar en bar. Mendigando una cerveza o una sonrisa. Un trabajo. Una mirada, apenas, que los llevara a pensar que valió la pena. Josu lo tenía mucho más claro, porque hacía tiempo que había reconocido la sordidez de su pasado.

... un asesino. Eso es lo que soy. Un verdugo. Un eliminador de vidas.

Imanol Azkarate no merecía morir. Bueno, nadie merece morir. ¡Joder, tenía una hija de mi misma edad! Pobre Alasne. A veces viene a comer por aquí. Siempre sola. Y yo intento evitarla. Me meto en la cocina a echar una mano para no tener que sostenerle la mirada.

Le destrozamos la vida a ella también. No tuvo hijos, ni pareja...

Nunca se identificó al comando. Nunca nos descubrieron. Yo seguí haciendo mi vida habitual. Disimulando. Acudiendo a aquellas grandes manifestaciones del principio, tan multitudinarias, tan ilusionantes, con toda esa gente marchando junta. Allí yo sentía, rodeado de todos ellos, que tenía su aprobación para lo que había perpetrado.

Que me perdonaban por haber matado.

Que había hecho lo necesario por nuestro pueblo...

Vaya mierda todo.

Josu recordaba aquellas verbenas de verano. Las canciones en euskera cantadas a coro por decenas de personas. Los vasos de *kalimotxo* y los *pintxos* de *txistorra*. Ese momento de la tarde en el que sonaba la letra de aquella canción: «Voló, voló, Carrero voló...», y todos en la plaza lanzaban al aire sus jerséis, sus pañuelos, sus *txapelas*, lo que tuvieran a mano, celebrando la muerte. Se brindaba por un cadáver. Y lo hacían niños, mujeres, adolescentes, abuelos. Todos. Había un fervor inexplicable por aplaudir el asesinato de la mano derecha de Franco, aunque hiciera ya tiempo que España había abrazado la democracia.

Esa liturgia ceremonial en forma de prendas lanzadas al aire se convirtió, durante años y años, en una tradición irrenunciable de todas las fiestas patronales del País Vasco: «... y hasta el alero llegó...». El momento sublime de comunión identitaria. Todos los buenos vascos, los auténticos, los comprometidos, los que se guiñaban el ojo entre sí en señal inequívoca de que compartían las mismas metas y los mismos métodos, cantando abrazados. También participaban otros menos significados, más tibios, que no se dejaban ver por manifestaciones, pero se sentían a gusto en aquellas ceremonias tribales de las fiestas populares. Y esos vascos, con su presencia, prestaban una aceptación tácita a esos *akelarres*. Su clamoroso silencio otorgaba legitimidad al uso de esa fuerza imparable que emanaba del Pueblo. Que provenía de la mismísima alma de la Nación. Y Josu, lo recuerda bien ahora, disfrutaba de aquella sensación eufórica de pertenecer a algo muy bonito, a un movimiento de gente generosa que arriesgaba su vida por alumbrar un nuevo futuro para Euskadi.

Nunca me consideré un héroe, ni un gudari, *ni alguien especial. Renuncié a la Organización después de aquello. Fue todo muy duro. Me superó. Pero también es cierto que durante años y años me sentí liberado de cualquier responsabilidad. Dispensado de tener remordimientos. De alguna manera, perdonado por los míos, que me eximían de cualquier reflejo de culpabilidad. En las guerras se mata, nos repetían, y hay muertos, y los Nuestros (esa palabra tan manoseada) también caen.*

Así que había un empate moral. Mejor dicho, Nosotros gozábamos de cierta superioridad moral, porque éramos los buenos, los oprimidos por Ellos.

¡Ellos! ¡Nosotros! Qué expresiones tan asesinas y dañinas.

Ellos eran los eliminables. Los obstáculos para nuestra liberación nacional. Los prescindibles.

Así pensaba yo hace 35 años. No veía víctimas, sino objetivos. No hablaba de industriales o empresarios, sino de explotadores. Los robos a bancos eran expropiaciones y los secuestros, la forma de recuperar la justa plusvalía que esos explotadores debían reintegrar a la clase trabajadora vasca.

¡Qué fuerte que yo escriba esto ahora, dueño de un negocio de doce empleados! Pero, en fin, ese era Poeta. *Un idealista, sí, pero también un iluminado. Alguien que cosificaba a los enemigos de su ideología para despojarlos de su humanidad. Si dejaban de ser personas, era más fácil sacrificarlos.*

Así nos adiestraron. En el odio.

Josu Etxebeste hizo una pausa y salió a la terraza a respirar un poco de noche. Hacía mucho tiempo que no se había visto a sí mismo tan nervioso. Le temblaba la mano. Ahora se preguntaba cómo y dónde iba a esconder ese diario hasta que su plan se pusiera en marcha. Tenía que asegurarse de que nadie destruiría la prueba de su íntimo exorcismo, porque sabía que al menos su antiguo compañero de comando no iba a querer verse arrastrado por su confesión. El murmullo atronador de los grillos le sacó de sus cavilaciones. Una suave brisa peinaba las aguas mansas del Bidasoa difuminando el espejo en el que se reflejaban la luna y los árboles de la orilla. Un latigazo húmedo de frío le provocó un pequeño respingo y lo devolvió dentro de la sala para seguir escribiendo las fealdades de su alma.

Ni el Poeta *de antes ni el Josu de ahora hemos podido olvidar el sonido de nuestros pasos en las hojas secas de aquel sendero. Engañamos a Imanol diciéndole que cambiábamos de zulo, que estaría más cómodo, que tendría más espacio y más luz. Mientras caminaba delante de mí le iba hablando de idioteces, de la buena temporada de la Real Sociedad o de la cena del día anterior que habíamos preparado en el pequeño hornillo de la cabaña donde le tuvimos.*

Imanol callaba. O asentía tímidamente a mis intentos de disimular el rumor viscoso de lo que iba a ocurrir.

No he vuelto a estar cerca de la muerte, pero creo que cualquier asesinato genera, antes de ejecutarse, una especie de silencio espeso. Todo parece detenerse.

Como una elipsis en el tiempo que te regala un momento de duda.

Una última oportunidad de no hacerlo, de mandarle una orden a tu mano para que no saque la pistola del bolsillo.

Es un segundo. Solamente un segundo de vacilación.

Como si los ojos del mundo te observaran. Te juzgaran.

Te estuvieran diciendo que estás a punto de cruzar la línea que separa las personas que son capaces de asesinar de las que no. Las que sufrirán una penitencia que les mortificará toda su vida y las que nunca van a llevar ese peso.

Y yo, en ese momento, me condené...

Pude echarme para atrás.

Pude ser valiente. Enfrentarme a la Organización. Negarme. Nadie me obligaba a hacerlo, igual que nadie me obligó a ser militante. La decisión de matar fue solo mía.

Y la tomé allí, en ese sendero. Entre los hayedos de un bosque que de repente enmudeció y produjo un silencio turbador. Creo que todos sus habitantes, sus pájaros, sus topos, sus conejos, sus árboles, sus vientos, todos, sabían que iba a haber muerte.

Imanol también escuchó ese silencio repentino, pero no se dio la vuelta. Siguió andando como si hubiera comprendido su destino. Todavía no entiendo por qué no intentó salir corriendo, enfrentarse a mí, quitarme la pistola, no sé, convencerme de que no lo hiciera. ¡Habíamos jugado tantas veces a cartas en su cautiverio! Siempre me ganaba. Era muy bueno. A veces tenía la sensación de que era capaz de ver mi rostro a través de la máscara que me cubría. Siempre sabía, al darme los buenos días o las gracias por la comida, mi estado de ánimo.

«¡Andas triste hoy o qué! Venga, que pronto saldremos de aquí, ya lo verás», me solía decir para animarme.

Como si esa cárcel del pueblo nos tuviera raptados a los dos. Y en parte era así. Esa cárcel, ese Pueblo, nos tenía secuestrados. A él, para pagar por la Causa y seguir comprando armas para matar por esa Causa. Y a mí, porque habían embargado mis emociones. Porque ese Pueblo mágico y puro me permitía traspasar todos los límites éticos que habíamos aprendido en nuestros hogares, con nuestros padres, en las escuelas, con nuestros profesores, y que nos dotaban de humanidad.

La Causa robó mis inquietudes más honestas y puras y las puso al servicio ciego de sí misma.

Sin discusión.

Sin crítica.

Como un tótem sagrado al que no se podía fallar. Mucho menos cuestionar. Y un tótem, un dios, siempre te pide sacrificios para demostrar tu lealtad.

«Sacrificios humanos», exclamó Josu en alto mientras se levantaba para dirigirse a la barra del restaurante. Abrió el grifo de la cerveza y se sirvió una caña en silencio, perdido en sus propios recuerdos. Bien tirada. Dejando que el líquido reposara unos segundos antes de darle un último golpe al tirador. Le gustaba con un dedo de espuma. Así era como les había enseñado a servir a sus camareros. Un pequeño bigote blanco apareció sobre su labio superior tras el primer trago, largo y cadencioso. «Sacrificios humanos», volvió a decir en alto mientras regresaba a la mesa y dudaba si escribir esa expresión en el cuaderno.

¿Por qué Imanol no me miró a los ojos y me dijo «no lo hagas»?

¿Por qué no suplicó por su vida?

Solo se detuvo un momento para coger aire y seguramente para escuchar, él también, el silencio abrumador. Luego continuó andando. Los brazos caídos. Los pies crujiendo sobre las hojas ocres del suelo. El cuello y la cabeza ligeramente inclinados hacia delante.

Esperando el disparo, estoy seguro.

En 35 años no he dejado de preguntarme si su abatimiento era cansancio, incredulidad o simplemente dignidad. La que yo nunca he tenido. Supongo que cuando todo esto salga a la luz, su hija Alasne dejará de hablarme, es probable que me dé dos hostias y ya no vuelva más por el restaurante.

Si es que sigue abierto…

Josu Etxebeste llevaba treinta y cinco años de congojas y soledades apenas enterradas por esa decisión juvenil de lanzarse al vacío oscuro de quitar vidas. Nadie es igual que hace veinte o cuarenta años. Nadie es la misma persona. Pero hay una verdad inmutable que anida en todos. Algo que a muchos carcome por dentro. Esa verdad es la decisión que se toma en un determinado momento y que convierte al que la toma, para siempre, en esclavo de ese instante. Y para aquel joven Josu, ese instante fue el momento en el que apretó el gatillo.

Mi compañero de comando, los responsables que ordenaron el asesinato, los dirigentes de la Organización que lo decidieron… Somos muchos los que deberíamos hacer esto, pero estoy solo. Me siento solo.

Hace mucho tiempo que me aislé de ellos, que los repudié. Para algunos me convertí en un traidor; otros, sin embargo, me respetan porque reconocen que nunca hablé. Me temo que cuando sepan lo que pretendo hacer, unos y otros intentarán convencerme, persuadirme, o algo peor.

No busco venganza, pero las penitencias individuales son solo salidas en falso. Parches que ayudan a unas pocas víctimas. Mientras esa mortificación no sea unánime, de todos nosotros, y realmente de corazón, el resto de las víctimas no se sentirán aliviadas.

Mis antiguos camaradas son capaces de vivir con su conciencia. Yo no. La mía lleva años naufragando. No me siento mejor que ellos. Todos, en fin, somos culpables. Incluso el policía que me torturó y me descoyuntó. Ese cabronazo cruel que me rompió los huesos y disfrutó dejándome hecho un guiñapo también es capaz de convivir con su conciencia. Yo no.

Ojalá lo que voy a hacer sirva para algo.

Ojalá otros me acompañen...

Escribir le había dejado exhausto. Esos primeros apuntes sobre el pliegue más oculto de su vida eran parte de un proceso de expiación que llevaba tiempo madurando. No había vuelto a hacer daño a nadie, pero la maldad en cierto modo seguía agazapada en su interior, porque había permitido dejar un dolor suspendido durante demasiado tiempo. La hija de su víctima se merecía una respuesta. Esa mujer tenía derecho a cerrar su duelo poniendo nombres y caras a los que se lo provocaron.

Josu cerró la libreta negra y se puso unos guantes de látex. Cogió entonces los tres sobres de papel nacarado que tenía encima de la mesa con tres destinatarios y tres direcciones diferentes. Comprobó el contenido que había en cada uno de ellos, les puso unos sellos y los cerró con cuidado, utilizando una barra de pegamento de su oficina. Después salió del restaurante y condujo hasta Pamplona para introducirlos en un buzón cercano a la plaza del Castillo. Sin descansar, regresó de nuevo a Irún confiando en que las cartas llegaran todas a la vez pasado el fin de semana.

2

Lunes

A Sánchez le extrañó que le llegara un sobre a su nombre: «Comisario Ignacio Sánchez, jefe superior de policía del País Vasco, comisaría de San Sebastián».

Hacía mucho que no recibía una carta escrita a mano. El enorme despacho al que acudía todos los días a las ocho de la mañana seguía oliendo a rancio por mucho que cada noche dejara las ventanas entreabiertas. Las antiguas paredes, pintadas con un gotelé ya sucio y viscoso, debían de llevar allí desde los tiempos de la dictadura. El viejo gancho del que ahora colgaba el cuadro del rey había sostenido también, sucesivamente, los retratos de Franco y del rey emérito. No había en la estancia ni medallas, ni diplomas de cursos, ni títulos, ni figuras, ni condecoraciones, todas esas cosas que llenan los despachos de los jefes policiales a medida que van ascendiendo y mandando. Era como un lugar de paso. Circunstancial. La chaqueta de punto que colgaba olvidada en un perchero junto a la puerta estaba tan deformada que cualquiera se podía dar cuenta de que llevaba ahí, sin moverse, el mismo tiempo que su dueño en el cargo.

Una bandera de España, que Sánchez había apartado hasta dejarla casi camuflada con las cortinas de color burdeos que oscurecían más, si cabe, el despacho, era la otra concesión que el comisario había dejado a su condición de máxima autoridad policial. La bandera estaba descolorida y mustia. Sánchez, al que le quedaba muy poco para jubilarse, llevaba tiempo pensando que él también se sentía marchito y desanimado.

Contempló su rostro en el reflejo de la pantalla del ordenador, el lugar más reservado de su despacho a miradas ajenas y en el que había puesto de salvapantallas la foto de su familia. Elena, su compañera, había fallecido dos años antes, y sus dos hijos estudiaban en Estados Unidos. Se vio viejo. Ahora que tenía mucho tiempo para pensar, que el día a día como policía era firmar papeles de manera rutinaria, que su agenda era básicamente encuentros y comidas con políticos, ahora sí que la echaba de menos. Le había robado a Elena los mejores años de su vida. La había apartado, abandonado, dejado, descuidado, todas esas cosas que se pueden hacer con alguien a quien quieres pero a quien olvidas mimar de vez en cuando. Elena nunca le reprochó nada. Sabía que su trabajo era peligroso, que requería de una concentración máxima, que muchos días no podía volver a casa porque estaba siguiendo alguna buena pista de la Organización. Lo había conocido así, siendo un joven inspector de policía, y nunca, nunca, se quejó: «Si te cambio, te echo a perder», le gustaba decirle a Sánchez. Sí, el comisario la añoraba. Era su equilibrio. Ella tenía la bondad que él no conocía. Era la paciencia en sus arrebatos. La comprensión en sus dilemas. Era su mejor versión. Su contrafuerte. Y ahora que todo estaba tranquilo en Euskadi, que podría agradecérselo, se había ido.

Se pasó la mano derecha por la cabeza calva, en un acto reflejo para desperezarse, y volvió la vista a la pila de cartas que había encima de la mesa. La curiosidad le pudo y dejó el resto del correo ordinario para centrarse en esa letra escrita con bolígrafo azul, un poco torcida, pero de rasgos firmes e incluso rotundos. Durante muchos años se había especializado en leer y releer notas, mensajes, garabatos, esquemas, órdenes, reflexiones, todo lo que se iban incautando en sus operaciones antiterroristas. Llegó a desarrollar una cierta habilidad para reconocer la letra de algunos de los responsables de la Organización, a los que todavía no había detenido o siquiera identificado. Sabía de quién provenía una orden para atentar o quién había escrito una reflexión estratégica.

Sus entonces compañeros de la brigada de información le consideraban una rata de biblioteca. Se pasaba horas y horas releyendo la documentación manuscrita o contrastando las letras, las palabras y el tipo de escritura. Las formas adverbiales utilizadas. Las firmas. Comparaba incansablemente escritos encontrados en registros con los cuerpos de letra de los detenidos a los que obligaba a firmar su declaración. A veces era capaz de confirmar quién había redactado un comunicado solamente por su forma de organizar los párrafos, por las expresiones usadas o por el dialecto de euskera. Siempre defendió que en la Organización había jefes ocultos que nunca fueron identificados. Personas que nunca dispararon pero que lo dirigieron todo desde cómodos despachos o bonitas villas junto a la costa. Los «hombres sin rostro» los llamaba. Sus superiores siempre le escuchaban, no sin cierta condescendencia porque le tenían mucho respeto, pero Sánchez nunca encontró las pruebas ni tampoco pudo identificarlos. Siguieron siendo sombras de las que el comisario solo tenía reflexiones escritas.

Toda una vida policial dedicado a la lucha antiterrorista. Y ahora que todo había acabado empezaba por fin a disfrutar de una tierra que había hecho suya pero que no había podido pisar con tranquilidad durante treinta y cinco años. Salir al mediodía a comer unos *pintxos* sin estar constantemente alerta y la mano cerca del arma era un lujo demasiado peligroso en aquellos tiempos. En los bares habían caído muchos compañeros suyos. En esos descuidos en los que se bajaba la guardia.

Ahora, por fin, podía irse a pasear a la playa de Hendaya sin estar obsesionado por reconocer rostros de presuntos terroristas entre los bañistas. Los sábados por la mañana se había acostumbrado a disfrutar en coche de las sinuosas curvas de la carretera de Jaizkibel subiendo desde Lezo. Conducir sin escolta. Un lujo. Aunque todavía seguía comprobando los bajos del vehículo en busca de alguna bomba; un viejo reflejo que ya formaba parte de su vida. La única costumbre que mantenía de aquellos años tremendos. Esa y la de sentarse en los restaurantes de cara a la puerta, vigilando quién entraba.

Miró el sobre. La letra no le sonaba de nada. Sería, pensó, otra queja de algún ciudadano preocupado por la seguridad de su barrio o una nueva denuncia anónima entre vecinos de escalera. Y pensó también que esa carta era muy fina, que había sido escaneada previamente a la entrada de la comisaría y que eran otros tiempos, que ya no había nada que temer. Que no le iba a explotar en la cara. Cogió el abrecartas con el escudo de la policía, que le habían regalado sus compañeros de promoción al ser ascendido a jefe superior, y la abrió:

> Hola, Sánchez. Prefiero llamarte Sánchez, aunque sé que tus compañeros de la policía te llamaban Iñaki para euskaldunizarte el nombre. Enhorabuena. Habéis ganado. La Organización fue derrotada y se disolvió. Te tengo que dar las gracias por haber acabado con toda aquella locura. Pero estoy seguro de que coincidirás conmigo en que todavía permanecen viejas heridas abiertas, supurando, y que solo sanándolas devolveremos cierto equilibrio a esta historia de buenos y malos.
>
> Ahora mismo estarás pensando de qué va todo esto. Sabes quién soy, pero no me vas a reconocer. No hay mucho rastro de mí.
>
> Me conoces, sí, me conoces porque hace muchos años me torturaste. Aguanté, Sánchez, pero me rompiste vivo. Por eso sé que te llamaban Iñaki. Porque mientras me aplicabas los

electrodos en aquella comisaría, tu superior, al que llamabas «jefe», sin nombre ni apellidos, se reía bien alto y te gritaba que subieras la potencia de las descargas: «¡Dale duro a este hijo de puta, Iñaki!». Y tú le hacías caso. Y sonreías. Y me susurrabas al oído que me ibas a freír vivo, y que te diera nombres.

La mente de Sánchez empezó a volar hacia el pasado. A los años duros. A los tiempos oscuros de sótanos y gritos. De sudor y nicotina. De sangre y babas. De quejidos, llantos y orines. De discusiones entre compañeros para establecer los límites en los interrogatorios. De las órdenes de los superiores que nunca venían por escrito. De los policías novatos a los que se los encanallaba con las misiones más sucias y complicadas, y a los que se los aleccionaba después a soltar su adrenalina en un calabozo sucio e insonorizado. Él fue uno de ellos. Él les dijo a muchos detenidos que los iba a freír. El autor de la carta podía ser cualquiera de ellos.

Sánchez siguió leyendo con curiosidad. ¿De qué iba esto? ¿Ese tipo quería venganza?

> Ahora mismo estás repasando mentalmente esa situación solo para darte cuenta de que se repitió tantas veces y fue tanta la gente que pasó por tus manos, que todavía sigues sin saber quién soy.
>
> Nunca confesé. Y nunca me pillaste.
>
> Y poco después de aquella sesión aterradora donde casi consigues acabar con mi dignidad, yo dejé la Organización.
>
> Lo que me hiciste ha marcado el resto de mi vida. Me falta una uña, tengo erosiones negruzcas por todo el cuerpo y un dolor crónico en los riñones. A veces, por las noches, me despierto gritando, soñando contigo, con tu cara y la de tus secuaces.
>
> Me humillaste, me quebraste los huesos y me arrancaste la autoestima.

Supongo que después de tantos años torturando, siendo un burócrata del dolor, habrás entendido que aquello no servía para nada. Que todos te decíamos lo que querías oír con tal de que frenaras en tu sadismo. Porque eras un auténtico hijo de puta, Sánchez. Un funcionario cruel y bárbaro. Pero te quiero ayudar, si tú me ayudas. Porque tú ya eres otro. Y yo también soy otro.

El comisario dio la vuelta a la hoja, rápidamente, para seguir leyendo. Ya no tenía ninguna duda de que, en efecto, ese hombre había pasado por sus manos. No parecía querer ajustar cuentas, más bien parecía que en las siguientes líneas iba a proponerle algo.

Estoy dispuesto a confesar un secuestro y un asesinato que nunca resolviste. Sé que ahora mismo sabes de quién te estoy hablando. Sí, el asesinato del industrial Imanol Azkarate. Fui yo. Sé que intentarás llegar a mí antes de que pueda volver a escribirte. Quédate con mi ADN si encuentras algo en el sobre, pero no tendrás con qué compararlo. Somos ya demasiado mayores, Sánchez, y no estoy en ninguna base de datos. Todo pasó hace mucho tiempo. Estoy dispuesto a decirte quiénes fuimos, a confesar quiénes le secuestramos. A aclarar ese asesinato sin resolver, y pagar por ello.

El pulso del comisario empezó a acelerarse. El caso Azkarate era su caso. Su cuenta pendiente. Posiblemente el asesinato de la Organización que más impacto le produjo. Puso todo su empeño personal en resolverlo, pero fue inútil. Se detuvo a mucha gente, se interrogó a muchos sospechosos. No consiguieron nada. Todas las líneas de trabajo encallaron. Sánchez nunca olvidó el rostro de aquella joven cuando fue a reconocer el cadáver de su padre.

Hubo, recuerda, cierta ritualización en cómo había sido colocado. Cierto respeto por el cuerpo. Sentado. Apoyado contra un árbol. Con las manos sobre su regazo. Como si se hubiera quedado dormido. Una especie de dignidad muy diferente a la habitual en otros secuestros y asesinatos de la Organización, en los que los cadáveres eran abandonados tal y como caían al suelo. El que mató a Azkarate tuvo un cierto respeto con su víctima y eso le había llamado la atención entonces. El que mató a Azkarate ahora le estaba escribiendo.

> Sí, Sánchez, he dicho «asesinato». Porque yo fui el asesino. Yo disparé a ese hombre.
>
> Y quiero pedirte un favor. Me gustaría que tú también confieses. Que reconozcas que fuiste un torturador despiadado. Y aunque la aberración de tus actos no ha impedido tu ascenso profesional, tu éxito como policía, quiero pedirte que hurgues en lo más oscuro de ti, como yo lo he hecho. Que rebusques en la maldad que también anida en tu interior. Que sigue ahí, escondida, agazapada, tratando de pasar desapercibida en estos nuevos tiempos donde todos nos hemos olvidado de lo que fuimos y de lo que hicimos.
>
> Se vive bien en esta amnesia colectiva. Y hay cierta prisa por olvidar todo lo que pasó. Por pasar página. Sé que cada uno defenderemos por qué actuamos de aquella manera. Incluso, como yo, algunos nos arrepentiremos. Son nuestras verdades. Imperfectas, porque cada uno tenemos una, pero nuestras, ¿verdad, Sánchez?
>
> Te cambio tu pasado por el mío.
>
> Te cambio tu honor por mi condena.
>
> Tu responsabilidad con tanto dolor a cambio de mi cárcel.
>
> En esta historia yo fui de los malos, lo reconozco. ¿Y tú, Iñaki?...

El comisario Ignacio Sánchez, *Iñaki el torturador*, Nacho, como le llamaba su difunta esposa, y el resto de yoes que acumulaba el viejo policía convulsionaron todos a la vez dentro de su baqueteado cuerpo. Volvió a leer la carta un par de veces más solo para cerciorarse de que, en efecto, la letra no le sonaba de nada. Miró por la ventana del despacho, por la que empezaba a entrar un sol templado de finales de verano, y sonrió. Algo en su interior se había removido. Un viejo cosquilleo que no sentía hacía años.

3

Lunes

El gorjeo se podía escuchar perfectamente. Había empezado a lloviznar. Pequeñas gotas se agarraban a la áspera piel de las manzanas, que colgaban de sus ramas esperando a ser recogidas. Dos insolentes *txantxangorris* parecían tener una fuerte discusión entre los arbustos que adornaban la tapia de la casa familiar de los Azkarate. La hierba estaba recién cortada y el olor del ganado del caserío cercano se mezclaba con el aroma a humo que emanaba de la chimenea del salón. El caserón tenía casi dos siglos de antigüedad y se decía que había sido refugio de una partida de partisanos carlistas que hostigaban a las guarniciones liberales de San Sebastián y a los soldados que custodiaban el puerto de Pasajes. El blasón familiar, un escudo de piedra deteriorado por el tiempo, se mantenía aferrado a la fachada principal. En los días claros, desde esta ladera del monte Jaizkibel se podía ver San Juan de Luz, en el lado francés, y las peñas de Aia en el lado guipuzcoano. En el pórtico de la casa, resguardada del sirimiri, Alasne Azkarate se preguntaba cuándo fue la última vez que había visto un *txantxangorri*. Hacía muchos años que todos sus recuerdos entrañables, los que te hacen sonreír y evocar, parecían estar bloqueados.

Todo su pasado se había vuelto a reescribir el día que asesinaron al *aita*. Inconscientemente, su cerebro había decidido que la dulzura o el sentimentalismo eran bienes prescindibles. Que la risa era solo una convención social que utilizaría en sus relaciones profesionales y siempre a distancia, casi con desdén. De manera forzada. Apoyada en una de las columnas de madera del porche, con los ojos cerrados y los brazos cruzados, escuchaba en silencio el canto de los pájaros, buscando en su melodía alguna cadencia, algún ritmo repetido que le permitiera saber si su conversación seguía siendo tensa o ya se habían reconciliado.

Con su larga melena blanca peinada hacia un lado y su expresión siempre seria, con un porte elegante pero un tanto taciturno, los pocos amigos que la frecuentaban la comparaban con una de esas protagonistas tristes y solitarias del romanticismo inglés del XIX. Siempre ensimismada. Esperando sombras. Buscando fantasmas.

Aunque habían pasado treinta y cinco años, Alasne recordaba todos los días aquel bosque, cerca de casa, donde encontraron el cuerpo de su padre. Un único fogonazo de memoria cada mañana. Un latigazo a su sensibilidad. Porque ella tuvo que reconocer el cadáver. Y vio lo que habían hecho a su *aita*. Su cuerpo sentado estaba doblado sobre sí mismo y apoyado en un haya alta y delgada, como esos troncos en los que se ata a los reos que van a fusilar. La cabeza caída sobre el pecho. La sangre, que le brotaba desde la nuca, le había teñido toda la camisa. Las gafas de leer que había a su mano derecha parecían haber sido tiradas allí, después de muerto. Su mano izquierda cerrada, aferrando algo. Un puño apretado del que sobresalía un pequeño papel de hoja cuadriculada en el que ponía «*Maite zaitut, bihotza*». Las tres palabras susurradas con las que su padre la dormía todas las noches de pequeña. «Te quiero, cariño».

¡Cuántas veces se imaginó a su *aita* escribiendo esa nota! Atemorizado, angustiado, imaginando que su ejecución era inminente. Siempre creyó que sus secuestradores le permitieron escribir en su cautiverio y que el día de su muerte consiguió engañarlos guardándose un mensaje en la mano. Porque a Imanol le gustaba mucho tomar notas de cualquier cosa. Seguro que los había convencido de que así se aburriría menos y el secuestro sería más llevadero. Y reconocía que sentía orgullo de que su padre consiguiera esconder ese mensaje, que era solo para ella. Por eso lo llevaba siempre colgando del cuello. Enrollado sobre sí mismo y dentro de un minúsculo cilindro transparente. «*Maite zaitut, Bihotza*». Una despedida. Una caricia. Un abrazo. Un adiós. Toda una vida resumida en tres palabras. Un verso tristísimo. Un trozo de papel que el policía que investigó el caso sin haber dado con los asesinos le devolvió a Alasne allí mismo, junto al haya alta y delgada.

—Es la letra de su padre, ¿verdad?

—Sí —respondió ella entre sollozos.

—Quédeselo. Es para usted —le dijo el agente—. La llamaremos para que lo lleve a comisaría. Es una prueba, pero ahora lléveselo. Es suyo. Lo siento mucho. Le prometo que los encontraremos.

Por eso Alasne no había vuelto a ese bosque donde jugó al escondite tantas veces de pequeña o donde años después perdió la virginidad. Aquel lugar mágico de su juventud se convirtió en un paraje prohibido al que ni siquiera miraba cuando pasaba con su coche de vuelta a casa. Porque aquello, el secuestro y asesinato de su padre, lo cambió todo. Dejó de salir con sus amigos de siempre, dejó de sentirse orgullosa de sus anteriores simpatías nacionalistas y dejó incluso de hablar en euskera. Se negaba a utilizar una lengua por la que habían matado a su padre. Imanol Azkarate. Vasco de mil generaciones. Un hombre afable, sensible, emprendedor, que había empezado de muy joven distribuyendo sifones de soda por los bares de toda Guipúzcoa en su propia camioneta y que se había convertido con los años en el mayor distribuidor de bebidas de toda la provincia.

Sus viejas botas de ir al monte, las mismas que llevaba cuando lo secuestraron, seguían estando en el soportal del caserío, vigilando la llegada de las galernas. Manchadas todavía con el barro de su último paseo. Alasne había decidido que continuarían allí hasta que alguien respondiera por su asesinato. Aunque no pretendía engañarse a sí misma. Sabía que eso no iba a pasar. Pero verlas allí, en el suelo, era en el fondo una manera de sentirse acompañada. Le gustaba sentarse en las sillas de mimbre del pórtico y perderse en sus pensamientos, mientras acariciaba el colgante con el mensaje. «Te quiero, cariño».

Alasne sintió un pequeño escalofrío. La temperatura había bajado de repente. Entornó los ojos para mirar hacia la cima del Jaizkibel, intentando atravesar con su vista la turbia cortina de sirimiri que había enfriado la tarde. Una grumosa lámina de nube blanca descendía desde la cumbre, muy baja y pegada a la montaña, como la nata de la leche hirviendo cuando se sale de la cacerola.

—*Aita*, creo que viene galerna. Voy a sacar la compra del coche y recoger el correo —dijo Alasne en alto, mirando hacia las dos botas marrones.

Lo hacía de manera inconsciente. Simplemente le salía hablar con su *aita*. Como si continuara por allí, calculando el tiempo que faltaba para que la lluvia arreciara o aconsejándola si ese año había que sembrar tomates o coles en el huerto de enfrente. Alasne no hablaba en alto pensando lo que su padre haría o contestándose ella misma. No. «Eso lo hacen las locas», se repetía a menudo. Alasne le hablaba a su padre porque quería seguir sintiéndolo cerca. Le preguntaba sabiendo que nunca obtendría respuestas, que ni siquiera el policía que investigó el caso se las pudo dar, que nunca encontraron a los asesinos. Pero se sentía reconfortada en su soledad.

El fuerte viento del Cantábrico, racheado, constante, hizo caer algunas manzanas de los árboles. Alasne cogió un impermeable azul claro que había colgado detrás de la puerta y se dio prisa en salir. Los dos *txantxangorris* echaron a volar al ver a la única hija de Imanol Azkarate acercarse en su dirección. Alasne, que los vio irse con sus conversaciones a otra parte, pensó que le gustaría que volvieran o, incluso, que anidaran en alguno de sus manzanos. Al cerrar el maletero del coche se apartó un momento la capucha del chubasquero para comprobar si había correo en el buzón. Con un gesto despreocupado, recogió la única carta y entró rápidamente en el jardín del caserío. Cerró la cancela y se apresuró a llegar al porche para refugiarse de la lluvia.

Su rostro estaba ahora serio y un poco tenso. En el soportal de piedra, sin esperar a entrar en el salón, junto a las botas de su padre leyó el destinatario de la carta: «A la hija de Imanol». Se quedó petrificada. No ponía ningún nombre. Ningún apellido. Dos líneas más abajo, la dirección de la casa. Dio la vuelta al sobre inmediatamente para leer el remitente. Solo había un enigmático «lo siento» escrito en tinta azul. Una gota de lluvia había desdibujado la última letra. La *o*.

4

Lunes

La barra del bar Ametza estaba como siempre atestada de *pintxos*. Una decena de turistas japoneses los miraban con entusiasmo, memorizando los que iban a elegir, antes de decírselo a su guía. De la cocina se escapaba un estimulante aroma a hongos recién salteados y por todo el local se escuchaba el tintineo de los vasos de *txakoli* chocando los unos con los otros mientras un camarero lo escanciaba desde lo alto. Las pequeñas burbujas estallaban al impactar contra el cristal y los japoneses fotografiaban la escena con sus móviles, fascinados por la precisión y la rapidez con la que les servían. Todas las mesas estaban ocupadas por clientes que hablaban también en francés, inglés o italiano. El bullicio quedaba relativamente tamizado por la música de Oskorri, que sonaba a través de los altavoces recordando los tiempos de una Euskadi sin turismo, sin apenas visitantes. La Euskadi que le gustaba a Zigor Altuna, que como todos los días a media mañana había salido de su bufete para tomarse un café en la parte vieja de San Sebastián.

—Los japoneses son los mejores clientes. Apenas hablan, eligen cuatro *pintxos* cada uno, dejan buena propina y se van sin hacer ruido y sin quejarse de nada —le dijo Lander, el camarero, mientras limpiaba a su lado varios vasos con un trapo que llevaba colgado de la cintura.

Zigor observaba a los turistas desde el fondo de la barra, de pie, como siempre, dando pequeños sorbos a la taza. Con cincuenta y cinco años, se mantenía en muy buena forma. Alto, muy moreno y bien parecido, salía a correr todas las mañanas por el Paseo Nuevo y se escapaba al monte en cuanto podía. A Zigor le gustaba ese hueco del bar; era la única zona que no había cambiado desde la reforma que había hecho el dueño unos años antes. Allí seguían, como vestigios de un pasado muy cercano, la vieja cabina verde de teléfono que ya nadie utilizaba y la hucha negra con la pegatina que reclamaba el acercamiento de presos a Euskadi. A Zigor no le gustaba la nueva normalidad vasca. No le gustaba que las calles de la parte vieja de San Sebastián, sus calles, se hubieran convertido en un territorio intransitable y atestado de visitantes.

Es verdad que cuando acompañaba a clientes extranjeros que venían a cerrar negocios en su bufete, él se encargaba personalmente de bajar con ellos, pasear por esas mismas calles y alardear de los *pintxos*: «Micrococina de alta creación —les decía—, que es otra de las singularidades que hacen que este pueblo sea diferente». También es cierto que el final de la violencia había permitido que su despacho, Bufete Altuna, especializado en derecho mercantil, se hubiera convertido en el más prestigioso de la provincia. Empresas extranjeras, multinacionales o grandes corporaciones que habían decidido invertir en el nuevo País Vasco recurrían a sus servicios para cerrar los grandes acuerdos. No le iba nada mal a Zigor Altuna, que al dejar un par de euros encima de la barra para pagar el café no resistió la tentación de coger la hucha negra y agitarla en el aire para sopesar su contenido.

—¡A los presos les llega cada vez menos dinero! —exclamó.

—Ya nadie se fija en la hucha —contestó Lander—. Ni los de siempre, Zigor. Ni tú, que tampoco echas dinero nunca.

Estoy pensando en quitarla, porque nadie deja pasta y tampoco me da buena imagen ante muchos clientes. Los presos están más solos que nunca. Solo existen para sus familias.

Zigor apuró el café sin contestar y se quedó pensativo unos segundos. Lander, el camarero, tenía razón. Desde que todo paró, desde que la Organización decidió disolverse, él también había optado por alejarse de aquel entorno y centrarse en su nuevo horizonte profesional. Habían fracasado. Eso era una realidad. Habían pretendido una insurrección popular y ese mismo pueblo les había dado la espalda. Aquella Euskadi por la que habían arriesgado tanto resultó ser una quimera. Aunque a Zigor Altuna no le habían cogido nunca, aunque eran muy pocos, casi contados con los dedos de una mano, los que conocían su discreto pasado de militante, sentía como una derrota inconsolable tantos y tantos años de lucha.

Sin embargo, su pragmatismo, el mismo que le había permitido sobrevivir entre las sombras de la violencia, se había impuesto hasta convertirlo en una persona admirada y admirable. La exagerada autoestima de Zigor le hacía contemplarse a sí mismo como alguien con capacidades extraordinarias. Alguien que había engañado y sorteado durante años a la Policía, a la Guardia Civil y a la Ertzaintza. Que había sido capaz de pasar de terrorista (no le gustaba ese término, pero lo pensaba para enfatizar su logro) a reputado abogado. Sin que nadie supiera su verdadera identidad, quién era realmente. Su tóxico narcisismo le hacía sentirse tan superior, tan inteligente, tan sagaz, que a veces consideraba que no había tenido enemigos a su altura.

Ya no le importaba ser uno de aquellos a los que antes despreciaba. Es más, si lo iba a ser, tenía que sobresalir entre ellos. Años antes había ordenado secuestrar o extorsionar a muchos de los que ahora le saludaban como a uno de los suyos. Esa clase alta donostiarra tan peculiar que le aceptaba en los palcos del estadio de Anoeta o buscaba su conversación en los conciertos del Kursaal. Todas las revoluciones tienen sus contradicciones, y si fracasan, la mayor es convertirse en aquello que antes se combatía o se despreciaba. Zigor lo sabía. Era consciente de esas contradicciones porque era un superviviente. Un camaleón de muchos trajes y, sobre todo, de muchas vidas. Ahora era uno de ellos. Un pijo. Pasó de matarlos a imitarlos.

Salió del bar tras sortear a un nuevo grupo de turistas, se abrochó la americana y se dirigió hacia su despacho. Su propio barrio, esa parte vieja, había cambiado. La mercería de toda la vida era un locutorio regentado por emigrantes paquistaníes y el último bar en cerrar había vuelto a reabrir convertido en un restaurante chino. Los adoquines de la calle, al menos, eran los mismos. Los que habían visto tantas y tantas manifestaciones, barricadas o huelgas. *Algo queda del viejo Donosti*, pensó mientras entraba en el portal de su despacho.

Bufete Altuna estaba en un primer piso de la Alameda del Boulevard. Arantxa, la secretaria que llevaba con él más de veinte años, le entregó el sobre escrito a mano que acababa de llegar. Se dirigió hacia su despacho con cierta parsimonia mientras repasaba mentalmente las gestiones del día. Desde la ventana podía ver el pequeño quiosco que en verano acogía conciertos de música clásica o de jazz al caer la tarde. La perfecta banda sonora para su vida burguesa y acomodada. A veces, mientras escuchaba ensimismado las notas que invadían el despacho, le venían a la cabeza todas las ponencias y estrategias ideológicas que escribió clandestinamente para la Organización. No guardaba nada de todo aquello por pura prudencia, pero todo ese material estaba almacenado, archivado y escondido en un zulo, a buen recaudo.

El viaje vital de Zigor Altuna, desde la militancia marxista hasta el posibilismo del nuevo capitalismo, se había repetido en muchos de los intelectuales encubiertos de la Causa. Aquellos que convocaban manifestaciones y se iban a cenar a la sociedad con su cuadrilla, mientras fuera las calles ardían y decenas de jóvenes se enfrentaban a la policía. Aquellos a los que les gustaba potear por los bares de siempre, pero mandaban a otros a la clandestinidad con órdenes inciertas. En todos los movimientos que han optado por la violencia como sublimación última y definitiva de la política, siempre han convivido en un precario equilibrio los que salían a asesinar o acabar muertos, y los que explicaban y argumentaban a esos aspirantes a héroes nacionales por qué debían matar o morir. Y Zigor había sido uno de los que escribían y justificaban. Un ideólogo.

Cuando trasladó el bufete a ese portal del Boulevard, le pidió al decorador que le diseñara un despacho diáfano y amplio. Los tomos de la enciclopedia jurídica Aranzadi se habían almacenado en otra estancia y el resto de los libros de derecho habían sido sustituidos por revistas de arquitectura o diseño, que su secretaria Arantxa renovaba cada mes. Para Zigor, la primera impresión era primordial. Sus clientes debían llevarse una sensación de modernidad y eficiencia. Quería que todo aquel que llegara por primera vez a contratar sus servicios, o a cerrar un contrato, estimara que había elegido el mejor despacho de abogados del País Vasco. Cuando visitaba a otros colegas en sus oficinas, sentía la dulzona caricia de la soberbia al comprobar cómo casi todos ellos seguían instalados en sus viejos y oscuros despachos, rodeados de tomos jurídicos que jamás abrían y que desprendían un vetusto olor a humedad.

Encendió el viejo tocadiscos, su única concesión a la nostalgia en ese lugar tan pulcro, y las notas del saxo de Coltrane se desparramaron por la habitación con la letanía de un padrenuestro. Sentado en la cómoda silla de su oficina, su pie derecho empezó a moverse rítmicamente al ritmo del *Love Supreme* mientras sus manos, en gestos rápidos y precisos, abrían la carta que le había entregado Arantxa. Dentro del sobre mecanografiado a su nombre había otro sobre más pequeño en el que alguien había escrito a mano: «Tenemos que hablar, *Beltza*...».

Zigor se estremeció. Todo su aplomo de abogado de éxito, de letrado con la mejor cartera de clientes de Euskadi, se debilitó de pronto hasta obligarle a apoyarse en su escritorio. Solo una persona podía llamarle por su primer alias en la Organización: *Beltza*. El apodo que le pusieron en el colegio por su tez morena. Había dejado de usarlo tras el fiasco de la primera acción de su comando. El secuestro que acabó en desastre. Josu Etxebeste y él se conocían desde niños y decidieron entrar juntos en la Organización después de la enésima manifestación reprimida brutalmente por la policía. La primera acción que les encargaron, el secuestro, los sobrepasó. Tras el asesinato de Imanol Azkarate, su compañero de comando, Josu, alias *Poeta*, decidió abandonar, pero Zigor siguió dentro de la Empresa, como la llamaban entre ellos.

No se habían vuelto a ver en treinta y cinco años. De hecho, se habían evitado; al principio, para que la policía no los relacionara entre sí, y después, porque cada uno llevó su propia vida. Aunque Zigor sabía que *Poeta* nunca confesó tras ser detenido por la policía, que aguantó las torturas en los interrogatorios y nunca le delató, no había tenido en todo ese tiempo el coraje de darle las gracias. Su enfrentamiento tras el asesinato los rompió como amigos y los desahució como comando.

Con el tiempo, Zigor Altuna se convirtió en el líder en la sombra de la Organización, el cerebro gris que decidía los destinos de militantes y víctimas. Su maquiavélica capacidad para producir terror y elaborar estrategias de violencia lo convirtió en una obsesión para las fuerzas de seguridad. Para los suyos era un mito; el dirigente más escurridizo, el más importante de la historia de la Organización. Un jefe carismático cuya leyenda deslumbraba a los jóvenes aspirantes a terroristas por su talento para escapar a cualquier detención. Para la policía, un fantasma al que nunca consiguieron identificar y del que solo llegaron a conocer su nuevo alias, su segunda identidad como terrorista: *Karlos*. El líder evanescente e invisible que firmaba las órdenes de asesinato con una enigmática *K.* No hubo nunca ni descripciones, ni huellas, ni foto. Nada que llevara hasta él. Pero Zigor siempre tuvo la obsesiva y recurrente idea de que con *Poeta* dejaba un cabo suelto.

Abrió el segundo sobre, pero su contenido, adherido al interior, se resistía a salir. Muy nervioso, le dio un par de golpes boca abajo contra la mesa y una vieja fotografía en blanco y negro cayó sobre el escritorio. El corazón de Zigor estaba a punto de estallar. Sintió que le faltaba el aire, que se ahogaba. Se levantó corriendo para abrir la ventana y volvió a sentarse a contemplar la fotografía. La cogió con dos dedos, desde una esquina, aspirando el agrio olor de los viejos revelados en blanco y negro. Ahí estaba él, Zigor Altuna, muy joven, vestido con un pantalón vaquero y una camisa oscura, apuntando con una pistola a la sien de Imanol Azkarate. El pobre hombre miraba aturdido a la cámara mientras sostenía un cartel escrito a mano que decía: «Estoy bien. Pagar por favor».

Zigor se llevó las manos a la cabeza, cerró los ojos y se recostó atrás en su sillón. ¿Qué cojones quería Josu?, ¿por qué le hacía esto? Hizo memoria. El tiempo y las ganas de olvidar aquel episodio habían sedimentado sus recuerdos. Le costaba concentrarse para volver a aquella cabaña y a aquellos días angustiosos. Al momento de la ejecución. Él mismo había escrito la frase sobre un trozo de cartón. Y recordó también cuando ambos hicieron la foto del secuestrado para mandarla a los periódicos. Se suponía que solo se iba a ver el brazo de Zigor apuntando a la cabeza de Azkarate. De hecho, la fotografía se publicó así en la prensa. La prueba de vida. Y recordó que Josu fue el que bajó de la *txabola* donde tenían escondido al industrial para revelar el carrete con una persona de su confianza. Hizo memoria. Se suponía que Josu entregó la foto al enlace que les traía la comida para que la hiciera llegar a la Dirección. «¡El muy cabrón hizo dos fotos y se guardó una!», exclamó en alto, tapándose la cara con las manos y volviéndose a levantar.

Necesitaba pensar. Frenó en seco a Coltrane en el tocadiscos y anduvo de un lado para otro del despacho. La fotografía seguía allí encima y era inapelable. Zigor se había mantenido tan bien físicamente que no había ninguna duda de que él era el joven que aparecía amenazando al difunto Imanol Azkarate con volarle la cabeza.

Finalmente Zigor cogió su móvil y buscó entre los contactos. Solo una persona dentro de la Organización conocía las identidades de los dos miembros de aquel comando efímero. La misma que los había metido dentro y les había ordenado el secuestro. El dirigente que después auparía a Zigor hasta la dirección en la sombra de la banda. Llamó al número y una voz mayor, cansada, contestó al otro lado:

—*Bai?*

—Te lo dije. ¡Deberíamos haberle pegado dos tiros al puto *Poeta* de los cojones hace tiempo! ¡O meterle un bombazo en el restaurante, joder! Hostia puta. Habernos inventado que era narco o chivato y haberlo quitado de en medio. ¡*Mecagüendiós*! —Zigor se dio cuenta de que estaba gritando, fuera de sí, y bajó la voz.

—Tranquilízate un poco —le dijo su interlocutor, un hombre que por la voz debía de ser bastante anciano, sin perder la calma.

—¡Es que lo sabía! Sabía que este hijoputa iba a largar algún día. Hay que pararle los putos pies. Hay que cargarse al *Poeta* antes de que nos joda vivos. ¡No puede hablar, José Luis! No puede hablar porque nos vamos todos a la mierda. Yo primero y después tú. ¡Todos! Hay que acabar con él. Tienes que activar cuanto antes al *Liquidador* y quitarlo de en medio.

—De acuerdo. Ahora, cálmate. Yo me encargo.

5

Día 1

—Llámame *Poeta.*

La frase, dicha por una voz suave y amable de hombre, queda flotando en esa penumbra de los últimos sueños. En la oscuridad de la que se intenta huir cuando el cerebro empieza a despertar, pero los ojos se niegan todavía a abrirse. El industrial Imanol Azkarate no puede saber todavía que está saliendo, por fin, de la desagradable nebulosa producida por el narcótico que le han inyectado. La voz de veinteañero de Josu Etxebeste vuelve a sonar en su cabeza de manera ralentizada y un tanto arrastrada, como si estuviera distorsionada.

—*Poeta*, llámame *Poeta.*

Imanol se incorpora y entorna los ojos, tratando de acostumbrarse a la lánguida luz que produce una bombilla colgada del techo. El suelo frío de piedra está adecentado con briznas de paja seca y se percibe un fuerte olor a establo. Azkarate tarda muy poco en darse cuenta de lo que ha ocurrido y le habla a la figura cuya silueta se recorta en una pequeña portezuela de madera.

—¿Me habéis secuestrado? —pregunta con una voz pastosa. La garganta, muy seca, le arde.

—Estás retenido en una cárcel del pueblo —responde un joven Josu desde la entrada del zulo—. Serás tratado con educación y tendrás tres comidas al día. Estarás aquí hasta que tu empresa devuelva las plusvalías que el pueblo trabajador vasco te ha proporcionado con su esfuerzo y su trabajo.

—Perdona, estoy un poco atontado todavía. ¿Estoy secuestrado? —insiste Azkarate, intentando incorporarse.

—Estás retenido en una cárcel del pueblo —repite *Poeta*—. Y sí, seguirás aquí hasta que tu familia pague un rescate.

—¿Secuestrado?

—Sí. Estás secuestrado. El somnífero dejará de hacer efecto en breve. Tranquilo.

Se hace un pequeño silencio entre las dos voces. Josu, con un pasamontañas sobre el rostro que solo deja ver sus ojos azules, se ha dado cuenta de que su presa le acaba de ganar el primer embate dialéctico. Ese hombre está todavía un poco grogui, pero para tranquilizarlo ha tenido que huir de su retórica revolucionaria, de sus palabras de manual para la insurrección, y decirle las cosas como son. Sí, está secuestrado. Y un secuestro, todo el mundo lo sabe, solo acaba cuando se paga el rescate, cuando se libera a la víctima o cuando se la ejecuta. Pero *Poeta* ni siquiera se ha planteado esa última opción. Es su primera acción dentro de la Organización y, en principio, un secuestro, vigilar a alguien que está encadenado, es una misión relativamente más fácil que la de cometer un atentado mortal. Porque en aquellos momentos la idealización de la militancia que tiene Josu en la cabeza no incluye matar.

—O sea, que sí, que esto es un secuestro y tú eres el que me tienes que vigilar. —Imanol rompe el silencio con un tono de voz que indica que ya está completamente despierto—. ¿*Poeta*, has dicho?...

—Sí.

—Me encanta la poesía. Si esto va para largo, podrías conseguirme algún libro. ¿Lo de *Poeta* es porque eres poeta? —Imanol habla con tanta tranquilidad, tanto control de sí mismo, que deja perplejo al joven secuestrador.

—Sobre todo porque me gusta mucho leer y sí, porque algún verso he escrito. Te dejo un bocadillo de chorizo de Pamplona en esta bandeja y un vaso de agua. Tus necesidades las tendrás que hacer en el cubo del fondo y te lo cambiaremos cada día —indica señalando la esquina menos iluminada del cubículo—. Estás en una borda en medio de la nada. Puedes gritar si quieres, pero solo te escucharán las ovejas. La única puerta para salir es esta que ahora voy a cerrar. Trata de recuperarte un poco. Después te traeré algo de cenar y me cuentas si tienes que tomar algún medicamento. Vamos a hacernos el favor de llevar esta situación de la manera más civilizada posible, Azkarate. ¿De acuerdo?

—De acuerdo, *Poeta*. Y llámame Imanol.

La portezuela se cierra y un ruido de cadenas deslizándose por el tirador de fuera estremece a Imanol. Se pone de pie y calcula el espacio que tiene. El techo es alto y entre las cuatro paredes hay espacio como para dar al menos cinco pasos largos. El zulo parece ser una especie de antigua pocilga. Imanol imagina que está en algún monte, a bastante altura, porque hay cierta humedad en el ambiente y frío, bastante frío. Ve que hay dos mantas y un pequeño jergón en el suelo. Tiene la boca seca, seguramente por el efecto del anestésico que le han administrado, y se nota un bulto en el cuello. *Ahí me han pinchado*, deduce. Se da cuenta de que le han quitado los cordones de los zapatos, el cinturón y la documentación. Supone que se trata de un protocolo para evitar que se autolesione o que los ataque. *¿Y el DNI? ¿Igual para comprobar que era yo, o para usarlo como prueba de mi secuestro?* Es entonces cuando se da cuenta de la mancha que tiene en los pantalones, entre las piernas. *Mierda, ¿cuántas horas llevo drogado? Me he meado encima.*

Imanol es un hombre de profundas cavilaciones. Su hija Alasne y su difunta mujer Itxaso siempre decían que a veces se quedaba tan ensimismado, mirando hacia la nada, buceando en su interior, que parecía que le había cogido una parálisis. Le daba muchas vueltas a todo; pero no lo hacía por inseguridad, o desde la desconfianza, sino porque le encantaba cuestionarse a sí mismo. A veces, sus amigos de cuadrilla le dejaban solo, pensando, y se iban a otro bar a tomar la siguiente ronda porque ya conocían esos momentos de introspección en los que lo mejor era no molestarle. Imanol no se enfadaba. Los alcanzaba enseguida con una nueva reflexión o una vuelta de tuerca al anterior tema de conversación.

En sus paseos por el monte se paraba en seco, como si hubiera escuchado algo extraño, simplemente porque le había venido una idea nueva a la cabeza y necesitaba moldearla, retorcerla o refutarla para encontrar los puntos débiles. Y lo tenía que hacer en el momento. No podía esperar. Llevaba siempre encima un pequeño cuaderno y un bolígrafo, donde apuntaba esas ideas y el lugar y hora donde se le habían ocurrido: «*Comprar palés de vino dulce portugués.* Oportos. Para vender en las ventas de la frontera. A los franceses les chifla. Subiendo al Txindoki. 8.45 de la mañana». Su mente estaba en constante burbujeo. Buscando oportunidades. Abriendo nuevas vías para su negocio. Apuntaba los pros, los contras, y no esperaba a llegar al despacho o a su casa. Lo decidía allí mismo, aunque tuviera que interrumpir su paseo. Le encantaba demostrarle a Alasne que las mejores ideas se le ocurrían, por ejemplo, en el monte, entre las ocho y las nueve de la mañana. O en la sociedad gastronómica, los viernes por la noche, después de cenar *marmitako*. O en bicicleta, subiendo al monte San Marcial, los sábados por la mañana. Todo estaba en esas libretas que acumulaba en una repisa de su habitación. Que revisaba de vez en cuando y que le mostraba orgulloso a su hija.

Porque Imanol lo apuntaba todo. Incluso pequeños versos improvisados que a veces le estallaban entre las manos y necesitaba escribir. Versos sin sentido. O trepidantes. Otros sin acabar o incluso, él lo reconocía, versos directamente malos. Ahora mismo, sentado en ese camastro sucio y con una de las mantas por encima de los hombros, Imanol recuerda uno de sus preferidos: «*Esta tierra vieja y decadente, castigada con la sangre de dioses antiguos*». Eran minúsculos fogonazos que le llegaban siempre desde la tristeza, porque su Euskadi verde y luminosa se había convertido en un lugar oscuro de personas que se mataban y se odiaban.

Imanol era un gran conversador, pero muchas veces prefería no quedarse a tomar el *patxaran* con la cuadrilla para no entrar en discusiones que le dolían y le dejaban descorazonado. Algunos de sus amigos de siempre no distinguían habitualmente entre los verbos «morir» y «matar». Para ellos, los jóvenes vascos que fallecían en un enfrentamiento con las fuerzas de seguridad o en un control de carretera eran mártires que ofrecían su vida por la Causa. Imanol intentaba explicarles que la posibilidad de morir siempre era una coartada ética para poder matar. Que había una trampa semántica en defender siempre al que asesina por la espalda, con la excusa de que arriesgaba su vida por hacerlo. Morir por la Causa era también asesinar por ella. Sus amigos, entonces, le tachaban de traidor, de irresponsable, de colaboracionista, y él aguantaba el chaparrón. Hundido de pena. Porque veía que todo se torcía, que todo se descomponía. Porque era incapaz de entender que, tras el asesinato de un taxista, un camarero o un quiosquero, la reflexión más común de todos ellos en aquella sociedad gastronómica fuera encogerse de hombros, decir que «algo habrá hecho» y seguir bebiendo. Como si *hacer algo* sea tan grave, tan horrendo, que merezca la pena de muerte. Esa indiferencia tan lacerante ante el dolor, esa ausencia de humanidad, le dejaba desolado.

Imanol calcula los años del terrorista que le ha hablado. Veinte o quizá veinticinco. Joven. Delgado. *Un poco esmirriado, este no ha levantado muchas cajas en su vida.* Vestido con ropa de su edad: playeras sucias, vaqueros y camisa de cuadros rojos y negros. Con acento de la costa, quizá de la zona de Hondarribia, pero con buena dicción. No parece un tipo duro. *Con ese apodo debe de ser culto*. Por los ruidos que escucha, pequeños bisbiseos al otro lado de la puerta, no están solos. Se acerca al quicio de madera y trata de escuchar. *Poeta* habla con otra voz masculina sobre quién va a llevarle la cena. Un olor a aceite quemándose en la sartén le viene a la nariz. Se aparta. *No tienen ni idea de cocinar*, piensa, y empieza a caminar cuatro pasos para delante, giro y cuatro pasos en dirección contraria. Con las manos en la espalda. Busca el cubo de madera del fondo y orina dentro. El barreño tiene restos de leche seca, no hace mucho que lo han utilizado para ordeñar. El líquido que expulsa es de color oscuro, casi azulado, o eso le parece ver entre la penumbra. *Debe de ser el medicamento con el que me tumbaron*. Oye ruido en la puerta y se sienta en el camastro. Otra figura, más alta y delgada, aparece con dos trozos fritos de lomo adobado y unos pimientos del piquillo. Tiene hambre.

—Tu cena —le espeta con sequedad el nuevo.

—Gracias. Huele bien —responde Azkarate con amabilidad.

—Come y duerme. Mañana te daremos noticias.

—Tú no eres *Poeta*, ¿verdad? —inquiere Imanol.

—No. Llámame *Beltza*.

—¿Puedo pedirte algo, *Beltza*?

—¿Qué? —pregunta el segundo terrorista mientras sale, sin mirarlo.

—Me gustaría tener algún libro para pasar el tiempo y un cuaderno para escribir. Así no será tan aburrido. ¿Puede ser?

Zigor Altuna cierra la puerta de golpe. Sin contestar.

6

Martes

¡Clac! El vinilo comenzó a girar en cuanto Alasne levantó el brazo metalizado del tocadiscos. Movió la aguja hacia la izquierda, tratando de encajarla en el primer surco del disco para empezar a oírlo, pero la punta de diamante saltó sin control, devorando las primeras notas. Una mueca de fastidio se instaló en el rostro de la única descendiente de Imanol Azkarate, que rectificó enseguida intentando parar el vinilo. Un trallazo seco, como el frenazo de un coche en la gravilla, se escuchó entonces desde los altavoces de madera que había junto a la chimenea. *Lo que me faltaba*, pensó Alasne, creyendo que acababa de rayar uno de los discos preferidos de su padre. Lo retiró de la pletina, lo limpió con mimo pasándole una gamuza muy fina y volvió a ponerlo en el tocadiscos.

Esperó unos segundos, y el piano infalible de Glenn Gould empezó a derramar la música de Bach por todo el salón. Sentada en un sillón de cuero, mirando el crepitar de las llamas en la hoguera, ausente, se imaginó que su vida triste y melancólica, prácticamente suspendida desde hacía mucho tiempo, bien podía tener como fondo sonoro esas lánguidas notas musicales: *Preludio y Fuga número 1*. Así era su historia. Una adolescencia maravillosa, una juventud rebosante de sueños y planes.

Un preludio. Y después el dolor, la desolación. La huida hacia la misantropía. La fuga.

Tragó saliva y la nuez de su garganta rozó con el cuello vuelto del jersey blanco de su padre que llevaba puesto. Estaba ya viejo y desgastado y lleno de pequeñas pelotillas de lana que se enganchaban en todas las esquinas, pero todavía olía a él. O eso pensaba Alasne. Llevaba su jersey, estaba sentada acurrucada en su sillón favorito, e incluso acariciaba de manera un poco obsesiva el cuero desgastado de la zona donde su padre apoyaba el brazo derecho... Le recordaba perfectamente. Con su whisky de malta en la mano. Un solo hielo. Escuchando sus discos. Tarareando.

Alasne sabía que, en cierto modo, muchas veces recreaba escenas de su padre. Y sabía que hacerlo era perturbador para ella. Así se lo había dicho su amigo Andoni, el gerente de la empresa que de vez en cuando subía a visitarla, pero ella creía tenerlo controlado. Esa dramaturgia del pasado, esa recreación que cualquier psiquiatra consideraría dañina, era su pequeño homenaje íntimo. Su cura contra el olvido, contra esa amnesia en la que el crimen de su *aita*, como el de muchos otros, había caído. No era un trastorno, era una terapia. Alasne bajó la vista hacia la cuartilla amarillenta que tenía entre las manos para volver a leer —¿cuántas veces iban ya desde ayer?— el testamento manuscrito de su padre que alguien desconocido le había hecho llegar a través de una carta con aquel misterioso «lo siento».

Su vida detenida era ahora una turbulencia. Por el momento había decidido no compartir con nadie la nota de su padre. Quería estudiarla. Leerla mil veces. Alasne era consciente de que, ahora mismo, estaba arrinconando las preguntas más obvias: ¿quién le mandaba la carta?, ¿el asesino?, y ¿por qué ahora? Pero después de treinta y cinco años, poder leer, casi escuchar, sentir, oler, incluso tocar a *aita*, era un regalo tan inesperado del pasado que no estaba dispuesta a compartir.

En alguna txabola *fría de algún monte alto de Gipuzkoa. A la hora del anochecer. Nota 7. Día 13 de encierro.*

Esas dos frases, escritas en la parte de arriba de la hoja, hacían sonreír a Alasne. Ahí estaba, esa manía de su padre por datarlo todo, esa obsesión por ordenar sus notas y escritos. *Joder,* aita, *cabezota con lo tuyo hasta el final.* Su meticulosidad la sacaba muchas veces de quicio. Cuando subían juntos a las Peñas de Aia, Imanol se empeñaba en que memorizara las diferentes cumbres que tenía esa montaña. A ella, que solo quería cerrar los ojos, recuperar el aliento, disfrutar de la brisa y, tumbada en la hierba, creerse la sensación de estar tocando el cielo, la cantinela de su *aita* le parecía incluso una falta de respeto: «Venga, Alasne, repite conmigo: estamos en Hirumugarrieta, luego viene Txurrumurru y la última, la peña más alta, Erroibide. No es tan difícil». No discutía mucho con su padre. Simplemente le sonreía y le ignoraba. E Imanol, que la adoraba, dejaba de presionarla. No había nada que le hiciera sentirse más a gusto y satisfecho con la vida que ver a su hija sonriéndole con complicidad. Ambos se entendían con solo mirarse.

Kaixo polita, zer moduz? *No tengo mucho espacio, cariño, me van dando hojas de un cuaderno de vez en cuando, y nunca sé si voy a llegar al día siguiente. Es todo muy raro y bastante duro. No estoy mal, aunque he adelgazado. Últimamente cocino yo, porque estos dos son un desastre. Son jóvenes, como de tu edad. Uno es bastante majo, hablamos mucho, le gusta la poesía como a mí; el otro parece el jefe y tiene mala hostia. Me da igual decirlo porque no creo que puedas leer esto nunca, pero me sienta bien escribirlo.*

Cariño, tengo la sensación de que todo se ha torcido. Sé que estáis intentando pagar el rescate, me lo ha dicho el simpático, pero los he oído discutir, gritarse entre ellos. El otro dice que da igual que paguéis, que tienen que dar una lección, que yo soy un símbolo o algo así...

Alasne, me van a matar. Me gustaría abrazarte y apretarte contra mi pecho como cuando eras pequeña. Darte el último beso. Desde que la amatxo *murió, tú eres lo más importante en mi vida.*

Llevaba toda la mañana manoseando la carta del *aita* y preguntándose que si esa cuartilla era la número 7, tenía que haber con seguridad otras seis anteriores. Su padre era muy metódico. Si estaba escrita en el día 13 del secuestro, es que sabía que le iban a matar dos días después, o al menos intuía que las cosas se estaban complicando y podían ejecutarle. Se levantó del sillón, se dirigió hacia el tocadiscos y paró la música. Desde la ventana entraba la luz oblicua del atardecer que permitía ver una extraña coreografía de motas de polvo en suspensión, jugando a mezclarse y separarse. El silencio le pareció en ese momento necesario. Precisaba concentrarse y volver a leer aquellas líneas escritas a mano por su padre con otros ojos. Sus secuestradores seguían libres y sin ser identificados. ¿Por qué inculparse ahora? ¿La carta se la mandaban ellos u otra persona distinta? Tenía que releer atentamente, una vez más, a su padre. Buscar algún mensaje oculto. Un juego de palabras. Leer entre líneas. *Quizá el que me lo manda quiere que encuentre algo que solo yo pueda entender. La clave para saber quién lo hizo*, pensó.

Sé cómo vas a reaccionar. Vas a querer matar a estos dos, después matar a todo el mundo, y luego sé que te vas a enfadar conmigo por dejarte sola. No me culpes, cariño. Y no te culpes. No has podido hacer más. Estos dos estúpidos de ahí fuera son también víctimas de su ideología exterminadora. Nada bueno puede salir de la muerte. Nada ético y honesto puede florecer cuando lo riegas con sangre. Cuando necesitas matar para convencer.

Ahí fuera hay mucho profeta y mucho salvapatrias profesional. Y los viejos como yo hemos fallado al dejarles espacio para que pudieran convencer a nuestra juventud. Demasiado poeta funesto, Alasne. Demasiadas canciones de gudaris *y héroes. Mucho verso, mucha épica de lo diferentes que somos los vascos, tan antiguos, tan ancestrales, perdidos en la noche de los tiempos.*

Se lo han creído, Alasne. Están convencidos de que nuestra diferencia es tan sagrada que merece la pena morir por ella. O matar. Porque a estos les da igual. Para ellos es lo mismo, me temo. Cuando llegas a ese estado mental ya no hay grises. O todo es blanco o todo es negro. Sobre todo Negro, Alasne.

Por las noches escucho los cencerros de las ovejas que pastan y duermen cerca de esta borda y me acuerdo de nuestros paseos alrededor del caserío. Siempre me ha gustado contarte leyendas de brujas y de hadas. Zorgiñak y Lamiak, ¿te acuerdas? Tú siempre decías que preferías ser bruja e ir de akelarre *en* akelarre. *Que era mucho más divertido. Eres un hada, cariño. Mi hada. Te has aparecido todas estas noches en este cobertizo para darme un beso antes de dormir y decirme que me quieres, como hacía yo contigo de pequeña.*

Quiero que sigas siendo un hada. Que lo que va a pasar no te destroce. Ni te cambie. No dejes que eso ocurra. No dejes que ganen, Alasne. Somos mejores que ellos porque no somos como ellos.

Me entristece muchísimo dejarte sola.

Maite zaitut

Alasne ya no sabía cuánto tiempo llevaba releyendo, allí sentada, con los ojos vidriosos, la que seguramente era la última carta de su *aita*. El sol se había puesto y las motas de polvo ya estaban sobre los viejos muebles de madera del salón, mimetizadas con ellos. Nada había cambiado en esa casa desde que mataron a Imanol. Su colección de vinilos seguía junto al hueco de la hoguera. Los libros de historia y poesía, subrayados y llenos de garabatos y anotaciones, permanecían en las estanterías de madera. A Alasne nunca le había gustado esa manía de escribir sobre los libros. Ella era más de respetarlos. Y de acabarlos. De llegar hasta el final, aunque no le gustara la historia. Su padre los emborronaba. Les hacía marcas. Redondeaba las poesías que le gustaban para memorizarlas o subrayaba los versos que le impactaban. Y si un libro no le convencía, lo abandonaba. «Tenemos poco tiempo en esta vida como para perderlo con aburrimientos», le gustaba decir.

Alasne repasó mentalmente la carta de su padre. Se la sabía casi de memoria. ¿Los cencerros eran un guiño al lugar donde lo tenían? ¿Estaba cerca de algún bosque o monte donde ambos solían pasear? El tintineo de las campanillas de los animales podía ser cualquier rincón rural de Euskadi. No, esa no era la pista.

¿Qué tenía sobre los secuestradores? Que probablemente podían ser también sus asesinos, de acuerdo. ¿Qué más? Que uno era culto, leído, perspicaz, agradable, tal vez conversador, y que igual le gustaba la poesía. «Demasiado poeta funesto, Alasne...».

¿Y del otro, el gruñón? Que era el líder, el radical, el duro, el más convencido e ideologizado. El que ya no admite matices. El que no entiende de grises. «O todo es blanco o todo es negro, Alasne». Blanco o negro. *Zuria* o *beltza*.

Algo había ahí, estaba segura. Pero no daba con la clave. El *aita* siempre dejaba caer su nombre al final de las frases cuando discutía con ella o intentaba hacerle entender algo. Era su forma de que le prestara atención. De que se concentrara cuando era pequeña. Hacer resbalar un «Alasne» después de una coma muy pausada, que la dejara pensando en lo que había dicho.

Algo había ahí, estaba segura...

Alasne, me van a matar
Demasiado poeta funesto, Alasne
Se lo han creído, Alasne
Sobre todo Negro, Alasne
No dejes que ganen, Alasne

7

Martes

—¿Qué tal están tus hijos, Iñaki?

—Bien. Siguen en Estados Unidos estudiando. O eso dicen ellos —respondió el comisario Sánchez, riéndose de su propia gracia.

—Te costará una pasta.

—Sí, pero fue lo mejor para alejarlos por un tiempo.

—¿Por qué decidiste que estudiaran en una ikastola? Nunca lo entendí.

Acodado en la abarrotada barra de *pintxos* del bar Real Unión, justo enfrente de la comisaría de Irún, Sánchez tampoco entendía muy bien su propia decisión. El inspector Fernando Arrieta, destinado en esa ciudad fronteriza, era uno de sus mejores amigos dentro y fuera de la policía, por tanto estaba autorizado a hacer cualquier pregunta indiscreta. Habían sido compañeros en la brigada de información, y socios inconfesables en numerosas operaciones policiales en los márgenes de la ley. Los dos se sentían orgullosos de haber contribuido a la derrota de la Organización y los dos percibían que, en el final de sus carreras, el Estado por el que tanto habían arriesgado los había, de alguna manera, olvidado. Mientras se peleaban por las últimas *piperrak* de la ración que habían pedido, Sánchez hilvanó una respuesta a la impertinencia de Arrieta.

—Porque quería que hablaran euskera. Quería que se sintieran todo lo vascos que yo no he podido ser. Porque Elena, que ya sabes que era muy *amatxo*, quería que los niños hablaran en euskera con su abuelo y sus tíos. ¡Y porque además me parecía lo más normal, qué cojones! —afirmó tajante antes de comerse la última guindilla—. Yo vivo aquí desde hace casi cuarenta años, me siento donostiarra, mi mujer era de San Sebastián, amo esta tierra y, además, quería tocarles los huevos a los cabrones que nos mataban.

—Ya, pero siempre procuraste que nadie supiera en la ikastola que el padre de los chicos Sánchez era el puto jefe de la brigada antiterrorista.

—¡Es una forma de hablar, Arrieta! Lo que te quiero decir es que mis hijos son vascos por los cuatro costados. Más que alguno de esos hijoputas que deteníamos. Más que muchos de la Organización. Y estoy orgulloso de ello. Y de ellos. Son buenos chavales.

—Ya, pero al final los has sacado de Euskadi.

El comisario Sánchez se quedó mirando fijamente al inspector Arrieta, que vestía, como siempre, de manera desenfadada, casi dejada, en vaqueros y camiseta raída. Había momentos en su relación en los que, por unos segundos, ambos percibían que la conversación estaba alcanzando los límites del no retorno. Sánchez era capaz en ese instante, con un simple silencio, de generar una tensión en el ambiente que hubiera atemorizado a cualquiera. Fueron muchos años de entrenamiento en interrogatorios en los que el ahora comisario siempre hacía de poli malo. Sabía generar atmósferas de pavor. Y Arrieta, en ese vacío succionador que era capaz de provocar su jefe, en ese tenso intervalo en el que le era imposible retirar la vista de los ojos de Sánchez, podía sentir el estremecimiento de un detenido ante esa mirada sin alma. Se lo había visto hacer muchas veces.

Era un maestro del arte del miedo. Porque Sánchez, más que violento, podía ser maligno. Como solo lo puede ser alguien que desprecia la humanidad del que tiene enfrente.

Sánchez había enseñado a Arrieta todas las técnicas de interrogatorio duro. Desde la tortura física hasta la destrucción psicológica. Era el mejor arrasando voluntades. Arrieta estaba seguro, y siempre lo contaba en las cenas con compañeros policías, cuando el alcohol desata los pudores y cada uno recuerda su batallita más salvaje, de que su jefe había desactivado numerosas vocaciones terroristas gracias a su capacidad de anular a personas. Otros policías, más rudos, preferían los métodos clásicos del dolor, que lo único que aseguraban eran candidatos dispuestos a entrar en la Organización. Jóvenes a los que la brutalidad en las comisarías y cuarteles fortalecía su decisión de ingresar en la banda. Sánchez, con los años, se dio cuenta de que esos métodos de tortura, además de proporcionar información bastante deficiente, siempre producto del deseo de acabar con el dolor, provocaban respuestas reflejas de venganza. Jóvenes cegados por el odio que querían compensar su humillación. Desquitarse de los suplicios padecidos. Revancha para sus tormentos. «Cantera para la Organización», reconocería Sánchez con el tiempo.

Durante aquellos años Sánchez fue perfeccionando sus interrogatorios. Sabía cómo hacer llorar al más duro. Cómo destruir su capacidad de resistencia mental. Cómo hacerlos dudar de sí mismos. De su compromiso. De sus razones. Romperlos por dentro. Era capaz de conseguir que se sintieran miserables de su comportamiento durante la detención. Porque habían pedido clemencia o porque se habían meado encima. O peor, porque habían aceptado un trato y se habían dado cuenta de que no eran tan fuertes. Sánchez sabía doblegarlos. Su mirada gélida aturdía e hipnotizaba, pero sobre todo asustaba.

Y esa era la mirada que ahora mismo estaba sintiendo el inspector, petrificado al fondo de la gigantesca barra del Real Unión.

—¿Otro vino, Arrieta, que te has quedado *pasmao*?

—Venga, el último —dijo el inspector, agradecido de que le hubiera sacado del trance.

—Pues te voy a decir por qué me los llevé a Estados Unidos —prosiguió el comisario con absoluta naturalidad—. Tú sabes que los críos me llaman *aita*, ¿verdad?

—Sí. Siempre me ha parecido raro, porque eres de Madrid, pero sí, te llaman *aita*.

—¿Y sabes que habían empezado a salir ya de juerga algún sábado y que se iban por las tardes de cachondeo?

—¿...?

—Pues una tarde de esas, uno de nuestros confidentes me llamó acojonado porque los había visto en una mani.

—¿En una mani?

—Sí, en una mani por los presos y no sé qué aniversario de alguno que había muerto.

—¡No jodas! —exclamó Arrieta, abriendo los brazos.

—¡Sin joder! Así que por si acaso se me estaban desviando, decidí enviarlos a Estados Unidos a hacer los últimos cursos con el rollo de que tenían que hablar inglés. Apartarlos un tiempo. A tomar por culo bien lejos. ¡Que solo me faltaba que se me hicieran de los malos!

—¡Manda cojones!

—Pues sí. Pero no te quería hablar de eso —cambió de tema el comisario—. Te he citado porque tengo algo más que decirte. Quiero que me ayudes en algo muy especial.

Sánchez pidió entonces una ración de calamares, la especialidad del bar, y se quedó mirando el resto de los *pintxos* de la barra, eligiendo algo más para comer, dejando suspendida en el aire su última frase. Arrieta esperó a que continuara hablando. Bebió un sorbo largo de vino y se fijó en que su respiración empañaba la copa por dentro. Hacía mucho tiempo que su jefe no le pedía nada especial. Los tiempos duros de la lucha contra el terrorismo, de los trabajos en paralelo, de los seguimientos sin orden del juez o las recogidas de muestras biológicas sin tener en cuenta la cadena de custodia se habían acabado hacía mucho. Llevaban años aburriéndose en la comisaría haciendo informes para Madrid sobre inmigración ilegal en la frontera o los sermones de los imanes en las mezquitas radicales. *¿Qué cojones es ese algo especial, Sánchez, en qué marrón me quieres meter ahora?*, pensó Arrieta.

Una desagradable ansiedad le empezaba a dominar. Conocía aquella teatralización de las noticias importantes, los silencios que precedían al mazazo. Arrieta pidió otro vino al dueño del bar, un tipo muy alto y delgado que parecía controlar a todos los clientes desde el púlpito de su inmensa barra.

—¿Sabes? Últimamente he estado pensando... —soltó de repente el comisario, con la mirada fija en su vaso—. ¿Tú alguna vez te has arrepentido de algo de lo que hicimos entonces? Ya sabes a qué me refiero.

El inspector se quedó de piedra. Tragó el trozo de pan que acababa de llevarse a la boca e intentó articular una respuesta a la altura de lo que imaginaba que su jefe quería oír.

—Yo no —prosiguió Sánchez, como si la pregunta hubiera sido retórica, permitiendo que Arrieta respirara aliviado por no tener que contestar—. Hicimos lo que nos habían enseñado a hacer. Lo que nos ordenaban. Canalladas, Arrieta, llamémosle por su nombre. Yo nunca disfruté torturando. Era trabajo, Arrieta. Era como se trabajaba entonces. Ahora no lo haríamos ni de coña. Pero creo que, sinceramente, algunas veces nos pasamos.

El inspector miraba a su comisario sin pestañear. Esperando que terminara esa obertura que no sabía muy bien hacia dónde iba a ir. Sánchez era experto en prólogos ambiguos.

—Quiero que mis hijos estén orgullosos de su padre —dijo finalmente.

Y después de otro eterno silencio dramático, el comisario Ignacio Sánchez sacó del bolsillo interior de su americana un sobre doblado. Se lo entregó al inspector Fernando Arrieta y, mirándole fijamente, llegó por fin el final de toda esa conversación:

—De esto te vas a encargar tú en persona, ¿me comprendes? Solo tú. Léelo con cuidado. Quiero que me analices si hay muestras de saliva en el sobre y me cotejes el cuerpo de letra con el archivo antiguo de terrorismo. Vamos a reabrir un caso de terrorismo, Arrieta. Lo vamos a resolver y, después, yo me retiro.

8

Martes

Josu no era del todo consciente del terremoto emocional que había desencadenado con sus cartas. Se imaginaba que el tiempo transcurrido desde aquellos hechos ralentizaría las reacciones de todos sus destinatarios. Quizá primero pensarían que era una broma de mal gusto, pero luego, ante las pruebas enviadas, ante la evidencia de que había verdad dentro de esos sobres, cada uno empezaría a actuar.

Alasne era la que más le preocupaba. La persona a quien más dolor iba a causar. Pero también con quien tenía la principal deuda. Del comisario tenía dudas. No confiaba en que aceptara su trato tan fácilmente. Era un tipo muy duro, bien lo sabía. La reacción de Zigor, por otra parte, era la que más temía. Le imaginaba capaz de todo por callarle y esperaba su llamada con cierta inquietud porque era el único de los tres que sabía cómo localizarle.

Sentado en la oficina del restaurante Toki-Eder, Josu contemplaba la libreta negra con todos sus secretos. Desde el otro lado de la puerta podía escucharse el rumor de los clientes que en ese momento empezaban a llenar el comedor. La hora de las comidas era su fuerte. Los primeros años fueron duros, pero con el tiempo logró hacerse con una clientela fiel que le ayudó a conseguir su fama de restaurante caro pero excelente. Por el circuito interno de televisión distinguió a algunos de los comensales. Eran hombres y mujeres de negocios y un par de grupos de clientes franceses que cruzaban a menudo la frontera. Tenía que salir en breve a saludar, así que abrió la agenda de cuero y empezó a escribir.

Guardo los escritos que el señor Azkarate redactó durante su cautiverio. Imanol era muy amable, nunca nos levantó la voz y creo que siempre nos consideró, o al menos eso sentía yo, como unos jovencitos descarriados que no sabíamos lo que hacíamos. No consigo recordar si esta sensación la tuve allí mismo, durante el secuestro, o es una idea que ha ido madurando en mí todos estos años.

Al pedirle que me llamara Poeta *desperté en él una pequeña ilusión de, no sé, de fraternidad. No, «fraternidad» no es la palabra. De armonía. Sí, de armonía, de que aquello iba a solucionarse rápido, y que lo mejor era llevarnos bien.*

Era un hombre muy leído. Se notaba enseguida. O más bien diría una persona con muchas vivencias. Con un gran saber vital. Mucho más, desde luego, que nosotros, unos jóvenes poco viajados y sometidos al encantamiento vital de una idea sustentada en la posibilidad de tener que asesinar.

Azkarate escribió varias notas sueltas. Supongo que eran pensamientos que le venían a la cabeza durante aquellos largos días. Cuando todo acabó, recogí las hojas del zulo para quemarlas, como me dijo Zigor, pero me las guardé...

Me dio pena. Y, seguramente, remordimiento. Pero, sobre todo, vergüenza. Para Beltza *limpiar todo nuestro rastro era una simple acción higiénica. Borrar las pruebas. Eliminar pistas. Fue superfrío: «Quémalo todo». Pero en el último momento, pese a ser yo su asesino, me negué a borrar su memoria.*

Era un buen hombre. Y todas sus ideas, sus frases, me han estado susurrando estos años. Empujándome a esta definitiva expiación.

¿Qué me lleva a mandar tres cartas a tres desconocidos sino una necesidad ineludible de penitencia? Y sí, escribo «desconocidos». Porque, aunque a una le rompí la vida, otro me torturó y el tercero, mi amigo, me traicionó, pese a que nuestros destinos se mezclaron y se torcieron juntos, son para mí, sin embargo, unos desconocidos. Tengo la sensación, ¡maldita sensación!, de que fue a Imanol, la persona a la que maté, a quien más conocí. Hablamos mucho en aquellos días intensos.

Su cautiverio generó un enorme revuelo. Y no sin razón, porque nos habían hecho secuestrar a una persona muy conocida, muy querida, muy de aquí. Supongo que esa acción no se entendió. Yo tampoco la entendí. Nadie lo hizo.

Josu paró de escribir para decidir si dejaba la palabra «acción» o la matizaba. Si ponía, por ejemplo, «secuestro». O «ejecución». Esa autoindulgencia en el lenguaje pervive todavía en muchas capas de la sociedad vasca. Y Josu era consciente de ello. Durante años él también había utilizado términos ambiguos que ayudaban a edulcorar sus actos o los de sus antiguos correligionarios. Una inercia que llevaba tiempo intentando abandonar pero que regresaba, metódicamente, sin piedad, para enmascarar esos actos despiadados en una lenidad condescendiente. Levantó la mirada para tomarse unos segundos antes de seguir escribiendo.

Desde la ventana de su oficina veía el río Bidasoa. Muchos años antes, cuando decidieron entrar en la Organización, Zigor y él tuvieron que atravesarlo andando para tener su primera cita en Francia. Fue un poco más arriba, recuerda Josu, en una zona de fondo muy pedregoso que con caudal bajo se puede usar como paso clandestino. El río ha sido siempre frontera. Cada quinientos metros se pueden distinguir, todavía, las precarias garitas de piedra que la Guardia Civil utilizaba durante el franquismo para vigilar los cruces ilegales. Los contrabandistas fueron una peculiar casta social en esa zona durante siglos. Desde Irún hasta Zugarramurdi y desde Hendaya hasta Sare, generaciones de pasadores y bandidos han traficado con todo lo que han podido: ganado, azúcar, radios, jamones, tabaco, inmigrantes, droga, terroristas... Esas aguas han visto al ejército de Napoleón entrar en España o aviadores norteamericanos derribados por los nazis huyendo de las SS. Esos mismos contrabandistas los ayudaban a escapar. Los abuelos de la zona, descendientes de esos *mugalaris*, recuerdan todavía los códigos de señales utilizados por los caseríos de ambos lados del río, como colgar ropa en una determinada ventana para alertar de la presencia de gendarmes o guardias civiles.

A Josu le encantaba contar esas historias a los clientes que se quedaban por las noches a tomar una copa después de cenar. En las paredes del Toki-Eder colgaban un par de antiguos zuecos de madera con las suelas talladas al revés. Los contrabandistas los usaban para despistar a sus perseguidores, dejando huellas que parecían ir, cuando realmente volvían. Ahora, mirando esos viejos zuecos que había adquirido tiempo atrás a un pastor de Endarlaza, concentrado en escribir su propio y auténtico relato, había decidido que no tacharía la palabra elegida: «acción». El trampantojo semántico que durante años había enmascarado todos los horrores que produce la decisión de utilizar la violencia. La palabra placebo y vacía de significado que alivia juicios morales sobre la verdadera naturaleza de lo que uno hace y en lo que uno se convierte. El zueco trucado con las huellas al revés, que permitía pensar que se iba a algún sitio, que había un plan, cuando en realidad se estaba volviendo a donde siempre.

Esa acción no la entendió ni el propio Azkarate. Bueno, supongo que nadie entiende que le secuestren, le expriman económicamente, le maltraten o le violenten. Azkarate le dio muchas vueltas.

«¿Por qué yo?», nos preguntó a los dos el segundo día, queriendo iniciar una conversación. No le contestamos. Nos enco-

gimos de hombros y salimos del zulo. Beltza *estaba empeñado en que no entabláramos ningún tipo de relación con él.*

«Por si acaso», me insistía mi entonces compañero.

«Por si acaso... hay que matarlo», le respondía yo. Y él bajaba la cabeza y callaba.

Siempre supe que Zigor nunca se atrevería. Que lo tendría que hacer yo si todo se iba a la mierda. Zigor siempre ha sido de los que dan instrucciones, de los que convencen a los demás de hacer algo de lo que ellos no son capaces. Uno de esos profetas, con carisma y capacidad de persuasión, que consiguen convencer al resto de que su sitio es la trastienda, escondidos. Pensando. Teorizando. Que son otros los que deben jugarse la vida porque ellos son demasiado valiosos. Tardé tiempo en darme cuenta.

Y no fue porque Azkarate no me lo advirtiera. ¡Cómo lo caló! Quizá solo quería sacarme información, o tratar de sembrar cierta discordia entre nosotros, o simplemente es que vio algo diferente en mí, no lo sé. Pero recuerdo cómo me advirtió: «Ándate con cuidado con este Beltza*».*

¡Cuántas veces me he acordado de esa frase! Fue a mitad de cautiverio, una noche en la que cenamos los dos juntos un plato de vainas con patatas y un sofrito de ajo. Me acuerdo porque me habló de la importancia del ajo en el aceite «hasta que empieza a sofreírse». Utilizó esa expresión. «Sofreírse».

Aquella cena hablamos de literatura y de poesía. Y me dio un buen revolcón. Sabía mucho. Era capaz de recitar poemas enteros de Lauaxeta y se sabía todas las canciones de Mikel Laboa. «¿Te gusta Gabriel Aresti?», le pregunté. «Pues claro», me dijo. Y le solté aquel famoso poema:

«Me quitarán las armas, y con las manos defenderé la casa de mi padre».

«Por eso hacemos lo que hacemos, Imanol —le insistí—, porque tenemos que defender lo nuestro, lo de nuestros padres».

«Te equivocas, Poeta*».*

Guardo muchas frases en la memoria de las que me regaló Azkarate, pero de todas, la más poderosa, la más auténtica y profunda, la más profética y real fue esa: «Te equivocas, Poeta*».*

«¿Has leído a Kipling?», me preguntó inmediatamente después de soltarme esas tres palabras. Le dije que no. Y me contó que a Kipling se le había muerto un hijo durante la Primera Guerra Mundial. «Otra guerra por territorios e identidades», aseguró con cierta desolación. El chico, al parecer, desapareció en combate y el escritor, desolado por el dolor, escribió uno de sus mejores versos. Y Azkarate, muy solemne, ¡lo sigo recordando perfectamente después de todos estos años!, recitó: «Si alguien pregunta por qué hemos muerto, decidle, porque nuestros padres mintieron».

Se quedó callado, muy concentrado, rebuscando en su interior las palabras exactas, y sin mirarme, me dijo: «Te mintieron, Poeta. *Te van a robar tus mejores años con sueños melancólicos. Con historias inventadas de héroes y patrias antiguas. Pero solo vas a ser otro más en el montón del sacrificio. Otro mártir que ofrecer al dios de las identidades».*

Guardo sus palabras exactas porque me las escribí en la última página de un libro que entonces estaba leyendo. No recuerdo el título porque lo quemamos para borrar todas las huellas, pero guardé aquella hoja con las verdades de Imanol.

Josu Etxebeste sacó del cajón que había bajo la mesa un papel arrugado y amarillento. Ahí estaba la frase de Azkarate. Tinta de hacía treinta y cinco años. Cogió el papel y lo introdujo entre las dos páginas que acababa de escribir. Después cerró la libreta de cuero y la aseguró con el pasador de goma que impedía que se abriera. Por un momento pensó que su letra no había cambiado mucho en treinta y cinco años. Quizá ahora era un poco más pequeña. Y más ladeada, como cansada. Dejó las gafas colgando encima de su pecho, sujetas por un cordel de colores que le daban un cierto aire juvenil, y salió como todos los días a departir con sus clientes conocidos. Saludó de lejos a un par de mesas, consultó un tema de intendencia con su jefe de sala y se dirigió a la terraza que daba al río Bidasoa.

Hacía un buen día. Fuera, sentado bajo una sombrilla, bebiendo con auténtica devoción un bloody mary, estaba esperándole un anciano vestido con sotana, que le saludó desde lejos, sonriendo y levantando el vaso rojo.

—El mejor bloody de Euskadi; Josu, ¿cómo estás, majo? —le gritó el cura a tres metros de distancia.

—No me quejo, *aita* Vixente. Veo que te cuidas bien. Cómo se nota que ya estás jubilado y no tienes que confesar a nadie.

—No te creas, que estamos todo el día de seminario en seminario y de retiros espirituales. No me aburro. ¿Qué es eso que querías enseñarme?

Josu se sentó con el padre Vixente, un viejo amigo de su familia con el que siempre había mantenido una buena relación. Se respetaban mucho. Josu no era creyente, pero sabía mucho de religión y le encantaba discutir con su amigo sacerdote en largas charlas existenciales. *Aita* Vixente debía de tener casi ochenta años y su humor y su memoria seguían tan intactos como cuando conoció a Josu en sus años escolares. El padre Vixente Egozkue aún vestía sotana, alzacuellos y *txapela*.

Josu le llamaba *Santa Cruz*, como el cura cruel y pendenciero que lideró una guerrilla carlista no muy lejos de donde ahora está situado el Toki-Eder, cometiendo toda suerte de tropelías y crímenes de guerra. «Más curas con cojones y menos parábolas bíblicas», le oyó decir en una ocasión, sin saber si era un simple comentario irónico u otra más de sus ambigüedades jesuíticas que tanto le sacaban de quicio.

Josu se sentó junto al anciano y le pidió con un gesto, llevándose el dedo a los labios, que mantuviera silencio y se quedara quieto. Extrajo del bolsillo la libreta de cuero y la puso encima de la mesa.

—Quiero que leas esto. No te lo puedes llevar. Dime qué opinas y si estás de acuerdo en lo que estoy haciendo.

El padre Vixente se quedó mirando el diario. En silencio. Si alguien hubiera salido a la terraza en ese momento, habría tenido la sensación de que el dueño del restaurante estaba confesándose y que el sacerdote tenía su misal encima de la mesa. Cogió la agenda, la abrió y la hojeó calculando mentalmente las hojas que había escritas. Se cercioró de que no eran muchas. Empezó a leer. Josu percibió un cierto temblor en su mano al pasar la primera hoja de su diario. Después de unos tensos minutos en los que su rostro parecía contraerse y su mandíbula a punto de romperse, el sacerdote dejó de leer.

Dio un sorbo al bloody mary, se quitó la *txapela* y la puso encima de la libreta, ocultándola, en un gesto reflejo. Su cabello blanco, todavía fuerte y peinado hacia un lado, le daba un aire patricio. Tras interminables segundos de reflexión, el padre Vixente Egozkue hizo dos preguntas con enorme solemnidad.

—¿Salgo yo?

—No.

—¿Saldré?

—No. Pero quiero que me digas si estoy haciendo lo correcto.

Y el cura siguió leyendo.

9

Martes

El salón tenía un cierto olor a librería antigua. El piso, amplio y de altos techos, estaba situado muy cerca del Museo San Telmo y las principales habitaciones daban a la desembocadura del río Urumea. Los cubos varados del Kursaal donostiarra parecían desde esa ventana dos gigantescos dados lanzados al azar sobre la playa de Zurriola. Zigor Altuna miró un poco más lejos, hasta distinguir al fondo la estatua de la Paloma de la Paz. Hizo un pequeño gesto de desaprobación antes de cerrar la cortina. Nunca le gustó esa escultura de Basterretxea. Reconocía su perfección abstracta, porque era sensible a la belleza, pero su autor siempre dijo que era una obra contra todos los violentos. Y eso, sin duda, le incluía a él. Por tanto, era una escultura contra él.

Cada vez que Zigor iba de visita a la casa de su amigo José Luis Pérez-Askasibar le pedía un café cortado, con leche bien caliente. Los cinco minutos que el anciano escritor tardaba en preparar ese café para su invitado, Zigor los aprovechaba para merodear por la biblioteca. Le encantaba descubrir ediciones antiguas de títulos míticos, o curiosear entre las dedicatorias que otros escritores le habían regalado a Pérez-Askasibar.

—Hace mucho que no leo tu columna, José Luis, ¿estás un poco vago?

—Tengo la sensación de que ya nadie me lee, Zigor. Bueno, sé que nadie me lee. Porque ahora los periódicos son capaces de decirte cuántas personas han entrado en tu artículo y cada vez son o sois —el escritor señaló a Zigor— muchos menos.

—Es que cada vez se lee menos.

—O es que ya no tengo nada que contar o, al menos, nada interesante, Zigor. Mi tiempo creo que ya ha pasado.

El andar lento y un poco torpe de Pérez-Askasibar provocó que se derramara el café en el platillo que el anciano llevaba sujeto con las dos manos. «No importa», le dijo el abogado mientras se sentaban en sendos sillones. El escritor tenía un aspecto ajado y un tanto abandonado. Su vieja americana de pana estaba raída por los codos y tenía manchas de comida en las solapas. Llevaba varios días sin afeitarse y la casa hacía tiempo que no se aireaba. El ocaso de su amigo en los dos meses que llevaban sin verse se había acelerado. Zigor le miró y esta vez lo vio francamente mayor. La decadencia, esa antigua aliada de la vejez, se había apoderado del anciano de manera inexorable.

Ambos se conocían desde hacía casi cuarenta años. Ese salón en el que estaban sentados guardaba no solo una de las mejores colecciones de literatura y mitología vascas jamás recopilada, sino también el secreto de las grandes deliberaciones de la Organización.

—¿Qué harás con todos estos libros cuando te mueras? —preguntó el abogado Altuna, mirando las estanterías—. ¿Los vas a donar a alguna biblioteca?

—No lo he decidido todavía. A veces me dan ganas de quemarlo todo. Convertirlo en cenizas. Hacer con los libros lo mismo que hemos hecho nosotros con nuestros sueños. Evaporarlos —contestó Pérez-Askasibar, pensativo.

—¡No fastidies, esto tiene un valor incalculable!

—¿Y de qué nos ha servido, Zigor? No hemos conseguido nada. Todo lo que hemos sufrido, todo por lo que hemos pasado, y al final hemos fracasado. Teníamos sueños. Eran muy bonitos. Ser libres. Ser Nosotros. Leímos mucho, Zigor, nos inspiramos en todos esos libros. Los vascos siempre hemos tenido buenos poetas, magníficos bardos, escritores que nos contaron las historias de nuestros antepasados; yo mismo hice una recopilación de esas leyendas, ¡por ahí está, muerta de la risa! A veces pienso que todo fue mentira. Y nosotros, los mayores mentirosos.

Ambos hombres se quedaron en silencio, mirando la mustia moqueta marrón del suelo. Zigor no pretendía que la conversación fuera por esos vericuetos. Su amigo, con frecuencia, se daba a sí mismo un homenaje de sabiduría. Le gustaba escucharse y demostrar lo mucho que sabía. Utilizaba a menudo la ironía y el sarcasmo para generar un confuso discurso entre lo que de verdad pensaba y lo que realmente decía. Hablaba de manera antigua e impostada. Incluso engolada. Haciéndose siempre el enigmático. Zigor sabía que su tiempo hacía ya mucho que había pasado, pero tenía algo muy urgente que solucionar y necesitaba el consejo, la ayuda y, sobre todo, la aprobación de su antiguo jefe.

—No mentimos, José Luis. Quizá nos equivocamos. Fallamos en la estrategia. O no supimos leer los cambios que se estaban produciendo a nuestro alrededor. Pero no mentimos, fuimos honestos con los nuestros.

—¿Honestos? Enviamos gente a matar y a morir. Muchos de ellos se sentían orgullosos de la *ekintza* que les encomendábamos y nos quedábamos aquí, en este salón, Zigor, sabiendo que algunas de esas misiones eran un suicidio. Y nos daba igual. Sí, nos fastidiaba, nos desalentaba, pero lo considerábamos una baja razonable. Un peldaño más en nuestra lucha. ¿Te acuerdas cuando decidimos que íbamos a decretar una tregua?...

Zigor asintió con la cabeza. La reunión se le empezaba a

escapar de las manos. Pérez-Askasibar era un personaje muy respetado en los ambientes intelectuales más comprometidos con el Movimiento. Zigor se preguntaba si toda esa perorata era producto de cierta senilidad, lo cual convertía a José Luis en alguien peligroso, o era fruto de una seria y profunda reflexión ética. En ese caso, era todavía mucho más peligroso.

El cuestionamiento moral de la historia de la Organización era la línea roja que, una vez cruzada, derrumbaría el sentido de la vida de muchas personas. Gente que entonces se preguntaría «¿por qué y para qué?». Militantes, activistas, simpatizantes, seguidores y presos formaban todo un ecosistema ideológico de apoyos afectivos, de sostén emocional. Una grieta de esa magnitud, sobre todo si era abierta por uno de los profetas más respetados, enterraría a muchos de ellos en una desolación existencial.

—Antes de cada tregua seguíamos mandando gente a atentar para poner muertos encima de la mesa —prosiguió el anciano—. Negociábamos con cadáveres. Y si caían de los nuestros, una vez superado el dolor, y bien lo sabes tú, Zigor, lo utilizábamos a nuestro favor para movilizar a nuestra gente. Manipularlos emocionalmente. Generar la sensación, que nos la creímos, yo el primero, de que nuestra violencia estaba más justificada que la de ellos. Porque era de respuesta. Nuestra violencia era virtuosa, Zigor. Era buena. Violencia buena y necesaria en una guerra de malos y buenos. ¡Qué raro suena todo ahora! En fin, perdona, que a veces les doy bastantes vueltas a algunas cosas. Ya me conoces. Al grano. ¿Qué hacemos con *Poeta*?

El abogado Altuna le dio el último sorbo a la taza de café y la volvió a dejar en su plato. Carraspeó antes de empezar a hablar ordenando rápidamente sus pensamientos. Las disquisiciones de José Luis le crispaban los nervios. Siempre sentía que el escritor le ponía a prueba. Llevaba haciéndolo muchos años. Como cuando le cuestionaba en las reuniones ejecutivas de la Organización. Más de una vez le había dejado en evidencia ante el resto del Comité con sus comentarios sarcásticos.

José Luis era el encargado de construir, junto al propio Zigor, el bastidor ideológico en el que fundamentar los pasos a dar. Entre los dos escribían ponencias o comunicados que, una vez consensuados con el resto de la Dirección, volvían a reescribir rebajando la calidad literaria del texto, para no levantar sospechas sobre su origen. Formaban parte de lo que las fuerzas de seguridad llamaban el Aparato Político. Las copias originales de aquellos escritos fueron escondidas con la innegable intención narcisista de verlos publicados en un futuro, cuando ambos fueran considerados los dos grandes teóricos de la libertad del pueblo.

El letrado Altuna empezó a hablar por boca de su *alter ego Karlos*, el antiguo dirigente al que nunca detuvieron y ni siquiera identificaron.

—Josu Etxebeste es la única persona que, además de los nuestros, sabe quién soy. No sé qué le ha pasado. Lleva callado todo este tiempo y es verdad que nos ha respetado. Y tengo que decir que, incluso cuando le detuvieron y le torturaron, aguantó. No dijo ni pío. Es un tipo duro. Decidido. Y eso es lo que me preocupa. Cuando toma una decisión es porque lo tiene muy claro. Lo hizo durante el secuestro, cuando se cargó a Azkarate, y lo hizo después, cuando nos abandonó.

—Quieres decir cuando se cargó a Azkarate porque le dijiste que esas eran las órdenes. Lo que no le contaste es que habíamos decidido su muerte antes de secuestrarlo. Te lo callaste.

—No estamos hablando de eso —intentó escabullirse Altuna.

—Pero a lo mejor él sí, Zigor, y por eso está haciendo todo esto.

—¿Por venganza? No lo creo. El contacto con la Dirección lo tenía yo. Él no puede saber que la decisión de ejecutarle estaba ya tomada de antes. Yo seguí tus instrucciones. Recuerda: «Nos lo vamos a cargar, pero hay que aguantar un tiempo para que parezca que lo ejecutamos porque no paga. Se trata de una acción ejemplarizante, Zigor. Es muy importante para la supervivencia económica de la Organización».

—Pero ni siquiera fuiste capaz de ser tú el que lo hiciera —insistió el escritor—. No tuviste huevos.

—Bueno, ¡vale ya de reproches! Todos cometemos errores. Tú también. —La voz de Altuna se había elevado—. El caso es que Josu me ha enviado una fotografía en la que se me ve apuntando a Azkarate con una pistola. Aquella que enviamos a los medios. Pero es una diferente. En esta se me ve perfectamente. Soy yo. Y eso me incrimina.

Zigor sacó la foto de su americana y se la entregó a Pérez-Askasibar. Un pequeño resoplido del anciano certificó la gravedad de la situación.

—Pero a estas alturas aquello supongo que ya está prescrito —dijo el escritor.

—Claro, pero imagínate el daño reputacional que me puede hacer. Sería mi ruina.

José Luis asintió. Si se descubría la identidad de Zigor Altuna en la Organización, se descubría también la suya. Él ya era un anciano al que le quedaba poco. Su sueño de ver un país diferente, libre, hacía mucho que lo había dado por desahuciado. Toda su vida y su obra las había dedicado a sustentar un espejismo, a construir el corpus emocional y narrativo que sirviera para sustentar y argumentar los orígenes de una nación: ese país anciano robado a sus descendientes por el devenir de la historia. Sus novelas habían calado en el imaginario vasco. Aunque para muchos su herencia literaria era un compendio infumable de leyendas inventadas, de épicas falsas sobre el origen de los vascos en los mundos del milenarismo mágico, Pérez-Askasibar tenía sin embargo un público fiel que le leía y le seguía en todas las conferencias que impartía. Le encantaba sentarse por las mañanas a leer la prensa en las terrazas del Boulevard, cerca de su casa, donde se sentía agasajado por lectores que le pedían una firma o jóvenes que, al reconocerle, le saludaban desde lejos. Como todo escritor venerado, Pérez-Askasibar no era ajeno a cierto ensimismamiento intelectual que le impedía reconocer las refutaciones científicas e históricas que a menudo le hacían profesores e investigadores. «Soy escritor, lo mío es la ficción», solía responder con sorna.

Era perfectamente consciente de que todas sus novelas eran esperadas y sacralizadas por sus seguidores y por gran parte de los simpatizantes de la Organización, que daban por buenas y reales sus leyendas, sus relatos o sus recreaciones. Muchos de los jóvenes que le saludaban llevaban nombres de personajes que Pérez-Askasibar se había inventado o había modificado. Porque para muchos de los suyos eran nombres antiguos, nombres en desuso que la dictadura había ocultado y soterrado. Nombres auténticos de vascos antiguos.

—¿Hay alguna opción de razonar con *Poeta*? —preguntó saliendo de su introspección.

—Hablaré con él. Pero ¿y si está decidido a tirar para delante?

—No podemos dejarle hablar —sentenció el escritor.

—¿Hablas de quitarle de en medio?

—Hablo de impedir que cante, que todos nos vayamos a la mierda, que todo eso —dijo mirando hacia las estanterías donde estaban sus novelas— se desmorone, se diluya. Si *Poeta* habla, todo lo que he hecho y escrito, toda mi obra, quedará manchada. Herida de muerte. Tú perderías tu estatus, sí, pero yo dejaría de ser quien soy.

—De acuerdo —prosiguió Zigor—, en ese caso, ¿cómo lo hacemos? Quiero decir, ¿lo eliminamos de manera limpia, como un accidente, o lo hacemos a lo grande, como antes? Un bombazo o un tiro en la nuca puede poner el foco policial otra vez en todos nosotros, pero a la vez manda un poderoso mensaje a otros traidores que hayan pensado en hacer lo mismo.

Recuerda que tenemos más de trescientos marrones sin pagar. Trescientas muertes sin autor.

—Tiene que ser muy sutil —sugirió Pérez-Askasibar—. Él tiene que saber por qué lo hacemos, debe saber que no se juega con la historia y el legado de la Organización. Que, aunque estemos disueltos, nadie se ríe de nosotros. Pero que parezca un accidente. O un suicidio. Mejor un suicidio. Porque el mensaje para los que lo tienen que entender será muy claro. El mejor chivato es el chivato muerto. ¿Todavía sigues controlando los fondos de la caja de resistencia que nos guardamos por si acaso?

—Por supuesto. ¿Vas a llamar al *Liquidador*?

—Sí. Creo que es nuestra única opción. Espero que acepte. *Tanke* hace mucho que no trabaja. Déjame que hable con él, que ya sabes que a ti no te traga mucho.

10

Día 3

—Azkarate, levanta, que te vamos a hacer una foto.

La voz de *Beltza* suena metálica. Impersonal.

Imanol ya lleva un tiempo despierto, pero se hace el dormido cuando le escucha entrar. El olor del café que han preparado sus secuestradores le ha sacado de su último sueño de la noche. Pasados varios días desde su abducción, el propio secuestrado se pregunta a sí mismo cómo es capaz de dormir tan bien en esa situación tan extraordinariamente inquietante. El camastro es húmedo y duro; el zulo, un lugar frío y lúgubre. Pero él sigue durmiendo profundamente la mayor parte de la noche. No ha tenido ni una sola pesadilla. Por supuesto que ha pensado todas las opciones posibles en un caso de secuestro, incluida la de su asesinato, pero cualquiera de esos escenarios no le quita el sueño. Su mayor preocupación es Alasne, su hija, que, junto al gerente de su empresa, estará tratando de conseguir reunir el dinero del rescate y hacerlo llegar a Francia «por los canales habituales».

Eso es lo que ponía en las cartas que había recibido de la Organización pidiéndole dinero. Pagar se había convertido en algo tan habitual, en algo tan asumido e interiorizado, que se hacía por «canales habituales». Imanol Azkarate, dueño de la empresa Azkarate, no era ningún héroe. Pero sí una persona coherente. Claro que tenía miedo. Por él, por su hija, por sus trabajadores, por la empresa. Andoni Zabalza, su administrador y persona de confianza, era el único que conocía la existencia de las misivas extorsionadoras. De hecho, Andoni las guardaba en la caja fuerte de la empresa. No se lo habían dicho a nadie más. Ni a Alasne ni a la policía.

Imanol siempre pensó que si cedía al chantaje, estaría financiando la muerte de otros, y esa idea no entraba en su esquema moral. No pensaba asegurar su vida y su bienestar financiándolos a plazos con otras vidas. Aceptaba que hubiera empresarios, algunos de ellos amigos, que preferían pagar. El miedo, pensaba, es libre, e Imanol no pretendía juzgar las circunstancias de los demás, sus temores o la ansiedad vital que una amenaza de esa naturaleza genera.

No, Imanol no era ningún héroe, a no ser que la banalidad de hacer lo correcto pueda confundirse, a veces, con una actitud osada o inocentemente irresponsable. El propio Andoni ya le había dicho que le parecía una locura que Imanol cruzara la frontera para hablar con la Organización y explicarles por qué no pensaba pagar. «Nos guardamos las cartas y esperamos, a ver si se olvidan, Imanol», le aconsejó su mano derecha. Pero no, Imanol prefirió ir de frente, como siempre, y decirles a los que le pedían dinero para seguir matando que no contaran con él. A regañadientes, Andoni decidió acompañarle. Fue una tarde de sábado. Una cita en la estación de tren de San Juan de Luz. El encuentro lo propició el propio Andoni gracias a un primo suyo cercano que sabía dónde llamar. Eso eran «los canales habituales». La red ideológica de apoyo. La complicidad clientelar de los que ayudaban por ideología, por favores o por compasión. Un boca a boca atronador dentro de un silencio encubridor. Si no tenías un primo, como Andoni, tenías un amigo, un conocido, o directamente se iba a uno de sus bares afines, te dejabas caer por allí y preguntabas a un camarero con quién podías hablar para solucionar el tema de una carta. Un clima de impunidad basado en la inquietante sensación de que todo el mundo se conocía, y *de qué pie cojeaba*.

—Te traemos café, una tostada y una manzana, para que no te quejes —prosigue *Beltza*, dejando una bandeja sobre la caja de madera para transportar fruta que le han puesto como mesilla. A pesar de los esfuerzos de los dos jóvenes por borrar el nombre de la tienda o el transportista a quien pertenecía la caja, Imanol ha podido memorizar el número de teléfono que todavía se intuye en la madera húmeda y ennegrecida. Empieza por el prefijo 943, por lo que Imanol colige que sigue estando en Guipúzcoa.

—Gracias. Buenos días —contesta amable el secuestrado.

—Buenos días —responde *Beltza*, como siempre con un tono seco y malhumorado—. Ya te imaginas cómo va esto. Necesitamos una foto para enviarla a tu familia como prueba de vida, de que estás bien y de que tienen que pagar el rescate.

—¿Cuánto habéis pedido?

—Ni idea, eso no lo llevamos nosotros.

—¡Buenos días, Imanol! —*Poeta* entra también en el zulo con una taza en la mano.

El café huele muy bien. Tras varios días secuestrado, un desayuno normal es un pequeño signo de humanidad. En ese momento, por fin, todo huele bien. Sabe bien. Se exagera cualquier comentario positivo. Se hiperboliza un chiste, un comentario, una información del exterior que te vuelva a atar con tu vida en libertad.

Imanol se incorpora con cierto esfuerzo. La humedad de la borda empieza a hacer estragos en sus articulaciones. Instintivamente bebe un poco de agua de la botella de cristal verde que tiene al lado y vierte otro poco en las manos para mojarse la cara, acabar de despertarse y, en un disimulado movimiento de la mano derecha, atusarse el pelo para estar digno en esa foto que pretenden hacerle.

Azkarate ya se ha acostumbrado al olor nauseabundo de esa estancia, a la mezcla de su sudor, sus excrementos y los restos de comida de la cena anterior. Una pequeña arcada de *Poeta*, audible bajo la máscara de lana que oculta su cara, le indica a Imanol que el inexorable paso de los días en cautividad convierte a los hombres en alimañas. Él mismo es ya un marchito y sucio recuerdo de la persona que un día fue. No tiene ningún espejo donde mirarse, pero se imagina su cara ojerosa y macilenta, sus dientes sucios por la falta de higiene.

—No os olvidéis de sacar esa palangana, que huele fatal aquí. Deberíais airear un poco esto —les espeta mientras muerde la tostada.

—Ahora mismo lo retiro —se ofrece *Poeta*.

Coge el barreño donde Azkarate hace sus necesidades y sale al exterior. Todos los residuos orgánicos, los del secuestrado y los del comando, los arrojan debajo de un montón de paja. De esa manera ocultan el origen de los excrementos a cualquier curioso que se pueda acercar.

—¿Cómo le llamáis a la careta esta que lleváis para ocultaros? —pregunta Imanol mientras tanto al otro secuestrador.

—Pasamontañas. ¿Cómo le llamas tú?

—Pues si lo llevara para subir al Aitzgorri en invierno, lo llamaría también «pasamontañas», pero si lo utilizara en otoño para secuestrar a alguien, lo llamaría «verdugo».

—¡Verdugo! —exclama *Beltza* con un tono sarcástico.

—Sí, verdugo. Así se le llama cuando lo utilizas para robar o matar o secuestrar. Cuando lo usas para que no te reconozca nadie. ¿No lo sabías? Qué raro, parecéis bastante cultos. No os he escuchado decir muchos tacos y eso que habéis discutido un par de veces.

Los ojos de Zigor Altuna se clavan en los de Imanol, calibrando si el viejo le está poniendo a prueba o solo es su forma franca y campechana de hablar. *Beltza*, que respira agitadamente bajo la capucha, tiene claras las órdenes. La Organización lleva las negociaciones con la familia. Ellos solo son los custodios. No deben hablar mucho con el retenido para evitar deslices y que pueda, si cambian los planes y finalmente es liberado, dar alguna clave a la policía. Pero Zigor sabe también que él, y solo él, tiene la última decisión sobre qué hacer con Azkarate si algo sale mal. Ni siquiera *Poeta* está al tanto de que su compañero tiene autorización de matar al secuestrado si así lo considera necesario.

Y en ese instante en el que las dos miradas se cruzan y se sostienen, ambos entienden que la piedad o la compasión son vestigios sentimentales que no van a entrar nunca en su relación.

—Apóyate contra esa pared y sostén este cartel, que te vamos a hacer la foto. Ponte guapo —corta tajante *Beltza* a la vez que entra *Poeta* con una cámara de fotos en la mano.

—«Estoy bien. Pagar por favor». ¿Quién ha escrito esto? —pregunta Imanol, mirando el cartón escrito a mano—. Yo nunca diría eso...

—Claro que no, Azkarate. Tú nunca pagarías, por eso te hemos secuestrado. Para que aportes tu dinero a la causa de nuestro pueblo —responde *Beltza* con lentitud para enfatizar la pulla.

—No. Lo que digo es que yo hubiera escrito «Pagad, por favor». «Pagad», no «pagar». Cuánto daño ha hecho el infinitivo en Euskadi. ¡Como si no supiéramos conjugar bien! —sentencia Imanol, meneando la cabeza con desaprobación.

Los tres hombres permanecen quietos durante unos segundos. Imanol mira alternativamente a sus captores con una media sonrisa, esperando una reacción, mientras que los dos encapuchados son incapaces de articular una respuesta. Tiene razón, su víctima tiene razón y ambos lo saben. Zigor hierve por dentro. Él mismo ha escrito el mensaje, pero no quiere concederle esa pequeña victoria que pueda difuminar las invisibles claves de dominación psicológica que rigen un secuestro.

—Venga, Imanol, vamos a echar la foto de una vez —tercia *Poeta* con un tono de voz desenfadado.

—Vale, como queráis. ¿Miro a la cámara?

—Sí —responde *Poeta* mientras se aleja del secuestrado y coge foco.

En ese momento, *Beltza*, que permanece al lado de Imanol, saca un revólver del bolsillo y apunta a la cabeza de Azkarate, quien, paralizado, cierra los ojos.

—¿Qué haces? —grita *Poeta*.

—Tira la foto.

—¿Qué?

—¡Tira la puta foto, hostia! —chilla *Beltza* fuera de sí.

—¿Pero? —*Poeta* no entiende nada.

—Que tires la puta foto. Que va a salir así. Con el cartelito de los cojones que tanta gracia le hace y con esta pipa en su cabeza. ¿A ver si ahora te ríes, Azkarate? Y abre los ojos, que tienes que estar guapo.

—*Beltza*, esta foto… —insiste Josu.

—Dispara. Dispara de una puta vez o lo hago yo.

—Voy, voy…

El ojo de *Poeta* se pega al visor y sus manos nerviosas aprietan dos veces el disparador de la vieja cámara Nikon que ha pedido a sus padres. Desde el objetivo, la escena que se ve es tremenda. Esa prueba de vida no refleja la idea de activismo que ha llevado a Josu hasta esa cabaña, ni su compromiso con la Causa. La fotografía es la expresión cruda de un hombre sobrecogido que ha asumido que ha llegado a su final. El mensaje no es bueno. El potencial simbólico destructivo de esa imagen va a tener efectos devastadores para los suyos. Cualquiera con un poco de humanidad va a compadecerse de ese pobre hombre, de ese espectro triste y torturado. Esa fotografía, y *Poeta* lo sabe desde el momento en que hace dos clics y corrige el encuadre, está muy alejada de su idea de honradez revolucionaria. Esa fotografía en blanco y negro es un claro mensaje mafioso.

11

Miércoles

Faltaba una hora para el alba, y la pequeña embarcación empezaba a dejar atrás el estuario de la bahía de Txingudi. El sonido monocorde del motor, pot, pot, pot, pot, junto al roce cadencioso de las olas en la quilla, componían una relajante melodía en ese amanecer. Los espigones rocosos de Hondarribia, a babor, y de Hendaya, a estribor, escoltaban a la vieja *txalupa* en su singladura a mar abierto. Su solitario tripulante, una figura fuerte y de enorme envergadura que se recortaba entre las menguantes sombras de la noche, manejaba la barca con la vista puesta fijamente en el lugar exacto donde intuía que estaba el banco de *txipirones*. Cuando Mikel Rekalde decidió comprar la Kontuz! a un antiguo amigo marinero de Hondarribia le mantuvo el nombre.

—¿Por qué llamarle ¡Cuidado! a una barca? —le preguntó en su momento.

—Por si acaso —dijo el *arrantzale*.

—Entiendo.

Y así cerraron el trato. Con pocas palabras. Le gustaba la idea de que otras embarcaciones que vinieran por detrás, más modernas, más rápidas, tuvieran respeto por la suya y se alejaran. ¡Cuidado! Mikel era un tipo muy reservado. Muchos de sus conocidos decían de él que no tenía sentimientos, porque nunca mostraba ni pena ni alegría. En realidad, no era tan lúgubre como le describían. *Que sabrán esos*, pensaba cada vez que le asaltaban las dudas de por qué tenía tan pocos amigos.

Mikel se dio la vuelta, miró hacia popa y distinguió sus dos referencias físicas. A la izquierda veía las gemelas, las dos enormes rocas de la playa de Hendaya perfectamente alineadas. A la derecha empezaba a entrever la pequeña cala de los Frailes, justo debajo del faro de Higuer. Ese era el sitio. Paró el motor de la Kontuz! y echó el ancla. A su alrededor, otras pequeñas *txipironeras* empezaban a coger posiciones. Todos se respetaban y se vigilaban. Algunos, más simpáticos y habladores, se daban los buenos días desde lejos; otros, como Mikel, tan solo levantaban la cabeza en un gesto brusco de saludo. Allí estaban los mismos de casi todas las mañanas. Antxon, Pello, Paco, los hermanos Alfredo y Miguelmari. Todos, jubilados con tiempo para su pasatiempo preferido.

La embarcación de Mikel generaba una especie de burbuja a su alrededor. Los demás se mantenían a prudente distancia de ese hombre callado y atormentado que, sin embargo, siempre se llevaba el mayor botín de *txipirones*. En realidad, *Tanke* era para todos un personaje casi de leyenda. Su pasado en la Organización, sus años en la cárcel y su currículum como asesino provocaban admiración en unos y un cauteloso temor en otros. Todos le observaban de reojo para ver dónde echaba sus aparejos y mantener así la distancia de seguridad con la Kontuz! Nadie quería tener un encontronazo con él, ni discutir por un calamar.

Mikel pescaba como se había hecho toda la vida: con una vieja potera de plomo forrado con hilos de colores que él mismo enrollaba la noche anterior. Esos señuelos modernos que llevaban los demás, con peces fosforescentes, le parecían una extravagancia innecesaria. Antes de lanzar los dos primeros hilos de pita encendió el vetusto Nokia que llevaba en el bolsillo. Seguía siendo el primer y único teléfono móvil que había tenido. En esa zona del mar apenas hay cobertura e incluso, a veces, se mete la telefonía francesa, pero encenderlo por si acaso era una de las rutinas de Mikel.

Echó al agua dos aparejos y respiró hondo. La paciencia es la madre de este arte de pesca. Esperar. Casi inmóvil. Aburrirte con tus propios pensamientos hasta que la mano vibre con un tirón y empieces a recoger hilo. Mikel no tenía ninguna nostalgia de su pasado, pero tampoco había sentido la punzada del arrepentimiento. Nunca tuvo necesidad de pedir perdón. Él fue consciente de su elección vital. Sabía lo que hacía y dónde se metía. Tenía muy claro que su perfil no era ideológico u organizativo. Era un tipo de acción. Un echado para delante. Y eso significaba que le pedirían que matara.

Pero ahora, ensimismado en percibir cualquier vibración en el hilo que sujetaba con sus robustos dedos, reconocía que si pudiera, cambiaría todo ese pasado. Tardó muchos años en sentirse utilizado y manipulado. Él, a diferencia de otros antiguos militantes, había preferido apartarse de los círculos en los que todavía se hablaba con cierta añoranza del pasado, de acciones, represiones y más acciones. Aquel frustrante bucle revolucionario que embaucó a tantos y tantos.

Allí mismo, enfrente de la embarcación, en la pequeña playa de los Frailes, escondida de miradas molestas y protegida por los últimos acantilados del monte Jaizkibel, había desembarcado varias veces desde Francia de manera clandestina. A *Tanke* siempre le encomendaron misiones especiales. Su existencia, hasta que fue capturado, apenas era conocida por un número muy escaso de dirigentes de la Organización. Lo suyo eran las acciones cualificadas. Las acciones de venganza o, como las llamaban en la Organización, de pedagogía y disciplina.

Antes de ser detenido, asesinó a varias personas supuestamente relacionadas con la guerra sucia contra la banda y a antiguos militantes que habían colaborado con las fuerzas policiales. «Operaciones de limpieza», decía siempre. Por eso no se arrepentía de su pasado. Creía que nunca había matado a un inocente. En su escala de valores, los muertos no eran iguales. Él se dedicaba a liquidar chivatos y mercenarios contratados por el Estado para matarlos a ellos. Por tanto, creía Mikel, estaban bien muertos. Su función era cuidar y proteger a la Organización. Así que deshacerse de los traidores que colaboraban con el enemigo eran también operaciones justas. En su esquema, él se creía algo así como un servicio de contravigilancia de la Empresa. El que ajustaba las cuentas. El liquidador. *Tanke* era un sicario dentro de una organización con muchos otros asesinos. Y solo actuaba por encargo expreso de la Dirección.

El tirón en la mano le sacó de sus pensamientos. Empezó a recoger pita y un enorme *txipirón* apareció por la borda. El *begihandi* resoplaba con fuerza expulsando agua y tinta, mientras Mikel le retiraba el anzuelo. Con la parsimonia de quien lo ha hecho ya miles de veces, lo puso en un caldero y volvió a echar la pita. Tenía costumbre de quedarse con un par de calamares grandes y regalar el resto a los ancianos *arrantzales* que todos los días iban a sentarse y charlar de antiguas aventuras marineras en la venta de Hondarribia. Él no necesitaba mucho. Vivía solo y cocinaba lo justo. Sus años en la cárcel le habían impedido cotizar en la Seguridad Social, así que ni siquiera tenía una pensión. De vez en cuando trabajaba de ayudante de cocina en un restaurante del pueblo y con eso iba tirando.

Sus veinte años en prisión le habían cambiado mucho. Allí dentro, por primera vez, empezó a convivir con otros miembros de la Organización. Gente con la que, por la prudencia de su papel especial dentro de la banda, no había podido coincidir antes. Y recordaba, mientras se concentraba en sostener en sus manos los aparejos, cómo enseguida se vio defraudado y consternado con sus compañeros de militancia. Siempre había ido por libre y actuado solo, así que la disciplina que le quiso imponer enseguida el llamado Colectivo de presos se le antojó una formalidad innecesaria. Él solo aceptaba órdenes de la Dirección. Una vez capturado, había dejado de estar operativo; por tanto, ya no recibía órdenes de nadie. Y menos de esos autoproclamados líderes del colectivo que fuera, en las calles, y según la peculiar visión de la militancia de *Tanke*, no habían destacado por sus actos o por sus acciones: «En la cárcel esos inútiles querían que pareciésemos el Ejército Rojo. Organizados y disciplinados. Los mismos que fuera se comportaron como el puto ejército de Pancho Villa», se contestaba a sí mismo.

Los funcionarios de prisiones al principio le temían. Fuerte, alto, con una tremenda trayectoria de asesinatos; sin embargo, los problemas los tuvo casi siempre con los suyos. Desde el principio se enfrentó con el Colectivo. Se veían en los patios, en los comedores o en los cursillos, pero Rekalde nunca secundó sus movilizaciones, sus huelgas de hambre, sus *txapeos*, como llamaban a encerrarse en sus celdas todo el día. «¿Encerrarnos dentro de nuestro encierro? No entiendo», les insistía cada vez que le pedían apoyo. Mikel siempre fue un lobo solitario. Dentro de la Organización y fuera. Y el contacto frecuente con otros compañeros de militancia le supuso un tortazo de realidad. Porque compartir un fin y unos medios no necesariamente obliga a ser amigo de tus compañeros de viaje y mucho menos disculparles sus errores o sus miserias.

Y a la memoria de *Tanke*, inmóvil en su barca, mecido por el vaivén de las olas, vino, por ejemplo, aquel miembro del comando de la zona del Bajo Deva jactándose de haberse acostado con la hija del colaborador que los escondía, una niña de quince años, entre las risas cómplices del resto del Colectivo.

—¿Te parecerá bonito, hijo de puta? —le soltó directamente en aquel corrillo reunido en el patio de la prisión.

—¿Qué te pasa, *Tanke*? —contestó el otro preso.

—Que eres un cerdo.

—Tampoco es para ponerse así. Ella quería y yo estaba necesitado. Y eso fue todo.

—¡Era una niña, hijo de puta! ¡Y la hija de un *laguntzaile*, de alguien que nos ayudaba! ¡Y tú aprovechaste para violar a su hija! —le gritó *Tanke* antes de darle dos puñetazos.

Mikel recordaba cómo el resto de los presos se quedaron quietos. Sin moverse. Sentados en los bancos que había detrás de una de las canastas del patio, el lugar que siempre elegían para sus encuentros. Y les gritó a todos que, si veían alguna nobleza en abusar de una menor, entonces el equivocado de sitio era él. Y se alejó para no volver a juntarse nunca más con sus excompañeros en aquella prisión.

Mikel pasó por varias cárceles. Su comportamiento era ejemplar y sus informes internos muy buenos, pero la naturaleza de sus crímenes le convertía en un símbolo. En todos los penales por los que pasaba sucedía lo mismo: los funcionarios le hacían la vida imposible, mientras que los presos de la Organización se le acercaban enseguida y le acogían con indisimulada admiración. Hasta que *Tanke* explotaba y volvía a estar solo. En aquella época se sentía mucho más a gusto con los presos comunes que con sus antiguos colegas de ideología.

Con *Tanke* no se jugaba. Tampoco se le mentía. Si algo no soportaba era la indecencia en el compromiso. Él no se había metido en la Organización para que otros jugaran a la revolución. Asumir que la violencia iba a ser su opción de vida era una decisión que no estaba al alcance de todos. La violencia siempre mancha, envilece, deja marcas profundas en el interior. Mikel siempre lo había sabido. Es un camino sin retorno. Nunca se vuelve a reír igual porque esas risas vibran en las tumbas de las víctimas. El que elige matar se convierte en un solitario. Por mucho que otros le aplaudan. Se rompe por dentro como persona. Como ser moral. Oscurece su alma.

Mikel miró a su alrededor, a los otros pescadores, que le observaban de reojo desde la distancia. Su vida había sido así desde que entró en la Organización. Siempre aislado. Solo. Separado de los demás para no ensuciarlos. Consciente de la infinita negritud que lo acompañaba. De la energía cáustica que desprendía. Porque Mikel siempre había pensado que su enorme cuerpo arrastraba, de forma imaginaria pero muy simbólica, ocho enormes cadenas con las almas de sus ocho víctimas. Un peso del que tendría que dar cuenta en algún momento. Un purgatorio infinito que lo lastraba, y le impedía sonreír. Por respeto a los que eliminó.

Una de sus peleas más sonadas fue con un conocido miembro de la banda que hacía las funciones de responsable del Colectivo en una de las últimas prisiones en las que estuvo. El tipo era la persona encargada de hacer cumplir las órdenes y la disciplina dentro de la cárcel. Era un personaje admirado y temido por el resto. Había asesinado a un general del ejército y a su escolta, y eso le daba un estatus de referente dentro de la banda. En la hoja de servicios de la Organización también importaba la calidad del cargo de la persona asesinada: cuanto más alto o más importante, más galones imaginarios adquirían ante los suyos. El día que *Tanke* se enteró de que ese tipo en realidad no había cometido el asesinato fue directamente a por él en medio del comedor de la prisión.

—Tú, *bokas*, ¿por qué reconociste el atentado del general si lo hizo tu compañero?

—Perdona, *Tanke*, pero a ti qué te importa.

—¿Fuiste tú o no?

—Bueno...

—¿Fuiste tú o no?

—Fue un compañero del comando.

—¿El que murió unos meses más tarde?

—Sí.

—Qué casualidad. El único que podría decir que no te cargaste al general. Eres un mentiroso y un hijo de puta.

—*Tanke*, tranquilo. Qué más da quién fue. Fuimos todos. Fue él, fui yo, fuiste tú. Fue la Organización.

—No, hijoputa. Dijiste que fuiste tú para ganarte el respeto del resto de los presos. Para hacerte el puto amo. Eres un mentiroso y un mierda. —Y allí mismo le dio una paliza que mandó al impostor a la enfermería y a Mikel a la celda de castigo.

En el código de *Tanke* no había lugar para impurezas revolucionarias. Ni para aquellos que retorcían de manera egoísta o imprudente una lucha que dejaba tanto dolor. «No nos equivoquemos —les dijo a otros presos más de una vez—, si estáis dispuestos a morir, estáis dispuestos a matar. Pocos juegos con eso». No había dilema posible.

No, Mikel ya no era el mismo. Había cumplido sus años de cárcel y se había apartado de todo y de todos. Ya no era ese joven forzudo de sangre caliente. Ahora cultivaba la paciencia y la tranquilidad. Y la pesca dentro de su pequeña barca era su momento de meditación. Miró el cubo bajo sus pies. Una docena de enormes *begihandis* le miraban todos a la vez, con un solo ojo. Pensó que ya era suficiente. Arrancó la motora y encaró la embocadura de la bahía de vuelta al puerto. En cuanto se acercó a la zona de los espigones el teléfono encontró cobertura y se iluminó con un pequeño bip, bip…

Mikel abrió el mensaje de aquel viejo conocido del que no sabía nada desde hacía mucho tiempo, el escritor Pérez-Askasibar:

«*Aupa, Tanke*, te necesito para resolver un tema. Es importante. Nos vemos, como siempre, donde los apóstoles, a las 11 de la mañana del jueves. Ya te contaré. No puedes fallarme. Geroarte».

Mikel Rekalde no soltó la mano del timón y mantuvo el rumbo. Su cara, salpicada con pequeñas gotas de agua salada, no hizo ningún gesto. Volvió a mirar la pantalla del móvil y, sin apagarlo ni salirse del mensaje, arrojó el teléfono al mar.

12

Miércoles

—¡Venga!, descargamos esos dos palés de riojas y hacemos hueco para el camión de los oportos portugueses, que está aquí en media hora —ordenó Andoni Zabalza a uno de los trabajadores.

—Muy bien. Oye, los frigoríficos están casi al límite. ¿No habrás pedido más género? Que no va a caber.

—Tranquilo. No llega nada de congelados hasta el lunes.

El ritmo en el almacén era frenético. Varias decenas de operarios se combinaban y permutaban de sitio trayendo y llevando cajas de vino, licores y todo tipo de conservas. Las furgonetas entraban y salían en un ordenado caos que el gerente de la empresa Azkarate tenía perfectamente estructurado en su cabeza. Los albaranes con pedidos cambiaban de mano igual que las órdenes de transporte para los conductores. Ninguno hacía siempre la misma ruta. Esa era una de las antiguas costumbres instauradas por el difunto Imanol. Cada uno de los repartidores debía conocer a todos los clientes: dueños de bares, jefes de cocina de restaurantes, responsables de hoteles, encargados de los menús en colegios u hospitales. Azkarate Logistics era la mayor plataforma de distribución de bebidas y alimentación de toda la provincia, y también de las bordas y ventas situadas a lo largo de la frontera. Centenares de clientes franceses pasaban cada día a hacer sus compras de alcohol, tabaco y gasolina para ahorrarse los tremendos impuestos de su país. E Imanol Azkarate, antes de su asesinato, había logrado hacerse con la exclusividad de la mayor parte de las bebidas de alta graduación que consumían los compradores galos. Treinta y cinco años después de su muerte, la empresa seguía siendo la mayor distribuidora a lo largo de toda la muga.

Los miércoles eran días de mucho trasiego porque los restaurantes necesitaban irse aprovisionando para el fin de semana. Andoni observaba la danza milimétrica de todos sus empleados desde las escaleras del primer piso donde tenía su oficina. Quería tenerlo todo controlado antes de que llegara Alasne. No era habitual que la jefa le fuera a visitar al almacén. Algo debía de haber pasado. Andoni, delgado, pequeño, poco pelo, unos sesenta años bien llevados, llevaba casi cuarenta en la empresa. Imanol enseguida se fijó en sus dotes de organización y en su sensatez con las nuevas ideas que acarreaban un cierto riesgo de inversión.

Azkarate le contrató de muy joven, casi adolescente, cautivado sobre todo por su dominio del francés. El primer trabajo de Andoni fue, sin embargo, semiclandestino. Se dedicaba a cambiar moneda en la trastienda de una de las tiendas que Imanol Azkarate tenía en la frontera de Irún. El cambio que ofrecían era mucho más ventajoso que el de los bancos, así que todo el mundo —españoles que trabajaban en Francia, franceses que trabajaban en España, policías de frontera, gendarmes, guardias civiles, turistas o incluso militantes de la Organización que pasaban la muga de incógnito— acudía a esas casas de cambio alternativas para obtener francos y pesetas. Entraban a comprar tabaco o bebidas y preguntaban si había cambio. Andoni, con un gesto, los hacía pasar a la parte de atrás y allí cerraban la transacción. En su tienda se podían cruzar y saludar guardias civiles de la aduana con desconocidos militantes de la banda, en una rara burbuja que momentáneamente generaba un extraño clima de afabilidad. Azkarate no era el único operador de la zona. Otras licorerías, estancos o tiendas de ropa de la frontera en aquellos años ochenta lo hacían y era una impecable manera de obtener un beneficio absolutamente negro. Una ilegalidad cómplice en la que muchos participaban y unos cuantos se beneficiaban.

El método era sencillo. El joven Andoni iniciaba la semana con un millón de pesetas en efectivo, que le entregaba su jefe Imanol y que depositaba en la trastienda. Allí dentro, alejado de miradas indiscretas, entre cajas de calvados, orujo y pastis, montaba un pequeño mostrador con un enorme montón de billetes que iba menguando a medida que iba creciendo el fajo de al lado. Ese día solo se aceptaban francos franceses. Andoni le entregaba pesetas al cliente, se guardaba sus francos y se ganaba una pequeña comisión. Al día siguiente, y descontando los beneficios del cambio, Andoni empezaba con francos y solo aceptaba cambiarlos por pesetas. Y así todos los días. Francos-pesetas. Pesetas-francos. Dinero opaco amarrado con una simple goma de color carne. Fajos invisibles al fisco. Los clientes sabían por el boca a boca qué tipo de cambio ofrecía cada local e iban al que más les convenía para cambiar dinero francés o español. Andoni era muy bueno en ese negocio paralelo. Sabía ser amable sin hacer preguntas. Convertía en rutina afable un acto clandestino. Conocía por su nombre de pila a todos los clientes y les preguntaba por la familia o les regalaba, de vez en cuando, alguna botella de licor. Imanol, al poco tiempo, se lo llevó a las oficinas de la empresa.

Para Azkarate era como un hijo, aunque Andoni nunca se vio a sí mismo como hermano de Alasne. Mucho menos un hermano mayor. Cuando la vio llegar con su todoterreno al parking de la empresa notó en su gestualidad una energía desconocida. Alasne venía nerviosa. Fuera lo que fuese, había alterado a esa mujer apática y distante que, según iba subiendo por las escaleras de la empresa Azkarate, empezó a dibujar una sonrisa en su cara que Andoni no recordaba desde la muerte de su *aita*.

—*Kaixo!* ¿Cómo va todo?

—Hoy miércoles mucho lío, a tope de repartos, Alasne, pero todo en orden.

—¿Mal momento para hablar ahora?

—No, qué va, qué va. Pasa al despacho y hablamos tranquilamente.

Antes de entrar, Alasne saludó desde ese primer piso a los empleados que se habían percatado de su presencia. Todos levantaron a la vez la mano y siguieron con su ajetreo de cajas, botellas, latas y gritos. El peculiar lenguaje de cada almacén es insondable para cualquiera que no pertenezca a la plantilla. Las órdenes, los movimientos, las jerarquías entre empleados, los turnos para comer, las amistades o enemistades, incluso los pequeños espacios físicos de trabajo que cada uno trata de defender como parcelas conquistadas de intimidad, son claves invisibles para el de fuera.

A Alasne le encantaba mirar desde arriba para adivinar esos códigos. Su padre le había enseñado que si quieres conocer tu empresa, tienes que leer el lenguaje imaginario y sutil que se establece entre tus empleados. Darte cuenta sin que ellos se den cuenta. Y Alasne, apoyada en la barandilla, vestida con unos vaqueros, una camiseta negra y un fular anudado al cuello, recordaba ese consejo con cara de satisfacción. Y todos los trabajadores le sonreían porque no era habitual encontrarla tan alegre. Y Andoni, a su lado, sonreía también por verla así de contenta.

Alasne no tenía todavía muy claro lo que le iba a contar a Andoni. Tras darle muchas vueltas a la carta de su padre, había llegado a la conclusión de que Imanol había entendido también los diferentes códigos éticos de sus dos asesinos. Y estaba convencida de que ella había descifrado parte del mensaje oculto en esa carta.

—Andoni, tenemos que hablar del *aita* —le soltó en cuanto se encerraron en el despacho.

El director vaciló unos instantes para tratar de ubicarse. *¿Hablar de Imanol? ¿O quiere decir de la empresa Azkarate? ¿De cómo van los números? ¿Hablar de lo que le pasó al* aita*? ¿Otra vez?...* Andoni se sirvió un vaso de agua para ganar algo de tiempo y le ofreció otro a su consejera delegada.

—Me dejas un poco fuera de juego, Alasne —respondió—. Vienes de improviso. Sonriente. Luminosa, como hacía años que no te veía. Francamente, no sé por dónde vas a tirar, pero, sea lo que sea, no puede ser malo si te ha hecho tanto bien.

—Me ha pasado algo alucinante que luego te contaré, pero antes necesito un par de respuestas, Andoni. Y tú eres de los pocos que me pueden ayudar.

—Adelante, me tienes en ascuas.

Ambos permanecieron de pie en el despacho, sin sentarse, para evitar la inevitable barrera que supone una mesa de por medio.

—Bien, ya sé que al *aita* le pidieron el impuesto revolucionario, que recibió una carta y que decidió no pagar.

—Así es —contestó Andoni.

—Y sé que la primera carta se recibió en la empresa y la abriste tú.

—Correcto.

—Y que probablemente la negativa de mi padre a pagar fue el detonante de su secuestro.

—Probablemente. ¡Ve al grano, por Dios, Alasne, que me va a dar un infarto!

—Todavía no, tranquilo. Recuerda: tú y yo estuvimos intentando conseguir el dinero para el rescate.

—Sí.

—Entre el efectivo de la caja fuerte que teníamos, el préstamo camuflado de la caja de ahorros, el dinero que nos dejaban amigos y otros empresarios, y la promesa por escrito de que la parte que quedaba del rescate lo pagaríamos a finales de año, la negociación estaba encauzada.

—Sí.

—Y que incluso ese primo tuyo que tenía amigos al otro lado nos decía que todo iba bien.

—Sí.

A Andoni estaba a punto de salírsele el corazón por la boca. No sabía adónde quería llegar Alasne con algo que había ocurrido hacía tanto tiempo y que le dolía mucho recordar.

—Pero lo mataron —afirmó Alasne con solemnidad.

—Sí, Alasne, lo mataron. Tú misma reconociste su cuerpo. Hasta aquí no hay nada nuevo. ¿Has estado dándole vueltas a lo mismo otra vez? —preguntó el gerente, adoptando un tono de voz protector—. Ya sabes lo que te recomendó el psicólogo, y todos nosotros. No hay que olvidar pero tampoco quedarse anclada en ese mal recuerdo. Tenemos que tirar para delante.

—Sí, tienes razón, tranquilo, Andoni. No le he estado dando vueltas otra vez. Ha ocurrido algo nuevo que ahora te voy a enseñar. Pero, antes, déjame acabar.

—Venga, sigue.

—Tú le acompañaste a Francia a negociar con la Organización, ¿verdad?

—En realidad, no fuimos a negociar. Tu *aita* lo tenía muy claro. No iba a pagar esa extorsión. Pero en vez de callarse y hacerse el loco, como si no hubiera recibido nada, que es, lo confieso, lo que yo le recomendé que hiciera, decidió ir a decirles a la cara a esos mafiosos que no les íbamos a pagar. Tu *aita* tenía dos cojones, Alasne.

—Cuéntame cómo fue todo.

—No hay mucho que contar. Mi primo consiguió una cita. Él era simpatizante, nada más, pero sabía cómo llegar a ellos porque alguno de su cuadrilla se había escapado al otro lado. La cita era en San Juan de Luz, en la estación, a las siete de la tarde, en el lado del tren que va para Hendaya.

—¿Estabais solos?

—Sí. Él y yo. Bueno, recuerdo que al otro lado de las vías, en el otro andén, había otros dos hombres que venían a lo mismo que nosotros.

—¿Cómo sabes eso?

—Porque tenían la misma pinta de *gixajoas* acojonados que nosotros. Éramos cuatro pobres hombres esperando una cita para negociar por nuestras vidas. Nos mirábamos y bajábamos la vista. Nos avergonzábamos, Alasne. Creo recordar que tu *aita* reconoció al mayor de ellos, me dijo que le había visto en el campo de Anoeta viendo a la Real. Debía de ser empresario o así.

—¡Qué situación!

—Pues sí, porque aunque nosotros íbamos a otra cosa, ellos debieron de pensar que estábamos allí para pagar. Y nosotros pensamos lo mismo de ellos. Y mientras esperábamos, apareció un tipo pequeño. Con una camisa a cuadros de manga corta, vaqueros, con poco pelo y cortado a cepillo, como pinchos. Se dirigió hacia ellos, les preguntó algo y se alejaron juntos. Y mientras se iban, el tipo nos miró y bajó la cabeza con un gesto de disimulo como diciendo «esperar, ya sé quiénes sois, ahora vengo».

—¿Le conocías?

—De vista. Se llamaba Eusebio. Era uno de los que venían de vez en cuando a cambiar moneda en la tienda de la frontera. ¡Cuántas veces le habré visto en aquella época saludar y dar la mano a guardias civiles que hacían cola para cambiar! Como si nada. Tiempo después le vi en la tele cuando fue detenido y pusieron su foto. No me acuerdo del nombre, no me preguntes, porque he tratado de borrar todo aquello de mi mente. Me pongo enfermo de pensarlo. Ahora mismo ya me estoy poniendo bastante nervioso.

—Continúa, por favor.

—Ese tipo volvió al rato, se acercó y, sin saludar, sacó del bolsillo de su camisa un papel. Lo leyó y soltó: «Vosotros estáis citados mañana», y se dio la vuelta.

—¿En serio?

—Sí. Tu padre le gritó que no se iba a mover de esa estación. Que la cita era muy clara. Siete de la tarde. Martes. Era martes. El mafioso se volvió y comprobó su papel. «Llama a tu jefe porque si nos vamos no volvemos», le dijo Imanol. El tal Eusebio se lo pensó y finalmente nos dijo que le acompañáramos. Yo estaba acojonado, Alasne. Nos llevó hasta un bar muy conocido, donde todos nos miraron al entrar, y nos hizo pasar a un almacén. Allí había otro tipo, grande, barbudo, con cara de pocos amigos. Como fastidiado por haberle jodido la partida de mus con los de fuera.

—¿Sabes quién era?

—Uno de los grandes jefes. Un tal Otxia. Ya murió. Reconocí su rostro tiempo después también en la televisión.

—¿Y cómo fue el encuentro?

—Mal, como te imaginas. El *aita* tenía ese punto de soberbia intelectual que a veces le perdía. Empezó argumentando por qué no íbamos a pagar. El terrorista se quedó alucinado. No se lo esperaba. Imanol le hizo un discurso sobre lo vasco que era él, lo equivocados que estaban ellos, sobre ética y revolución y, bueno, el otro soltó un *mecagüendiós* y nos gritó que anduviéramos con cuidado. Que Imanol era un traidor a la Causa. Que estaba en la diana. Que miráramos debajo del coche. Que tuviera cuidado con su hija Alasne...

—¿Me citó?

—Tenían mucha información, Alasne. Información de dentro. Alguno de los nuestros, de los empleados, les había contado de todo. Mal y exagerado, porque encima pensaban que el *aita* estaba forrado, pero bueno, en resumen, que el del pelo pincho que acompañaba a Otxia apuntó al *aita* con una de sus manos, como si fuera una pistola, dijo «pum» y con una sonrisa asquerosa le soltó: «Objetivo prioritario eres». Y eso es todo, Alasne. Yo me cagué vivo y el *aita*, sin embargo, dijo que les habíamos dado una lección. Y fíjate luego...

—Lo secuestraron y lo mataron.

—Así fue.

—Fue una venganza, Andoni.

—¿Cómo?

—No querían el dinero. Querían dar una lección. Querían acojonar a otros empresarios para que pagaran. Mataron al *aita* para que otros pagaran y ellos pudieran seguir matando con ese dinero.

—¡Joder! Puede ser, Alasne, no lo sé.

—Yo sí lo sé, Andoni. Yo sí lo sé. Y sé que sus secuestradores podrían ser un tal *Poeta* o *Poesías*, y el otro un tal *Zuri* o *Beltza*.

—¿Y cómo sabes eso? ¿Quién te lo ha dicho?

—El *aita*, Andoni. Ha sido el *aita*. Ha sido Imanol Azkarate. Es hora de arreglar esto. Tranquilo, no estoy loca. Lee esto.

Y le tendió la carta que había recibido...

13

Miércoles

Las carpetas de color beige se acumulaban en la mesa del salón de la casa del comisario Sánchez y una molesta capa de polvo antiguo se había desprendido del montón, esparciéndose en la alfombra roja que decoraba la estancia. El inspector Fernando Arrieta le había llevado a su casa toda la documentación disponible del caso Azkarate. Se había pasado la mañana en los sótanos de la comisaría de San Sebastián rebuscando entre viejos legajos, informes, minutas y declaraciones de detenidos, tal y como le había ordenado Sánchez. Mientras buscaba entre las estanterías se le había escapado en varias ocasiones una sonrisa sarcástica al reconocer nombres de personajes conocidos en la actual Euskadi. *Sería la hostia mandar a cada uno una copia de lo que sabemos de ellos o lo que cantaron entonces*, pensó Arrieta. *Alguno lo enmarcará y lo enseñará orgulloso a sus hijos, pero seguro que muchos otros estarían avergonzados de lo nenazas que fueron en cuanto los apretamos un poco.*

Hay en cualquier comisaría, en cualquier archivo policial, un trozo de todos. Las diferentes fotos de los carnets de identidad a lo largo de años, las multas, los pasaportes, las denuncias puestas o recibidas, o como ocurría a menudo en el País Vasco, las declaraciones firmadas después de un interrogatorio policial. Durante los años más duros de la violencia terrorista, las fuerzas policiales tendieron a identificar como potencial sospechoso a cualquier joven que fuera a una manifestación, merodeara cerca de un edificio oficial o tomara unos *zuritos* en determinadas zonas de bares calificadas como «zona comanche». Llevar unas zapatillas deportivas podía ser una acusación de haber acudido a una concentración de protesta. Tener los dos apellidos vascos en el DNI era, para muchos agentes y guardias civiles en cualquier control rutinario, una declaración de culpabilidad y un billete de ida a la comisaría para contrastar datos. Todas aquellas carpetas que contemplaba el inspector Arrieta eran parte de la memoria histórica del País Vasco.

—¿Por dónde empezamos, jefe? —preguntó Arrieta, observando los clasificadores.

Sánchez estaba en la cocina. Acababa de abrir una botella de vino, un ribera del año poco pretencioso, y servía dos copas. Esa amabilidad, ese detallismo, tenía un poco intrigado a Arrieta. Estar en casa del comisario con documentación reservada sacada a escondidas de su custodia oficial ya era bastante irregular. Pero la bonhomía que mostraba Sánchez, que había preparado una tortilla de patata y un plato de jamón «para picar algo mientras», eso sí que era irregular. Ignacio Sánchez le tendió una de las copas a su subordinado e hizo ademán de proponerle un brindis levantando el brazo.

—¡Por mi último servicio a la Patria! —dijo solemne.

—¡Por tu último servicio! —contestó Arrieta, sonriendo.

El comisario dejó la copa sobre la mesa de la cocina y probó la tortilla sin decir nada más. Después de masticar con cara de satisfacción aguantando el momento de ponerse a hablar, exclamó:

—El mundo se divide entre los que ponen cebolla a la tortilla de patata y los que la odian. ¿Tú de qué lado estás?

Arrieta, que acababa de coger un trozo de jamón y estaba a punto de comérselo, se quedó quieto, con la boca abierta, pensando en por qué no había probado primero la tortilla para saber si llevaba o no cebolla. Otra vez el comisario con sus encrucijadas semánticas. ¿Por qué tenía siempre que hacer esas preguntas que le dejaban en inferioridad de condiciones? Imperceptiblemente, mientras ganaba un poco de tiempo, aspiró ligeramente con la nariz para tratar de captar el olor de la cebolla en el ambiente, y finalmente se la jugó:

—Del de los que les gusta con cebolla, comisario. ¿Hay otro lado?

—Lo hay, Fernando, lo hay. Es el lado de los débiles, de los que miran a la vida sin ganas, de los que no sonríen, de los amargados y los perdedores. La tortilla sin cebolla es placebo. Es una puta mierda. ¿Has traído todas las carpetas?

—Eeeh, sí —balbuceó Arrieta, dirigiéndose hacia el salón.

—Ten cuidado con la copa de vino. ¡No jodas! —gritó Sánchez—. Como me manches la alfombra te corto los huevos, que la compró Elena a un moro en un viaje que hicimos a Jordania. Me costó una pasta. Y no veas para traerla y meterla en el avión.

Arrieta había desarrollado una extraña habilidad para quedarse petrificado, inmóvil, como congelado en el tiempo, cada vez que su jefe le levantaba la voz con una pregunta trampa o una bronca. Volvió sobre sus pasos, como el soldado que acaba de darse cuenta de que se ha metido en un campo de minas, buscando sus propias huellas. Dejó la copa en la mesa de la cocina, cogió una porción de la tortilla de patata con cebolla y se dirigió de nuevo al salón masticando y reconociendo que estaba deliciosa.

—He traído todas las carpetas del secuestro de Azkarate que he encontrado. Los informes forenses, los de balística, los de la científica, las declaraciones de los familiares y las de los sospechosos que interrogasteis. Yo todavía no estaba por aquí. Hay también recortes de prensa de su secuestro, la foto esa que le hicieron, que manda huevos, y recortes de periódico sobre el funeral y toda esa mierda periodística.

—Bien, buen trabajo, Fernando.

—Por cierto, como ya te dije por teléfono, no hay ningún ADN en el sobre que me diste y el cuerpo de letra no corresponde con ninguno que tengamos archivado.

—Me lo imaginaba.

—Entonces ¿qué hacemos? —preguntó el inspector mientras Sánchez contemplaba abstraído, haciéndolo girar, el palillo con el que cogía los tacos de tortilla.

Arrieta esperó en vano la respuesta. Empezaba a cansarse de tanto silencio incómodo. Le parecía, después de tantos años, una falta de respeto. Él era un buen policía, listo, valiente, con buen instinto, con un par de medallas al valor tras sendas detenciones en las que hubo que abrir fuego y jugarse la vida. Por eso a veces sentía que el comisario le trataba como si fuera un becario. Tenía mucho que agradecerle. Había aprendido mucho con él. Le admiraba. Pero cada vez soportaba menos esos vacíos que Sánchez generaba para poner a prueba su mesura.

Sin embargo, en esta ocasión y por primera vez, Arrieta se quedó mirando al comisario y no vio al policía duro, al experto de expertos, al referente, sino al hombre. A un hombre cansado e incluso abatido. De pie, en su propia casa, en la alfombra comprada por su difunta esposa que tanto bien le hacía, rodeado de sus recuerdos familiares y de las fotos de sus hijos ausentes, se dio cuenta de que el comisario Sánchez era ya, simplemente, Nacho. Había perdido su porte intimidatorio. Esa aura turbia, perturbadora, pero a la vez terriblemente atrayente. Arrieta miró a su superior y percibió que ya no sentía ese chasquido de respeto reverencial. Le vio incluso encorvado. Anciano. Y tuvo la sensación de que Sánchez, esta vez, le había convocado para algo extraordinario.

—He recibido esta carta. Léela con tranquilidad y me das tu opinión. Voy a servirme una copa. Te espero en la cocina. —Y mientras se daba la vuelta le tendió un papel doblado que sacó de su bolsillo.

Arrieta le vio alejarse y miró a su alrededor para decidir dónde se sentaba. La decoración era bastante moderna para los gustos arcaicos del comisario. Elena había hecho un buen trabajo de equilibrio en esa relación. Buscó el sillón que estaba más cerca de la lámpara de pie que iluminaba el salón y empezó a leer. Desde el fondo, en la puerta de la cocina, Sánchez observaba cómo el rostro del inspector pasaba de la curiosidad al estupor y, finalmente, de la incredulidad a la indignación.

—¡No me jodas! —gritó al acabar.

Arrieta se levantó de un salto y fue a por su copa de vino. Se la bebió de un trago.

—¡No me jodas! ¡No me jodas!

El inspector ni miró a su jefe. Rellenó la copa y volvió a bebérsela de otro trago.

—Oye, tú, no es mi mejor vino, pero no está mal. Disfrútalo —le intentó calmar el comisario.

—¡No me jodas, Sánchez! ¡No me jodas!

—Arrieta, ¿alguna otra idea además de no querer sentirte jodido por mí o por el de la carta?

—Perdona, comisario. Es que es muy fuerte lo que he leído. ¿Sabes quién es?

—Ni puta idea.

—¿Qué fiabilidad le das?

—Toda.

—Pero ¿puede ser una broma de algún hijoputa?

—No, Arrieta. Me temo que es real. Y que en breve recibiré otra carta. Con otra propuesta. O al menos me mandará alguna prueba de lo que dice, pero yo le doy toda la fiabilidad por el tono y por algo de lo que cuenta.

—¿...?

—Lo de los electrodos. Antes de que tú llegaras era muy habitual utilizarlos. Era casi como parte del protocolo de interrogación dura. Eran putas barbacoas aquello que hacíamos.

—Pero, comisario, aunque tú participaras alguna vez en eso, no quiere decir que el de la carta fuera uno de tus detenidos. Todos aquellos cabrones nos denunciaban por norma para jodernos. A lo mejor se está tirando un farol...

—Arrieta, tú me llamas jefe, ¿verdad?

—Sí, claro.

—Yo también llamaba «jefe» a mi jefe cuando era un inspector pipiolo recién llegado como tú, y con ganas de currar y detener a terroristas. Y mi jefe, Arrieta, siempre me decía que les diera duro a esos hijos de puta. Y como escribe el de la carta, solía acercarme al oído de los detenidos para acojonarlos y que cantaran. Y sí, mi frase favorita era decirles que los iba a freír vivos. Esa frase es mía, Arrieta. Por eso sé que es verdad.

—Pero...

—No hay peros, Fernando. Eso es así. Hay algo que no nos contaron nuestros superiores cuando nos enseñaron a torturar: que la memoria de un hombre atormentado y humillado se vuelve fotográfica. Lo recuerda todo: las caras, los nombres, las voces, los gestos, los acentos, los comentarios. Un hombre devastado intenta pensar siempre en la venganza o en la justicia. Los retirábamos a las celdas ensangrentados, sucios, meados, con sus vómitos encima, cagados de miedo, y no sabíamos que para ellos esas horas eran una prórroga en su vida que no esperaban y que aprovechaban para memorizar todo lo que les habíamos hecho. Todas las hijoputeces que les habíamos aplicado.

—Pero la tortura tampoco ha sido algo que...

—¡Cállate, Arrieta, por Dios! Aquí hemos dado hostias para aburrir. Nos hemos pasado tres pueblos. He hecho a gente levitar de un calambrazo. ¡Levitar! Literalmente. Tocar el techo y caer desmayados de nuevo a la mesa metálica. Fritos. Chamuscados. Saliendo humo de su carne. Yo mismo me quemé los brazos en un descuido mientras aplicaba un cable pelado a un pobre hombre que gritaba como un cochinillo. No me di cuenta y toqué la mesa a la vez que lo freía.

—¡Madre mía!

—Y aunque papá Estado nos ha protegido contra la mayor parte de las denuncias, hay miles de personas que no se han olvidado. Que lo llevan dentro. Y no los culpo. Si ahora te arranco una uña, te acordarás de mí para toda tu puta vida. Y me odiarás siempre. Y querrás arrancarme otra uña a mí. O darme un tiro en la nuca, por cabrón. O denunciarme para que pague por ello. Hay mucho resentimiento contra nosotros, Arrieta, porque hubo un tiempo en el que fuimos muy cabrones incluso con los inocentes que no habían hecho nada.

—Comisario, ¿debo interpretar por tus palabras que estás pensando en confesar que torturaste para así resolver un caso que ya está más que olvidado? ¡No me jodas! Tienes que pensar en todos nosotros. Le va a caer la del pulpo al cuerpo. Y eso no hay quien lo levante.

—No es un caso olvidado, Arrieta. Al menos no para mí. Ni para la hija de Azkarate. A veces la veo pasear sola por la playa de Hendaya y recuerdo que fue ella la que vino a reconocer el cadáver de su padre. Yo estaba allí. Yo estaba al mando. Fue muy duro. Se llama Alasne. No echó ni una lágrima. Ni gritó, ni se derrumbó. La veo pasear por la arena, sola, mirando al suelo, andando lenta, como la vi llegar a aquel bosque donde estaba el cuerpo de su *aita* con una bala en la cabeza. Aquel hombre fue capaz de guardar en su mano cerrada un mensaje de amor para su hija. Una simple nota. «Te quiero», decía.

—Pufff...

—Me hice una promesa, Arrieta. Esa que alguna vez nos hacemos todos los policías de resolver por cojones un caso que se nos atraviesa o que nos toca muy hondo. Que nos revienta nuestro amor propio. Que nos hace sentir inútiles. Ese caso en el que piensas que el malo ha sido más listo y que ha ganado. Este es mi caso. El caso Azkarate.

—Comisario, ¿puede estar jugando contigo?

—Puede, pero no lo creo. Tenemos que revisarlo todo, Arrieta: las pistas seguidas, algo que quizá se nos escapó entonces. Vamos a trabajar aquí, en mi casa, en nuestras horas libres.

—Pero por lo que dice la carta, comisario, el asesino quiere confesar. Tú no habrás resuelto nada, habrá sido este hijoputa el que haya puesto fin al caso.

—Sí, pero quiero jugar con ventaja. Quiero saber quién es antes de que se presente.

—¿Eso quiere decir que si lo detenemos antes de que se derrote, no hará falta que reconozcas que fuiste un torturador? Además, no tendrá ninguna prueba. Será su palabra contra la tuya.

Sánchez no respondió, como si él mismo no tuviera del todo claro que ese era el motivo que lo impulsaba.

—Tú ponte a trabajar, Arrieta. Vamos a cerrar este caso. Es muy importante porque quedan trescientas muertes por aclarar. Es decir, hay casi trescientos asesinos por Euskadi deambulando tranquilamente, trabajando o ya jubilados. Quizá van todas las tardes a recoger a sus nietos al colegio. Quedan los viernes con la cuadrilla para potear. O han hecho carrera política en algún partido. Estoy seguro de que muchos de esos tienen la conciencia tan intranquila como la del verdugo de Azkarate.

Los dos hombres seguían todavía de pie, en la cocina, picando alternativamente jamón y tortilla. El comisario hizo una seña para que fueran hacia el salón.

—Muy bien. Nos ponemos —continuó el inspector—. Si llegamos antes a él y le detenemos, podrás retirarte como el puto amo. No te van a caber las medallas en el pecho, comisario. Prepárate para ruedas de prensa y entrevistas con todo Dios.

—Ay, Arrieta… Yo solo quiero retirarme con la frente bien alta. Hay algo que tampoco nos enseñaron nuestros jefes cuando nos animaban a participar en las torturas y nos implicaban en sus chanchullos. Que el pasado, Fernando, no es que vuelva siempre, es que nunca se fue.

Y mientras Arrieta empezaba a abrir las ajadas carpetas tratando de ordenar mentalmente un método de trabajo adecuado, el comisario Sánchez se disculpó para ir al baño que había en su habitación. Cerró la puerta por dentro aun sabiendo que estaba en su propia casa, y abrió el armario que había tras el espejo principal. Una muralla de cajas de calmantes, ansiolíticos y relajantes le gritaba a la cara lo viejo que era. Rebuscó detrás de las medicinas y cogió una caja de galletas antigua que había al fondo. La abrió y extrajo el pequeño revólver Smith & Wesson que había dentro. El arma había pertenecido a uno de los primeros comandos que había desarticulado y la guardaba desde entonces como una pequeña reliquia de su propio pasado. En aquellos tiempos era habitual no declarar en la lista de armas requisadas algunas pistolas o revólveres que los agentes se quedaban como recuerdo de esas operaciones. El comisario sabía que todo el mundo tenía una. Armas ilegales, segundas pistolas. Préstamos de comando, como Sánchez decía, más pequeñas que las oficiales del cuerpo, y que muchos agentes preferían llevar encima cuando iban de paisano porque eran más fáciles de disimular. Un seguro más a las precauciones que ya tomaban ante posibles atentados. El comisario comprobó que el tambor tenía las cinco balas en su interior y que el seguro estaba puesto.

Dejó el arma en el lavabo y se miró en el espejo. Se vio tristón y demacrado. Las arrugas de la frente eran ya gigantescos surcos horizontales que abrían paso a una enorme planicie calva. Suspiró profundamente en desaprobación de su propio aspecto y sacó el resto del contenido de la caja. Varias fotografías en blanco y negro mostraban cuerpos de hombres semidesnudos, retorcidos y tirados en un suelo húmedo y brillante. Los horrorosos escorzos indicaban que habían sido muy maltratados. *Ugarte, Taberna, Mancisidor, Legorburu, Etxebeste, Azurmendi...* El comisario recitó de memoria los nombres de algunos de los dueños de esos cuerpos dolientes. Personas a las que él, personalmente, había torturado y fotografiado. *Tienes que ser uno de estos*, pensó para sí mismo.

Sánchez sacó el último contenido de la caja. Eran tres cintas de casete naranja, de la marca Basf, rotuladas con algunos de los nombres que había citado mentalmente. Cada una tenía la fecha del interrogatorio, y los nombres de varios compañeros de Sánchez y su antiguo jefe. Es decir, los nombres de los torturadores. Allí estaban sus voces, sus gritos, sus risas y sus golpes, treinta y cinco años después.

Sánchez se miró otra vez al espejo. «El pasado nunca se fue», le dijo a su rostro.

14

Miércoles

Las dos rayas de polvo blanco, simétricas, estaban separadas apenas por un centímetro, pero no eran exactamente iguales. Una mano ágil cogió la tarjeta magnética con el nombre de un hotel de Madrid, una llave antigua de una noche ya olvidada, y pasó cocaína de una fila a otra para igualarlas. «Ya está. Dos tiros perfectos», exclamó Omar, alejándose un poco para ganar distancia y comprobar que efectivamente las dos rayas estaban equilibradas. El joven, moreno, delgado, bien parecido, había puesto la droga encima de lo que semejaba un cubo de hierro hueco al que le faltaban dos de sus paredes laterales.

—Cariño, esta escultura o lo que sea que tienes aquí ¿de quién es? —preguntó Omar con su acento cubano mirando con curiosidad la obra de arte.

—Es de Oteiza, es una de sus cajas vacías —contestó Zigor Altuna.

—Pues estará vacía, pero nos viene muy bien para ponernos las rayas —rio Omar—. Oye, ¿no es un poco falta de respeto hacia el Oteiza ese?

—¡Que se joda! Era un cascarrabias. Él las llamaba «cajas metafísicas». Decía que estaba intentando desocupar el espacio. Por eso parece que está sin acabar.

—Pues a mí me gusta.

—Y a mí también, lo reconozco.

—¿Es muy cara?

—Carísima. Jorge Oteiza es uno de los grandes escultores vascos —le dijo a Omar antes de hacer una pausa—. Pero no la compré. Un cliente, al que resolví un concurso de acreedores y salvé de la ruina, estaba sin un puto euro y me pagó con un Oteiza. Acepté enseguida, porque ya sabes que me gusta mucho el arte, pero es que además esa caja vacía vale mucho más que la minuta que le iba a pasar. El tipo estaba desesperado. Le dio mucha pena entregármela.

—¡Joder, amor, y nos estamos poniendo la farla encima! —exclamó Omar.

Sí. Lo estaban haciendo. Y a Zigor le encantaba. No llegó a conocer personalmente al escultor, pero le admiraba y le odiaba a la vez. Casi todos los vascos tenían una relación parecida con Oteiza. Amor y odio. Y Oteiza, a su vez, con todos los vascos. Amor y odio. Quizá todo fuera fruto de la incomprensión o de la incapacidad de entenderse. Como en los amores tóxicos: quieres dejarlos, pero no puedes. A Zigor le pasaba lo mismo con el escultor: quería que dejara de gustarle, quería odiarlo, pero era incapaz.

—Oteiza decía que quería imaginar la nada haciendo esculturas vacías, desocupadas, por eso me gusta poner las rayas en su escultura. Para rellenarla. Y para que se joda. Porque Oteiza fue uno de los nuestros. Luego nos traicionó. Renegó de los suyos —sentenció Zigor.

Omar se metió el tiro de coca, miró a su pareja y se encogió de hombros sonriendo, como si no entendiera nada.

—Los tuyos, los suyos, los nuestros, los otros... No te creas, cariño, que yo me entero mucho de vuestras movidas vascas —acertó a decir mientras se limpiaba la nariz de los restos del polvo blanco.

A Zigor le encantaba Omar. Sobre todo, la inocencia ingenua de su novio. Era tan joven que desconocía todo lo ocurrido en Euskadi en los últimos cincuenta años. Se habían conocido en el Válgame Dios, un bar de Madrid situado cerca de la zona de Chueca y frecuentado por artistas e intelectuales. Zigor había ido ese fin de semana solo, como casi siempre, disimulando ante sus amigos y la gente del despacho. Había ocultado su homosexualidad toda su vida. Hasta que se enamoró de Omar. Esa noche se miraron y Zigor le ofreció una copa. El dueño del local, un personaje simpático al que parecía conocer todo el mundo, les cedió un sofá donde charlaron hasta la hora del cierre. Después se fueron a bailar y durmieron juntos en el hotel de Zigor. Desde entonces apenas se habían separado.

Omar era cubano. Fornido, mulato, con unos enormes ojos verdes y una voz suave. Durante años estuvo tocando la trompeta en grupos marginales y desconocidos de jazz que lo contrataban para hacer bolos en directo. Para Omar, irse a vivir a San Sebastián con Zigor fue como un sueño. Por fin tenía una seguridad. Una pareja. Una certeza. Y estaba en uno de los lugares donde el tipo de música que él tocaba era considerado casi una religión. Zigor, desde aquel fin de semana, también cambió su vida. Se hizo más extrovertido, más amable, más alegre. El reconocimiento de su sexualidad fue algo natural. De un día para otro empezó a presentar a su pareja dando por hecho que todo el mundo estaba encantado o que nadie se sorprendería. Para alguien acostumbrado a pensar siempre de manera estratégica, a adelantarse a las decisiones de sus adversarios en los juicios, a interpretar los rostros opacos de los jueces o los jurados, a decidir desde muy joven en su vida de dirigente terrorista quién vivía y quién moría, demostró que no sabía leer las opiniones subterráneas tan bien como creía.

Su salida del armario fue el cotilleo del verano entre su círculo de amistades. Zigor jugaba en varias bandas. Su entorno social más habitual, sus conocidos del trabajo, los de la hípica y del Kursaal, fueron los que mejor encajaron su nuevo estado vital. Esa clase alta donostiarra era muy tradicional para muchas cosas, pero muy permisiva en otras tantas. Fueron sus antiguos amigos de la Organización, sin embargo, los que peor se lo tomaron. Ver a Zigor junto a su pareja paseando por la barandilla de la Concha o tomándose un gin-tonic en la terraza del hotel Londres, levantó muchos resquemores entre sus antiguos colegas. En algunos bares de la parte vieja de San Sebastián, donde se reunían nostálgicos de la Organización y antiguos presos, se debatió incluso el retirarle el saludo. Como si todavía vivieran en la época en la que la banda se encargaba de señalar y estigmatizar, o peor aún, de eliminar a los díscolos o a los que no aceptaban sus reglas. Algunos de aquellos hombres propusieron incluso hacer una pintada en la puerta de su despacho: «MARICÓN». Eso era lo que querían escribir. La Organización fue siempre muy machista, muy viril, con unos códigos establecidos por los primeros militantes según los cuales la hombría, el valor y el arrojo eran los valores que se exigían.

Zigor, que siempre supo cómo eran los suyos, ocultó su orientación sexual mientras estuvo en la banda. Maquilló la ausencia de mujeres en su vida con supuestas novias que siempre vivían en el extranjero o con una exagerada dedicación a la lucha, que le impedía generar relaciones sentimentales. Consiguió ganarse la imagen de hombre devoto. Asceta. Entregado a la Causa. Esa era su única novia, su única religión. La Causa. Zigor sabía que debía ocultar su condición de homosexual porque una organización machista y homófoba como la suya consideraba que los maricones eran débiles para la lucha. La policía, en más de una ocasión, había chantajeado a otros militantes amenazando con revelar su condición de gais si no se convertían en sus informantes o topos. Por eso calló y ocultó.

A través del escritor Pérez-Askasibar, su amigo y valedor, trató de convencer a los que ahora le miraban mal de que su cambio de vida había sido repentino, casi una revelación. Que no debían temer nada. Que seguía siendo el mismo Zigor. Aunque ahora tuviera un novio mulato.

—Omar, es que Euskal Herria es un pueblo muy complicado. Y hemos tenido que luchar mucho para seguir siendo quienes somos —continuó Zigor mientras se levantaba para meterse su raya—. Por eso hablo de nosotros, los vascos, y de los otros, los que no quieren que seamos como somos.

—Ya. ¿Y tú te crees que en Cuba no hemos luchado para ser lo que somos?

—Pues claro, Omar, y habéis ganado.

—Eso es lo que tú crees, mi amor. Que si yo estoy aquí, si yo me vine a España, es porque los que ganaron, tus colegas revolucionarios, no me dejaban ser quien soy. Me rechazaban por homosexual. Tenía que esconderme. Por eso me vine.

—Te entiendo y en eso tienes razón. Castro y la revolución fueron bastante odiosos con los gais.

—¡Nos machacaban!

—Os machacaban, de acuerdo. Mal hecho. Muy mal. Pero, por lo demás, hicieron una revolución y ganaron. Echaron a un dictador y entregaron el poder al pueblo —insistió Zigor a medio camino entre el sillón y la caja vacía.

—¡Ja! Mis padres, que no eran del partido, siguieron siendo pobres y unos infelices. Y cuando yo descubrí que encima era maricón, supe que la revolución no se había hecho pensando en mí ni en los míos. Yo, mi amor, no tengo bandera.

—Omar, cariño, me entristece que lo sientas así, pero lo respeto. De verdad. Sin embargo, para mí, las causas, las ideas, las luchas, sí son importantes. Es lo único por lo que merece la pena pelear.

—Pues muy revolucionario no pareces —le espetó Omar con cara de ironía amable—. Tienes un casoplón, un cochazo, te codeas con lo mejor de Donosti. Me llevas de viaje siempre en primera. Que no me quejo, pero no es muy revolucionario.

Me compras ropa carísima. ¿Cuáles son entonces esos ideales de los que hablas?

Zigor se puso un tiro de coca y acarició la caja hueca de Oteiza. Pensó en su respuesta. A veces Omar le sacaba un poco de quicio con su palabrería cubana, pero no dejaba de reconocer cuánta razón había en muchas de sus observaciones. Esa candidez de quien lo suelta todo como lo piensa le había enamorado desde el principio. Zigor había pasado demasiados años en una Euskadi donde había que medir las palabras. Saber con quién se estaba hablando. Bajar la voz en los bares para que no se escucharan conversaciones. Esa Euskadi del silencio estaba dejando de existir. Y Omar, debía reconocerlo, en esto tenía razón. Él no era ya ningún revolucionario. Era un burgués adinerado como aquellos a los que antaño mandaba secuestrar o extorsionar.

—Las ideas siguen estando, Omar. Cambia cómo las defendemos. Las luchas se siguen desde otros lugares, con otras estrategias. Hay que saber leer los momentos históricos y medir bien tus fuerzas. Retirarte a tiempo si no puedes ganar. Intentar una derrota honrosa si no hay más remedio. Esperar mejores ocasiones. Y, mientras tanto, continuar viviendo. El primer mandamiento de cualquier soldado, Omar. Seguir vivo y seguir defendiendo tu bandera.

—¿Qué bandera, Zigor? ¿La ikurriña esa? —preguntó Omar, señalando un cuadro del salón que representaba la enseña vasca y en la que se podía leer «*Etxera*», el mantra con el que se reclamaba el acercamiento de los presos a Euskadi.

—Por esa bandera ha muerto mucha gente, Omar. Por ponerla o por querérnosla quitar. Ten un poco de respeto —dijo Zigor mientras limpiaba los restos de coca de la escultura de Oteiza.

—Pues te digo una cosa, mi amor. Hace unos días, cuando fuimos a la playa de la Zurriola, estaba tumbado a nuestro lado un chico que tenía una toalla con el diseño de la ikurriña.

—Me acuerdo. Me encantó. Una persona orgullosa de ser vasca y orgullosa de su bandera. ¿Y qué?

—Pues que, al salir del agua, bien que se la pasó por los huevos para secarse. ¡Por los huevos, Zigor! ¡Así que mucho respeto no le tendrá!

Zigor no pudo aguantar la risa. Omar tenía razón. Él también se había fijado, pero no había hecho esa lectura. Omar le producía mucha ternura. Y aprendía mucho con él. Sobre todo, a relativizar los grandes dogmas en los que siempre había creído y por los que se había sacrificado. El credo de Zigor y del resto de la Organización llevaba tiempo siendo puesto a prueba. Todas sus ideas, sus razonamientos, sus lógicas para defender el uso de la violencia como recurso legítimo ahora eran compartidas por muy pocos. La obsesión de Zigor y de su mentor, el escritor Pérez-Askasibar, de que todo aquel legado no se diluyera cada vez era más improbable de conseguir.

Sobre todo porque Zigor era demasiado inteligente para aceptar sus propias contradicciones. Demasiado fanático para asumir de verdad los errores. Los que llevaron al desastre. Zigor era tan clarividente que conseguía engañar a su propia conciencia para no ceder ni un mínimo espacio a una reflexión ética que le destrozara por dentro. Él era su propio cortafuegos.

—¿Estás listo? —le preguntó a Omar.

—Listo para esa aventura tan ilegal, señor letrado —le contestó el joven, entusiasmado por el plan que le había propuesto su chico.

Por fin iban a hacer algo diferente a su interesante pero repetitiva vida de pareja gay que todas las noches acudía a un evento cultural. Omar abrió una mochila negra y desparramó en la alfombra todo lo que Zigor le había pedido que comprara en diferentes tiendas. El joven músico, vestido con unos vaqueros y una camiseta negra, puso en orden con la precisión de un ayudante de cirujano todo lo que había en la bolsa: una cizalla, dos pares de guantes negros, unos alicates, dos linternas, dos gorras negras con visera, dos filetes de ternera y varios tranquilizantes para perros.

—¿Y los filetes? —preguntó Omar, extrañado.

—Por si hay perros guardando la casa. Espolvoreamos el tranquilizante en la carne, se los lanzamos y esperamos a que se duerman —contestó Zigor mientras cogía las llaves del BMW y apremiaba a Omar con la mirada para salir hacia el garaje.

Altuna se había vestido todo de negro. Vaqueros y camiseta. El día anterior, en el salón de Pérez-Askasibar, había contestado demasiado rápido a la pregunta de si tenía controlada la caja de resistencia de la Organización. En realidad, no era del todo así. El simpatizante que había ofrecido su casa para construir allí el zulo donde esconder toda esa tesorería y otros documentos, desde recibos de pago del impuesto revolucionario hasta nombres de colaboradores, había fallecido unos años antes de manera repentina. Un ataque al corazón. Sus hijos habían vendido un par de años atrás la vivienda sin tener ni idea de lo que escondía su padre. Ahora la finca pertenecía a un médico de Bilbao que ignoraba que en el embarcadero del chalet, donde guardaba las canoas y las velas, estaba el último santuario de la Organización. El gran archivo. Su localización la conocían muy pocas personas, apenas los miembros de la última dirección, entre ellos Zigor Altuna y José Luis Pérez-Askasibar, así que en realidad ese escondite no era un fondo de emergencia para todos los exmiembros necesitados de la Organización, sino solo para ellos, los máximos responsables.

Zigor le había contado a su pareja cubana que un cliente moroso se negaba a pagarle por sus servicios, pero que él sabía dónde guardaba el dinero, porque se lo había enseñado, y no tenía otra forma de recuperar lo que era suyo que quitándoselo. Había convencido a Omar de que le acompañara, que en la casa no había nadie porque era una segunda residencia de verano, que estaba muy aislada junto a una ría, y que era miércoles y estaba lloviendo. La vivienda estaría vacía y ni siquiera había que allanarla porque solo entrarían en el almacén náutico. Sería algo fácil. Sencillo. Y luego, luego volverían a casa a hacer el amor con más adrenalina que nunca.

—Omar, tú confías en mí, ¿verdad? —preguntó Zigor, bajando el volumen de la radio del coche mientras conducía.

—Por supuesto. Eres abogado. Sabrás lo que haces. No creo que quieras meterte en ningún problema. Así que no tengo nada que temer. Si tú me pides que vaya, yo voy. ¡Como el bolero, ja, ja, ja! Si tú me pides que vaya yo solo, entonces podría sospechar algo. Pero aquí estamos los dos, en tu coche, a las doce de la noche, en la autopista de Bilbao, solos, yendo a asaltar la casa de no sé quién, con el hombre al que quiero y escuchando a Chet Baker. ¿Qué más puedo pedir para ser feliz, mi amor?

—¡Chet Baker era Dios! —respondió escueto Zigor, fijándose en la salida que llevaba a Gernika.

—¡Amén! ¿Vamos a Gernika?

—No.

Zigor iba muy concentrado. Había pedido a Omar que reservara una habitación en un pequeño hotel, junto a la ría de Mundaka, a su propio nombre. Si los paraba la Ertzaintza en un control rutinario, tendrían una excusa para estar por esa zona. Una pareja gay en una noche romántica. Lo importante era que su nombre, Zigor Altuna, no apareciera en el registro. Había cogido dinero en efectivo de la caja fuerte del despacho para pagar la habitación, en caso de que tuvieran que quedarse si algo salía mal. Quizá el nuevo inquilino había puesto una alarma en el embarcadero. O los perros no se dormían con el relajante. O quién sabe, a lo mejor no conseguía abrir el zulo, o siquiera encontrarlo.

¿Cuántos escondites de estos seguían quedando en Euskadi? Almacenes de armas y explosivos, de documentos, agujeros utilizados como buzones para mandar instrucciones. ¿Decenas, centenares? Cada comando tenía el suyo, pero muchos militantes tenían también su pequeño zulo personal por si se quedaban descolgados del grupo o caían sus compañeros. La Organización había llenado, durante los años setenta y ochenta, el País Vasco de depósitos logísticos, muchos ya perdidos, que acabaron devorados por la naturaleza o que se quedaron para siempre en la memoria de un militante que falleció, que fue detenido o que simplemente abandonó. Cuando la Guardia Civil o la Policía detectaba un zulo, podían estar vigilándolo las veinticuatro horas del día durante meses para capturar a sus dueños. Después de una caída, de una detención, nadie se acercaba por esa zona, aunque las armas se deterioraran por la lluvia y la humedad. Y con los años, casi todo el mundo quiso pasar página. Son muchos los que saben dónde dejaron por última vez sus armas o sus explosivos. Pero nadie quiere recordar. Todos esos zulos, esa arqueología terrorista, serán tragados por la tierra o encontrados de manera casual. Son pequeños repositorios de memorias violentas que quizá todavía pueden esclarecer algún asesinato, algún atentado, pero que se perderán indefectiblemente. Porque sus dueños no tienen ni el valor ni la necesidad de volver por allí.

De repente Zigor pareció salir de su silencio.

—Perdona mi sequedad, Omar, iba pensando en cómo lo vamos a hacer. La casa está en la ría de Mundaka. El sitio es una pasada de bonito, ya vendremos otro día para que lo veas. Es precioso. Ni siquiera vamos a entrar en la casa, porque el cabrón ese que me debe la pasta tiene un escondite secreto en la cabaña del muelle, donde guarda las cosas de navegar. Entraremos en esa cabaña, localizaré el zulo, que está disimulado, y tú te quedarás dentro de ese almacén, vigilando, mientras yo busco lo que necesito, ¿de acuerdo?

—Me encanta que lo llames «zulo». Así es como llamaban los de esa banda terrorista que mataba y ponía bombas a los almacenes de armas, ¿verdad?

—Sí, Omar —contestó con voz casi inaudible.

Zigor se había puesto muy serio. La oscuridad de la noche impedía a Omar ver bien su cara, y Zigor procuró que su expresión adusta transmitiera concentración. Necesitaba encontrar la carretera que los llevaría a la casa del médico bilbaíno. El silencio en el coche empezaba a hacerse pesado. Tras dejar atrás Gernika, el vehículo cogió una carretera secundaria que iba pegada a la ría por su margen izquierda, dirección Mundaka. Zigor iba callado. Se sentía muy dolido por la trivialidad que acababa de decir Omar. *¡Cómo que esa banda terrorista que mataba y ponía bombas! ¡No me jodas, Omar! ¡Que yo era el jefe!* Pegó un frenazo en seco y miró fijamente a Omar, que se quedó quieto, amedrentado, esperando una bronca sin saber muy bien por qué.

—¿Me quieres ayudar de verdad? —preguntó muy serio Zigor. Había dejado de llover, pero el parabrisas seguía moviéndose de izquierda a derecha.

—Claro, Zigor, ¿qué te pasa?

—Pues cállate hasta que lleguemos a la casa, por favor. Y sí, es un zulo. Y sí, un zulo como esos de la Organización que luchó por Euskadi y su libertad. Y sí, yo soy uno de los muchos que la apoyaban. Fin de la discusión. Punto pelota. Ahora vamos a concentrarnos en lo que hay que hacer, ¿de acuerdo?

—De acuerdo —dijo Omar con un hilo de voz y preocupado por el repentino cambio de humor de Zigor, que volvió a arrancar el coche.

Altuna sabía que, en el fondo, la candidez de Omar o, al menos, la ingenuidad con la que le hablaba sobre esos temas no eran solo comentarios de un jovencito cubano que había llegado a España diez años antes. Gran parte de la juventud de Euskadi pensaba lo mismo. Y los más mayores, los que vivieron aquellos años tan duros, habían pasado página rápidamente. Como si nada hubiera sucedido. Era tal la necesidad de volver a la normalidad, de vivir sin miedo a atentados o detenciones, de poder pasear tranquilamente sin que ardiera un autobús cerca o explotara un coche bomba, era tal el hartazgo de la población y que la Organización tardó tantos años en detectar, que al final, cuando decidieron rendirse, un suspiro de alivio recorrió Euskadi. Habían perdido la narrativa de la épica. Se habían convertido en un traspié de la historia que había dejado muchos muertos. Y ahora la sociedad los castigaba con una indiferencia que demostraba la enorme magnitud de la equivocación.

Él mismo se sentía un desgraciado en tierra de nadie. Por un lado intentaba afianzar un nuevo estilo de vida entre aquellos a los que antes despreciaba, acosaba, extorsionaba o amenazaba, y por otro, era observado como un burgués acomodadizo por sus antiguos correligionarios. Un apestado. El abogado Zigor Altuna era consciente de que las cosas podían ponerse muy complicadas para él. Sabía que si *Poeta* continuaba con su intención de destaparle, o que si *Tanke* se negaba a echarles una mano, él sería sacrificado. Y no quería ser el último estúpido en caer. El idiota que cerrara la historia de la Organización. El jefe de jefes expuesto y humillado en los telediarios. El último trofeo policial. Por eso iba a sacar todo lo que pudiera de ese zulo. Dinero, sí, pero, por si acaso, también documentación e incluso armas. Necesitaba aprovisionarse de información que comprometiera a otros y tener algo con lo que defenderse si todo se iba a la mierda.

El coche se había detenido junto a la tapia de un chalet de dos plantas.

—¡Yo no caigo solo, por mis huevos! —exclamó Zigor en voz alta mientras salía del vehículo en plena noche.

—¿Qué has dicho? —preguntó Omar, sentado todavía en el BMW.

—Chisss. Silencio, cariño —dijo Zigor, bajando la voz y tratando de disimular la traición sonora de su subconsciente—. Voy a acercarme a la entrada principal para ver si hay algún perro, pero creo que vamos a tener suerte y aquí no habrá nada ni nadie...

—OK, saco la mochila del coche y te espero.

El rumor de las corrientes de la ría de Mundaka se imponía en el silencio de la noche. Hay un momento, cuando la ría porfía contra la pleamar, cuando el agua dulce intenta resistirse al embate del agua salada, ese momento en el que los peces de río más audaces se retiran impotentes ante la llegada de especies con mucha más resistencia que ellos, el instante que aprovechan las aves que descansan en esa reserva de Urdaibai para hacerse con los peces más despistados, es en ese instante cuando un oído avezado puede percibir el murmullo de las dos aguas chocando. Pelea de corrientes. Dos tracciones submarinas en colisión.

Situada al final de un pequeño camino por el que apenas cabía un solo vehículo, la casa tenía una bajada directa al agua. De día, con las luces de la mañana, el sol acostumbraba a teñir la ría de un azul intenso, casi cegador, pero ahora la oscuridad era casi absoluta. Desde la tapia se podía apreciar que la vivienda tenía una terraza en la segunda planta que daba hacia el agua, y Omar, que no tenía oído para entender que la marea estaba empezando a subir, pensó que le encantaría desayunar con su chico en ese balcón.

Zigor comprobó que no había ningún perro guardián y le hizo una seña a Omar. Ambos saltaron al otro lado de la valla y bajaron la cuesta del jardín que llevaba al embarcadero. Andaban muy lentos, con mucho cuidado, intentando no caerse en la oscuridad. Las nubes tapaban la luna y solo se oía el ruido de sus pasos. Zigor le quitó la mochila a Omar para sacar la cizalla y romper el candado de la puerta de la cabaña. No hizo falta. El candado estaba puesto pero sin cerrar.

Con mucho cuidado y con mucho miedo, los dos hombres entraron, revisaron el interior con las linternas y cerraron la puerta. A la derecha, dos kayaks amarillos con sus remos. En el techo, colgada de unas cuerdas, una tabla y una vela de windsurf. En el suelo, boyas, corchos y todo tipo de redes y aparejos. Al fondo había una despensa y una pequeña cava de vino vacía. A la izquierda, pegadas al suelo, unas tablas de madera podrida parecidas a las que formaban el pantalán del muelle y que probablemente habían sido sustituidas hacía poco. En la pared, varios cuadros de motivos marineros sin ningún valor artístico.

—Necesito que me retires esas tablas, Omar. Muévelas al centro.

—OK.

Zigor se quedó observando la pared de piedra, como buscando un punto concreto, calculando mentalmente el lugar que tenía que presionar. Omar le miraba atento. Empezaba a pensar que esa aventura era algo más que cobrarse una deuda. Que estaban entrando a robar. Y que Zigor le ocultaba algo.

—¿Y ahora? —preguntó el joven.

—¡Chisss! —respondió Zigor, llevándose un dedo a los labios—. Ahora vas a flipar, Omar.

Zigor se acercó a la pared. Palpó las piedras que estaban por encima de él y buscó una pequeña banqueta. Se subió en ella. Con su mano derecha alcanzó una de las piedras que más sobresalían, casi pegando al techo de la cabaña, y apretó fuerte.

Un clac casi imperceptible se oyó en la parte de abajo del muro, donde habían estado los tablones retirados por Omar. Y, de repente, una pequeña puerta de piedra se abrió en la pared junto al suelo, dejando ver un agujero negro por el que apenas cabía una persona.

—¡Tachán! —exclamó Zigor.

—¡Amor! ¡Qué pasada! Es como una película. ¿Puedo entrar? —pidió Omar, juntando nervioso las dos manos.

—No. Habíamos quedado en que esperarías aquí fuera vigilando. Entro yo, que sé lo que busco. No tardo nada. Si veo que no hay ningún problema, salgo y te dejo pasar. Alguien tiene que aguardar siempre fuera. Imagínate que esta trampilla se cierra y nos quedamos encerrados. No nos encuentran en la puta vida.

—Sí, claro. Ten cuidado.

Zigor se agachó, observó el habitáculo con la linterna, y como si no fuera la primera vez que entraba, se dio la vuelta, dando la espalda a la pared, metió primero los pies y después deslizó el resto del cuerpo. Sabía que la única manera de acceder era entrando de espaldas. Cuando ya estaba casi dentro, Zigor se apuntó a la cara con la linterna y le lanzó un beso a Omar, que vio cómo el zulo, esa gran boca negra abierta en la pared, se tragaba a su novio dejándole una sensación de angustia.

Casi de manera automática, Zigor buscó un pequeño interruptor a la izquierda de la entrada. Ahí estaba. Una tenue luz iluminó la estancia. Las telarañas y el polvo lo cubrían todo. El zulo se extendía hacia la derecha y tenía unos cuatro metros de largo por otros tres de ancho. En los laterales había unos pequeños armarios y al fondo, dos literas a cada lado con cuatro camas en total. Un minúsculo habitáculo en la izquierda contenía un lavabo sucio y mugriento y una taza de váter. Zigor abrió el grifo por curiosidad y un agua sucia comenzó a brotar. Se quedó mirando el líquido, que a los pocos segundos empezó a manar mucho más claro y después cristalino. *¡Qué bueno era el cabrón del* Rompetetxos, *qué zulos construía!*, pensó para sí recordando al albañil preferido de la Dirección de la banda para realizar las infraestructuras más complejas e importantes de la Organización. *Otro que nunca cogieron, y menos mal, porque nos hubiera hecho un roto tremendo si llega a cantar*. Los pocos que sabían la ubicación del refugio lo llamaban *Lanperna*, «percebe» en euskera. Se le había ocurrido al propio constructor del zulo, porque estaba pegado a las rocas, junto al mar, y aunque bastante feo de aspecto, era duro y resistente.

Allí dentro el calor era asfixiante. Una arcada le hizo notar a Zigor el nauseabundo olor a cerrado y a húmedo. La cercanía de la ría había levantado la pintura del techo y chorretones de limo se habían filtrado por las paredes. El complejo contaba con una salida de aire que probablemente había quedado taponada con el tiempo y el descuido. Zigor le gritó a Omar que todo estaba bien, que se tranquilizara, y que saldría enseguida. No. No podría pasar después. Era evidente, incluso para un alma ingenua como Omar, que ese lugar no era solo una caja fuerte de un empresario. Era algo más. Era un escondite. Un almacén. Y, obviamente, un refugio y un calabozo. Es decir, un *piso franco* de la Organización y una *cárcel del pueblo* para retener secuestrados. No, Omar no podía entrar sin tener que darle explicaciones, así que Zigor tenía que actuar rápido.

Movió la litera de la derecha llevándola hacia el centro de la habitación, pegándola a la otra litera, y miró las baldosas del suelo. Se fijó en la que hacía esquina entre la pared de la derecha y la del fondo, la pisó con fuerza y se apartó. El ruido de otro mecanismo hidráulico volvió a oírse de manera mucho más leve. ¡Clac! Las cuatro baldosas que hacían esquina en el suelo comenzaron a descender dejando a la vista un nuevo escondrijo. Ese habitáculo sí parecía una caja fuerte. *Puto amo*, Rompetetxos. Zigor se puso de rodillas e introdujo la mano en el agujero para extraer lo que parecía una caja de caudales de tamaño medio. Se quitó el colgante que llevaba en el cuello, en el que había una pequeña llave que introdujo en la cerradura. La caja de caudales se abrió y la cara de Zigor se iluminó. «¡La hostia!», exclamó.

Con diligencia y con extrema frialdad, comenzó a sacar los paquetes de billetes de 50, 100 y, sobre todo, 200 euros envueltos cada uno de ellos en plástico transparente. Fue contando mentalmente. Cuando había pasado de los 80.000 euros dejó de hacerlo. Había mucho más. Decidió que se lo llevaría todo. Ya lo contaría en casa.

No se resistió a comprobar si en el fondo de la caja seguían estando los títulos de propiedad de varios inmuebles que la Organización había ido comprando para diversificar y blanquear patrimonio, así como los certificados de acciones en las que se había invertido en el pasado. Seguían estando allí, hibernando, quizá engordando o quizá devaluados, pero decidió que merecía la pena comprobarlo. Su gabinete jurídico le daba la cobertura perfecta para verificar si eran activos tóxicos, ya conocidos y todavía bajo vigilancia policial, o los podía hacer aflorar y quedárselos. Al fin y al cabo, el riesgo lo correría él.

Metió el dinero en la mochila y activó el mecanismo de cierre. Volvió a poner la litera en su sitio y abrió uno de los armarios. Estaba lleno de armas cortas y algún que otro subfusil. Había varias granadas de mano y mucha munición. Cogió un revólver, una pistola y varias cajas de balas, que también metió en la mochila.

Se fijó en las literas. Las cuatro camas estaban perfectamente arregladas, con sus sábanas, sus almohadas y un juego de mantas y toallas adicional en cada una. El zulo se había quedado congelado en el tiempo. Era el último escondite de la Dirección. El lugar perfecto donde, si las cosas se torcían, esperar a que todo pasara, a que la policía aflojara el cerco, para después buscar una salida por la ría que los llevara en un barco seguro hacia Francia. Zigor se sentó en una de las camas y cerró los ojos recordando los planes de evacuación que tantas veces había repasado mentalmente. El dueño de la casa les daría el aviso de cuándo salir. Si este no daba señales de vida porque hubiera sido detenido, ellos podían aguantar allí dentro, pese al calor, al menos un par de semanas.

Se dirigió hacia el segundo armario. En la parte de abajo había varias latas de comida, paquetes de pasta y un pequeño hornillo. La pasta estaba enmohecida y las latas hinchadas. Cogió una de ellas. Fabada. Llevaba caducada más de quince años. Se fijó en una pila de revistas y periódicos. Había varios ejemplares antiguos de *Interviú* y algunos números amarillentos del diario *Egin*. Había pasado mucho tiempo, sí. Zigor borró la media sonrisa nostálgica de su cara y se concentró en los papeles que estaban ordenados en montones separados en las baldas de arriba.

Allí estaba el archivo definitivo. En esos papeles figuraban los nombres de los miembros que habían pasado por la Organización a lo largo de toda su historia con un pequeño informe de cada uno de ellos: quién los recomendaba, su hoja de servicios, sus detalles de indisciplina, e incluso una valoración anual que hacían sus responsables. Los papeles también contenían las identidades de los colaboradores, aquellos dispuestos a ceder una casa, trasladar un comando, proporcionar información para atentados o lo que hiciera falta. Un listado hecho a mano reflejaba las cifras cobradas a cada extorsionado con el impuesto revolucionario. Allí constaban los pagos, al contado o en diferido, y también el número de veces que se les había enviado una notificación de apremio para que pagaran. Había minutas redactadas por los jefes de comando con los gastos en comida, ropa o transporte, y en otro de los montones de papeles estaban los nombres de los proveedores de la Organización, traficantes de armas y dueños de armerías de toda Europa que vendían su producto al mejor postor. *No tenían escrúpulos, los hijos de puta. Para ellos éramos solo* business.

Unas cuartillas más grandes, dobladas sobre sí mismas, contenían los planos de fabricación de artefactos explosivos, de montaje y desmontaje de lanzagranadas, de morteros caseros... Allí estaba todo. Un arsenal inacabable para la Policía o la Guardia Civil. O para los historiadores y los periodistas. Zigor solo cogió el listado de los miembros de la banda. Fue lo único que se guardó en la mochila. Su salvoconducto si le dejaban tirado. Si alguien pretendía traicionarlo, liberaría esos documentos y desataría una tormenta de detenciones en Euskadi que dejaría al Movimiento de Liberación y a sus herederos tocados de muerte. Él no iba a ser ningún cabeza de turco. O controlaban a *Poeta* o caían todos.

El aire era ya irrespirable. Zigor empezó a toser y desde fuera, en un murmullo que llegaba hueco por el aislamiento de la estancia, pudo escuchar la voz de Omar llamándole y preguntando si estaba bien.

—Ya salgo. Tranquilo, cariño, todo bien.

Pero Zigor tenía que encontrar un último botín. Sobre una repisa de una de las paredes había dos estrechos cilindros de cartón que parecían contener dibujos o planos. Cogió uno de ellos, con las iniciales «J. M.» escritas a mano en el exterior, y le retiró la tapa. Le dio la vuelta para extraer su contenido y sobre su mano cayó lo que parecía un pequeño lienzo de pintura. Con sumo cuidado, Zigor lo estiró y sus ojos se volvieron vidriosos. «¡Joder, era verdad!», exclamó en alto. Zigor repasó con su dedo índice la firma en el grabado. La primera letra, una *J* gigante con forma de clave de sol, era inconfundible. Joan Miró. ¡Zigor tenía en sus manos un Miró! Lo volvió a introducir en el tubo de cartón y comprobó, nervioso, las iniciales del otro cilindro sin llegar a abrirlo: «A. T.» Sonrió.

Pérez-Askasibar le había contado que, en los inicios de todo, cuando la Organización contaba con la simpatía de media Europa porque la consideraban fundamentalmente antifranquista, recibían apoyos muy diversos. A principios de los setenta, varios jóvenes vascos residentes en París que estudiaban en la Sorbona fueron contactados por lo que entonces se llamaba el Frente Cultural de la Organización. Les pidieron que convencieran a artistas españoles, que habían huido de la dictadura o que preferían residir en el extranjero, para que les cedieran obras originales. Esas obras se venderían en una subasta que recaudaría dinero para los activistas del interior encarcelados por la dictadura. Miró, Tàpies, Canogar, Brossa... Fueron muchos los artistas contactados y que cedieron grabados o pequeñas pinturas. Aquellos jóvenes, le contó Pérez-Askasibar sin dar sus nombres, lograron llegar hasta el mismísimo Picasso, aunque este, finalmente, no les entregó nada. La pinacoteca nunca se subastó. Y con los años, con los traslados, las detenciones, las escisiones, las huidas, los cambios en la Dirección, se fue perdiendo. Y ahora Zigor la había encontrado. Solo había dos obras, pero no pensaba decirle a Pérez-Askasibar que se las había llevado consigo. Se echó la mochila al hombro y cogió los dos lienzos.

Apagó la luz del zulo y se asomó por la pequeña puerta de entrada. Omar estaba allí, esperando agachado; con cara de susto. Le extendió los cilindros y sonriendo, mientras se quitaba unas telarañas de la cara, le preguntó en broma:

—¿Qué te gusta más, mi amor, Antoni Tàpies o Joan Miró?

15

Día 6

—Muy callado está este. No se le oye andar. ¿Qué está haciendo?

La voz áspera de *Beltza* saca a *Poeta* de su sopor. Deja de un golpe en la mesa de madera una bolsa de plástico con fruta, pan y algo de fiambre, y se acerca a vigilar al secuestrado por la mirilla improvisada que han horadado en la puerta del establo. Un olor ocre a sudor y suciedad lo llena todo. Josu, tirado en uno de los dos camastros que hay en la *txabola*, se despereza estirándose con un sonoro bostezo.

—¿Qué cojones hace? ¡Está pintando! —exclama Zigor, entre sorprendido y enfadado.

—Sí. Le di unas cuartillas y unas acuarelas. Me las pidió y, oye, que así el hombre mata el tiempo y a nosotros nos da un poco lo mismo, ¿no?

—¿Y de dónde has sacado tú las pinturas y el papel, si no te has movido?

—Las metí en la mochila para pintar y escribir mientras estamos aquí, pero el pobre me ha dado un poco de pena y se las he dejado.

—¿Y a ti no te parece que estás siendo demasiado blando con él?

—No te entiendo, *Beltza*. ¿Blando? ¡Si lo tenemos secuestrado! —exclama Etxebeste, un poco confuso.

—Ya, pero todo lo que te pide se lo das. ¿Que quiere escribir?, le das papel y boli. ¿Que quiere cocinar?, se lo permites. ¿Que el señorito quiere pintar?, pues le traes pinturas. ¡No me jodas, *Poeta*!

Josu medita su respuesta sentado todavía en el jergón. El silencio ha sido detectado también, desde el otro lado de la puerta, por el propio Imanol, que mantiene el pincel en alto, suspendido sobre la cuartilla, esperando la respuesta del que él llama «secuestrador bueno». Los tres hombres saben que en esos segundos se vuelve a jugar la partida sobre el liderazgo del comando y la ética de la misión que la Organización les ha encomendado. Josu se levanta, se acerca a la mesa, coge una pera de la bolsa y le hace una señal a Zigor para que calle y le acompañe fuera de la borda. Los dos secuestradores salen. El pincel de Imanol continúa entonces trazando una sombra negra sobre lo que parece el contorno de un hombre sentado y encadenado, quizá resignado, como se ha quedado él al darse cuenta de que no escuchará la conversación de sus captores.

Josu Etxebeste y Zigor Altuna se alejan caminando de la caseta de piedra hasta situarse a unos treinta metros. Instintivamente, ambos miran a su alrededor para cerciorarse de que no hay nadie cerca, ningún pastor, ningún senderista, que pueda sospechar de la discusión que está a punto de producirse.

—¿Tú de qué vas? —le espeta Josu en la cara a Zigor—, ¿Por qué le odias tanto? ¿Qué te ha hecho a ti, personalmente, ese pobre hombre? No entiendo por qué le tienes que maltratar a todas horas. Bastante tiene ya con estar secuestrado para que tú le jodas aún más.

—Es un capitalista de mierda. Que nos debe un montón de pasta. Que no ha soltado ni un puto duro para la Causa. Un egoísta.

—¡Qué cojones capitalista! Es un tipo normal. Un currante al que le ha ido bien y ha prosperado. Y punto. ¡Y es tan vasco como nosotros! Y es una persona, no un puto animal. Un poco de humanidad. —El ruego de Josu no parece estar afectando al ánimo de su compañero de comando—. Así no nos vamos a ganar la simpatía del pueblo, Zigor. ¿Qué va a decir este cuando lo soltemos? ¿Que ha estado de maravilla en un hotel de cinco estrellas, y que ha hecho muy buenos amigos, y que ha entendido la lección? No, Zigor, no. Lo que dirá es que le hemos robado el poco o mucho dinero que se ha ganado currando y que le hemos tratado como a un perro. ¡*Gora Euskadi*, no te jode!

—Oye —interviene *Beltza* muy serio, asumiendo el papel de líder—, tú y yo estamos aquí para cumplir órdenes. La Organización ha decidido meterle en una cárcel del pueblo hasta que pague lo que debe y dar así un escarmiento a otros cabrones morosos. ¡Que la Independencia no se consigue sola, tú! ¡Que esto es una guerra, Josu, joder! ¡Que no estamos para hacer amigos!

—Sigo pensando que eres muy cabrón con él, Zigor. Y que no es necesario.

—Piensa lo que te salga de los cojones.

—¡Eres un capullo!

—Pues este capullo que tienes delante es el que habla con la Organización, con el que nos da las órdenes, ¿te enteras? Y ya sabes que como Azkarate no pague, de aquí no sale vivo. Las órdenes son las órdenes, así que no te encariñes mucho.

—Vete a la mierda —refunfuña *Poeta*, volviendo al interior de la *txabola* y tirando la pera entera al suelo. Se le ha quitado el hambre.

Es evidente que la armonía del comando hace tiempo que se ha roto. Los dos antiguos amigos del instituto, los excompañeros del mismo club juvenil de fútbol, los colegas de juergas, los reconocidos líderes de la cuadrilla por su locuacidad, su don de gentes, por ser los únicos universitarios del grupo de amigos, están empezando, y ellos son conscientes, a separar sus rumbos vitales. La decisión de entrar en la Organización fue, probablemente, lo último en lo que estuvieron de acuerdo.

Les había costado mucho tiempo encontrar una vía para llegar hasta los responsables en Francia. Pasaron meses hasta que un contacto les dio el aviso de que los querían conocer. Cuando ambos cruzaron la muga por el Bidasoa y acudieron a la cita fijada en la iglesia de Ciboure, las cosas dejaron de tener el romanticismo que ellos esperaban. Al menos para Josu. El tipo que apareció a recibirlos no les dijo ni «*kaixo*», ni un simple «hola». Se limitó a responder a la contraseña acordada para verificar que eran los aspirantes que esperaba y no los volvió a mirar a la cara. No hubo palmadas en la espalda, ni felicitaciones, ni unas pocas palabras de acogida o recibimiento. Zigor, ante aquel trato, se encogió de hombros, pero Josu no se sintió muy cómodo. Más bien tuvo la sensación de que ese tipo tan callado los trataba como a carne de cañón fresca, nuevos jornaleros de la Organización, más que *gudaris*. Una desagradable sensación de disgusto se instaló en su autoestima, aunque no le comentó nada a su compañero.

Otro tipo igual de hosco los esperaba en un coche al otro lado de la plaza. Los hicieron meterse dentro y ponerse unas gafas oscuras para no identificar el destino final. Después de muchas vueltas, en las que ambos, luego se lo reconocerían mutuamente, llegaron a temer que les hubieran tendido una trampa y que fueran a acabar con ellos, llegaron a una casa de campo. En el caserío, aislado y rodeado de árboles, supusieron que para evitar miradas indiscretas, se percibía cierto lujo en la decoración. Pensaron que era de alguien con bastante nivel económico que simpatizaba con la Causa y cedía su segunda vivienda para refugio de militantes que huían de la policía española.

El responsable de la Organización que apareció para recibirlos, un tal *Txomin*, tampoco estuvo simpático. Los sentó a la mesa de la cocina, cortó un poco de queso sin decir ni una palabra, abrió una botella de vino tinto francés con mucha parsimonia, permitiendo que el silencio se convirtiera en el cuarto invitado a comer, y dejó una pistola junto a la cesta del pan antes de comenzar su interrogatorio.

—¿Así que Zigor y Josu, amiguitos de toda la vida, y que ahora quieren jugar a la guerra y hacerse *gudaris* para salvar a Euskadi?

Los dos jóvenes se quedaron mudos. La primera prueba, su primer contacto real con el mundo imaginado y anhelado durante tanto tiempo, los dejó completamente helados. Aquel veterano dirigente de la Organización, al que tiempo después reconocerían en la televisión tras su arresto en Francia, fue muy directo con ellos. De hecho, se diría que intentó disuadirlos de entrar en la banda. Josu siempre pensaría, pasado el tiempo, que tenía que agradecer a aquel hombre que les hablara de manera tan franca de lo que significaba entrar en una estructura clandestina e ilegal.

—Olvidaos de vuestra vida anterior. En cuanto el enemigo conozca vuestra identidad, si no os mata o detiene, os obligará a huir a Francia. Y aquí tendréis una vida de mierda, de casa en casa, de agujero en agujero, malcomiendo y malviviendo, hasta que os demos una nueva misión en el interior para volver a arriesgaros a ser detenidos o ejecutados. Os mataréis a pajas durante meses. ¿Estamos?...

Los dos jóvenes asintieron en silencio. La dureza de esas palabras, que estaba atravesando su ilusión militante de lado a lado, les había quitado el hambre. No probaron ni el queso ni el vino. *Txomin* era un tipo duro, directo. No se andaba con rodeos. Por la edad, pensaron que debía de ser de la primera o segunda generación de miembros de la banda, la de los años sesenta y setenta. Pequeño, robusto, vestido con una camisa a cuadros azules y blancos abierta hasta el pecho, su rostro pétreo y garabateado por decenas de arrugas, imponía mucho respeto. Su barba descuidada le daba un aspecto desaliñado que invocaba, o eso al menos detectó Josu, un cierto desistimiento, quizá cansancio, de una vida de sobresaltos y renuncias.

—Y aunque tengáis suerte de no ser identificados —prosiguió— y podáis seguir ejecutando acciones, cuando se os haya pasado la adrenalina de las primeras *ekintzas* empezaréis a cuestionaros qué es lo que estáis haciendo. Empezaréis a discutir entre vosotros: por qué os damos determinadas órdenes, por qué debéis ejecutar a personas que no han hecho nada o parecen buena gente. Cuestionaréis las órdenes porque uno de vosotros creerá que hay que cumplirlas sean las que sean, y el otro pensará que nos hemos vuelto locos. O que la información sobre el objetivo debe de estar equivocada. O que no tiene sentido una bomba en determinado lugar... Eso va a pasar, ¿estamos?

—Estamos —dijeron ambos a la vez.

—Y si eso va a pasar, hijos, es mejor que lo dejéis ahora. Que nos sigáis apoyando, pero de otra manera; hay mil formas. En manifestaciones, en carteladas, que os metáis a concejales o lo que sea. Vosotros sois universitarios. Tenéis estudios. ¡No sé qué cojones pintáis aquí! Podéis ser muy útiles al otro lado.

Txomin hizo el gesto de brindar con su vaso de vino y se lo bebió de un trago. Con calma, quitó el corcho de la botella y se sirvió otro antes de continuar.

—Hay que tener muchos huevos para coger una *pipa* y meterle un tiro en la nuca a alguien. Tú, el moreno —dijo mirando a Zigor—, coge la pistola.

Zigor Altuna vaciló y miró a su compañero. Josu siempre recordaría esa mirada. Había algo en los ojos de Zigor que delataba que, por mucho que disimulara, nunca sería capaz de matar. Eso se veía enseguida. Josu pensó en ese mismo momento que su compañero, llegado el caso y con cualquier excusa, le cedería el supremo e irreversible instante de quitar la vida a alguien.

Zigor cogió la pistola entre sus manos, torpemente, e intentó hacerse el gracioso apuntando hacia la ventana de la cocina. Aquel viejo terrorista que le miraba desde el otro lado de la mesa también había advertido esa mirada, que Zigor intentaba encubrir con una cierta sobreactuación.

—Tú no tienes huevos, chaval —le espetó *Txomin* mientras le retiraba con desprecio la pistola—. ¿A ver tú, el calladito?

Josu cogió el arma con cierta aprensión por el rapapolvo que acababa de recibir su colega de toda la vida. Si Zigor no tenía huevos, y si él tampoco los tenía, este sería su último contacto con la Organización. El fin de su vida revolucionaria.

—¿Qué? —preguntó el veterano.

—Está fría —respondió Josu, desconcertando a *Txomin*—. Y creo que matar no es una cuestión de huevos, sino de compromiso. Si nos metemos en esto, sabemos lo que significa. Y lo asumimos. Matar no es divertido. Puede que sea una necesidad en este momento para que el Estado se siente a negociar, pero no somos una banda de asesinos. No matamos porque sí.

—Tienes toda la puta razón, hijo —respondió *Txomin*, apurando otra vez el vaso de vino—. Pero así nos van a ver muchos. Como una banda de asesinos. Porque en realidad matamos. Y aunque nuestra violencia es política, no todos lo verán así. Pero tú —miró a Josu fijamente— ándate con cuidado. He visto a otros parecidos a ti. Sois capaces de matar. De acuerdo. Pero los que sois como tú tenéis demasiados demonios interiores. La suciedad te va a cubrir enseguida. Y la culpabilidad. Y el remordimiento. Y no lo vas a soportar. Tú eres de los que van a cuestionar las órdenes. Tarde o temprano lo harás. Tienes coco, chaval. Sabes pensar. A esos la Organización los pone a dirigir o los aparta por disidentes.

—Entonces ¿qué? —preguntó Zigor.

Txomin le miró y se levantó de la mesa. Salió de la habitación dejando en el aire una colosal duda sobre el futuro de ambos jóvenes en la Organización. Al volver, traía consigo una pequeña bolsa de cuero de la que extrajo dos pistolas. Le dio una a cada uno.

—Ya sois oficialmente miembros de la Organización. Personalmente me gustaría que abandonarais ahora mismo porque no vais a durar dos telediarios ahí fuera. Tú, el moreno, te llamarás *Beltza* para nosotros, y tú, el que habla tan bien, te llamarás *Poeta* por tu labia. Recibiréis instrucciones en breve. Es muy posible que os pongamos a hacer tareas de vigilancia o seguimientos. Ya os diremos algo.

Y de aquella conversación se está acordando Josu, después de su discusión con Zigor, mientras saca más fruta de la bolsa. Se acerca a la mirilla y ve que Imanol ha dejado de pintar y está escribiendo una de sus notas. Llama con los nudillos, como hace siempre, y entra a darle algo de comer a su secuestrado.

—Imanol, *egunon*, te traigo algo de fruta. ¿Puedo ver lo que has pintado?

—*Egunon*, *Poeta*. Claro, ahí lo tienes, encima de la cama, si se le puede llamar cama.

—Sí, lo sé, no es muy cómoda, pero nosotros ahí fuera estamos igual, en dos jergones enanos y llenos de bichos.

—Bueno, mal de muchos, consuelo de tontos —responde Imanol sin levantar la vista del papel que está escribiendo.

Josu coge la cuartilla. El dibujo representa a un hombre, probablemente el propio Imanol, sentado en el suelo y apoyado en una pared. La figura, negra como una sombra, tiene la cabeza bajada y escondida entre las piernas. Imanol no ha dibujado nada más, solo tres rayas para representar la pared. El dibujo, tosco y sencillo, transmite soledad y desamparo. *Quizá injusticia*, piensa Josu para sí mismo.

—¿Te digo lo que me provoca este dibujo, Imanol?

—Dime —contesta Azkarate, curioso.

—¿Sinceramente? Joder, pues que podría ser cualquiera de nosotros en un cuartelillo de la Guardia Civil después de una buena tanda de hostias.

—Ya, pero no.

—Ya. Eres tú. Y nosotros te estamos haciendo lo mismo. ¿A que sí?

—Mira, *Poeta*, a mí la Guardia Civil no me ha hecho nunca nada. No es que me caigan muy bien, y a veces parece que odian todo lo vasco, de acuerdo, pero personalmente no me han tocado. Y vosotros, siento la obviedad, me tenéis aquí secuestrado y jodido. Así que no estoy de acuerdo con tu observación. ¿Me dejaréis llevarme el dibujo si no me pegáis un tiro?

—Por mí, ningún problema, pero veremos qué dice *Beltza* —contesta Josu, volviendo a dejar el papel en la cama—. Y déjate de tonterías. Que los tuyos hagan lo que tienen que hacer, que paguen o que negocien, y tú te largas de aquí con todas tus pinturas, y listo.

—Gracias.

—De nada.

—¿Os habéis enfadado otra vez? —suelta de repente Imanol mientras escribe su última línea en la cuartilla que tiene entre las manos.

—¿Has oído algo?

—No, solo la bronca que te ha echado por darme las acuarelas. Luego os habéis ido afuera y ya no he escuchado nada. ¿Estás bien?

—¿Por qué te preocupas por mí?

—No me caes mal, *Poeta*. No te gusta lo que estás haciendo, y se nota. Yo lo noto, y también lo hace *Beltza*. Por eso está tan irritable. Porque tengo la impresión, y seguramente él también, de que estás cuestionándote mi secuestro.

—Imanol, creo que empiezas a desarrollar un síndrome de Estocolmo de libro conmigo.

—¡Ja, ja, ja! No, *Poeta*, lo digo en serio. Tú no estás a gusto con todo esto. Y les das muchas vueltas a las cosas. Y no entiendes mi secuestro. Como yo tampoco lo entiendo. Soy tan vasco o más que vosotros, si es que hay alguna medida para calcular eso.

Josu siente que el pasamontañas se le pega a la nariz y le impide respirar bien. Deja un par de peras sobre un plato, en la caja de madera que hace las veces de mesa para Imanol, y prefiere no contestarle. Está demasiado alterado tras su discusión con Zigor, y el recuerdo de aquel vaticinio que les hizo *Txomin* al ingresar en la banda lleva tiempo apareciéndose en su cabeza.

—Mira, Imanol, yo milito en una organización en la que creo. Cuando entré sabía a lo que me atenía. Pongo mi vida en riesgo por un futuro para este país, y aunque algunas cosas no me gusten, o no me convenzan, tengo que aceptarlas porque es mi obligación y mi compromiso revolucionario.

—Insisto, *Poeta*, ¿por qué crees que eres más vasco o mejor vasco que yo?

Josu permanece de pie mientras Azkarate, sentado sobre el suelo de paja, coge una de las peras.

—Yo no me creo ni mejor ni peor. Tengo un compromiso con Euskadi que seguramente tú no tienes. Mis responsables han decidido que a gente como tú, que no hacen nada por su país pero van de vascos de toda la vida, hay que darles un escarmiento. ¿Que no te quieres arriesgar como nosotros? De acuerdo, pero aporta tu granito de arena para la futura Euskadi. ¿Cómo puedes hacerlo? Con tu dinero. ¿Que eres un egoísta y un tacaño que se beneficiará en el futuro de un país independiente y libre sin haber hecho nada ni arriesgado nada? Pues lo siento. Te hemos pillado y tienes que aportar tu parte. Todos tenemos que aportar nuestra parte —sentencia Josu.

—O sea —insiste el secuestrado—, vosotros decidís lo que los demás tenemos que hacer para conseguir lo que vosotros queréis.

—No me líes. Creo que está bastante claro lo que te quiero decir. Yo no soy mala persona, Imanol. Pero haré lo que sea necesario para conseguir que todos nosotros, yo, tú, nuestros hijos, vivamos en un país libre.

—¿Incluso pegarme un tiro?

—Eso no va a pasar. Estate tranquilo. ¿Puedo leer lo que estás escribiendo?

—No deberías. Son las confesiones de un hombre antes de ir al paredón. Es algo íntimo.

—Imanol, sabes que cuando te liberemos tendré que registrarte y leer todo lo que has escrito para que no haya ninguna prueba que lleve a la policía hasta nosotros. Así que me da igual si no me lo dejas leer, lo haré cuando esto acabe.

Sonriendo con resignación, Imanol Azkarate extiende el papel hacia su captor. *Poeta* se sienta en el camastro y lee en voz alta.

Nota 2. Día 6 de encierro. A media mañana.

Hace menos frío que ayer. Esta mañana me ha despertado el ruido de una motosierra lejana. Debe de haber leñadores cerca de aquí.

Ayer me costó mucho dormirme. Tengo fuertes dolores de estómago, seguramente producidos por la mala dieta de este secuestro. A esto le llamarán «cárcel del pueblo», pero es un establo de mierda. Al menos no estoy encadenado.

Los días empiezan a hacerse desesperadamente largos y tediosos. Mato el aburrimiento escribiendo, y ahora, desde hace poco, pintando.

Y tengo pensamientos muy negros. Y eso me preocupa.

No tengo buenas sensaciones. Cada amanecer es un día más vivo. ¿Hasta cuándo? Estoy como la hilandera de Laboa: «Ya es de día, y mañana, mañana, mañana...».

¿Quién de estos dos apretará el gatillo?

Ellos no saben lo que yo sé. Que en la Organización me la tienen jurada por no ceder. Por enfrentarme a su extorsión. Soy un símbolo de resistencia que no les interesa.

Paso las horas pensando en Alasne: ¿cómo estará? Me gustaría saber qué ocurre ahí fuera. Si mi gente está haciendo lo posible por sacarme de aquí.

Hace un rato estos estaban discutiendo. Las cosas no van bien. Se van a devorar entre ellos.

Poeta se queda masticando esa última frase mentalmente y le devuelve el papel a Imanol. Este lo recoge y lo deposita en el suelo junto a otras notas manuscritas. Josu se levanta y, sin decir nada, sale del recinto y cierra la puerta, dejando a Imanol en un inevitable estado de ansiedad ante la reacción que puedan provocar sus notas en los dos jóvenes terroristas.

Desde el otro lado de la puerta se oye la voz de *Beltza*:

—Azkarate, esta noche cenaremos revuelto de *perretxikos*, que ya han salido los primeros de la temporada. Para que no te quejes de cómo te tratamos.

Y volviéndose a Josu, que se ha quitado ya el verdugo y se está limpiando el sudor de la cara, le dice en voz baja mientras le guiña el ojo:

—No te quejes, que le vamos a preparar una cena de tres estrellas a tu amiguito. Para que estés contento. Le dejamos cocinar a él y así se entretiene un poco, ¿vale?

16

Jueves

El cartel, metálico y herrumbroso, parecía decir «Propiedad privada» y lo había clavado en ese árbol, cincuenta años atrás, el antiguo dueño del terreno donde estaba el restaurante Toki-Eder. El viejo roble llevaba allí varios siglos, creciendo impasible a las guerras, las estaciones del tiempo o las rencillas de los hombres. La corteza del árbol había engullido el centro del letrero, rodeándolo por arriba y por abajo con su piel rugosa, comiéndose la última parte de la palabra «Propiedad» y el principio de la palabra «privada», y doblando las esquinas del cartel hacia dentro. Josu Etxebeste siempre estuvo fascinado por el poder rebelde de ese árbol, del que no podía decir que fuera suyo, aunque estuviera en su terreno, porque era evidente que ese roble no tenía dueño.

Josu acostumbraba a iniciar su paseo diario pasando por delante de ese árbol. Saludándole, como si este le pudiera escuchar. A veces mandaba allí a los niños que jugaban en el jardín del restaurante mientras sus padres acababan de comer. Los críos se quedaban siempre fascinados al contemplar la naturaleza rebelándose contra el hombre. Josu aprovechaba entonces para contarles viejas leyendas de la mitología vasca. Les hablaba de las *Lamias*, las ninfas y los duendecillos que habitaban en la ribera del río Bidasoa, y los convencía de que el roble era en realidad un *Basajaun*, un señor de los bosques que había decidido tomarse un largo descanso. «Algún día despertará, se desperezará y se irá», les contaba. Los niños escuchaban fascinados las historias de *Poeta*, y sus padres, los clientes, admiraban la paciencia de ese tipo con aire de tristeza secular en la cara.

Su paseo le llevaba habitualmente pegado al río, por un sendero de tierra en el que no era extraño, incluso a primera hora, cruzarse con otros deportistas que, a pie o en bici, hacían la misma ruta. A veces decidía caminar en dirección al cercano Irún. En otras ocasiones prefería caminar hacia el lado contrario, remontando el río hacia la linde con Navarra. Cuando se cansaba o le entraban ganas de pensar, se sentaba en alguno de los bancos que se asoman al Bidasoa y contemplaba la subida de los escasos salmones que todavía se aventuran por la zona, o a los jóvenes en canoa que remontaban el río aprovechando que las aguas bravas están un poco más arriba.

Hoy había decidido caminar hacia Irún, y en un largo paseo, cruzar la frontera por el puente de Behobia, y seguir por el lado francés del Bidasoa hasta el pueblo de Biriatou. Ese lugar era uno de sus refugios preferidos. Ascendió hasta la parte más alta de la villa, pasó al lado del frontón donde un abuelo trataba de enseñar a jugar a la pelota a su nieto, subió un poco más y entró en la iglesia de Saint Martin. Josu contempló las dos naves superiores a izquierda y derecha, sujetadas por vigas y troncos de madera. Esa capilla le parecía el interior de un barco ballenero, y se imaginaba a los fieles rezando y remando en su interior. Sus pasos, haciendo crujir las tablas del suelo, se encaminaron por una salida lateral hacia el pequeño cementerio, que linda con la ermita. Allí siempre encontraba una cierta paz para escribir. Mecido por el bucólico ruido de los cencerros de las *pottokas* que pastaban en los prados de alrededor, sacó su pequeña agenda negra y siguió escribiendo.

Los epílogos son retorcidos.

Si no, simplemente lo llamaríamos Fin.

Porque cuando ese fin debió suceder hace mucho tiempo, cuando algo dramático y terrible mereció cerrarse en su momento, y sin embargo permaneció supurando, pudriéndose, cuando el perdón no puede darse porque no hay remordimiento o la justicia no llega porque vence la cobardía, entonces no hay ningún fin que valga.

No hay nada que se acabe.

No hay cierre.

Solo huidas suicidas hacia delante. Dolor en el camino.

Es un epílogo tortuoso que te atrapa en una trampa vital. Y en esa trampa vivo.

No hay oportunidades para los cobardes que callamos. Por dentro nos seguiremos sintiendo una mierda toda la vida, aunque por fuera sonriamos. Podemos disimular, porque solo nosotros sabemos lo que somos y lo que hicimos. Como un cilicio que nos estruja el alma. Pero no podemos mentirnos a nosotros mismos.

Josu respiró hondo repasando lo que había escrito. Empezaba a tener la sensación de que estaba llegando al fondo de su desdicha. Que estaba prácticamente preparado para enfrentarse a Alasne y decirle que él mató a su padre.

Miró a lo lejos, a su propio restaurante, allá abajo, en el otro lado del río. Había acertado llamándolo Toki-Eder. Lugar bonito. Desde Biriatou, la sinuosidad del río hacía una forma de arco de ballesta tensado sobre el propio restaurante. En la parte de atrás de la vieja fundición, en la zona privada del restaurante a la que no accedían los clientes, oculto a las miradas pero perfectamente visible desde la altura en la que estaba *Poeta*, un frondoso arce parecía iluminarse de rojo con el sol de media mañana. Una nota de color. Un punto de fuga que llamaba la atención de cualquier mirada en ese paisaje insolentemente verde que, en breve, empezaría a tornarse ocre y marrón con la llegada del otoño.

Josu sonrió un momento al notar un cosquilleo de orgullo por haber mimado y cuidado ese arce durante tantos años. Por haber respetado el lugar que eligió para vivir y haberlo conservado tal y como imaginaba que llevaba toda la vida. Josu recordó a todos esos pintores que fueron inspirados por el río Bidasoa, a Salís, a Berrueta, a Gal o a Montes Iturrioz, y no le extrañó que todos ellos hubieran caído bajo el embrujo de esos rincones. Sacó su teléfono móvil e hizo una foto de su propio hogar, allá abajo. Le puso un filtro que saturó todos los colores, los verdes los subió a esmeralda, el rojo del árbol se fue al rubí y el turbio azul del río se hizo añil, y lo mandó al grupo de WhatsApp que tenía con los trabajadores, que enseguida empezaron a contestar alborozados. Apreciaba a aquellos chicos. Los consideraba como a sus hijos. Los que no había tenido. Mentalmente se corrigió enseguida. Los que nunca quiso tener. Demasiada maldad en su simiente.

Y continuó escribiendo mientras saludaba a la anciana que todas las mañanas entraba en la iglesia, sola, y encendía dos pequeños cirios a la entrada de la capilla. *Con lo mayor que es y solo echa de menos a dos almas en toda su vida*, se preguntaba siempre Josu.

No sé a cuántas personas importaré cuando todo esto se sepa. Cuántos amigos me quedarán. Cuántos de ellos me odiarán, me dejarán de hablar, me olvidarán o incluso negarán que estuvieron en mi restaurante tomando copas hasta las tantas. Me da igual. Realmente solo me importa una persona, Alasne Azkarate.

Aquí, en el cementerio de Biriatou, rodeado de tumbas y de esas viejas estelas funerarias, siento paz. Este es un sitio precioso para quedarse eternamente. Yo no pretendo pervivir en la memoria de nadie, pero si tuviera que pensar en un epitafio, solo se me ocurre una palabra: «Cobarde». Eso debería poner en mi tumba cuando todo esto acabe. Mejor, dos palabras. «Puto Cobarde». Josu Etxebeste, Puto Cobarde.

Ya sé que mi tumba la iban a pintarrajear y ultrajar... Me da igual. Estoy cansado de todo esto. ¡Qué le va a importar a mi cadáver que en la lápida que me cubre ponga «txakurra»*, o «traidor», o «hijo de puta»! ¡No me voy a enterar! Algunos serán comprensivos. Otros dirán que he llegado tarde, que a buenas horas... Los simpatizantes de la Organización me maldecirán.*

Pero la pregunta es: ¿cuántos como yo quedamos en Euskadi? ¿Cuántos deberíamos dar un paso adelante y decir FUI YO? Ser valientes y mirar a nuestras víctimas. A esas viudas e hijos que siguen esperando un porqué, aunque no sepamos cómo dárselo.

Sé que lo mío tiene algo de inmolación. Que es casi suicida. Cada día que escribo algo escondo en lugar seguro esta libreta porque esos cabrones son capaces de enviar a alguien para liquidarme antes de que cante. Si eso pasa, tú, lector, seas quien seas, espero que cumplas con tu deber de sacar esto a la luz. Sé que dicho así suena un tanto heroico, que me hace bueno, aunque sea en el final de mi vida.

No lo soy. No lo fui.

Heroicos fueron los once soldados de Biriatou que están aquí enterrados y que murieron en la Primera Guerra Mundial. Escribo esto junto al mármol que los recuerda. Ahí están sus nombres y esa frase que me martiriza cada vez que subo aquí: Orhoit Gutaz, *«Acordaos de nosotros».*

Hasta aquí venía paseando Unamuno cuando estuvo exiliado en Hendaya huyendo de Primo de Rivera. A Unamuno también le turbó esa frase. Escribió un poema, que a veces releo cuando pienso en el miserable recuerdo que voy a dejar: «¿Por qué? ¿Por qué? Jamás esta pregunta terrible torturó vuestra inocencia; nacisteis... nadie sabe por qué ni para qué...».

¿Por qué? Es la pregunta de mi vida. Por qué me metí en aquella mierda. Por qué les creí. Por qué no me eché para atrás. Por qué disparé a un hombre inocente.

«Nadie sabe por qué ni para qué».

Pero, sobre todo, por qué no confesé, por qué no hablé con Alasne en todos estos años. Puto Cobarde...

Los ojos de Josu brillaban intentando apretar dos pequeñas lágrimas que al final se desbordaron por su cara. Cerró la libreta para evitar que se mojara el texto que acababa de escribir, pero una gota de llanto ya había impactado en el centro del verso de Unamuno, diluyendo la tinta azul justo encima de la palabra «inocencia». Josu resopló de manera irónica pensando que la suerte, el destino, las almas de todos los que allí yacían le estaban enviando algún mensaje. *A las lágrimas solo tienen derecho los que sufren, no los verdugos*, se dijo a sí mismo. Se quedó pensativo mirando la oronda cima del monte Xoldokogaina, que protege al pueblo de los temporales que llegan del norte, y sacó del bolsillo de la tapa trasera de la libreta un papel amarillo y doblado sobre sí mismo. Lo miró un buen rato y después lo abrió.

Era una de las notas que había escrito Imanol en su cautiverio. De sus restos de vida. *Es hora de devolver todas estas notas a su legítima propietaria, a la única que debe tenerlas*, decidió. *Quizá le consuele o quizá la vuelva loca, pero no puedo seguir quedándome con los pensamientos de Azkarate*.

Josu recordaba el instante en el que su conciencia, la de verdad, aquella de la que había huido durante tantos años, volvió a reaparecer para hacer una enmienda a la totalidad de su vida. Fue aquella tarde en la que él mismo se acercó a cobrar la comida a la propia Alasne, en una de sus primeras visitas al Toki. Él, que siempre la había rehuido, no se dio cuenta de que los empleados fueron acabando su turno y le habían dejado completamente solo el restaurante. Alasne era la única cliente que aún permanecía en la terraza, tomándose un gin-tonic. Abstraída, concentrada en sus pensamientos. Josu la miraba desde la ventana de su despacho, sin atreverse a salir. Ella inmóvil, mirando hacia los árboles que escoltaban al río. Como si estuviera en otro lugar. No cogió el móvil en toda la comida, no abrió el libro que había dejado encima de la mesa. De vez en cuando daba un sorbo a la copa y volvía a perderse en su ensimismamiento.

Cuando Josu escuchó que Alasne le llamaba por su nombre se estremeció. Se asomó un momento, haciéndose el despistado, con las gafas puestas y un ordenador portátil en la mano como si estuviera trabajando.

—*Aupa*, Alasne. No sabía que seguías por aquí, pensaba que estaba solo.

—*Aupa*, Josu. Aquí sigo, pero me tengo que ir. ¿Me cobras?

—Ahora mismo —dijo volviendo al interior y tecleando nervioso su número de mesa para llevarle la factura cuanto antes—. ¿Te ha gustado el gin-tonic?

—Estaba riquísimo, como a mí me gusta. Copa de balón, mucho hielo y perfumado por el borde de cristal.

Y de pronto, y ese fue el momento en el que Josu volvió por un instante a ser *Poeta*, el momento en el que su conciencia dio una patada a su miserable vida de cobarde, vio colgando del cuello de Alasne el papel que él mismo había dejado en la mano del cadáver de su padre. Su último mensaje. Su despedida más cariñosa. Aquel «*Maite zaitut, bihotza*» que Josu estrujó al guardarlo en el puño inerte de Azkarate.

Le vinieron entonces, como cuchillos lanzados a su espalda, los gritos de *Beltza* diciendo que se diera prisa en recoger el casquillo de la bala y limpiar la escena del crimen. Y se vio a sí mismo acomodando el cadáver contra un árbol, para dejarlo sentado, en un último acto de respeto para el que había sido su interlocutor en tantas largas conversaciones.

Torpemente, en aquel momento le dijo a Alasne que estaba invitada, que le apetecía hacerlo porque hacía mucho que no se veían. Que volviese cuando quisiera. De todo eso se acordaba Josu, sentado entre las tumbas del cementerio más bonito de toda Aquitania, sujetando en su mano una de las notas escritas hacía treinta y cinco años por el hombre al que asesinó.

Nota 6. Después del desayuno.

Otra vez aguachirri. Voy a dejar de tomar ese presunto café por las mañanas porque me sienta fatal. Si no me matan estos, lo hará ese brebaje. ¿Qué les costará comprar un poco de Nescafé y traer agua de botella?

Hoy tengo mejor humor. Ayer buena conversación con el Poeta. *Este chaval está muy perdido. No sabe todavía que no es como ellos. No es de su mundo. Tiene otra sensibilidad. Va a durar poco en la Organización. O se sale pronto o caerá enseguida por intentar demostrar que es tan duro como cualquiera. Últimamente discuten poco. Parece que el otro, el* Beltza, *anda yendo y viniendo. Recibiendo instrucciones, supongo.*

Me pregunto si me matarán aquí. Hay en Euskadi una triste cartografía del terror. Los lugares donde han matado a alguien. Vas en coche, o paseando, y dices: «Mira, ahí mataron a fulanito, o pusieron una bomba a menganito, o la policía mató a no sé quién». No tendremos muchos monumentos, pero podíamos llenar el país de placas que recuerden bombazos o tiroteos. ¿Qué país se construye con la sangre de los que allí nacieron? ¿Pondrán una placa en esta txabola *recordando que aquí asesinaron a Imanol Azkarate?*

Josu volvió a dejar la cuartilla en su agenda, escondida. Contempló por última vez las tumbas antes de iniciar el regreso a casa y decidió tres cosas. La primera, que debía asegurarse de que Alasne, si a él le pasaba algo, recibiría todas las notas de su padre. La segunda, que enviaría a su torturador la foto que hicieron a Azkarate con Altuna apuntándole; seguro que así le creía. Y la tercera, que debía asegurarse de que los que quedaran de la Organización, a los que seguro que Zigor ya había informado, no le mataban antes de hacer las dos primeras.

17

Jueves

La reunión no había salido demasiado bien. De hecho, se podía decir que había sido catastrófica. El padre Vixente Egozkue se montó en su viejo Golf, el coche que le llevaba a todas partes desde hacía más de veinte años, resopló, tiró la *txapela* en el asiento del acompañante con un gesto brusco y, ofuscado e incluso bastante nervioso, metió primera y salió derrapando del parking del Obispado de San Sebastián. Estaba frustrado, enfadado y humillado, pero sobre todo se sentía como un idiota. Su decisión de ir a confesarse con el obispo, de pedirle consejo y asesoramiento, no había sido una buena idea.

Mientras abandonaba la avenida de Tolosa para incorporarse a la autopista en dirección a Bilbao, el sacerdote repasó mentalmente su conversación para tratar así de contener los daños. No había dado nombres, de eso estaba seguro, ni fechas. Tampoco había sido demasiado específico en las circunstancias que relató ante el obispo, pero prefería quedarse tranquilo.

Conseguir la cita no había sido fácil. El secretario del obispado le había dado largas de malas maneras hablando de lo ocupado que estaba su excelencia. Y Egozkue, mientras conducía, iba poniendo caras de sarcasmo cada vez que recordaba esas conversaciones telefónicas: que si el reverendísimo tenía la agenda completa, que si el ilustrísimo estaba de retiro espiritual, que si, que si...

Al final su insistencia, y el carácter de asunto de extrema gravedad y urgencia que Egozkue le había imprimido, habían sido recompensados. *Seguro que esos estúpidos pensaban que este viejo cura iba a pedirles dinero para sobrevivir. ¡Vaya ratas!*, se contestaba a sí mismo en un monólogo interior que no conseguía calmar su sensación de afrenta. *Llevo sesenta y cinco años en la Iglesia, me conocen en toda Guipúzcoa, soy el cura más* salao *de la diócesis, tengo el récord de misas dadas, de funerales y de entierros. He estado en todas las películas. En las buenas y en las malas. ¡Y ahora viene este obispo, de Soria o de Segovia, que todavía no tengo claro de dónde es, que no tiene ni idea de lo que hemos sufrido en esta tierra, a darme un sermón!... ¡A mí!* Vixente Egozkue se percató de que estaba dando golpes inconscientemente en el volante del baqueteado Golf y que debía tranquilizarse.

El vehículo no corría mucho y los reflejos mermados del anciano le aconsejaban no acelerar demasiado y no despistarse en la carretera, pero a punto estuvo de saltarse el desvío que le llevaba hacia Mondragón. Quería llegar cuanto antes a su cita en el monasterio de Arantzazu. Había comenzado a chispear y el firme se había convertido en un gran charco de agua que complicaba la conducción a la cansada vista de Vixente. Enfilando ya hacia el interior de la provincia, el sacerdote repasó mentalmente el encuentro de principio a fin.

—Buenos días, padre Egozkue, un placer conocerle. Es usted toda una leyenda en la provincia —le había dicho el secretario del obispo esa misma mañana, antes de hacerle esperar casi media hora para el encuentro—. Su ilustrísima tiene una visita, pero enseguida le atiende. ¿Quiere un café?

—No, hijo, gracias. ¿De dónde eres? —contestó Egozkue, condescendiente.

—Navarro. Coincidí con su excelencia el obispo en el Vaticano, y cuando le nombraron para dirigir esta diócesis me pidió que le acompañara como secretario, y aquí estoy.

—¿Navarro de dónde, del norte? —insistió Egozkue.

—No, padre, más bien del sur. De la Ribera.

—¿No hablas euskera?

—No.

—¿No?

—No.

—¿Y cómo te entiendes con los feligreses y los otros curas que son de aquí de toda la vida?

—Pues en castellano, padre, que también se habla aquí de toda la vida.

El secretario depositó la respuesta suavemente en el aire antes de darse la vuelta y encerrarse en el despacho del obispo, dejando a Vixente con la duda de quién había ganado ese diálogo acerado sobre la importancia de la lengua y los orígenes.

Vixente Egozkue había meditado mucho esa visita. Tras la lectura del diario que Josu Etxebeste estaba escribiendo, y aunque su nombre no aparecía, sufrió una grave conmoción vocacional, como no había vuelto a tener desde sus primeros años en el seminario. Sus dudas interpelaban directamente a su vida sacerdotal, a su código ético, a sus actos pasados y a su facilidad para olvidarlos o justificarlos.

Se pasó varios días acudiendo a la pequeña parroquia de la residencia sacerdotal en la que vivía desde su jubilación. Entraba a deshoras para no coincidir con otros curas que acudieran a sus rezos diarios. Necesitaba estar solo con su Dios y hablarle francamente.

Habían pasado muchos años desde que ayudó a Josu, a Zigor y a otros miembros de la Organización que necesitaban un lugar seguro antes de escapar a Francia o después de cometer un atentado. A unos los escondía un tiempo y a otros los reconfortaba espiritualmente de todas aquellas dudas morales que tuvieran. Todo aquello, ese pasado, había quedado relegado y sepultado. Y no le había supuesto, lo reconocía, ningún desgarro ético o emocional. Desde que la Organización había dejado de actuar y se había diluido, él también había deshidratado todos esos recuerdos, que ahora yacían inertes en algún lugar oscuro y lúgubre de su alma que procuraba no frecuentar.

Sus soliloquios internos en esa capilla le hicieron entender que necesitaba ponerse a buenas con Dios o, al menos, hacerle algunas preguntas. Porque ese mismo Dios, pensaba Egozkue, de alguna manera le había permitido acoger a aquellos muchachos, darles calor en los momentos de incertidumbre, apoyarlos en sus zozobras juveniles, ofrecerles palabras exculpatorias en sus dudas como militantes. En definitiva, Egozkue entendía que había hecho lo que le había pedido el buen Dios. Quizá se había equivocado interpretando entonces alguno de sus designios. Quizá ahora el Señor había cambiado de idea y le estaba mandando señales de que había llegado el momento de la enmienda. Necesitaba respuestas.

—¿Con tarjeta o en efectivo?

El sacerdote volvió de sus pensamientos para sacar dinero del bolsillo y pagar a la cajera del peaje de Mondragón, una joven morena de pelo largo y flequillo sobre los ojos, con un piercing en la nariz.

Abandonó la autopista y enfiló la carretera de Oñate, perdiéndose en el repaso de todo lo que había sucedido apenas una hora antes. Volvió a verse a sí mismo sentado en aquel banco incómodo del obispado. Cuando se abrió la puerta, un conocido banquero donostiarra abandonó la estancia sin mirar ni saludar a Vixente, que en ese momento ya estaba empezando a pensar que su reunión con el obispo no era muy buena idea. *La Iglesia de los banqueros y los capitalistas, eso somos ahora, y al pueblo que le den*, pensó para sus adentros antes de que la voz profunda del secretario le sobresaltara.

—Puede pasar, padre Egozkue, su ilustrísima le espera.

El obispo Torres estaba sentado detrás de una enorme mesa de caoba, que generaba la distancia suficiente con el invitado para no tener que darle ni siquiera la mano. El despacho estaba decorado con lujosos lienzos de arte sacro y sobre la mesa había un enorme portafolios que la máxima autoridad eclesiástica en la provincia cerró con parsimonia mientras Egozkue se sentaba en la silla de enfrente. En unos pequeños altavoces situados junto a una enorme cruz plateada sonaba, y de eso estaba bastante seguro Egozkue, la *Missa Solemnis* de Beethoven, haciendo dudar al sacerdote si no había una excesiva puesta en escena para impresionar a un simple cura de pueblo.

El prelado le miró un momento, con una sonrisa de amabilidad forzada, pero ni siquiera se levantó a saludar al cura. Egozkue tampoco hizo amago de besarle el anillo. El secretario abandonó el despacho sin hacer ruido, dejándolos solos, y entonces el obispo por fin levantó su mirada del teléfono móvil, con el que había alargado infinitamente el silencio sucio y pesado que ya se había generado en la habitación.

—Tú me dirás, Vicente, ¿en qué puedo ayudarte? —preguntó Torres con una voz pausada y profunda pero que denotaba una cierta incomodidad por tener que recibirle.

—Monseñor, ya sé que está muy ocupado. Gracias por recibirme. He venido porque necesito una Confesión General.

El obispo Torres le miró con sorpresa y extrañeza.

Egozkue, esta vez sí, se sintió por encima de la situación.

La Confesión General de un cura conocido por sus posiciones *cercanas* a los violentos, casi encubridoras a veces de sus desmanes, alguien de quien le habían advertido nada más ser nombrado responsable eclesiástico de esa diócesis, era probablemente lo que el obispo menos se esperaba.

—¿Estás bien, Vicente?

—Claro.

—Me refiero a si estás enfermo o te notas mal o si...

—¿Si creo que me voy a morir ya y necesito confesión? La respuesta es no.

—Entonces ¿por qué lo haces?

—Se lo contaré, monseñor, bajo el escrutinio del Señor y bajo secreto de confesión, claro.

—Claro, claro. Por supuesto —respondió el obispo, recomponiendo su postura en la silla—. Comencemos.

—Ave María Purísima —rezó entonces cerrando los ojos y uniendo sus manos el sacerdote Vixente Egozkue.

—Sin pecado concebida —respondió el obispo Torres.

Aita Vixente no empezó de inmediato. Como si estuviera tratando de controlar el tempo de la confesión, se tomó unos segundos antes de empezar.

Torres comenzó a sentirse incómodo. Le gustaba manejar las situaciones. Y desde que había sido nombrado al frente de una de las diócesis más conflictivas del Estado había asumido su papel de pacificador. Y para ello debía dominar a todos sus sacerdotes. Tenerlos controlados.

La situación política había mejorado mucho y la ausencia de atentados y muertes evitaba que se produjeran situaciones de fricción con las homilías de los domingos, pero, aun así, de vez en cuando tenía que lidiar con personajes como Egozkue. Respetados. Admirados. Queridos por sus feligreses y, en general, por sus vecinos. Sacerdotes que, según pensaba el obispo, habían descuidado su labor pastoral para cuidar solo de una parte del rebaño, dejando al resto a merced de los lobos.

—Monseñor, quiero reconciliarme con nuestro Señor Jesucristo. Puede que haya pecado, no lo sé. Quizá por acción, quizá por omisión. Nadie está libre, eso ya lo sabemos, pero, ilustrísima, creo que en algunas ocasiones no he estado a la altura de nuestro Señor.

—Continúa, Vicente.

—Usted sabe que la vida aquí no ha sido fácil. Que durante años y años nuestra cultura, nuestra lengua, nuestra idiosincrasia, nuestras costumbres —enfatizó Egozkue— fueron laminadas por una ideología dominante que pretendía asimilarnos e incluso hacernos desaparecer como pueblo.

El obispo asintió en silencio, pero solo dando a entender que seguía la explicación de Egozkue, no que le estaba dando la razón.

—Usted sabe que hubo años muy duros de violencia, ¡por las dos partes, eh!, y que esa violencia ha causado muchas tragedias entre nuestro pueblo. Matar no tiene ninguna justificación, por supuesto. Pero es verdad que en aquel tiempo algunos de los mejores jóvenes de este país tomaron las armas para defender lo que ellos consideraban que era legítimo. Con errores, claro, y con situaciones injustificables. Lo que quiero decir, monseñor...

El obispo en ese momento alzó la mano indicándole a Egozkue que permaneciera en silencio. Los coros de la *Misa* de Beethoven, lejanos y metafísicos, rellenaron ese hueco incómodo que se abrió entre ambos hombres.

Torres era un hombre alto, robusto, resuelto y seguro de sí mismo. Pese a tener veinte años menos que Egozkue y haber *venido de fuera*, estaba en una obvia posición de autoridad. Enfrente, *aita* Vixente, tocado con su *txapela*, era ya un sacerdote anciano, un vestigio de un pasado en el que la etiqueta de Iglesia vasca hizo fortuna.

—Mira, Vicente —habló por fin el obispo—, estamos en secreto de confesión. Lo que me tengas que contar me lo cuentas, pero no me des un mitin. Atente a los hechos. Explícame tus pecados, tus errores, tus faltas de fe o tus desviaciones, y muéstrame tu arrepentimiento. Esto es una Confesión General, no un debate unívoco sobre una visión política de este lugar en el que naciste, o de esta diócesis que yo dirijo. ¿Es así? —La pregunta, lanzada después de otra pequeña pausa, sonó inequívocamente a afirmación.

—Es así, ilustrísima.

—Prosigue.

—En una época de mi vida, monseñor, acogí a una serie de almas extraviadas en nuestra parroquia. Personas que necesitaban nuestra ayuda. Los sacerdotes estamos para recibir con hospitalidad a toda persona humana, porque dar refugio al desvalido es un valor cristiano. Lo dijo Jesús en su parábola del juicio final, «era forastero y me acogisteis». Lo que quiero decir, ilustrísima, es que escondí a unos muchachos que...

—Eran asesinos...

—¿Cómo?

—Que eran asesinos. Eso es lo que me estás diciendo, Vicente. Entiendo que acogiste, escondiste o alimentaste tanto física como espiritualmente a gente de una organización terrorista que es posible que huyera de la policía.

—Bueno, en realidad... —balbuceó Vixente.

—Egozkue, no me retuerzas el Evangelio con citas que te vienen bien. Yo también me sé la Biblia de memoria. Y me acuerdo de que en la carta a los Hebreos se dice que no hay que olvidarse de practicar la hospitalidad, porque gracias a ella algunos, sin saberlo, hospedaron ángeles. Pero es que tú, Vicente, hospedaste asesinos. Terroristas. Y probablemente lo sabías. ¿Mostraste la misma simpatía y diligencia con sus víctimas?

—Por supuesto, monseñor, yo siempre he hablado con todo el mundo. No he hecho distinciones. Todos eran parte del rebaño. Los más descarriados y los que más sufrían.

—Egozkue, ¿tú de verdad crees que estuviste a la altura de las víctimas de la Organización? Es una pregunta muy directa, lo sé. ¿Crees que con esas víctimas mostraste la misma compasión que ofrecías en los funerales por miembros de la banda terrorista?

—Yo creo que sí, monseñor.

—De acuerdo, Vicente, supongo es una cuestión de percepciones personales. Esto ya entra en el ámbito de cómo nos vemos a nosotros mismos. Pero no podemos juzgarnos del todo aquí, en la tierra. Deberemos esperar a que sea el Señor, en su infinita sabiduría, el que lo haga por nosotros —dijo el obispo, intentando dar por finiquitada la conversación.

—Entonces ¿hemos acabado?, ¿me absuelve su ilustrísima?

El obispo estaba realmente enfadado. No se podía creer que Egozkue le estuviera pidiendo su bendición. La confesión del anciano sacerdote era de un calibre tan explosivo que podía dañar todos los esfuerzos que él mismo llevaba tiempo invirtiendo en mejorar la imagen de la Iglesia en el País Vasco. Los nuevos obispos, llegados tras la disolución de la Organización, habían pedido de manera colectiva perdón por la frialdad que la institución había demostrado con las víctimas en los años más duros. La nueva generación de sacerdotes ya no estaba ni se sentía vinculada a los errores que sus predecesores habían cometido, acercándose demasiado a la parte que justificaba el uso de la violencia. Lo peor que le podía pasar ahora mismo a la Iglesia era un escándalo mayúsculo por un cura que fuera acusado de colaboración terrorista. Eso no podía ser. No podía pasar de ningún modo. Ni siquiera él mismo podría justificar ese desliz ante el Vaticano.

Torres pensó rápido. Necesitaba asegurarse de que Egozkue no iba a contar nada sobre su pasado, que no se iba a hacer público de ninguna forma. Pero por, otro lado, no quería traicionarse a sí mismo perdonándole sus pecados o conmutándole sus delitos. No podía ser tan fácil. No debía salirle gratis. No quería volver a las viejas prácticas eclesiales de silencio y olvido.

—Vicente, ¿tú te arrepientes de tus pecados? ¿Te arrepientes de lo que hiciste?

—Ilustrísima, me arrepiento del daño que pudieran haber causado aquellos a los que, de corazón, como buen samaritano, ayudé durante un tiempo, pero no me puedo arrepentir de creer en los fines. No estoy de acuerdo en los métodos, pero sí en los fines. Y eso no es pecado.

—Lo que tú llamas «métodos», Vicente, en realidad son delitos. Y delitos muy graves. Probablemente, aunque no quiero saberlo, de sangre. Es decir, de muerte. Y si tú los ayudaste y los escondiste para que volvieran a matar, tú eres cómplice de ese delito, de ese pecado. No es un tropiezo o una imprudencia, Vicente. Sabías muy bien lo que hacías. No lo enmascares con una noble intención de hospitalidad ante el prójimo. Insisto en preguntártelo otra vez: ¿te arrepientes de tus pecados?...

De nuevo el silencio devoró el despacho. Un silencio turbador. El de dos concepciones de la vida retándose en una épica lucha filosófica. Un obispo dispuesto a no ceder espacios morales conquistados después de mucho esfuerzo, y un sacerdote crepuscular que nunca tuvo problemas de conciencia por anteponer los Suyos a los Otros.

—Mira, obispo —comenzó Egozkue, anticipando con esa forma de tutear a Torres que su respuesta no iba a ser la que esperaba—, en este tiempo de senectud yo ya no estoy dispuesto a tener que pedir perdón por algo que hice de corazón. Mis años de zozobras hace mucho tiempo que se resolvieron. Hice lo que había que hacer entonces, aunque ahora no se entienda.

—En ese caso, no te arrepientes. Pues lo siento, Vicente, pero no te puedo dar la absolución.

—¿Yo he venido aquí a recibir la misericordia de Dios y no me la das?

—¡Es que no te puedo absolver, Vicente, ya sabes cómo funciona esto! Si no hay arrepentimiento, no puede haber indulgencia. Tú me pides misericordia espiritual, pero no ofreces ninguna penitencia, más allá de contarme lo que has hecho y desahogarte como si yo fuera tu psicólogo.

—De acuerdo, monseñor —Egozkue parecía haber vuelto a una cierta actitud de respeto por su superior—, pero entiendo que todo lo que hemos hablado aquí queda entre nosotros.

—Sí, amparado por el secreto de confesión.

Y recordando esa última frase del obispo estaba Vixente Egozkue, mientras el vehículo ascendía una carretera estrecha y llena de curvas, cuando el viejo Golf se dio de bruces con un banco de niebla. Una fantasmagórica presencia de piedra se adivinaba al otro lado de una explanada fría y solitaria. El santuario de Arantzazu se resistía a desaparecer en la umbría azulada que la envolvía.

Aita Vixente aparcó el coche, se puso su abrigo negro y una pequeña bufanda del mismo color alrededor del cuello, se ajustó la *txapela* y cruzó la plaza. Bajó las escaleras que llevan a la cripta de la basílica, abrió una de las poderosas puertas de hierro diseñadas por Eduardo Chillida y accedió al interior. Un hombre mayor, más o menos de su misma edad, le esperaba sentado en uno de los primeros bancos, junto al altar. José Luis Pérez-Askasibar le hizo un saludo mudo, levantando levemente la cabeza.

El sacerdote se acercó y se sentó junto al escritor. Estaba tan alterado que ni siquiera se acordó de santiguarse ante el estremecedor Cristo crucificado pintado por Nestor Basterretxea. Ese Cristo de color rojo, malhumorado, encarado con los humanos, de rostro severo y riguroso, nunca había sido del agrado de Vixente. Siempre pensó que lo miraba con ojos implacables; que lo juzgaba constantemente, recordándole que no había sido tan buen pastor como él creía. Los dos hombres permanecieron un momento en silencio, sin mirarse, sentados, hasta que el padre Egozkue rompió el hielo.

—Nunca me gustó ese Cristo tan moderno.

—Ni a mí —contestó seco el escritor.

—Ni los apóstoles esos de la fachada, encima de la puerta.

—A mí tampoco.

—Parecen deformes, no reconozco a nadie. Ni san Pedro, ni san Pablo, no hay forma de saber quién es quién.

—Totalmente de acuerdo.

—¿A qué hora has quedado con *Tanke*? —preguntó nervioso el cura.

—Está a punto de entrar en la cripta —respondió Pérez-Askasibar.

18

Jueves

—¿Por qué catorce apóstoles?

La voz cavernosa, explosiva, retumbó en todas las paredes. Como si esa pregunta inquisidora la estuviera haciendo el mismísimo Dios en cuyo nombre se había levantado el santuario. Los dos ancianos se sobresaltaron y se miraron entre ellos, un tanto avergonzados por haberse asustado. El silencio sepulcral e invisible de la cripta meció la pregunta en el aire durante unos segundos, haciéndola rebotar entre los asientos de madera y reverberándola hasta el altar. Desde la puerta, la corpulenta figura de Mikel Rekalde proyectaba una sombra alargada que llegaba prácticamente hasta los dos hombres.

De inmediato, sin decir nada, el padre Vixente Egozkue se puso la *txapela* y salió por su derecha sin mirar hacia atrás. En su huida para no encontrarse frente a frente con *Tanke*, el sacerdote ni siquiera miró al Cristo rojo y mucho menos se santiguó.

—¿Por qué huye esa rata con sotana si sabe perfectamente que le he visto? —le preguntó Rekalde a Pérez-Askasibar mientras se acercaba hacia el altar.

—Ese cura es mi amigo, *Tanke*. Cuida tus palabras, por favor. ¿Cómo estás?

—No has respondido a mi pregunta —insistió Rekalde, sentándose junto al escritor.

—Supongo que tenía que volver a sus asuntos. Estos curas viejos siempre están con sus cosas, hablando con los vecinos, solucionando sus problemas. En fin, ya sabes, pidiéndoles dinero para el cepillo de la iglesia.

—A esa pregunta no, José Luis. Me da igual ese curilla. ¿Por qué catorce apóstoles en la entrada de la iglesia y no doce, como toda la vida?

—Porque no le cabían más. Eso dijo Oteiza cuando le hicieron la misma pregunta hace cincuenta años. Porque no le cabían más, dijo el viejo chocho. ¡Con dos cojones! Y ahora fíjate, es la principal atracción de este santuario. Vienen turistas de todos los lados. Por los putos catorce apóstoles de Oteiza que hay en la fachada. Encima los esculpió negros, no te jode...

Mikel Rekalde no opinó. Se acordaba de haber venido de niño a la basílica de Arantzazu, con el colegio, en un viaje en autobús que le pareció eterno. Recordaba haber vomitado durante la infinidad de curvas que dan acceso al complejo y que todos los de su clase se rieron. Todos menos el profesor que los acompañaba, que le regañó y le obligó a limpiar sus propios vómitos del suelo del vehículo antes de iniciar la visita escolar. Mikel se acordaba de todo eso, pero no era capaz de saber si entonces ya estaban esas esculturas.

Su enorme envergadura hacía casi diminuto a Pérez-Askasibar, quien, sentado al lado, intentaba enhebrar mentalmente la propuesta que le iba a hacer a *Tanke*. Ambos hombres permanecieron un buen rato en silencio. La respiración entrecortada de Rekalde hacía presumir que llevaba un buen rato andando. Ya no era el tipo atlético de antaño. Necesitaba un tiempo de reposo antes de poder hablar. Pérez-Askasibar, a su lado, prefirió respetarle en su silencio.

Le conocía muy bien. *Tanke* nunca había sido una persona de muchas palabras. En su tiempo fue el militante perfecto.

Enérgico. Eficiente. Nunca cuestionaba las órdenes. El propio escritor lo había reclutado en los años setenta en un bar de Hendaya. Entonces era un joven entregado y disciplinado. Un chaval grandullón y reservado que aceptó encargarse de los *trabajos especiales* de la Organización, de las operaciones de venganza o escarmiento contra mercenarios a sueldo del Estado y confidentes.

—Conozco a ese cura —volvió a romper el silencio Mikel—. Sé quién es. ¿Qué pasa, necesitabas a un sacerdote para sentir menos remordimientos por lo que me vas a contar? Eres capaz de haberte confesado para que te absuelva del pecado que me quieres proponer. —Miró a su antiguo jefe—. ¿A que tengo razón?

Pérez-Askasibar esbozó una sonrisa que pretendía generar cierta distensión entre los dos hombres y, a la vez, transmitirle a Mikel que se esperaba esa reacción. Que sabía que volver a requerir sus servicios después de tantos años, después de haberle dejado un tanto de lado por su extraña deriva mientras estuvo en prisión, era algo inesperado y, desde luego, inusual. La sonrisa paternal del dramaturgo, que se consideraba mentor y referente de todos aquellos chicos a los que en su día convenció de la necesidad de que arriesgaran sus vidas y lo inevitable de que arrebataran las de otros, ya no tenía tampoco ni el brillo, ni la convicción, ni la fuerza vehemente y casi profética con la que entonces les hacía creerse *elegidos* para la Causa.

—Mira, *Tanke*…

—No me llames *Tanke*, aquello se acabó. Soy Mikel.

—De acuerdo, Mikel, perdona. No. No necesito ningún sacerdote para confesarme por lo que he hecho. Por todo lo que hemos hecho, Mikel. Tampoco necesito ningún cura para reconfortarme por lo que te voy a decir y proponer. Ese cura, al que ya conoces al menos de vista, es uno de los nuestros. Un hombre que desde su lugar, en el mundo terrenal y en el espiritual, nos ha ayudado mucho. Un hombre bondadoso y honesto, que cree en lo que hemos hecho, que aún con todas sus contradicciones éticas, e incluso con sus quejas, porque nunca se ha mordido la lengua, ha estado siempre con nosotros.

—Vete al grano —le cortó en seco *Tanke*.

—Cuándo has entrado, ¿te ha dado tiempo a leer algunas de las frases que hay pintadas en las paredes de la cripta? Algunas son muy buenas. Son plegarias y versos de la Biblia. Yo no soy muy creyente. Yo no soy el padre Vixente. Pero he leído mucho la Biblia, y creo que sus autores sabían interpretar todas y cada una de las debilidades humanas. Y también sus maldades. Mira, por ejemplo, esa frase que tienes justo detrás —le dijo a Mikel para que este se diera la vuelta.

Pérez-Askasibar intentaba generar un cierto dramatismo narrativo con el que sazonar su terrible propuesta. Los frescos de la cripta, pintados por Nestor Basterretxea, representaban escenas de ambos testamentos, pero también interpretaciones más personales del pintor sobre el universo u otros mitos y dioses de la antigüedad.

—«Para la libertad hemos sido liberados» —leyó el anciano—. Es una frase de san Pablo que...

—Es una chorrada.

—¿Qué? —balbuceó el escritor.

—Que es una gilipollez. La frase esa es una idiotez —insistió Mikel con un tono hosco pero que dejaba entrever una pequeña puerta al inicio, por fin, de una conversación.

—Hombre, Mikel, una gilipollez no es. Es una frase que para mí sigue teniendo muchísimo sentido. Fíjate bien: «Para la libertad hemos sido liberados». Creo que encaja perfectamente con aquello para lo que nosotros, tú y yo, y muchos otros, fuimos destinados. Hay gente elegida para una misión, y la nuestra, querido amigo, fue luchar por la libertad de nuestro pueblo. Sacrificarnos. Incluso, si era necesario, morir. Dar nuestra vida. Y eso, el sacrificio propio, es la mayor forma de liberación personal.

Mikel permaneció mirando al suelo. Sin pestañear. Escuchando a su antiguo responsable clandestino mientras intentaba imaginarse el encargo que le iba a pedir. Se trataba de matar, estaba seguro. Era la única explicación a su llamada desesperada, a su insistencia en verse, a los mensajes que le había hecho llegar por varios emisarios y, sobre todo, a su extenso prólogo.

—Nosotros nos liberamos cuando decidimos entrar en la Organización, Mikel. Y solo de esa manera, liberándonos de nuestras cargas familiares y morales, pudimos convertirnos en los perfectos guerreros. En los mejores *gudaris* posibles. Dejamos de ser individuos para diluirnos en el pueblo. La sublimación de la lucha individual con la colectiva. Y ese pueblo nos liberó de nuestros errores, Mikel. Nos liberó de nuestros temores y nuestras culpas para poder luchar con coraje, con audacia y sin remordimientos. Por la libertad.

Se hizo un silencio pesado en la cripta. El crepitar, cadencioso, rítmico, de unas pequeñas velas junto al Cristo severo y amargado era el único ruido que se podía percibir. Toda la nave había sido diseñada para la meditación y el recogimiento. Las pinturas de Basterretxea obligaban al visitante a bajar la voz nada más entrar, como esas estatuas enfadadas de las viejas catedrales góticas que hacían sentir al peregrino empequeñecido ante la magnificencia del poder de Dios. Los techos bajos y macizos de la capilla envolvían los sonidos como en una caja de resonancia. El hablar susurrante y monocorde de Pérez-Askasibar parecía así una especie de letanía. Un rosario átono, apenas silabeado. Los dos solitarios personajes, vistos desde lejos, hubieran pasado por dos monjes orando a su Señor.

El escritor intentaba trasladar mentalmente a su antiguo camarada a una cápsula temporal en la que se pudieran poner en valor viejas lealtades. Ablandarle. Traer a su memoria antiguas anécdotas y aventuras de juventud en la Organización, cuando al peligro no se le llamaba «adrenalina», y matar era para ellos una opción política; el acto supremo de hacer política. Quería evocar aquel universo justificador de violencias ideales y de ideales violentos. De revoluciones pendientes. De leyendas milenarias. De patrias soñadas a cuya invención, construcción y justificación había dedicado Pérez-Askasibar casi toda su vida literaria.

—¿Adónde quieres llegar, José Luis? —rompió el silencio Mikel—. No tengo mucho tiempo. No sé ni por qué he venido. Tampoco sé si quiero escuchar lo que me vas a decir, así que no te andes por las ramas con la belleza de la lucha armada, del sacrificio y todas esas estupideces. Aquello ya pasó. Perdimos. Punto. Algunos pagamos más que otros. Yo me comí cárcel. Mucha. ¿Y tú, escritor? Tú, el intelectual, ¿qué te has comido de esta derrota? Porque los que no habéis pegado ni un puto tiro os habéis ido de rositas. Así que no me hables de sacrificio porque me pongo de mala hostia.

—Vale, Mikel —concedió el anciano—, estate tranquilo y salgamos un rato, que este lugar agobia un poco.

Sin esperar a que *Tanke* le contestase, Pérez-Askasibar se incorporó lentamente y comenzó a andar hacia la salida. A medio camino, y mientras Mikel le seguía a un par de pasos, señaló otra frase escrita en la pared: «Que donde haya odio ponga yo la paz».

—Pero yo te quería hablar de esa otra frase, Mikel —le dijo sin mirar atrás y apartándose para que el todavía corpulento Rekalde abriese las puertas de hierro que el escultor Eduardo Chillida había colocado a la entrada de la cripta, justo debajo de los catorce apóstoles que disgustaban a Pérez-Askasibar y al cura Egozkue.

Los dos hombres subieron la pequeña rampa que conducía hacia la explanada de piedra a la entrada de la basílica y se dieron la vuelta para ver las catorce estatuas. Un visitante recién llegado podría pensar que eran un viejo maestro y su pupilo. Y que el anciano le estaría relatando los secretos y pormenores de la reconstrucción del santuario y las viejas peleas entre los entonces jóvenes artistas vascos que lo decoraron. Pero lo que realmente estaba ocurriendo entre esas dos personas grises, una con su traje raído y antiguo y la otra con sus vaqueros desgastados y su jersey mustio, era una pelea épica y silenciosa por la legitimidad de sus decisiones. Una riña para dirimir pasados tortuosos, para cerrar heridas o dejarlas sangrar. Una disputa, en realidad, por ver si ese pasado seguía ahí, entre ellos. Agazapado. Como las pesadillas que no se logran recordar al despertarse. Parasitado. Esperando la siguiente mutación para volver a ser de nuevo reinterpretado o retorcido.

Mikel intuía que el escritor le iba a pedir algo terrible: le iba a pedir que regresara al pasado.

—¡«Que donde haya odio ponga yo la paz»! ¿De qué va todo esto? Habla de una puta vez.

Los dos hombres se habían sentado en uno de los bancos de la explanada de piedra. La niebla había bajado un poco más, humedeciendo el suelo y generando alrededor una sensación espectral. Las dos torres de la fachada principal, talladas en pequeños tachones de piedra caliza, como gigantescas ramas de espino, se alzaban entre la bruma, impertérritas a la conversación que sucedía debajo.

—Te necesitamos para seguir manteniendo la paz, Mikel, para que *pongas la paz* —le espetó directamente el escritor mientras posaba su mano en el muslo de *Tanke* para hacerle ver la importancia de lo que le iba a proponer.

—Sigue...

—Necesitamos que hagas tu último trabajo.

—¡Vete a la mierda! —gritó Mikel, apartando la mano del anciano y levantándose del banco.

—Espera, por favor, escúchame lo que tengo que decirte. Es importante. Para todos nosotros. Para la paz. Para la Organización.

—Mira, viejo loco —Mikel seguía de pie, pero bajó la voz por si acaso—, la Organización se disolvió. La disolvisteis.

¿Y por qué? Porque nos ganaron. Perdimos. No hay más. Hay paz porque no matamos. ¡Nosotros éramos la guerra! Ya no hay violencia porque no hacemos violencia. Y porque los que vamos saliendo de las cárceles hemos aceptado la derrota. He pagado. He cumplido mi condena. Vivo en paz.

—Iré al grano...

—Sí, por favor.

—Tenemos un problema con uno de los nuestros. No sabemos qué cojones le ha pasado, pero creemos que quiere contar su pasado, es decir, lo que hizo. Y enmarronarnos a todos. Es alguien a quien nunca cogieron, así que te puedes figurar lo que eso significa si canta. Y lo peor es que tiene pruebas. Estuvo en un secuestro que salió mal y hubo que cargarse al empresario. Lo hizo él. No sé si está arrepentido o qué hostias pasa, pero nos está chantajeando con fotos de entonces. No sabemos qué quiere, si dinero o que todos confesemos, pero hay que pararle.

—¿Para salvarte el culo?

—Mi culo viejo ya me da un poco igual, de verdad, Mikel, pero es por el proyecto, por la Organización. Por la idea que queremos transmitir a las nuevas generaciones de lo que fue aquello, de lo que significó. De nuestra lucha, de nuestro sacrificio. Si ese capullo canta, todo se va a la mierda. Todos nosotros. Todo lo que defendimos, incluso con nuestras vidas.

—Con la tuya no, José Luis, que cuando los demás nos estábamos jugando las pelotas, tú estabas de potes por lo viejo tomando vinos con tus colegas intelectuales.

—De acuerdo, tienes razón. Pero sabes que en toda lucha siempre hay...

—¿Clases?

—No. Siempre hay... que establecer jerarquías. Organizar esa lucha, crear células estancas para que no haya grandes caídas, definir prioridades, estrategias. Alguien tiene que actuar, por supuesto, y tienen que ser los mejor dotados para la acción. Pero también alguien tiene que decidir esas acciones.

—Claro, y decidíais vosotros, los listos. Vosotros a mandar, y los tontos, los *zorrokotrokos*, los dotados para la acción, como dices tú, a jugársela con un arma. Y si a uno le explotaba una bomba, se le hacía un funeral bonito, se le ponía una placa en la plaza del pueblo, se quemaban unos contenedores, jornada de lucha y a cubrir su baja con otro aspirante, que teníamos a patadas.

—Mikel, entiendo que estés resentido con nosotros. Tu detención fue una cagada de la Organización. La información que se te pasó era una mierda. Aquella *ekintza* estuvo mal planeada desde el principio. Nunca debiste ir. No nos dimos cuenta de que era una encerrona. ¿Quién se iba a imaginar que la *txakurrada* te estaba esperando? ¿Que estaban dispuestos a que le dieras matarile a uno de sus chivatos con tal de cogerte? ¡Joder, Mikel, nadie se lo esperaba! Ya te hemos pedido perdón por aquello muchas veces, pero nunca, creo, te hemos dejado de lado. Al menos yo nunca lo he hecho. Te apoyamos en la cárcel. Siempre. Incluso cuando empezaste a distanciarte de nosotros. Entiendo que el *mako* es duro, pero muchos han pasado por ahí y no están tan enfadados como tú.

—No tienes ni idea de lo que hablas, José Luis.

—Un poco sí.

—¡Ni idea!... —insistió *Tanke* casi con tristeza.

El repentino cambio de tono de Mikel, más pausado, más calmado, más íntimo, como dejando ir la exclamación por el desagüe de su propio desánimo, puso en guardia al escritor porque sabía que ese silencio era solo un preludio para un torrente de nuevos reproches.

—Y se ve que tampoco conoces mucho a la gente a la que mandabas a la cárcel —continuó Mikel, sin hacer ningún amago por sentarse junto a Pérez-Askasibar—. En el talego hay de todo, aunque a ti, a vosotros, solo os interesaba que su nivel de compromiso, su entrega a la Causa, no decayera. Por eso nos queríais tener tan controlados. Para no perdernos. Porque en la cárcel hay tiempo de sobra para pensar. Son muchos días mirando al puto techo, a la litera de arriba. Cagando mientras un funcionario te mira por la mirilla.

—Mikel, por favor...

—Ahora me vas a escuchar, José Luis. —Mikel había levantado su mano haciendo un gesto al anciano para que no se incorporara—. Tú crees que lo sabes todo. Y si no, te lo inventas, que para eso eres escritor. Tú no has estado en la cárcel en la puta vida, así que no me cuentes historias. No has pisado un calabozo jamás. Y no me vengas con tu pasado antifranquista, que los dos sabemos que no te han dado un porrazo en la vida. Escribías los panfletos que tirábamos en la universidad y en las fábricas, pero nunca saliste de tu despacho. ¿Sabes cómo te llamábamos? El *puto oráculo*. Sí. El *puto oráculo*, porque aquello de que erais el aparato político, José Luis, nos daba por culo. Ibais de élite de la revolución. ¡El politburó! Eso sí, José Luis, tú siempre conseguiste mantenerte al margen. Ni te cogieron, ni te torturaron, ni te comiste tu condena. Nada. Listo de cojones, hay que reconocerlo...

Los navajazos dialécticos de Mikel dejaron la conversación rota. Desangrándose en el silencio de la explanada de piedra mientras Rekalde se daba la vuelta para no mirar al viejo escritor. Respiraba aceleradamente, tratando de frenar su lengua, su amargura, intentando contener todo el resentimiento acumulado durante su letargo existencial de cárcel en cárcel. Su cara se había empapado por la humedad de las nubes bajas que otra vez escondían el santuario de las miradas profanas.

—Pues te voy a decir qué es lo que hay en las cárceles —añadió volviéndose—. Entre los militantes, José Luis, hay de todo. Y hay mucha mierda. Y mucho hijo de puta. Porque ángeles, entre los nuestros, no hay ninguno. Uno no es buena persona si ha matado a otra persona. Eso es así, José Luis, aunque a ti te guste disfrazarlo de épica. Es una ecuación muy simple. Matar es eliminar una vida. Quizá la de un inocente. Podemos hablar de presos simpáticos, amables, *jatorras*, cariñosos, pero todos allí sabíamos que ninguno éramos buena gente. Porque habíamos matado o intentado matar. Si matas, no eres buena persona. Serás persona. ¡Y de eso también tengo dudas!

El anciano le miraba sorprendido. La cárcel había cambiado mucho a Mikel. Le había dado tiempo a leer y a estudiar, no había duda. Su forma de hablar, de razonar, no era ya la del chaval idealista y entusiasta de veinte años atrás que Pérez-Askasibar recordaba. Mikel había aprendido a pensar. Y eso, intuyó el escritor con cierto pesar, iba a dificultar mucho las cosas.

—Entre los nuestros, José Luis, hay tarados psicópatas que, si hubieran nacido en Melilla o, no sé, en Sevilla, estarían pegando tiros con la Legión o dándose de hostias con cualquier hinchada rival. Entre los nuestros hay depresivos. Hay maricones, aunque a ti no te hicieran mucha gracia porque no eran aptos para la lucha, que te lo he oído decir. Hay drogadictos que se ponían hasta arriba de porros poco antes de las *ekintzas*. Hay machistas. Hay violadores, José Luis, *mecagüen* la puta, gente que se follaba a las niñas de los colaboradores que los escondían, ¡las hijas de los *laguntzailes*!; ¿tú crees que eso es patriótico?

—Claro que no —acertó a musitar Pérez-Askasibar.

—Hay gente —prosiguió Mikel, ya mirándole a la cara— que nada más entrar en la cárcel les decía al resto de los presos que se había cargado a no sé cuántos *pikoletos* o a tal o cual militar. Aunque fuera mentira. Todo para ponerse los galones de general en la cárcel, de tipos duros. De todo eso tú no tienes ni puta idea, José Luis, siempre metido en tu biblioteca. Y ahora quieres que me pique a uno de los nuestros para que esa Organización tan, cómo se dice, íntegra, lo mejor de nuestra juventud, siga siendo LA ORGANIZACIÓN, así, en mayúsculas —y con las manos abiertas enmarcó esa palabra como si la estuviera viendo—. ¡Quieres que vuelva a matar!

—Es exactamente lo que queremos, sí —respondió Pérez-Askasibar mientras echaba una bocanada de vaho en los cristales de sus gafas de pasta.

—¡Tú estás senil! ¿Y así quieres mantener la paz? ¿Volviendo al tiro en la nuca?

—No. Lo que queremos es que te acerques a ese cabrón. Que le aprietes. Que le sonsaques por qué está traicionando a su gente. Que consigas las pruebas que tiene y que nos incriminan a todos, porque si la policía es lista, va a tirar del hilo y vamos a caer todos. Queremos asegurarnos de que no pasa nada de esto y de que no vuelve a liarla. Es decir, que te lo cargues, pero que parezca un suicidio.

—¡Un suicidio! —El tono de Mikel era más de curiosidad que de estupor.

—Y por ese último servicio, Mikel, la caja de resistencia de la Organización va a ser muy generosa contigo. Extremadamente generosa. Te vas a poder comprar una bonita *txabola* en Jaizkibel y una *txalupa* nueva para salir a pescar. Cuando te recluté me dijiste que solo actuarías contra chivatos o mercenarios del Estado. Y te lo respeté. Necesito un último servicio. Necesito que te cargues a un chivato. Al último chivato.

Tanke se sentó junto al anciano escritor y, mirándole fijamente, hizo una única pregunta:

—¿Cómo se llama?

19

Viernes

Alasne cerró los ojos y se concentró en los Pink Floyd. «The Great Gig in the Sky» era uno de sus temas favoritos y se podía pasar horas escuchándolo en bucle. La voz apocalíptica de Clare Torry desgarraba la canción, subiendo y bajando, haciéndose dulce y estallando después, huyendo y regresando, para volver a escaparse otra vez por las ventanas abiertas del salón de la casa de los Azkarate. En la cocina, Alasne amasaba rítmicamente la harina que luego se convertiría en pan y que después, a la hora de cenar, se comería, sola, junto a unos huevos fritos. Era su plato favorito. En realidad, era el plato favorito de su padre, y que como tantas otras cosas, como escuchar, por ejemplo, a los Pink Floyd mientras cocinaba, ella seguía haciendo por costumbre. Porque también lo hacía su *aita*.

Sin embargo, Alasne no tenía el mismo oído musical que Imanol. Tampoco su paciencia para entretenerse en descubrir melodías ocultas o sigilosas notas que pasaban desapercibidas y hacían grande una canción. De pequeña, recordaba, la sentaba delante del tocadiscos y le pedía que cerrara los ojos: «Concéntrate. Busca el bajo. Síguelo. Muy bien, Alasne. Ahora viene un piano muy sutil, casi no se oye. Encuéntralo, venga, que puedes». No, a Alasne esas clases magistrales la aburrían y ahora, treinta y cinco años después, se conformaba con sentir que la música que le gustaba a su padre seguía en su vida, rellenando los espacios de la casa y sus vacíos interiores.

Cuando era niña, lo que más le gustaba era que el *aita* pusiera aquellas viejas cintas de casete y le contara las historias que había detrás de cada una de ellas. Conservaba todas esas cintas TDK semitransparentes, en las que todavía se podían leer los nombres de artistas muy conocidos de los años setenta y ochenta, pero que en realidad ocultaban, le contaba su padre, mensajes encriptados. Porque aquellas cintas, que Alasne guardaba en una caja cuadrada de madera oscura junto a los discos, fueron viniendo poco a poco desde Francia, traídas de manera clandestina por amigos de su padre o por él mismo.

En realidad contenían música que había sido prohibida y censurada por el franquismo. Canciones, poemas, conferencias de profesores exiliados, todo un almanaque de cultura opacada por la dictadura. En esa caja, que Alasne a menudo limpiaba y reordenaba casi de manera fetichista, en esas cintas marcadas con nombres tan poco sospechosos como los Beatles, Vivaldi o los propios Pink Floyd, dormían tesoros prohibidos entonces, como los gemidos de Jane Birkin en «Je t'aime»..., el dulce «Te recuerdo, Amanda» de Víctor Jara, el combativo «No nos moverán» de Joan Báez, o poemas de Miguel Hernández recitados por intelectuales exiliados. Alasne se recordaba a sí misma, entusiasmada, expectante, sentada en la alfombra del salón, a los pies del sillón preferido de su *aita*, escuchando historias de viajes clandestinos por carreteras secundarias de los Pirineos, o sintiendo el miedo de Imanol cada vez que al atravesar la frontera de Irún la Guardia Civil le preguntaba esa frase que ahora resulta tan lejana: «¿Algo que declarar?».

Alasne sonreía, mientras amasaba el pan, porque ahora, con los años, era capaz de intuir todas las exageraciones con las que Imanol sazonaba esas historias, haciendo creer a su hija que se jugaba la vida cada vez que escondía una vieja cinta TDK en su bolsillo. De repente Alasne se puso seria y apretó fuerte la gran bola de harina hasta casi separarla en dos enormes trozos. Desde la ventana observó que el cartero depositaba un sobre en el buzón de la entrada. Con el mandil todavía puesto, despeinada, en alpargatas, salió a toda prisa para coger esa carta que contenía, y de eso estaba segura porque el corazón se le iba a salir del pecho, algo relacionado con su *aita*.

Cuando se dio cuenta de que podía manchar el sobre de su padre llegado del pasado, se limpió la harina de las manos en el delantal y con cuidado, con apenas dos dedos, lo cogió del buzón y lo llevó, brazo en alto, mirándolo con respeto y con temor, hacia la pequeña mesa del centro del salón. Con las manos ya lavadas y secas, decidió apagar la música. Quería reservarse para sí misma todas las sensaciones, las emociones o las ganas de llorar. Miró la carta por ambos lados. En el anverso, su propio nombre y dirección con un pequeño cambio. Esta vez el remitente había añadido las palabras «Casa familiar de Imanol Azkarate», una manera de asegurarse de que iba a llegar. O quizá una leve señal de remordimiento, porque nunca, ni siquiera cuando el *aita* vivía, llegó una carta con ese encabezamiento.

Le dio la vuelta. Respiró hondo. Era la misma letra del que escribió aquel primer «lo siento» desleído por la lluvia. Pero ahora el autor había puesto otra cosa. Y Alasne intuyó que empezaba a llegar el final de esa tortura. Que cuando abriese la carta iba a haber respuestas. Quizá nombres. Porque el remitente le dio la primera pista de su identidad y a Alasne le comenzaron a temblar las piernas: «Nos conocemos».

Intentando controlar los nervios de su mano, apoyó el sobre en la mesa y lo abrió utilizando un abrecartas. Dos papeles, uno blanco y uno amarillento, emergían de su interior. Uno nuevo y otro antiguo. El viejo tenía la letra de su padre. Estaba ajado y se notaba que habían intentado quitarle alguna arruga, pero se entendía. El otro estaba cuidadosamente doblado y Alasne se imaginó que era la letra del secuestrador.

Era la misma que la del remite.
Dudó.
No sabía muy bien cuál de las dos misivas leer primero.
Empezó por la de su *aita*.

Gipuzkoa, creo. Antes de cenar. Nota 1 (para mi hija Alasne). Día 3 de encierro.

Kaixo polita, *¿cómo estás, cariño?*

Me han secuestrado. A tres días de mi desaparición me figuro que ya lo sabes, o que lo intuyes. Imagino que estos ya os habrán hecho llegar algún mensaje o petición de rescate. No te voy a decir lo que tienes que hacer, Alasne. Pero actúa según tu conciencia.

Escribo esto sin saber muy bien para qué. Supongo que para entretenerme en este frío aburrimiento. O para desahogarme, que al fin y al cabo es lo mismo, porque nunca vas a leer estas líneas... El secuestrador que me ha permitido escribir se hace llamar Poeta, *y me ha dejado claro que lo hace por humanidad (sí, ha dicho «humanidad»), para que mate el tiempo (sí, ha dicho «matar» el tiempo), y también que cuando esto acabe lo quemará todo para no dejar ninguna pista a la policía. Así que ya me conoces, me encanta apuntar todo lo que me viene a la cabeza y como, total, se quedará ahí, en mi cabeza, pues he decidido escribir sin censura, para que estos dos niñatos que me tienen aquí entiendan, al menos, cómo me siento por dentro.*

Y me siento jodido. Muy jodido. Y muy cabreado, Alasne.

Pero es una sensación rara. No estoy fastidiado por estar secuestrado, por la situación en sí, que por supuesto es una cabronada. Estoy jodido porque estas cosas pasen. Hoy a mí, ayer a otro, mañana al siguiente. ¿En qué hemos fallado para que estos dos chavales se crean que tienen el derecho de coger al que no piensa como ellos y ponerle unas cadenas? Sí, Alasne, he estado encadenado al principio, aunque ahora el secuestrador majo ha convencido al secuestrador cabrón de que me suelten, de que no puedo ir a ningún sitio.

¿En qué hemos fallado, Alasne? Porque esto es también, en parte, culpa nuestra. De todos nosotros. Por dejarles hacer. Por sonreír o mirar para otro lado cuando hacían alguna trastada. Hemos dejado crecer al monstruo y ese monstruo nos va a devorar a todos.

Estoy muy cabreado. Muy cabreado. Me da igual que me vayan a quitar varios millones. Eso es lo de menos. Vivimos bien con poco, lo sabes. Sabes que el dinero que tenemos ha sido siempre para reinvertir en la empresa. Poco podemos presumir de coches, o chalets o barcos como otros. Estoy cabreado porque alguien crea que esto es normal. Natural. Parte de nuestra vida y de nuestra historia. Que los vascos somos así. Que vamos por ahí secuestrando a la gente como vulgares mafiosos, matando, poniendo bombas. ¡Pero si nadie quiere venir aquí a invertir!

Estoy cabreado porque los vascos siempre hemos tenido fama de buena gente, de trabajadores, solidarios. Y ahora hemos normalizado el delito con la excusa de que es por la patria. ¡Vaya mierda esa patria construida sobre el dolor!

Querida Alasne, me siento como el preso al que los guardianes dan una paliza después de interceptarle algún mensaje para los de fuera. Estos dos no me van a pegar por lo que escriba, que bastante tortura tengo ya, y supongo que en algún momento me tendrán que hacer una foto para la prueba de vida. Y no querrán que salga en el Egin *con un ojo morado. Pero estoy igual que esos presos: humillado, masacrado, avergonzado, dolido. En fin, que estos no son peores que los falangistas que mataron a mi padre, ni su Organización mejor que la dictadura del Generalísimo.*

Cariño, te echo de menos. Saldré de esta y te prometo el abrazo más largo del mundo.

Tu aita.

Las lágrimas hacía ya un rato que habían aparecido en el rostro de Alasne; sin embargo, esta vez no se sentía tan desolada, tan destrozada como con la primera carta. Este Imanol estaba más enfadado. Era, por el encabezamiento, la primera de las notas que había escrito. Era menos sentimental y emocional. Estaba hastiado y tenía ganas de gritar. Esa primera nota era un grito de impotencia.

Pero la pregunta que ahora le venía a la mente, una pregunta que incluso atemperaba sus ganas por leer la otra carta, era por qué el secuestrador había guardado todos los escritos de su padre. Por qué estaba dispuesto a entregárselos. Por qué no le enviaba todas las notas de una vez. ¿Qué pretendía?, ¿torturarla psicológicamente? Todavía no sabía si el remitente era el tal *Poeta* del que hablaba su *aita* en la carta. Si era el bueno o el malo. O mejor dicho, se corrigió mentalmente a sí misma, el malo o el muy malo.

Se levantó de la silla y se dirigió hacia donde tenía guardada la primera nota que le enviaron de su padre, el testamento, sus últimos deseos antes de morir. Quería buscar esas señales ocultas que ahora le empezaban a cuadrar. Se puso a releerla y enseguida lo vio: «*Demasiado poeta funesto, Alasne. Demasiadas canciones de* gudaris *y héroes. Mucho verso, mucha épica de lo diferentes que somos los vascos, tan antiguos, tan ancestrales, perdidos en la noche de los tiempos*». Sonrió. ¡Lo sabía! La despedida de su padre era una especie de criptograma. Un texto con mensajes codificados. «Demasiado poeta» o «mucho verso». Al menos había sido capaz de descifrar el alias de uno de los asesinos, como le había dicho a Andoni en el despacho. El del otro, por el momento, todavía se le escapaba.

Volvió al salón, pero antes pasó un momento por la cocina. Abrió una botella de vino blanco, un Chivite navarro, y cogió otro de los discos preferidos de su padre. La voz cavernosa de Benito Lertxundi electrizó la habitación con una energía sosegada y profunda. Alasne cerró un momento los ojos, como cuando su padre le pedía que se concentrara en la música, y dio un largo trago a la copa de vino. Estaba preparada para saber quién era el asesino de su padre.

Hola, Alasne, soy *Poeta*. El que mató a tu padre. Soy uno de los dos secuestradores. Entiendo que no quieras seguir leyendo esta carta y que la rompas y la tires a la basura. Entiendo que llores, que te entren ganas de gritar, de insultarme o de ir al final, directamente, para saber quién soy. Lo entiendo, pero te pido que no lo hagas hasta haberme leído.

Alasne dudó. ¿Quién era ese hijo de puta para darle instrucciones? Las manos le temblaban. Inspiró profundamente. Si todo esto no era una broma pesada, lo que tenía delante era una confesión de asesinato. Y aunque una enorme indignación estaba empezando a poseerla, a la vez una extraña sensación de calma empezaba por fin a aparecer en su vida. Esa carta podía cerrar todos sus duelos. Y quizá acabar también con los silencios. Devolverla a ella a la vida.

No quiero que me perdones. No pretendo que me entiendas porque yo tampoco entiendo lo que hice. No intentaré justificarme ni apelar a mi juventud de entonces, ni a una supuesta ideología. No hay nada que justificar. Lo que hice fue terrible. Imperdonable. Injustificable. Y, sobre todo, irreversible.

Quizá te preguntes, con toda razón, ¿por qué ahora? ¿Porque he tardado todo este tiempo?: por cobardía. Espero decírtelo algún día en persona, Alasne. He sido un cobarde todo este tiempo. He sabido tragarme mis penas, mis remordimientos, mis culpas, pero no he sido capaz de sacarlos de mi interior hasta ahora.

Soy un desecho humano, Alasne. Un despojo. Soy basura cobarde que no ha querido afrontar su responsabilidad durante todos estos años. Y no pretendo tu comprensión, ni tu compasión. No busco piedad. Busco ser castigado. Quiero que nos encontremos. Que me veas. Que me reconozcas. Que me insultes. Que me pegues. Que me denuncies, incluso.

Entonces ¡era cierto el remite! ¡Le conocía! En ese momento Alasne frenó la lectura porque seguir leyendo le dio miedo. Quizá no iba a ser tan fácil cerrar su duelo. Si de verdad era alguien conocido, saber su identidad reabriría algo mucho peor. Algo que podía llevarla directamente al agujero oscuro de la traición, la deslealtad y la crueldad. Un sitio del que era muy difícil volver sano.

Un fogonazo de temor la bloqueó. ¿Estaba dispuesta a volver a desmoronarse por dentro al saber quién había sido? ¿Sería capaz de soportarlo? Rellenó la copa de vino y bebió. Respiró con quietud, tranquilizándose, y pensó en su padre. Siguió leyendo.

No, no me importa que me denuncies porque ya he asumido que me voy a la cárcel. Por fin. Es lo que merezco. Aunque debo decirte que tengo un plan para acabar con todo esto. Yo no lo hice solo. Y los que me acompañaron, los que me alentaron y animaron a hacerlo, los que me convirtieron en un *gudari* asesino, también deben reconocer su parte de culpa. Tranquila, si mi plan no sale, yo me voy a entregar igualmente. No puedo más con esta congoja. Pero son varios los responsables de la muerte de tu padre. Y ellos también deberían asumir su papel en toda esta mierda que fue la lucha armada.

A tu *aita* le dije que me llamara *Poeta* porque entonces me gustaba escribir versos. Creo que al final nos caímos bien. Aprendí mucho con él. Era un hombre muy culto. No he vuelto a escribir desde su asesinato. No he podido. No me ha salido nada. Aquello me dejó seco. Maté a un ser humano y de alguna manera me asesiné a mí mismo.

Quiero contarte mi plan. Quiero que me des tu aprobación, aunque entenderé que me denuncies a la policía cuando acabes de leer esta carta. He leído muchas veces las notas de tu padre. Muchas. Y he llorado mucho sobre ellas. Yo dejé el mensaje en su mano, Alasne. Un último acto de, no sé, no sé de qué... Iba a decir «de humanidad». Qué tontería, ¿verdad? Pero pensé que te lo debía. Aunque esa nota pudiera haber llevado a la policía hasta nosotros. En ese momento me dio igual. Sé que los textos de tu padre están llenos de pequeños guiños íntimos hacia ti, y que, aunque él se imaginaba que íbamos a destruir los papeles, los trufó de pistas para que alguien que supiera leerlos llegara hasta nosotros si no éramos detenidos antes. Y ya ves, no fui capaz de quemar los últimos pensamientos de un hombre del que me hice, creo, amigo.

Su testamento es mi condena. Me da igual.

Quiero entregarte el resto de los escritos personalmente.

Si quieres, podemos quedar en la terraza del Toki-Eder a tomar un gin-tonic, preparado como a ti te gusta.

Poeta.

Alasne dejó caer la carta al suelo mientras se doblaba sobre sí misma, con los brazos cruzados sobre su estómago. La cara desencajada. La boca abierta en un grito silencioso que le salía directamente del alma. Se arrodilló, y solo entonces toda esa angustia se convirtió en un llanto lento y prolongado. Una mezcla de dolor y liberación. De sorpresa e indignación.

¡Fue él! Su conocido de la infancia. El chico risueño y atento con el que llegó a flirtear de joven. El empresario próspero. El hostelero. El dueño atento de su restaurante preferido. ¡El puto Josu Etxebeste!

20

Viernes

El jefe del grupo de homicidios de Madrid, el comisario Tomás Ugarte, entró resuelto en el Bar Inglés del hotel Wellington, situado cerca del parque del Retiro. Giró a su derecha, atravesó la moqueta de color burdeos con paso decidido y se dirigió hasta la última mesa del pub.

—No es un psicópata. Ese tipo va en serio —dijo bien alto, dejando encima de la mesa una fotocopia de la carta que Josu Etxebeste había enviado unos días antes al jefe superior de Policía del País Vasco.

El comisario Ignacio Sánchez, el destinatario de esa misiva, sentado en una butaca baja, no dijo nada. Apuró la cerveza que se estaba tomando, picó unos cacahuetes que había en un pequeño cuenco blanco y esperó a que su viejo amigo pidiera otras dos cañas al camarero y se sentara junto a él.

—Y tienes un buen marrón encima —insistió Ugarte desde la barra, volviéndose para mirar a su colega policía.

Sonaba en el pub una música apenas audible y casi irreconocible. Uno de esos temas al piano que ponen por las mañanas en los hoteles de siempre, los que han visto pasar muchos personajes por sus vestíbulos. Esos hoteles que procuran que la música no interfiera en las relaciones de los clientes que han quedado allí para una cita de trabajo, un encuentro sexual fortuito o, tan solo, para conspirar. Una melodía en la que el comisario, que había venido expresamente desde San Sebastián para hacer esa consulta a su antiguo compañero en la brigada antiterrorista, ni se había fijado.

—Quiere entregarse, Iñaki. Ese tipo está desesperado. No es un loco —insistió Tomás mientras depositaba las dos cervezas en la mesa.

Ugarte era uno de los especialistas en homicidios con mejor historial de resolución de casos de España. Había citado a Sánchez en el Wellington como hacía a menudo con sus fuentes. Allí Ugarte se encontraba a gusto. Dominaba el espacio. Le gustaba sentarse en la mesa del fondo, la que había reservado para esta cita, con la espalda bien resguardada por la pared. Controlando la entrada. Esa manía adquirida en sus años de servicio en el País Vasco. Siempre alerta.

El personal del hotel le tenía mucho afecto porque siempre dejaba espléndidas propinas. La mayoría de los camareros pensaban que Ugarte era un acaudalado empresario al que le gustaba cerrar sus negocios en el Bar Inglés. Allí, sin embargo, se veía con confidentes, chorizos, presos de permiso que le debían favores o con otros policías que le contaban chascarrillos del cuerpo o los complots en activo entre las diferentes familias policiales. Ugarte, siempre trajeado y bien peinado, un tipo ambicioso y con ganas de seguir ascendiendo en el cuerpo, se sentía en el Wellington como en casa.

—Te cuento. He borrado las alusiones a tu nombre y a tu cargo de la fotocopia para que no sepan quién eres y se la he dejado a nuestro mejor psicólogo criminalista. Y me dice que el autor no miente. Que pese al lenguaje un poco asertivo y a esa cabronada que te pide de que reconozcas que lo torturaste, ese tipo está dispuesto a llegar hasta el final y a confesar.

—¿Ese psicólogo tuyo es bueno? —preguntó el comisario Sánchez, abriendo la boca por primera vez.

—El mejor que tengo. Me ha hecho una especie de perfil psicológico. Resumiendo: ese terrorista lleva años fuera del mundo de la Organización. Me dice, incluso, que probablemente la abandonó cuando cometió el asesinato. Que, por cierto, ¡joder, Iñaki!, ¿te acuerdas de que estábamos allí cuando mataron a Azkarate y nos tocó investigarlo?

—Perfectamente. Por eso me escribe.

—¿Será alguno de los detenidos que freímos a chispazos? Es que es muy fuerte todo esto, colega.

—Lo sé, es muy fuerte. Y por eso me he venido hasta Madrid, para que me cuentes, como experto en homicidios que eres ahora, si estoy ante un psicópata bromista o tenemos al cabrón que se nos escapó entonces.

—Es el cabrón, sin duda —contestó Ugarte, dando un sorbo a su caña—. Por lo que me dice el psicólogo, que ha visto a muchos tarados y ha entrevistado e interrogado a muchos psicópatas, este no parece estar loco. Es él. A ver, que mi experto forense es muy joven y todo esto del País Vasco y la Organización le queda bastante lejos y no sabe muy bien de qué iba todo aquello. Yo no le he contado que estuve por allí, pero su respuesta ha sido muy rotunda, Iñaki. Me ha asegurado, con estas palabras, que «ese tío está roto por dentro y se va a entregar o a suicidar».

—¡No jodas, suicidarse! ¿Antes de que resuelva el puto caso? —Por primera vez el comisario Sánchez parecía salir de su quietismo y se quedó mirando al comisario Ugarte con los ojos muy abiertos.

—¡Y yo qué sé, Iñaki! Son solo hipótesis del psicólogo. Yo te digo lo que me cuenta el perfilador. Que si no se entrega, o si no le haces caso en lo de reconocer las torturas, lo más seguro es que ese tipo se quite de en medio.

—Mierda, necesito las pruebas de que fue él y los nombres del resto del comando. Tengo que detenerlo antes de que se pegue un tiro...

La música del Wellington se hizo de repente presente, como si un invisible pianista hubiera decidido que ese momento era una pausa dramática que ambos policías habían pactado para darse tiempo a pensar. El director del hotel, un tipo alto y elegante vestido con un traje Príncipe de Gales, entró en el bar y saludó de lejos a los dos policías. Enseguida vio, por la poca efusividad con la que le respondió Ugarte, que ambos estaban en un momento particularmente complicado de su encuentro. Antes de retirarse, con una señal apenas imperceptible de sus ojos, el director indicó al camarero que bajara un poco la música y les sirviera otra ronda de parte del hotel.

—Tengo que preguntártelo, Sánchez —rompió por fin el silencio el antiguo policía de la lucha antiterrorista.

El cambio del nombre al apellido, de Iñaki a Sánchez, alejaba la conversación de la cordialidad y la confianza entre viejos camaradas, para situarla en la realidad de dos altos mandos policiales, dos comisarios en sus últimos años de ejercicio que iban, por fin, a dejar de dar vueltas alrededor de lo que realmente estaba en juego en ese momento en el Bar Inglés.

—Sé lo que vas a decir —respondió Sánchez.

—¿Vas a hacerlo? ¿Vas a reconocer que torturamos a esos hijos de puta?

Ignacio Sánchez permaneció en silencio, mirando su copa de cerveza. Perdido en sus propias especulaciones. Haciendo girar su dedo índice sobre el borde húmedo del vaso hasta que este empezó a gemir con una especie de chillido agudo y desagradable.

—¿Puedes parar, por favor? —pidió Ugarte—, es insoportable.

—Así gritaban, ¿te acuerdas? —respondió Sánchez sin dejar de hacer ruido— y entonces lo soportábamos…

—Iñaki, por favor, te he hecho una pregunta. ¿Vas a reconocer las torturas? Contesta, ¡joder! ¿Sabes que nos vas a buscar la ruina a todos los que estábamos por allí en aquella época?

La mirada de Sánchez se volvió gélida y Ugarte comenzó a incomodarse, pero no se calló.

—Siempre has contado cómo te impresionó la hija de Azkarate al reconocer el cadáver y que ese secuestro era tu espina clavada como policía. De acuerdo. Pero a ver si por tu puta manía obsesiva con aquel caso vas a acabar con todas nuestras carreras.

—¿De qué tienes miedo, Tomás?

—¡De qué va a ser, Iñaki! De que te derrotes. De que cantes. La prensa nos va a dar hostias por todos los lados. Se reabrirán casos. Puede ser una puta ruina para muchos.

—Qué frágil es la memoria, ¿verdad? Cómo somos capaces de romperla en pequeños pedacitos y tirar a la basura del subconsciente todo lo que nos da miedo o nos corroe por dentro. ¿Nunca te has preguntado por qué has conseguido resolver todos esos homicidios aquí en Madrid sin tener que dar una puta hostia ni quemar los huevos a nadie, como hacíamos entonces? ¿Nunca te has preguntado si lo que hicimos estuvo mal y, no sé, que quizá todavía estemos a tiempo de repararlo?

Los dos comisarios se sostuvieron las miradas, sin parpadear, durante unos segundos interminables. Ninguno parecía ceder. Eran dos formas de entender la policía. Dos maneras de investigar y de ejercer esa función pública que es servir al ciudadano. Dos épocas diferentes que entraban en una colisión imaginaria en esas miradas turbadoras.

—¿De qué vas? —dijo Ugarte, rompiendo la tensión con una voz enérgica pero contenida—. Una cosa no tiene nada que ver con la otra. Lo de Euskadi fue una locura. ¡Nos mataban como a moscas! Y sí, nos pasamos un poco algunas veces, pero no tengo ni una mierda de remordimiento. Sí, seguro que torturamos a inocentes, ya lo sé. Y lo siento. Mala suerte. Era una puta guerra, Iñaki, y lo sabes. A veces no estuvimos muy finos, pero casi todos los que pasaron por la parrilla se lo merecían, ¡cojones! Es así. Porque si no eran terroristas, eran amigos o simpatizantes o como quieras llamarlo. No sé qué ganas tienes de revolver toda aquella mierda —y acabó la frase dando un golpe encima de la mesa.

—No es revolver, Tomás, es resolver. Es hacer justicia —continuó Sánchez en un tono casi didáctico—. Existe una posibilidad clara de que podamos por fin aclarar uno de los secuestros más horrorosos de la Organización. Detener a los asesinos. ¡Quién sabe! Igual podemos conseguir resolver algún otro caso más. Tú estuviste allí conmigo. Se lo debemos a las víctimas.

—Pero es que resolver ese caso nos puede quemar a muchos, Iñaki. ¿Es que no lo ves? Yo también quiero que metas en la cárcel a ese hijo de puta. Pero te lo estás tomando como algo personal. Hay más de trescientas muertes por resolver, ¡joder!, que ese no es el único caso. No te empecines. No nos busques la ruina. ¡Tengo que salir a fumar!

Tomás Ugarte se levantó y salió del local sin esperar a que Sánchez le dijera que le acompañaba. En realidad, desconocía si su antiguo compañero seguía fumando o lo había dejado. En realidad, los dos lo sabían, necesitaban darse un respiro. Unos momentos para pensar. Unos minutos en los que darle vueltas al profundo cataclismo personal y profesional que sería seguir adelante con la idea que Sánchez estaba dejando entrever.

Se habían conocido de muy jóvenes. Recién entrados en el cuerpo de policía. Una policía nueva que intentaba acostumbrarse a las limitaciones y deberes que una democracia exige de sus cuerpos y fuerzas de seguridad. En aquellos años, los mandos que enseñaron y orientaron a Sánchez y a Ugarte no eran capaces de asimilar que muchas de las prácticas a las que estaban acostumbrados iban a acabar desapareciendo. De alguna manera, Sánchez y Ugarte fueron los últimos de una generación de agentes que todavía bebían del autoritarismo y la mano dura de la dictadura. Los hijos de la democracia no fueron todos iguales. A algunos les costó acostumbrarse y siguieron actuando como les habían enseñado, protagonizando episodios dolorosos y vergonzantes. Y también, como les habían prometido, muy pocos rindieron cuentas ante la sociedad, y la mayoría acabaron librándose de asumir su responsabilidad.

Las insinuaciones de Sánchez sobre la necesidad de reconocer viejos comportamientos inapropiados o directamente delictivos eran inasumibles para alguien como Ugarte, capaz de borrar todo aquello y ser otra persona que no debía nada a su yo anterior. Ugarte seguía reuniéndose un viernes al mes con viejos compañeros de la lucha antiterrorista en el reservado de un conocido restaurante de la calle Orense. La mayor parte de ellos ya no estaban en el cuerpo y ocupaban distintos puestos de asesores de seguridad en grandes empresas del Ibex. Buenos salarios. Buenos empleos. Grandes contactos. Entre todos se hacían favores o se subcontrataban los unos a los otros. Aquellas comidas, regadas con abundante alcohol, acababan siempre en una kermés de viejas historias de la lucha contra la Organización que, encuentro tras encuentro, se exageraban un poco más o incluso cambiaban de versión ante el regocijo etílico de todos.

Ugarte era el único de ese grupo que seguía en el cuerpo. Porque Ugarte era un policía en el sentido más estricto y tradicional de la palabra. Por eso, en esas comidas y en esas borracheras, él era el centro de las chanzas de los antiguos compañeros que desde fuera, desde la comodidad de sus buenos sueldos, se atrevían a reírse y ufanarse de todo aquello que habían hecho en sus años de servicio y que ahora, otro comisario, Sánchez, amenazaba con revelar y certificar: torturas, requisas ilegales, extorsiones, engaños a los jueces, palizas, falsificación de informes, sustracción de armas incautadas a terroristas para quedárselas como recuerdo. Todo aquel catálogo de irregularidades y delitos, en esos viernes de juerga, se convertían en pullas y anécdotas graciosas que todos reían intentando demostrar, cada vez más borrachos, quién había sido el más audaz saltándose la ley y las normas o, en fin, quién había sido el menos policía.

En la puerta del hotel Wellington, dando una calada a un cigarrillo, mirando absorto al portero impecablemente uniformado que se esmeraba en saludar y recibir a unos huéspedes recién llegados, Ugarte resolvió que iba a dejar de ir a esas reuniones de los viernes. Impermeable al ruido ensordecedor de los coches que acostumbran a acelerar en ese tramo inicial de la calle Velázquez, el jefe de homicidios de Madrid imaginó que si Sánchez hablaba, a algunos de sus colegas de comida se les iban a quitar las ganas de reírse de aquellas «maldades», como las llamaban. Apagó el cigarrillo en el suelo, pisándolo con saña ante la mirada indisimulada de reproche del portero del hotel, y dirigió sus pasos hacia la esquina de la calle Jorge Juan mientras hablaba solo y en alto, como un enajenado:

—Voy para allá. Creo que me está pillando, jefe, me voy a quitar el micrófono. Este cabrón sigue siendo igual de listo. Me tiene acojonado. Ya le has escuchado. Quiere cantar. Nos va a joder, jefe. Tenemos que hacer algo.

Ugarte giró a su derecha por la calle Jorge Juan, a cien metros del hotel Wellington, y cambió de acera, caminando hacia el restaurante Krápula. En la puerta, dos hombres jóvenes fumaban y charlaban. Uno pequeño, de pelo rizado, y el otro con el brazo tatuado con lo que parecían atunes y pimientos. Ugarte se imaginó que serían los escoltas del jefe o quizá los dueños del restaurante. Los saludó y entró en el local. A la derecha, apoyado a una barra de metal esmerilado que asemejaba una nave espacial, un hombre solo, enjuto, bastante mayor, parecía estar concentrado en lo que escuchaba por los auriculares que tenía en ambas orejas.

—Jefe —dijo Ugarte.

El hombre se dio la vuelta y se quitó uno de los cascos.

—Ya he oído bastante —dijo secamente.

—Me quito el micrófono. Me siento fatal haciendo esto.

—De acuerdo. Dámelo. Vuelve rápido al hotel o va a sospechar.

—Luego te cuento —respondió Ugarte, dejando en la barra un minúsculo micrófono que llevaba escondido en la americana y su correspondiente emisor—. Me vuelvo.

—Adiós —dijo el anciano sin mirarle mientras metía la mano en un cuenco de gominolas.

La despedida ni siquiera la oyó Tomás Ugarte, que ya estaba dirigiéndose a paso rápido hacia el Wellington. Encendió otro cigarrillo apresuradamente y se echó el humo encima para oler mucho a tabaco y que Sánchez no sospechara de su tardanza.

Dentro, en el Bar Inglés, Sánchez releía el wasap que le había enviado un par de horas antes el inspector Arrieta: «Tengo una corazonada. He repasado la lista de posibles sospechosos que hicimos y creo que el que tiene el restaurante es un perfil que puede encajar. Me voy a acercar a comer por allí y fisgar un poco». El comisario sonrió. Arrieta no le iba a defraudar como lo estaba haciendo Ugarte. Arrieta era un tipo leal. Se habían pasado dos noches analizando los nombres que aparecían en los archivos de la época. Quién no había sido condenado nunca. Quién, pese a los indicios de su relación con el secuestro, había logrado esquivarlos. Cuántos de todos aquellos jóvenes, entonces sospechosos, seguían vivos y viviendo en el País Vasco.

Ugarte entró en ese momento en el bar y se volvió a sentar al lado. Sánchez guardó el móvil.

—Veo que ya no fumas. Haces bien. ¿Tienes alguna idea de quién es el puto secuestrador? —dijo de una manera conciliadora.

—Alguna. Estoy esperando a que vuelva a mover ficha para identificarle, cercarlo y tratar de detenerlo antes de que se suicide —contestó Sánchez.

—¿Eso quiere decir que no vas a ceder a su extorsión?

—No lo veo como una extorsión, sino como un trato. El tipo quiere pactar. En su idea, en su moral, no habrá justicia si yo, que lo machaqué vivo, no reconozco mi culpa. Y en cierta manera tiene razón.

Tras unos segundos de reflexión, Ugarte se acercó todavía más al comisario, demandando su atención, y bajando la voz le preguntó:

—¿Crees que yo también estaba allí cuando ese tipo dice que le torturaste?

—Tomás, seguro que estabas allí. Siempre hacíamos todo esto juntos, ¿no?

—¡Joder! —exclamó Ugarte, atusándose el pelo e intentando contener la expresión de desasosiego.

—No vayas ahora de sorprendido. Lo hablamos ya entonces muchas veces. Sabíamos que aquello nos iba a perseguir toda nuestra vida. Tú mismo decías: «Si no acabamos en la cárcel, acabaremos en el puto manicomio», ¿te acuerdas? Al final, ni una cosa ni otra, pero no sé tú, yo cada vez que miro a mis hijos me imagino que tienen la misma edad que muchos a los que torturábamos. Y lo hacíamos por el estúpido hecho de que sus nombres salían en la agenda de teléfonos de otro detenido. El estúpido hecho, la idiota coincidencia de ser amigos, o de su cuadrilla, o compañeros de teatro, o del fútbol. Así funcionábamos. «Los amigos de mi enemigo son mis enemigos», era nuestro lema. Lo teníamos escrito en un cartel en la brigada. Allí, bien grande, para que se viera nada más entrar. Y ya estaba allí cuando llegamos nosotros. ¿Aquello qué quería decir? Estaba claro, hostias para todo Dios, y eso era lo que dábamos, muchas hostias.

—Era otra época, por favor, Iñaki.

—Lo que llevo tiempo preguntándome es si no debemos pagar nada por aquello. Si no tenemos que hacer nosotros también un ejercicio de reconocimiento de nuestras tropelías. Si eso ayudaría.

—¿Ayudar a quién, a los malos? ¿A esos que nos mataban y a los que hemos derrotado? Porque yo tengo claro que aquí ha habido un ganador, y somos nosotros. Las fuerzas y cuerpos de seguridad. ¡El puto Estado es el que ganó! Eso lo tienes claro, ¿verdad?

—Que sí, cojones, que lo tengo claro. Que yo estaba allí. Que mientras tú te viniste a hacer carrera a Madrid, yo he seguido mirando debajo del coche hasta hace muy poco por si me habían puesto una *lapa*. Claro que les hemos ganado. ¡Yo les he ganado! Pero te lo vuelvo a preguntar: ¿debemos reconocer que se hicieron cosas feas?, ¿cosas horribles?

—En una guerra, los dos bandos cometen atrocidades.

—Ya. Pero nosotros debíamos ser los buenos. Teníamos la legitimidad del Estado. Y a veces nos convertimos en ellos. Nos hicimos malos, como ellos.

—Lo que hace cualquier policía del mundo cuando se enfrenta a un fenómeno terrorista: utilizar todos los medios a su alcance.

—Cualquier policía no, Tomás, no me jodas. Contratamos mercenarios para que se cargaran a gente de la Organización en Francia, y la mitad de los que mataron eran inocentes. ¿Esos también se lo merecían?

—*Mecagüen* la puta, ¿me estás grabando o qué cojones? —gritó Ugarte, poniéndose en pie.

El comisario Sánchez se puso también de pie y se abrió la camisa que llevaba puesta para mostrar que no llevaba ningún micrófono.

—No seas gilipollas, Tomás.

—Perdona, estoy un poco nervioso. Tienes toda la razón. Soy un gilipollas. Tú nunca me venderías —dijo Tomás, y se volvió a sentar—. Nunca me traicionarías. No sé, no me gusta recordar aquellas historias. Me pongo nervioso. Lo tengo todo borrado. Reseteé mi disco duro. Sigo quedando algunos viernes con varios de los chicos que estuvieron por allí arriba, por el norte. En cuanto se maman a copas empiezan a hablar de aquella época, y a descojonarse, y yo, francamente, me pongo de los nervios. Cada vez los aguanto menos. Y te voy a ser franco. Torturar es inadmisible. Está claro. Pero nos enseñaron a hacerlo y seguíamos el ejemplo de nuestros mayores. Así se hacía entonces. Una puta locura, pensándolo ahora, sí, pero eso fue lo que nos enseñaron. Y te repito: hice lo que me pidieron y no estoy arrepentido. Me jode mucho más, te lo admito, la chapuza que hicimos con los portugueses y los marselleses que contratamos para cargarse a los del otro lado.

—Vaya mierda fue todo aquello, Tomás. Decir que sí a todo. Convertirnos en asesinos. En mercenarios.

—Éramos unos chavalitos, Iñaki. Flipábamos con nuestros jefes. Tipos duros que venían de la brigada social, de dar cera a comunistas y separatistas. Y eso nos flipaba. Queríamos ser como ellos. Nos enorgullecía que nos eligieran para interrogar a hostias a un detenido, ¡acuérdate! Era casi un honor. Y cuando nos dejaron ir a las reuniones con los mafiosos que tenían que atentar en Francia, nos parecía estar viviendo una película de espías, Iñaki, rollo la CIA, ¿no te acuerdas?

—Nos utilizaron.

—¡Nos ha jodido que nos utilizaron! ¡Pues claro! Pero hay que reconocer que también nos protegieron. Cayeron un par de pardillos de los nuestros, por bocazas, pero al resto ni nos tocaron. En eso cumplieron. Las cloacas no huelen tan mal —sentenció categórico.

Tomás se quedó paladeando su última frase, y mientras apoyaba el cuerpo contra el respaldo de la silla, buscó contacto visual con el camarero para pedirle un par de whiskies con hielo.

—No tiene gracia —contestó Sánchez sin dejar de mirar a su colega.

—Joder, Iñaki, relájate un poco. ¿Te acuerdas de cuando llevamos a aquellos dos macarras portugueses a una cantera a las afueras de Irún para hacer prácticas de tiro? Casi nos dejan como un colador. ¡Vaya par de patosos! No tenían ni puta idea de manejar la metralleta.

—Sí, los que dispararon a todo dios en ese bar de Bayona dejando no sé cuántos heridos civiles que estaban allí de vinos. ¡Qué desastre!

—Sí, eran unas joyas. No dieron ni una. Los marselleses eran mucho más serios. Me acuerdo del árabe, el que era medio argelino, que nos decía que prefería tirar de cuchillo y se ofreció para degollar a varios de la Organización. «Cuatro cabezas cortadas y esos putos vascos se cagan de miedo», decía el hijoputa con acento moro. ¡Qué cabrón! No me acuerdo de cómo se llamaba.

—Ugarte, cállate ya. Ahora ya no sé si eres tú el que me está grabando a mí. No sé qué has hecho cuando has salido a fumar un cigarro. No sé si te has puesto un micro o no. Me da igual. Voy a cerrar este caso con tu ayuda o sin ella.

—No te estoy grabando, tranquilo. Solo estaba recordando batallitas y...

—Ni batallitas ni hostias —cortó rotundo Sánchez—. ¿Quieres ayudarme?

—Sí. Pero...

—Pero ¿qué?

—Que ojalá no tengas que ceder a las pretensiones sobre sus torturas. Que lo trinques antes.

Sánchez pensó entonces que su amigo Ugarte era uno de los que más gritaban y disfrutaban en las sesiones de tortura, y que su voz era perfectamente reconocible en las cintas que había guardado todo ese tiempo y que había estado revisando esos días. Los audios estremecían, por su dolor y por su sadismo. Sánchez había hecho una revisión muy crítica de su pasado. Había podido sentir el daño que él mismo causaba. El olor de los vómitos que provocaba. Los espasmos de las descargas eléctricas. Los ruidos guturales de personas convertidas en guiñapos, muñecos deslavazados intentando respirar a través de una bolsa de plástico. El ruido seco de los puñetazos en los riñones, dados por detrás, por la espalda, contra sacos humanos inertes. Gritos de piedad, llantos de compasión, pequeños silbidos de los que ya tenían los pulmones encharcados de agua sucia. Esas cintas permitían escuchar a verdugos como Sánchez, como Ugarte, riéndose a carcajadas, humillando sin necesidad, solo por el placer del que se sabe con el dominio y el poder. En esas cintas, en ese viaje macabro a los suburbios de la tolerancia humana, se escuchaban las bromas entre ellos al torturar. Los comentarios superficiales sobre sus familias, sus hijos, sus esposas o sus amantes mientras se oía de fondo un trozo de carne humana siendo carbonizado por unos cables pelados. Chisporroteos terribles, como cuando una gota de agua cae en aceite hirviendo. Un ruido tremendo que ahora al comisario le helaba el corazón.

—¿Te acuerdas del caso? —soltó de repente Sánchez, como poniendo a prueba a Ugarte.

—Perfectamente, Iñaki. Nunca olvidaré el momento en que apareció su hija a reconocer el cadáver. Y me acuerdo de tu detalle, de darle el papelito que su padre había escrito para ella. Me pareció la hostia lo que hiciste, aunque sabes que después le pedí que lo trajera para cotejar la letra y buscar huellas.

—Lo sé. Era tu deber. ¿Te acuerdas de lo que ponía?

—Todavía me estremezco al recordarlo: «*Te quiero, cariño*».

—En euskera.

—En euskera, claro. «*Maite zaitut, bihotza*». ¡Qué fuerte, vaya huevos el Azkarate!

En ese momento Sánchez extrajo del bolsillo de su americana un sobre blanco y alargado. Con lentitud casi exasperante, dejó salir de su interior una cuartilla amarillenta con varias líneas escritas en ella. La tinta estaba semiborrada pero se podía entender perfectamente. Giró el papel para que Tomás Ugarte lo pudiera leer desde su lado de la mesita.

—¡Hostia puta, es la misma letra! —exclamó dando casi un brinco—. ¡No me jodas, Iñaki, no me jodas! Esto es un puto fantasma del pasado. Es la letra de Azkarate. ¿Quién te lo envía?, ¿el asesino?

—Sí. Me llegó ayer a la jefatura.

—¡No me lo puedo creer! —Sánchez sintió en ese momento que el Ugarte policía, el de verdad, el de siempre, volvía a estar delante de él—. Espera, espera... déjame leerlo.

Nota 5. Cabaña.

Huele a humo y a hierba. Hacía años que no notaba estos dos olores juntos. Creo que desde que mi padre vendió la cabaña que tenía en el monte Jaizkibel, justo encima de Pasai Donibane. Allí me sentaba con él, junto a una pequeña hoguera, a ver entrar los barcos por la bocana del puerto. Algunos mercantes eran tan enormes que tapaban el pueblo de enfrente, Pasai Antxo, durante unos minutos. Simplemente, lo hacían desaparecer. Siempre me pregunté cómo lo hacían para no chocar con ninguna de las dos orillas, y durante un tiempo soñé con ser el práctico del puerto e ir en esos remolcadores, tan pequeños y tan potentes, capaces incluso de domar gigantescos petroleros. Luego me dediqué al negocio de las bebidas, prosperé, y tiempo después me secuestraron. Y en esas sigo.

Imanol

—¿Qué es esto, Iñaki?

—Es una especie de prueba de vida. O mejor dicho, una prueba de muerte. No sabemos si el que me lo envía es el mismo que lo mató o si fue otro miembro del comando, pero sí estoy seguro de que es uno de sus secuestradores. Le dejó escribir, Ugarte. Y lo guardó. El hijoputa lo guardó. Todos estos años. ¿Tú estás seguro de que no es un psicópata?

—¡Pfff...! Ya no sé qué decir. Si lo ha guardado todo este tiempo —señaló la cuartilla—, no creo que sea porque está loco, sino porque precisamente no había encontrado ni el momento, ni la fuerza, ni el coraje para hacer esto que está haciendo.

—Yo pienso lo mismo. Este tipo está atormentado. Quiero ayudarle, Ugarte. Este tipo puede abrirnos más casos. Quizá nos aporte pruebas o datos de otros atentados. De otras muertes.

—Te voy a ayudar. ¿Qué necesitas de mí? —Ugarte se había puesto muy serio.

—Memoria, Tomás. Necesito que recuerdes datos del secuestro, de la gente que detuvimos. He estado revisando los archivos de entonces con Arrieta.

—¿Arrieta?

—Sí, me está ayudando. Es un buen *madero*.

—¿Confías en él?

—Sí.

—¿Qué sabe?

—Todo.

—Entonces no hay vuelta atrás. Te voy a ayudar porque me encantaría resolver ese caso, pero, sobre todo, para que no la cagues reconociendo aquella mierda de las torturas. Recuerdo que hicimos varias redadas por la zona de Irún y Fuenterrabía. Detuvimos a bastante gente. Déjame pensar. —Ugarte cerró los ojos y se estrujó las sienes con los dedos índices—. Había uno que siempre dijimos que sabía algo, pero aguantó como un titán las hostias que le dimos.

—¡Etxebeste!

—Exacto. Era duro, pero era muy listo.

—Yo también he pensado en él. Podría haber llegado a ser un líder de la Organización. Tenía la cabeza bien amueblada. Estaba en la universidad. Recuerdo que hablé con él de libros, pero no sé de cuáles. Los pobres diablos hablaban de cualquier cosa con tal de que no los siguiéramos zurrando. Siempre nos dijimos entre nosotros que al Etxebeste ese no le íbamos a sacar nada, ¿te acuerdas?

—¿Qué fue de él? —preguntó Ugarte, intrigado.

—Tiene un restaurante muy bueno en la carretera de Endarlaza. Arrieta ha ido para allí a husmear. Le he dicho que coma tranquilamente y observe. ¿Le llamamos a ver qué tiene?

Ugarte asintió con la cabeza y esperó a que Sánchez marcara el número del inspector. El comisario dejó su teléfono móvil encima de la mesita del Bar Inglés y activó el altavoz.

—Hola, Sánchez, me estoy apretando un confit de pato en la terraza del Toki-Eder. Este sitio está muy bien. Un momento, que salgo, que no hay mucha cobertura —se apresuró a decir Arrieta mientras bajaba la voz y el murmullo del restaurante se hacía más lejano—. Comisario, ya estoy fuera y puedo hablar, que la terraza está llena.

—Que aproveche, Arrieta, y no te olvides de pedir la factura. Escucha. Tengo el manos libres puesto. Estoy en Madrid con el comisario Ugarte, que sabes que estuvo conmigo en el caso de Azkarate.

—Hola, comisario. Quiero decir, hola, comisarios.

—¿Qué nos puedes contar, Arrieta? ¿Has visto a Etxebeste? —preguntó en un ejercicio de autoridad el comisario Ugarte.

—Sí, está por aquí. Se conserva muy bien. Creo que puede ser nuestro hombre...

Un silencio emocionante se hizo en el teléfono. Los dos comisarios se miraron expectantes.

—Ya os contaré —prosiguió Arrieta—, pero Etxebeste lleva toda la comida sentado a una mesa, solo, escribiendo en una libreta negra sin parar. Como si estuviera haciendo un diario o...

—Escribiendo el relato de un secuestro —acabó la frase Sánchez.

—Exacto, jefe. Su actitud no es la de estar haciendo la lista de la compra del restaurante, desde luego. Para de escribir. Piensa. Vuelve a escribir. Mira a lo lejos, como perdido. Vuelve a escribir. Habría que hacerse con esa agenda.

—Déjate de chorradas, Arrieta, que esto no es una misión oficial, que no podemos pedir autorización judicial de nada —zanjó Sánchez.

—Lo sé, jefe, lo sé. Y hay otra cosa...

—¿El qué? —preguntaron a la vez Sánchez y Ugarte.

—¿Sabéis quién está comiendo solo en otra mesa del restaurante, controlando como yo a Etxebeste?

—¿Quién, joder? —insistió el primero.

—¿Os acordáis de Mikel Rekalde?

Los dos comisarios dudaron un segundo, mirándose el uno al otro.

—¡Hostias, el puto *Tanke*! —gritó enseguida Ugarte—. ¡Ha salido de la cárcel! Ese es un *killer*.

—Mierda, saben algo. Se lo van a cargar —comentó abatido Sánchez.

21

Sábado

—*Aita*, tienes cara de cansado.

—Y sepárate un poco del ordenador, que la cámara te deforma la cabeza calva esa que tienes.

Iñaki Sánchez sonrió y se alejó un poco del portátil, como le pedían sus hijos. Los dos jóvenes, sentados juntos en un sofá marrón, desgastado y sucio, uno de esos muebles sin gracia que los propietarios dejan en los apartamentos que alquilan a universitarios, miraban a su padre con expresión cariñosa a través del ordenador del despacho del comisario. Desde hacía unos meses se había acostumbrado a esta nueva forma de comunicación. No podía abrazar ni besar a sus hijos, pero al menos le permitía, pese a la gigantesca distancia que los separaba, verlos casi todas las semanas.

—Ayer fui a Madrid y volví en el día. Un poco paliza. ¿Qué tal por Minneapolis?, ¿os habéis hecho ya con la ciudad?

—Joder, *aita*, hace un frío de pelotas. Podrías haber elegido otra ciudad para que viniéramos a estudiar —contestó el mayor de los dos hermanos.

—Siempre quejándote de todo, Gaizka. ¿Qué tal por el instituto? Ya os conocen todos, seguro, ¿verdad, Eneko?

—A ver, *aita*, pues sí, pero porque somos un poco la atracción del colegio. La novedad. Dos vasquitos que hablan mal inglés, que juegan de puta madre al fútbol y que van siempre juntos. Pues sí, digamos que, aunque no conocemos todavía a demasiada gente, ellos sí que nos conocen a nosotros.

—¿Vasquitos o españolitos? —preguntó Sánchez con retintín.

—¡Ya está el *madero*! —rieron los dos jóvenes.

—Vamooos, contestad.

—Qué más da, *aita*. Con estos nombres que nos pusisteis la *amatxo* y tú, pues vasquitos y españolitos. Las dos cosas. Decimos «vascos» porque son nombres impronunciables para ellos. Pero como ni dios sabe aquí dónde está Euskadi, pues decimos «España». ¿Contento? —contestó el mayor.

—Os estaba vacilando, capullos. Oye, que os echo mucho de menos. ¿Estáis bien?

La imagen en ese momento se congeló durante unos segundos y la pregunta quedó suspendida en algún lugar del Atlántico, entre Guipúzcoa y Minnesota. Probablemente la conexión de la jefatura había vuelto a fallar. Pero ese vacío virtual, ese silencio, esa imagen del comisario Sánchez fijada en la pantalla del portátil de sus hijos, con una cara entre triste y preocupada, como si el ordenador de su padre hubiera hecho una foto fija de su alma, no pasó desapercibida para los dos jóvenes, que se miraron entre ellos asumiendo que algo no iba bien. Que su padre, por lo general fanfarrón y malhablado, parecía melancólico. Preocupado. Incluso, excesivamente cariñoso para lo que acostumbraba a ser él. Cuando la conexión se reanudó, Gaizka, el mayor, se apresuró a preguntar:

—*Aita*, que se había cortado. Ya te vemos. Nosotros por aquí estamos muy bien. Mucho frío y estudiando mucho para ponernos al día, sobre todo con el inglés, pero vamos bien. Con ganas de verte y abrazarte. ¿Y tú cómo estás?

—Yo estoy bien, chicos, bastante liado últimamente con algo inesperado, pero bien. Por lo menos ya no me aburro tanto, que estoy harto de firmar documentos y comer con políticos.

Se quedó un momento en silencio, vacilando si decir algo más sobre el tema del secuestro. Pero al final le pudo más la prudencia.

—Tengo un caso entre manos muy potente y quiero resolverlo antes de jubilarme. Ya os contaré.

—¿No puedes decirnos nada? —preguntó Eneko, el pequeño.

—No, por el momento no, y menos por aquí, que no me fío yo de estas conexiones. Que nunca sabes quién te puede estar escuchando o viendo. Ya sabéis que yo soy de papel y boli. Contadme. ¿Qué hacéis los fines de semana? ¿Tenéis amigos? ¿Os vais de copas, de pícnic?

—*Aita*, por favor, no seas cutre. ¡De pícnic! —exclamó el mayor, provocando la risa de su otro hermano—. Últimamente vamos con los del insti a manifestaciones.

—¿No jodáis? ¿Cómo que manifestaciones? ¿Qué clase de manifestaciones? —preguntó incómodo el comisario, que los había alejado del País Vasco precisamente por eso.

—Tranquilo, *aita* —respondió Gaizka—. Son manifestaciones pacíficas. Si hay problemas, nosotros nos vamos enseguida, que no somos tontos y nos pueden revocar el visado si nos cogen. Pero ya te habrás enterado de todo lo que está pasando con la violencia policial contra los negros. Pues aquí, en Minneapolis, la policía, *aita*, es que se pasa mucho. Si eres negro y sospechoso de un delito, date por jodido. Lo más fácil es que te peguen cuatro tiros antes de preguntar.

—No te creas que aquí es como allí —continuó Eneko—. Aquí la poli dispara primero y pregunta después. No te imaginas cómo son los *maderos*. Parecen *cowboys*. Y a los negros los tienen fritos. Los del instituto solemos quedar para ir a esas manis y luego a tomar unas cervezas. Pero, tranquilo, que son pacíficas, que ya sabemos de dónde venimos y por qué nos enviaste aquí, que no somos tontos, *aita*.

El comisario Sánchez se quedó mudo, mirando la pantalla. Sin decir nada. Procesando lo que le estaban diciendo Gaizka y Eneko. Pensando que había evitado que sus hijos siguieran acudiendo a manifestaciones a favor de ideas defendidas por la fuerza por una organización terrorista, y ahora ellos se manifestaban en otro país contra el uso excesivo de la violencia policial. Es decir, se manifestaban contra gente como él. Contra otros policías o comisarios. Y también pensó que sus niños eran más espabilados de lo que él creía. Y más buenos. Y más generosos. Ambos sabían el motivo del repentino afán de su padre por sacarlos del País Vasco y llevarlos a estudiar en inglés a otro país. Y lo habían aceptado. A regañadientes al principio, seguro, pero, a su manera, le estaban trasladando que había sido una buena idea.

Su mente empezó a trabajar muy deprisa, como cuando conseguía hilar pistas en un caso y todo empezaba a encajar. Las preguntas se acumulaban: ¿qué dirían sus hijos cuando supieran que él también hizo un uso excesivo de la fuerza policial, que conculcó derechos humanos y que hizo daño a gente inocente? ¿Qué harían si él daba el paso de reconocer que utilizó la tortura como medio para conseguir información? ¿Se avergonzarían? ¿Se sentirían orgullosos de su paso al frente? ¿O quizá dejarían de hablarle por haber torturado a jóvenes del mismo movimiento con el que ellos simpatizaban?

La mente del comisario seguía carburando al límite de su velocidad mientras disimulaba ante el ordenador. ¿Acaso los dos simpatizaban todavía o habían empezado a olvidarse? Sánchez podía seguir haciéndose decenas de preguntas sin respuesta posible, o peor aún, con muchas respuestas posibles. Parpadeó, regresando de su estado de preocupación, y sus ojos volvieron a cobrar vida.

—*Aita*, ¿te has vuelto a congelar?

—No, hijos, no. Estaba pensando en lo que habéis dicho.

—Estate tranquilo, de verdad, que vamos con los de clase, siempre al final de la mani, haciendo bulto, y si hay tangana, salimos por patas —aclaró Eneko.

—Tranquilo, lo que se dice tranquilo, no me quedo, hijos.

En ese momento sonaron dos golpes secos y la puerta del despacho del comisario se abrió. Fernando Arrieta entró sin esperar a que Sánchez le diera permiso y levantó su brazo derecho mostrando un archivador transparente y haciéndole una seña para que lo leyera mientras lo dejaba encima de la mesa. Sánchez miró de reojo el título que aparecía escrito en la primera página: «Josu Etxebeste. Confidencial».

Con un gesto le pidió a Arrieta que se sentara y esperara. Seguidamente movió un poco la pantalla del ordenador para que el inspector pudiera ver con quién estaba hablando.

—¡Hola, Fernando! Así que trabajando en sábado... ¡Mi padre te sigue explotando! —dijo Gaizka sonriendo.

—¡Pero si son mis niños! —exclamó Arrieta—. ¿Cómo estáis, colegas?, ¿os tratan bien los yanquis?

—¡Muy bien! —respondieron los dos al unísono.

—Qué buen aspecto tenéis. Ya estáis totalmente integrados, por lo que se ve: sudadera, gorra de béisbol. Os falta un poco de tabaco de mascar.

—No seas antiguo, Fernando, que eso solo se ve en las películas.

—¿Os habéis echado novias? —preguntó Arrieta.

—Calla ya, Fernando —terció el padre de los jóvenes—. Que empollen y saquen el curso. Si tienen que follar, que follen, pero sin distracciones. Así que os tengo que pedir que, por favor, chicos, dejéis de ir a esas manifestaciones contra la policía.

—¿Cómooo? —se le oyó decir al inspector.

—Sí, Arrieta, sí, resulta que ahora los chicos se manifiestan contra los abusos policiales en Minneapolis. ¡Tócate los cojones!

Fernando Arrieta no pudo contener la risa y se apartó para que los chicos no le vieran. No quería desautorizar a su jefe ante sus hijos, pero, sobre todo, quería hacerle una mueca de hilarante complicidad al comisario, que había mandado a sus hijos a Estados Unidos para alejarlos de las manifestaciones en el País Vasco.

—¿Soléis ver a mi colega, al *Akelarres*? —les preguntó en seco el comisario a sus hijos.

Arrieta volvió a mudar la expresión, pero esta vez era de sorpresa, incluso de estupor. Su rostro se quedó serio y se levantó de la silla para alejarse hacia la puerta con intención de salir. El comisario le miró y le pidió que se quedara, que acababa enseguida.

—Nos vino a recoger al aeropuerto de Minneapolis el día que aterrizamos y nos acompañó hasta el colegio mayor. Él nos encontró este apartamento. Parece muy majo. Te aprecia mucho, *aita* —respondió Gaizka.

—Nos llama casi todas las semanas y de vez en cuando nos invita a comer unas hamburguesas. ¿A qué se dedica aquí, que nunca lo cuenta? —preguntó el pequeño.

—Tampoco le interroguéis mucho, que es un tipo muy suyo —les insistió el padre—. Le eché una mano hace años y todavía me debe algún favor. Es asesor de empresas de seguridad, o algo así. Hace mucho que no viene por el País Vasco, se ha vuelto completamente yanqui. Espero que no os pase lo mismo a vosotros y no queráis volver.

—Tranquilo, *aita*, que con este frío no nos quedamos aquí ni de coña. Te tenemos que dejar —insistió Gaizka—, que hemos quedado.

—¿Para ir a una mani?

—No, para estudiar en la biblioteca, tranquilo. *Agur, aita* —se despidió Gaizka.

—*Agur, aita* —se despidió Eneko.

—Hasta luego, chicos. Hablamos en un par de días.

Arrieta esperó a que Sánchez cerrara el ordenador. Desde el fondo del despacho, junto a la ventana, y sin mirar al comisario, le espetó:

—¿No me jodas que tienes al *Akelarres* de escolta de tus

hijos? No entiendo nada, jefe. ¿José Luis Legorburu López, el *Akelarres*? ¿Qué cojones hace allí?

—Seguir escondido, Arrieta, qué va a hacer.

—¡Era uno de tus infiltrados en la Organización! ¿Qué hace en Minneapolis?

—Sobrevivir, Arrieta, sobrevivir. El Ministerio del Interior le envió allí cuando la Organización lo descubrió. Lo tuve que sacar a toda hostia del otro lado, traerlo a España y esconderlo. Tenemos un programa de protección de testigos con otros servicios secretos. El FBI nos ayudó a esconder a este. Está trabajando de seguridad en una empresa. A los chicos les he dicho que es asesor, pero es un segurata, Arrieta. Después de todo lo que hizo, de cómo se la jugó por nosotros, acaba así, haciendo guardias de noche en un almacén de construcción en Minneapolis.

—¡Hay que joderse! No tenía ni idea. ¿Por eso elegiste esa ciudad para los chicos?

—Sí. El pobre *Akelarres* está tirado allí. Sin familia, sin amigos.

—¿No se atreve a volver todavía?

—No. *Akelarres* es ya un desarraigado, un paria. Aunque volviera, nadie en su pueblo le iba a querer. No le iban a hablar. Le iban a hacer la vida imposible. De acuerdo, ya no le van a matar, pero se morirá en vida si vuelve. Ya sabes que en los pueblos la gente puede ser muy hija de puta.

—¿Cómo le captaste? —se interesó Arrieta.

—Pues porque era un golfo. Le gustaba la juerga y las tías. Por eso tiene ese mote. Su alias real en la Organización era *Ezkerra*, pero para nuestros informes internos le puse el nombre en clave de *Akelarres*, porque estaba todo el día follando y mamándose. Un pieza. Las liaba pardas. Pero, claro, ese era su punto débil y por ahí le pude coger. En una borrachera en las fiestas de Espelette, mientras invitaba a unos *kalimotxos* a una de nuestras agentes que se hacía pasar por turista, conseguimos quitarle la pistola sin que se diera cuenta. Aquella poli era muy guapa. Le puso ojitos y *Akelarres* le entró como un miura. La chica se dejó querer, e incluso le permitió algunos muerdos. Lo fotografiamos todo y al poco tiempo le detuvimos en un control pactado con la Gendarmería francesa. Durante el interrogatorio de los franchutes aparecí yo y le ofrecí un trato.

—Librarse de ir a prisión y de una condena segura por pertenencia a organización terrorista si colaboraba —le interrumpió Arrieta.

—Eso es. Con el agravante de que le teníamos cogido por los huevos con las fotos besando a nuestra chica. Le enseñé una imagen de la agente vestida de policía, con el uniforme, y el tío se cagó. Le convencí de que si yo filtraba las fotos de los besos y la identidad de la chica, los suyos iban a pensar que era un chivato que estaba enrollado con una poli española. Que le darían matarile. Así que *Akelarres* decidió trabajar para mí. Le convertí en nuestro activo. Nos pasó muy buena información. Solo le puse la condición de que no volviera a integrarse en ningún comando, que no atentara en España. Que me era más valioso como correo entre comandos, llevando órdenes, o como chófer de la dirección de la banda. El tío fue una mina, Arrieta. Hasta que lo descubrieron por un desliz con otra chica que resultó ser, vaya ojo el *Akelarres*, una guardia civil.

—¡Otra vez!

—Era un picha brava. Tuve que sacarle a toda hostia de Francia, darle cobertura, esconderlo, dejar que los nuestros le interrogaran para que no nos estuvieran colando un doble topo, y después buscarle un sitio donde vivir con otra identidad. Le ofrecimos Sudamérica y Marruecos, pero *Akelarres* decidió iniciar una vida nueva, y los yanquis lo ubicaron en Minneapolis.

—¿Y ahora cuida de tus chicos?

—Yo le he estado llamando todos los años un par de veces —contestó el comisario pasados unos segundos—. Así que cuando decidí sacar a los chavales de aquí me pareció una buena opción. Ahora mismo le pago un dinerillo por estar un poco encima, llevarlos a comer o preocuparse por ellos, y *Akelarres* cumple.

—Pues menos mal que pudiste evacuarlo, porque si no, ¿sabes quién se lo hubiera cargado? —dijo Arrieta, cogiendo de la mesa la carpeta que había traído y extrayendo el informe de su interior.

—¿Quién?

—Mikel Rekalde.

—¡No jodas, el *Tanke*! —contestó el comisario entre sorprendido e intrigado.

Los dos hombres se pusieron sus respectivas gafas de leer para empezar a estudiar la documentación, pero antes el comisario llamó desde el teléfono fijo al policía de guardia y le pidió que, por favor, les subiera unos sándwiches de atún y ensaladilla, y unas Coca-Colas de la cafetería de enfrente. El comisario había tomado una decisión sobre cómo actuar con el secuestrador de Imanol Azkarate y quería compartirlo con Arrieta, pero antes debía tener toda la información y estar seguro de que el inspector estaba de acuerdo.

—He comprobado el historial de Mikel Rekalde —empezó Arrieta, enseñándole las últimas fotos del exterrorista—. Salió de la cárcel hace un año y se instaló en una chabola medio cutre de Fuenterrabía. No se relaciona con casi nadie, y menos aún con antiguos camaradas de la Organización. Es un solitario. Siempre fue por libre, incluso cuando estaba dentro de la banda.

—¿Cuántos años cumplió? —preguntó Sánchez.

—Veinte años de cárcel por ocho asesinatos.

—Barato.

—Sí, barato, pero ya sabes, buen comportamiento, alejamiento de la violencia y de la banda, rechazo de los métodos terroristas.

—¿Hay que creerle?

—El juez y la junta de tratamiento de la cárcel le creyeron, jefe.

Un policía joven llamó a la puerta y pidió permiso para acceder al despacho. Los dos hombres hicieron hueco en la mesa y colocaron ahí los sándwiches y las bebidas. Sánchez fue el primero en empezar a comer y al primer bocado puso una mueca de disgusto.

—¡No sé por qué me lo pide siempre con rúcula, qué sacrilegio! Sigue hablando, Arrieta.

—He visto su carrera de terrorista. Siempre actuaba solo. En todos los atentados que confesó hubo un solo tirador y el mismo *modus operandi*: un disparo en la cabeza y de frente. Este es de los antiguos, jefe. Ni coches bomba, ni hostias. De los que miraban a los ojos al objetivo. Con un par. Vaya hijoputa.

—Sí, pero dices que en la cárcel se acogió a medidas de reinserción y se desvinculó de la Organización. Vamos, que se portó bien y que se dio cuenta de lo cabronazo que había sido.

—Eso parece, comisario.

—Entonces ¿qué hacía en el restaurante del sospechoso? ¿Por qué parece vigilar a Josu Etxebeste?

—Ni idea todavía, pero hay más, jefe. Me he fijado en todos sus muertos. En los ocho asesinados. Comprueba sus nombres. —Arrieta extendió varias fotos en la mesa—. Eran todos mercenarios ultraderechistas o mafiosillos que algunos servicios subcontrataron para picarse gente al otro lado.

—Ya, veo —murmulló Sánchez, recordando su conversación con Ugarte en el hotel Wellington.

—Las otras víctimas a los que se cepilló eran confidentes nuestros.

—¡Confidentes nuestros!

—Sí, jefe, soplones. Nuestros, de los picoletos o del CNI.

—¡Chivatos! —Sánchez se quedó pensando.

—Exactamente, jefe, chivatos. *Tanke* se cargaba a nuestros *confites*, por eso te decía antes que, si no llegas a sacar a *Ake-*

larres del País Vasco francés, seguro que Rekalde se lo hubiera llevado por delante. Este cabrón parece que solo se cargaba a gente que podía hacer un daño directo a la Organización.

—Como una especie de Asuntos Internos de la banda —reflexionó el comisario.

—Eso es. Aunque más bien era el verdugo de Asuntos Internos.

Ignacio Sánchez se quedó pensativo mirando y poniendo juntas las fotografías de Rekalde y Etxebeste. La de *Tanke* era la ficha de la última prisión en la que había estado. Una foto reciente, en color, que enseñaba a un hombre de unos sesenta años, fuerte, curtido, que mira a la cámara con entereza, pero sin desafiarla. Una mirada profunda y turbadora, de alguien que lo ha visto todo, pero que parece estar en paz con todos sus demonios interiores.

La otra foto, la de Etxebeste, en blanco y negro, era la ficha policial de hacía treinta y cinco años. En ella, un joven Josu observa a la cámara con un cierto destello de enajenación. Con los ojos de los que, piensa ahora el comisario, han cruzado la línea invisible del matar. Los ojos del que conoce el horror o siente que él mismo es el horror. Sánchez volvió a colocar ambas fotografías juntas y se quedó mirándolas unos segundos.

—Entonces, en tu opinión, ¿todo esto qué quiere decir, Arrieta? —comentó con la voz muy baja.

—Que han vuelto a activar a *Tanke* para silenciar a Etxebeste. Que la Organización no está tan muerta ni tan disuelta como pensábamos. Yo creo que es otra evidencia más de que Etxebeste es nuestro hombre. Bueno, jefe, tu hombre, porque te escribe a ti, porque tú le torturaste y porque es a ti al que se quiere confesar.

Sánchez volvió a mirar el rostro juvenil y casi aniñado en la foto de Etxebeste. «¿Cuál era tu alias, Josu?», dijo en voz baja el comisario. Y su memoria, en un fogonazo que lo llenó de desasosiego, viajó rápidamente a una mazmorra húmeda donde le podía ver perfectamente. Desnudo. Sudado. Con el rostro deformado por los golpes y la sangre seca. Tirado sobre sus propios excrementos. Sánchez se vio a sí mismo riéndose de ese despojo que respiraba a pequeños golpes de poderosa voluntad. Mofándose de ese cuerpo que tiritaba, que se encogía sobre sí mismo y se estiraba, tratando de frotarse contra el suelo para arañar algo de calor que lo mantuviera vivo. Y Etxebeste, desde el suelo mojado, con las manos hinchadas por las bridas que le habían puesto hacía horas, le mantenía una mirada de dignidad interna que ahora mismo le revolvía las tripas al comisario.

—No podemos contar nada a nadie todavía, Arrieta. Todo esto sigue siendo muy irregular, así que no voy a acudir por el momento al juez hasta que no tengamos algo más que conjeturas.

—OK. Seguiré controlando a Etxebeste en el restaurante, pero voy a necesitar ayuda. No puedo estar todos los días allí comiendo y cenando.

—Tranquilo, Ugarte se va a subir unos días a echarnos una mano. Se ha ofrecido. Y nos puede venir bien.

—Muy bien, pero ya puede ser discreto, porque seguro que él también es de los que le dieron de hostias a Etxebeste. Lo mismo le acaba reconociendo.

—Sabe cómo hacerlo, no te preocupes. Yo, por el momento, voy a seguir las instrucciones que venían en el sobre con la nota que escribió el difunto Azkarate.

—Cuidado, jefe.

—No creo que Etxebeste sospeche que nosotros sospechamos de él. Es más, creo que duda de que yo haya entrado en su juego. Porque, Fernando, algo de juego tiene esto. Ese cabrón nos ha despertado de nuestro letargo. Quiero cogerle porque yo también quiero cerrar un capítulo de mi vida.

—Y porque es un asesino.

—De acuerdo, de acuerdo..., es un asesino. Pero sabes tan bien como yo que nos jugamos más. Que esto puede ser mucho más gordo de lo que parece.

—¿Vas a dejarle la nota de confirmación que te pide el asesino?

Arrieta cogió el sobre alargado y blanco que le remitió al comisario su antiguo torturado y leyó en voz alta:

Deja tu contestación en la muralla de Hondarribia, en un hueco que hay entre las piedras debajo de la garita que cuelga del Baluarte de la Reina.

—Sí. Ya la he escrito. Esta tarde iré a dejarla.

—¡Qué raro! No es un sitio muy discreto, la verdad. Te daré cobertura —contestó Arrieta.

—No hace falta. Es una zona muy abierta y tranquila. No creo que esté por allí, pero podría estar controlándonos desde muchos ángulos. Supongo que el tipo pasará cada mañana o cada noche a revisar si hay algo en ese hueco. No quiero vigilancia, Arrieta. No quiero que se asuste.

—¿Y qué le has escrito, si se puede saber?

El comisario estiró el brazo hacia el inspector jefe para que este cogiera un papel doblado que tenía en la mano. Arrieta lo desdobló y leyó en voz alta.

Hola. He recibido todos tus mensajes. Quiero ayudarte. Siento lo que pasó entre nosotros y todo lo que te hice. Nunca debió suceder. Nunca debió pasar. Lo siento.

Sé quién eres. No hace falta que me envíes más notas. Nos encontraremos cerca de tu restaurante el lunes a las 11.00. En el puente internacional de Behobia, frente a la isla de los Faisanes. Ten cuidado. Gracias. Iñaki.

—Está muy bien —dijo Arrieta, volviendo a leer el escueto texto—. Puro Sánchez. Directo y al grano. Además, cualquiera que lo encuentre antes que Etxebeste pensará que es una nota de reconciliación entre dos amantes.

Arrieta se rio él solo de su gracia, pero enseguida frenó en seco su sonrisa al ver que el comisario no le seguía el chiste.

—¿Vas a contactar con la hija del muerto? —preguntó rápido para evadirse de esa incómoda sensación de haber metido la pata.

—No, todavía no. No podemos darle falsas esperanzas a esa mujer, Arrieta. No podemos volver a abrir sus heridas y sus recuerdos solo por una corazonada. Hasta ahora lo único que tenemos es que un tipo al que torturé hace treinta y cinco años y que tiene un restaurante puede ser la persona que me está enviando cartas sobre aquel asesinato. Solo tenemos mi intuición, el olfato de Ugarte para estas cosas y tu sagacidad de haber elegido ese sitio para echar un vistazo y haber visto a *Tanke*.

—Continúa siendo un armario ropero, jefe. Un poco encorvado por la edad, pero muy grande. Da un poco de miedo. Tan callado, tan observador, tan...

—Seguimos, no obstante, en el terreno de las conjeturas. A lo mejor le gusta ir a comer allí porque le encanta el menú del día. Y no hay nada más.

—¿Desde Fuenterrabía va a ir hasta la linde con Navarra a por un menú del día? No me lo creo, jefe. Sabemos además que no tiene un puto duro. Que no cobra pensión. No, ese tipo está preparando algo. Estoy seguro.

El comisario se quedó mirando a Arrieta mientras tamborileaba la mesa con los diez dedos de las manos, en un gesto ya conocido por el inspector de que estaba a punto de lanzarle una nueva sorpresa.

—He estado haciendo algunas llamadas, Arrieta. He quedado con uno de mis antiguos soplones en el Movimiento. ¿Te acuerdas del sindicalista Fernández Elosegi, el *Txatarras*?

—¡No jodas, era confidente tuyo! Muy buena esa, jefe. Me sigues sorprendiendo.

—Sí. Lo tuve de *txota* bastante tiempo. Daba buena información política. Me pasó algunos documentos de trabajo y ponencias que les enviaba la Organización para su discusión, así me iba enterando de muchas cosas y tomando el pulso de los simpatizantes y su entramado civil. Ya está jubilado. Se ha quedado acojonado cuando he aparecido en el parque donde suele ir a echar un rato con el nieto pequeño.

—No me extraña.

—Me ha confirmado que la Organización, como tal, sigue muerta. No hay movimientos. Las corrientes disidentes que al principio se negaban a dejar la violencia se disolvieron al no hacerse ni con las armas ni con los zulos. Me dice *Txatarras*, sin embargo, que hay un *runrún* entre antiguos colegas, desde hace mucho tiempo, sobre quién se quedó con el dinero en efectivo de secuestros e impuestos revolucionarios. Al parecer era bastante pasta. Nunca lo encontramos. Y recuerda, Arrieta, que dejamos de seguir el rastro cuando desde Madrid nos pidieron que no tocáramos más los cojones y que el terrorismo era cosa del pasado.

—Entonces, la Organización no está del todo muerta. No actúan ni matan, pero custodian los documentos y la pasta.

—Ese dinero, me dice, sigue ahí. En algún lado. Y con la crisis económica pues parece que alguno lo ha reclamado como pago por el tiempo de militancia o de cárcel.

—Una especie de compensación.

—Date cuenta de que todos esos idiotas que se creyeron lo de la lucha armada entraron muy jóvenes en la banda. No han trabajado en su puta vida. No tienen ninguna formación. No porque sean estúpidos, sino porque su vida laboral o estudiantil se cortó a los dieciocho o veinte años. No tienen estudios ni preparación. Salen de la prisión y vuelven a una Euskadi diferente, que no reconocen. Solo saben hacer las cuatro cosas que les han enseñado en los talleres de la cárcel. No han cotizado a la Seguridad Social. No tienen derecho a pensiones. Una ruina. El que no tiene familia que le acoja, tampoco tiene dónde caerse muerto.

—¿Y *Tanke* puede ser uno de esos? —preguntó Arrieta.
—Puede ser.
—¿Y puede ser, jefe, que haya aceptado un último trabajo de alguien que controla ese dinero y que no quiere que Etxebeste se vaya de la lengua?
—Puede ser. Me tengo que ir, Arrieta. Voy a dejar la nota en su sitio. Ni se te ocurra seguirme, que te conozco y sabes que enseguida te voy a *morder*, que yo te enseñé a hacer seguimientos. Quiero que sigas controlando el restaurante y repasando papeles: el archivo del caso Azkarate, las fotos del cadáver, la imagen que enviaron como prueba de vida, la declaración de Etxebeste de hace treinta y cinco años, su patrimonio, su círculo de amigos. Cualquier cosa que suene rara. A ese hombre le quieren matar por lo que sabe.

22

Día 10

El lápiz de carboncillo traza de manera rápida y certera escuetas sombras negras por toda la cuartilla. Y por fin el dibujo comienza a tener cierto volumen. A la izquierda del papel, la figura de un hombre arrodillado, de espaldas. Vestido. Las manos caídas y casi rozando el suelo. La cabeza doblada hacia abajo. A la derecha, una mano sujeta una pistola y apunta a su nuca. Imanol Azkarate está pintando su propia ejecución o la foto que seguramente habrá llegado ya a todos los medios de comunicación.

Mueve el lapicero con soltura. Hace tiempo que no dibuja, pero el tedio del secuestro, las largas horas de aburrimiento, la insoportable espera de los acontecimientos, han provocado que retome su vieja afición. Siempre le ha encantado coger apuntes esquemáticos de pensamientos que se le venían a la cabeza. Ideas con las que mejorar su negocio, reformar la casa familiar o simplemente reflexiones vitales. En este mediodía oscuro y lluvioso, en el que la luz que entra por el ventanuco superior del establo apenas le permite intuir lo que está dibujando, Imanol es consciente de que hoy está absolutamente hundido.

La idea de haber pintado su propio asesinato le produce

rechazo, pero se levanta y se aleja del dibujo para observarlo desde la distancia, con algo de perspectiva. Proyectarse a sí mismo en el momento de su muerte, visualizar su ejecución, su desaparición, piensa, es el triste privilegio reservado solo a los condenados a muerte. No ha tocado los lápices de colores. Ha preferido utilizar solamente el negro. Trazos duros. Lacerantes. Se queda mirándose largo tiempo. Dudando.

No. No está de acuerdo. No se va a arrodillar cuando llegue el momento. No les va a facilitar su muerte. Sabe que no se puede rebelar a su destino, porque si la decisión final de sus captores es ejecutarle, poco puede hacer para huir de ellos. No hay escapatoria. Pero intentará mirarlos a la cara. Que vean sus ojos. Que su mirada los persiga el resto de sus vidas. Y se acuerda de haber leído en algún sitio que esa es la razón por la que los oficiales, en el paredón, tapan los ojos de los que van a ser fusilados. Para que los soldados del pelotón no los miren a la cara. O, mejor dicho, para que los condenados no los miren a ellos y los maldigan con el último brillo de sus pupilas. Quizá, piensa Imanol, por eso los terroristas disparan en la nuca. Para no enfrentarse al juicio rápido, efímero, de la mirada de sus víctimas. Ese instante en el que todavía unos ojos asustados pueden decir: «De acuerdo, yo ya estoy muerto, pero tú estarás maldito. Te he visto, y vivirás con eso».

Se fija en la otra figura. En la mano que sujeta la pistola. Y piensa quién de los dos apretará el gatillo. Si será *Beltza*, el hosco, el convencido, el fundamentalista, o *Poeta*, el que más dudas tiene, el que quizá necesite un crimen para finalizar su ritual de iniciación y de esa manera resolver sus dudas. ¿Será su muerte la línea roja definitiva que traspasará *Poeta* para demostrarse a sí mismo que ya no hay vuelta atrás y que ya es uno de ellos?

Vuelve a coger el dibujo y decide añadir un texto en la parte superior.

Nota 3. Establo. ¿Décimo día? Llueve fuera.
Hoy cocino para los que me van a matar.

El chup chup de una cacerola marrón, llena de desconchones, vuelve a pedir la atención de Imanol. El pequeño hornillo de los secuestradores calienta a duras penas el agua que acaba de empezar a hervir. Imanol echa unas patatas cortadas en trozos de diferentes tamaños y unas acelgas que le han conseguido los dos jóvenes. Venían en un ramillete, sujetas con una goma y envueltos en un papel de estraza. El empresario se imagina que lo han comprado a algún casero de la zona para no arriesgarse a bajar a la ciudad. Intuye que la Policía y la Guardia Civil estarán peinando todo el País Vasco buscando alguna pista, y que los dos jóvenes aprendices de terrorista habrán preferido evitar riesgos. Las acelgas huelen bien. Son frescas. Ha convencido a sus captores de que le dejen cocinar. Esos chicos, piensa Imanol, deben de ser de ciudad. Y de buena familia. Universitarios que no saben ni hacerse unos huevos fritos. Revuelve con una cuchara de madera el guiso y cierra los ojos mientras acerca su nariz al vapor que sube de la cazuela. Y aspira. Y el olor le embriaga. Y sonríe, por primera vez en días.

Y entonces los recuerdos vuelan hasta su sociedad gastronómica. Su refugio. El confesionario de las complicidades con su cuadrilla de siempre. Hubo un tiempo en Euskadi en el que los grupos de amigos se formaban en aluvión desde diferentes corrientes vitales: el colegio, el barrio, el equipo de fútbol, el frontón, el cine, o los veranos en la playa iban decantando las amistades hasta sublimarlas en un núcleo duro, tenaz, a prueba de deserciones, que permanecía ya para toda la vida. Eso era la cuadrilla. Tu amparo y tu protección. Los tuyos. Los que siempre te perdonarían. Tu nido original. Tu pequeña república. Tu identidad. Después, en Euskadi, las cuadrillas comenzaron a forjarse por afinidades ideológicas y perdieron su sentido original, su transversalidad. Dejaron de ser el andamiaje en el que se sostenían las diferentes identidades compartidas, los diferentes orígenes, y todo se volvió más oscuro.

Imanol decide soñar unos segundos más. Y acordarse de la última cena que preparó para la cuadrilla. «*Marmitako*, plato único», recuerda en alto, con la nariz todavía pegada al vaho que emerge de las acelgas. Y sonríe pensando en el bueno de Miguelmari, el insaciable, el *tripa-haundi*, el primero que exclamó en esa última cena mientras servía unos vasos de sidra que igual sería poca comida. Y ahora mismo, en su evocación, está viendo entrar por la puerta de la sociedad, refunfuñando como siempre, quejándose de que otra vez vuelve a llover, como si hubiera conocido otro tipo de certeza climatológica en aquella Euskadi gris de los ochenta, preguntando si ya está la cena preparada porque está hambriento, a su querido Migeltxo, su eterna pareja de mus y dueño de un asador. Y observa que a su lado, junto al fuego, echándole una mano para picar perejil, está Gorka, el otro cocinero de la cuadrilla, su *alter ego* en las cazuelas, el único que le hace sombra a la hora de cocinar. Un *bon vivant* culto y carismático que vive de rentas y con el que Imanol mantiene interminables charlas cebadas con *patxaran*.

Imanol abre por fin los ojos y regresa de ese recuerdo para revolver las acelgas y comprobar si las patatas ya se han cocido lo suficiente. Se pregunta si la cuadrilla habrá quedado estos días en la sociedad, como siempre. Si se habrán quedado en sus casas, preocupados por su secuestro, o se habrán reunido para contarse lo poco que saben y tratar de hacer algo. *¡Qué pobres, qué van a hacer esos tres viejos!* Imanol se encoge de hombros. Migeltxo es el único que puede mover algún hilo. Es nacionalista y uno de sus hijos estuvo en la cárcel por colaborar con la Organización. Hasta donde Imanol conoce, es donante a la Causa, aunque en su caso no han necesitado extorsionarle. ¿Qué pensará Migeltxo?, ¿estará preocupado?, ¿le presionará el resto de la cuadrilla para que haga algo, hable con alguien, le pida por favor a su hijo que interceda?

Imanol deja de mover la cuchara de madera y su mente viaja a la última partida de mus. Migeltxo lanzó un órdago imposible e imprevisible que a él mismo le dejó descolocado y que los otros dos aceptaron como solo lo harían dos veteranos curtidos en años de partidas. Era el mejor pasando señas, pero esa vez decidió jugar solo. Acabó la partida a lo grande. Migeltxo no solo estaba siempre enfurruñado, sino que además tenía muy mal ganar. Humilló a la pareja contraria innecesariamente, a buen seguro animado por el vino que había traído Gorka, y hubo que sacarle minutos después de la sociedad y meterle en un taxi porque no se sostenía en pie. Mientras esperaban en el portal a que viniera el taxista, Migeltxo abrazó a Imanol y le dijo que estaba preocupado por él.

—Me han llegado rumores —dijo arrastrando las erres.

—¿Rumores de qué? —preguntó Imanol.

—De que estos de la Organización necesitan pasta y van a secuestrar a gente. Ya no pueden robar bancos como antes. Hay mucha vigilancia, mucha policía, muchas cámaras. Ya no se arriesgan a eso. Y la guerra cada vez es más cara.

—¿Te lo ha dicho tu hijo?

—No. Ese gilipollas sigue sin dar un palo al agua desde que salió de la cárcel. Lo he metido en el restaurante, lavando platos. A ver si espabila.

—Seguro que sí, Migeltxo. No es mal chico. Tiene que centrarse un poco, nada más.

—Lo que te estoy contando, Imanol, son comentarios que oyes en las manifestaciones, en las asambleas, cosas que dice la gente.

—Tu gente.

—Y la tuya, Imanol, que los que estamos en esto lo hacemos por todos. —Migeltxo hablaba estirando las palabras, en un evidente estado de embriaguez—. Siempre tiene que haber una vanguardia que se arriesgue y pelee incluso por los que todavía no sabéis que vais a ser liberados.

—Estás borracho, Migeltxo, no seas coñazo —le dijo Imanol con una media sonrisa y sujetándole con el brazo por los hombros.

—Vale, perdona el mitin. Lo siento. Pero lo que te he dicho de las amenazas y los secuestros es verdad. Y estoy preocupado, Imanol. No hablan muy bien de ti en ciertos círculos. Que si vas de erudito, de sabiondo, que si eres un puto capitalista, un explotador de la clase obrera, que machacas a tus trabajadores, que si eres un vasco de mierda y un facha...

—Nada nuevo, Migeltxo. ¡Mira, llega tu taxi!

—Imanol, hazme caso. *Kontuz ibili.* Ten cuidado, por favor. Cualquier gilipollas con rencor puede ponerte en la diana. Solo porque le caigas mal.

—Pues vaya mierda de guerra.

—Como todas las guerras, Imanol. Envidiosos e hijos de puta hay en todos los bandos. *Kontuz ibili*, por favor.

Y no se volvieron a ver. E Imanol recuerda ahora esa advertencia, *kontuz ibili*, anda con cuidado, y un escalofrío le recorre el cuerpo de pensar que Migeltxo podía saber algo y no se atrevió a decirlo con claridad. Y borra enseguida esa conclusión de su cabeza. Realmente, no le dijo nada que él no hubiera podido imaginar. Lo malo, piensa mientras sopla una patata y la prueba para comprobar que ya está hecha, lo malo es que Migeltxo y él mismo hayan interiorizado, hayan metabolizado, que en el país en el que viven, la gente puede ser secuestrada y asesinada porque es más difícil robar bancos. Lo malo, reflexiona Imanol, es que se haya naturalizado que los vascos suelen matarse entre ellos, o asesinar a otros, en una trivialización estúpida del valor de la vida humana.

Y él, que ahora mismo está secuestrado en un establo hediondo, que pasa las noches peleando con sus uñas contra los chinches que horadan su cuerpo, que lleva más de una semana sin ducharse y defecando en un balde, llama a sus captores para decirles que la comida está hecha. Apaga el fuego del hornillo, sirve las acelgas en tres platos y se separa hasta la pared del fondo para que los dos jóvenes accedan, retiren el pequeño brasero y se sienten tranquilos, ahuyentando así la posibilidad de que Imanol utilice el fuego o el caldo hirviendo como arma contra ellos.

—Por favor, estáis en vuestra casa. Sentaos donde queráis —dice con una sonrisa que encierra en sí misma toda la tristeza y la desolación de un hombre que se resiste a vender su dignidad.

—¡Qué bien huele, Imanol! —exclama nada más sentarse *Poeta*.

—Tiene buena pinta, sí —reconoce *Beltza* desde el interior de su capucha—. Siéntate, Azkarate, haz el favor.

Imanol se acerca a los dos terroristas. Ambos esperan a que tome asiento para empezar a comer en un reflejo de buena educación que enseguida *Beltza* se apresura a desmontar.

—¡Espera! Te cambio el plato, que no me fío. Prueba tú primero, Azkarate, no vaya a ser que nos quieras envenenar —dice riendo el líder del comando, buscando la complicidad de su compinche, que esboza un invisible gesto de hastío por debajo de su verduguillo.

—¡No seas capullo, *Beltza*! —le recrimina su compañero.

Y Josu, el terrorista conocido como *Poeta*, empieza a comer sin esperar a que el secuestrado pruebe su propio guiso.

—Cómo se nota que eres el que cocina en la sociedad, ¿eh Azkarate? —suelta de repente *Beltza*—. Te estuvimos siguiendo varios días. No cambiaste ninguna de tus rutinas. Nos lo pusiste bastante fácil. Te veíamos por la ventana cocinar para la cuadrilla y la verdad, por la cara que ponían, debías de hacerlo muy bien. ¡Y mira lo que eres capaz de hacer con unas patatas pasadas y un poco de verdura!

—¿Sabes que compartir mesa en cualquier cultura es un signo de hospitalidad y respeto? —le suelta Imanol sin dejar de soplar su tenedor para enfriar las acelgas.

Los tres hombres se miran en silencio. Y después, a la vez, se llevan el cubierto a la boca, como intentando soslayar el comentario certero del secuestrado. Zigor, el terrorista conocido como *Beltza*, baja la cabeza decidiendo si contesta al duelo en el que le pretende meter Azkarate o lo deja pasar por esta vez. El sabor del plato le manda una señal de tregua. Es lo mejor que han comido en mucho tiempo, lo reconoce, y decide no entrar en la discusión.

—¡Qué pena que no seáis tres secuestradores! —prosigue hablando Azkarate.

—Somos *gudaris*, Imanol, ya lo hemos hablado —responde *Poeta*—. Pero sí, técnicamente esto es un secuestro, así que puedes llamarnos «secuestradores», si eso te desahoga. ¿Para qué quieres que seamos tres?

—Para jugar al mus.

—¿Al mus?

—Sí, al mus, no me digas que no sabéis jugar.

—¡A ver cómo te crees que hice la carrera, Imanol! ¡Jugando al mus en la cafetería! —dice en tono amable *Poeta*.

—¡Cállate, idiota, deja de dar pistas! —grita enfadado *Beltza*.

—Tranquilos, no os enfadéis entre vosotros, que siempre estáis a la gresca. *Beltza*, es evidente que por vuestra forma de hablar, por los temas de los que hemos discutido, que tenéis buena educación. Tampoco hay que ser un premio Nobel para darse cuenta de tenéis formación universitaria. ¿Tú sabes jugar al mus?

—No, ni me importa.

—Entonces eres de los que sí que iban a clase en la universidad —le reta Imanol, sonriendo mientras apura el plato.

—Bueno, viejo, te estás pasando. Que nos hayas hecho la comida no te da derecho a vacilar, ¿estamos? —*Beltza* ha vuelto a su tono agreste habitual.

—Tranquilo, *Beltza*; por si no te has dado cuenta, hace días que suspendisteis todos mis derechos. No sé si me los devolveréis o no, pero me alegro de que te hayan gustado las acelgas. No has dejado nada en el plato. Si hubiéramos tenido un poco de ajo, les habría dado una pasadita por la sartén. La próxima vez os las hago con un sofrito y ya veréis qué diferencia.

—Te conseguiremos ajo. Tranquilo —responde *Poeta*—. ¿Necesitas algo más para pasar el tiempo? Ya sé que esto es muy aburrido, pero no podemos hacer otra cosa. Tenemos que esperar órdenes.

—Conseguidme algún libro.

—Lo intentaremos. ¿Alguno en especial? —se interesa *Poeta*.

—¡El que nos salga de los cojones! —brama *Beltza* con un repentino ataque de agresividad—. Solo falta que nos pida uno en especial, y bajemos a comprarlo y luego le diga a la *txakurrada* que los gilipollas de los secuestradores me compraron no sé qué libro. Para que se recorran todas las librerías de Euskadi preguntando por el puto libro. Te traeremos uno, pero el que nos salga de los cojones.

—Me parece perfecto, *Beltza*. —Imanol mira al terrorista mientras con tranquilidad deja el plato en el suelo—. Cualquier libro me servirá para pasar el tiempo. Aunque sea un libro salido de tus cojones...

Zigor se levanta visiblemente enfadado y sale del habitáculo llevándose su plato. *Poeta* e Imanol se quedan mirando hasta que la portezuela se cierra y dejan de oír los pasos airados de *Beltza*.

—¡Vaya mala hostia tiene el jefe! —dice Imanol en tono resignado pero, en el fondo, orgulloso de haberle desquiciado.

—Se le pasará.

—Siempre le defiendes, *Poeta*. Pero nunca estás de acuerdo con él. Con sus órdenes, sus bromas, su forma de ser. ¡Francamente, no sé cómo os han asignado al mismo comando!

—Entramos juntos en esto. Y punto. No hay nada más que hablar, Imanol. Te agradezco la comida. Estaba muy rica —concluye Josu mientras recoge los cubiertos y el hornillo y hace un amago de levantarse.

—¡Espera! Perdona, tienes razón. A veces hablo demasiado. Supongo que es la soledad, la espera desesperante. En fin, supongo que es la ansiedad por mi futura muerte. Los nervios se me desatan y lo saco todo por la boca.

Poeta vuelve a sentarse. Respira con dificultad tras la tela que cubre su rostro. Parece que coge aire mientras piensa lo que va a decir. Deja las cucharas encima de su plato y enhebra una respuesta:

—No permitiré que nadie te mate, Imanol. Tranquilo.

—Ya...

Azkarate arrastra esa palabra con la mirada perdida en la poca luz que entra por el ventanuco. Su mano derecha coge una brizna de paja, de las que intentan mullir el suelo de piedra, y la arroja hacia delante. Sin ganas. En un gesto cansado, de hartazgo.

—No dejarás que nadie me mate porque vas a ser tú el que me mate, ¿verdad?

—Imanol, por favor.

—Mira, *Poeta*, los dos sabemos que ese idiota de ahí fuera es un cagado de mierda que chilla y grita y se hace el fuerte y nos humilla, a ti y a mí, para demostrar que tiene el poder, que es el jefe. Pero los dos sabemos que es un cobarde. Que lo que le gusta es mandar y ordenar; eso sí, que se mojen otros. Este llegará lejos en la Organización, *Poeta*, ya te lo digo. Porque es listo. Porque sabe aprovecharse de los demás. De las debilidades o la valentía de otros. Porque mientras pueda se va a quitar de en medio cuando haya que jugársela. A *Beltza* le gusta mandar, y que los demás obedezcan. Necesita que le admiren o que le teman. Le gusta el poder o la sensación de tenerlo. Por eso este va a estar siempre detrás, dirigiendo, observando, ordenando. Por eso al final me vas a tener que matar tú, *Poeta*. Y en ese momento será cuando te des cuenta de tu error, y de que tú no eres como ellos.

La mirada absorta de Josu se queda durante un buen rato fija en el suelo. ¿Cómo puede ese hombre, en su estado calamitoso de abandono, de degradación, pensar de manera tan coherente?

No era la primera vez que Josu se había imaginado ese escenario. No lo había hablado con Zigor, pero los dos sabían que, si todo se torcía y llegaba la orden de ejecutarlo, sería él quien dispararía.

Y a medida que pasaban los días de encierro, de secuestro, Josu sentía que ese hombre, Azkarate, iba dejando de ser un objetivo de la Organización, un enemigo de la Causa, un traidor al pueblo vasco, para convertirse en alguien con identidad. En una persona. Con sus opiniones, sus cabreos, su fino humor, su conversación. La Organización era buena cosificando a sus objetivos. Despersonalizándolos para convertirlos en enemigos prescindibles. Eliminables. Conseguían diluir su humanidad para que así el militante no tuviera problemas éticos en liquidar a un inhumano. Un enemigo. Un desecho. Basura española.

—¿Cuántos días llevo secuestrado?

—Diez, Imanol.

—No estaba seguro.

Vuelve a hacerse el silencio entre los dos hombres que esquivan ahora sus rostros, mirando cada uno hacia el otro lado.

—¿Puedo ver lo último que has dibujado? —acierta a decir Josu para salir del incómodo momento.

—Claro —dice Azkarate, y le tiende la cuartilla.

—¡Joder, Imanol, vaya día tienes hoy! —exclama al ver el dibujo—. Te entiendo. Estás jodido. Y tienes hoy un bajón. Pero esto no va a pasar, estate tranquilo.

—Estoy tranquilo, *Poeta*.

—Ya, pero este dibujo…

—No es muy diferente de la foto que me sacaste.

—Eso fue solo para la prueba de vida.

—Una prueba de vida que es una amenaza de muerte.

—Sí, así funciona esto.

—Claro.

—¡«Hoy cocino para los que me van a matar»! —lee en alto *Poeta*—. Ya te vale, Imanol.

—Va a ser así, amigo. Lo sé. Lo percibo. Lo intuyo. Y ya me da todo igual. Vas a quemar los escritos, ¿verdad?

—No podemos dejar pruebas, ya lo he hablado con *Beltza*. Te estoy dejando escribir lo que quieras para que te desahogues, para que te desfogues y sueltes tu cabreo y tu depresión por algún lado, pero luego eso irá al fuego.

—¿Seguro?

—Por supuesto.

—¿Quemarás las últimas palabras del hombre al que vais a asesinar? ¿Cuántas veces quieres matarme?

—Sabes que esto no puede salir de aquí.

—Mira, *Poeta*, tú has leído mucho, se nota. Has estudiado. A los nazis también les gustaba quemar libros. Mataban a gente y quemaban su memoria. Y vosotros hacéis algo parecido. Matáis a gente y quemáis su memoria porque os encargáis de ensuciarla con acusaciones de que era un chivato o un traidor o poco vasco o capitalista o español. Cualquier cosa vale. Y conmigo vais a hacer lo mismo. Mancharéis mi nombre. Diréis que no quise pagar, que mi hija es una hija de puta que prefirió dejar morir a su padre antes que perder dinero. Diréis que, no sé, que tuve un pasado franquista, o que era un facha o un delator, ¡yo qué sé qué os inventaréis! Algo se le ocurrirá a *Beltza*, que para eso tiene más mala hostia. Y además vas a destruir lo poco que he podido decir o escribir. Ni siquiera mi hija sabrá cuánto me acordé de ella en estos días de mierda.

Poeta se ajusta la capucha que le cubre el rostro y que deja solo los ojos y la boca al descubierto. No dice nada. Su mirada perdida le indica a Imanol que no sabe muy bien qué decir, y que seguramente se levantará y saldrá del establo. Sin embargo, el joven secuestrador vuelve sus ojos hacia Azkarate, buscando el contacto visual, como tratando de solemnizar lo que va a decir.

—Te hago una promesa, Imanol. Nadie manchará tu nombre. Cuando todo esto acabe, cuando salgas por esa puerta y seas un hombre libre, me encargaré personalmente de evitar que cualquiera de los nuestros, incluido *Beltza*, diga nada de ti. Te lo prometo.

—Eres un iluso, *Poeta*. Tenían razón los que te dieron ese apodo. Vives en otra realidad. Una realidad poética. Entusiasta. Llena de eslóganes, canciones, versos. Eres un idealista, alguien que cree que sigue habiendo grandes causas por las que merece la pena morir. Cuando os fichan para la Causa, os cuentan que seréis héroes, hijos predilectos de vuestros pueblos, que tendréis la admiración de los vecinos, que estáis haciendo historia, y que todo eso merece la pena. Pero no os cuentan, al menos de manera honesta, que para obtener todo eso merece la pena matar. Y que matar os convierte en asesinos. No os dicen que elegir morir es un acto individual, en el que solo tú puedes decidir, pero que elegir matar implica la apropiación de las vidas de otros. Que supone, *Poeta*, la adjudicación egoísta del derecho a eliminar a los demás, incluso a inocentes. No os advierten que los daños colaterales existen. Vuestros jefes, amigo, os ocultan la verdadera cara de la violencia. ¿Has leído a León Felipe?

—No, Imanol —contesta Josu con un hilo de voz, entre abochornado y atormentado.

—Deberías. Cuando esto acabe, cuando acabes conmigo...

—Imanol, ya está bien. Me voy a ir. Estás hoy insoportable —dice *Poeta*, levantándose del suelo y acercándose a la puerta.

—Cuando esto acabe, busca sus versos.

Pero el portón ya se está cerrando. El ruido del cerrojo, al otro lado, elimina cualquier esperanza de seguir hablando.

Imanol se vuelve a quedar solo y piensa que acaba de enfadar a sus dos captores. Y que eso, aunque no puede ser bueno, tampoco le importa. Se encoge otra vez de hombros, como contestándose a sí mismo: «¿Y qué? ¿Qué más puede pasarme? ¿Que no me den de comer? ¿Que no me hablen? Que les den...».

El aroma de las acelgas con patatas impregna todavía la estancia. Se pone de pie y mira hacia la luz. El ruido de la lluvia contra el cristal vuelve a reclamar protagonismo ahora que se han acabado las conversaciones. Se despereza, estirando ambos brazos hacia los lados. En ese instante se imagina que igual todo va a salir bien. Que le liberarán. Que recuperará su negocio. Que volverá a cenar en la sociedad, como casi todos los viernes. Que jugará muchas partidas de mus con Migeltxo. Y paseará por la playa de Hendaya con Alasne. Y adivinará que viene galerna con solo mirar desde su jardín hacia el oeste, a la ladera del Jaizkibel que baja hasta Pasajes de San Juan.

Imanol decide llevar su mente un poco más allá, a un futuro en libertad, en paz. Y piensa que algún día cogerán a sus captores y que los verá en el juicio, mientras declara. Y que los condenarán a muchos años de cárcel. Se imagina a sí mismo visitando a *Poeta* en la prisión, llevándole libros de poesía, animándole a escribir para mitigar su tiempo de condena. Como ha hecho ese chico con él durante estos días de secuestro. Coge en ese momento otra cuartilla amarillenta, se sienta, y apela a su resquebrajada memoria para dejar un mensaje a *Poeta*:

Nota 4. Establo. Día diez. Sigue lloviendo fuera. La comida con mis secuestradores no ha acabado muy bien. Me he acordado de unos versos.

Yo no sé muchas cosas, es verdad.
Digo tan solo lo que he visto:
Y he visto

que la cuna del hombre la mecen los cuentos…
Que los gritos de angustia del hombre los ahogan con cuentos…
Que el llanto del hombre lo taponan con cuentos…
Que los huesos del hombre los entierran con cuentos…
Y que el miedo del hombre…
ha inventado todos los cuentos.

Que no te entierren con cuentos, Poeta. *Piénsalo cuando quemes estos versos de León Felipe…*

Imanol

23

Domingo

El Cantábrico estaba furioso. Hay días en los que ese mar parece recoger todas las mentiras, los enfados, las venganzas, todos los disgustos y los arrebatos de los vascos de la costa y los devuelve en forma de galerna y de olas gigantes que estallan contra malecones y playas. Como si ese mar fuera un vertedero metafísico en el que se esparcen las conjuras familiares y las traiciones entre amigos. El abogado Zigor Altuna, que venía corriendo a buen ritmo desde la playa de Ondarreta, sabía entender esos guiños del mar. Estaba convencido de que cada vez que había galerna, coincidía siempre con sus momentos de estrés o de depresión, con sus estados de enfado o de tristeza. Por eso le gustaba salir a correr con temporal. Le ayudaba a pensar y a relajarse.

Bajó el volumen de los auriculares. La voz rasposa de Van Morrison se fue apagando y mezclando con los latigazos de las olas contra las paredes del puerto donostiarra. Subió con agilidad las escaleras del Aquarium y giró a la derecha junto a la enorme estatua de acero herrumbroso que vigilaba la entrada a la bahía de La Concha. *Puto Oteiza, está en todos los lados*, pensó al doblar y dejar atrás la gigantesca construcción vacía. El salitre del mar, que de repente se incrustó en su cara, se mezcló rápidamente con sus lágrimas, y una confusión de texturas saladas empezó a llegar a sus labios. Sí, Zigor iba llorando.

Sin parar de correr, pensando que el temporal probablemente iba a provocar el cierre del Paseo Nuevo, aceleró el ritmo. La intensa lluvia le impedía abrir por completo los ojos. Había decidido llegar hasta el puente del Kursaal y regresar a casa para darse una ducha caliente. Necesitaba reflexionar bajo un buen chorro de agua ardiendo sobre la complicada cita que debía afrontar esa misma tarde, y, por encima de todo, sobre el disgusto que le devoraba por dentro. Omar se había ido de casa la noche anterior.

Se cruzó con un par de corredores que levantaron secamente la cabeza al cruzarse, en una suerte de saludo silencioso y hosco que los vascos suelen hacer ante conocidos lejanos, y cuando se aseguró de que era la única persona que quedaba en ese lugar tan castigado por las olas y los vientos, frenó en seco, se apoyó en la barandilla y gritó con todas sus fuerzas para sacarse la congoja que llevaba dentro. Vertió al mar sus miserias y sus dolores, pero esta vez el Cantábrico no se quedó pasivo. Lanzó contra el abogado Altuna una gigantesca ola de espuma blanca que prácticamente lo envolvió entero, asustándole y despertándolo de su estado de parálisis emocional. Omar le había dejado. Zigor se había quedado solo. Y por la tarde, el *alter ego* de Altuna, el antiguo terrorista apodado *Beltza*, iba a encontrarse con su némesis, su peor fantasma, con su antiguo amigo *Poeta*. El día no podía enviarle peores señales.

Zigor comenzó a trotar alejado de la barandilla metálica y del rigor del oleaje. Aceleró cuando llegó a la desembocadura del Urumea, a la vez que, como se temía, la guardia urbana comenzaba a montar las vallas que impedirían el paso hacia el peligroso espectáculo que la tormenta prometía provocar.

Justo a la entrada de su portal decidió que *The Healing Game* de Van Morrison no era el mejor regalo para su estado anímico, que el genio de Belfast no le estaba ayudando a pensar con claridad, así que se quitó los auriculares y apagó el móvil. Un martillazo de soledad le golpeó el cuerpo al ver que en la pantalla del teléfono seguía la foto que se hizo con Omar en su primera mañana de amor en Madrid. Sonrientes, felices, casi extrañados de la sensación de bienestar que ambos experimentaban. Omar levantaba un vaso de zumo mientras Zigor lo miraba con rubor, casi con incredulidad. Una foto mágica. Una patada en el estómago. Un puñal en el corazón.

Entró en casa y se fue directo a la ducha. Pero cuando el agua empezó a estar lo suficientemente caliente para entrar y quedarse sollozando un buen rato bajo el chorro, Zigor ya no tenía ganas de llorar. Mientras se desvestía, había repasado los últimos minutos en casa con Omar. En esa casa. En ese salón. Y una percepción de traición había comenzado a prenderse en su interior. Zigor abrió un poco el agua fría para rebajar el calor que empezaba a llenar de vapor el baño, y con su mano hizo un círculo en el espejo para retirar el vaho y mirarse la cara. Ya no lloraba. Su gesto se había vuelto duro, pétreo. Como el que ponía en los juicios más complicados. Un rostro serio, tirante. Incluso, pensó, ofuscado. Sí. Estaba enfadado. Estaba de mala hostia por lo que había hecho Omar. ¿Cómo le había podido tratar así? Con todo lo que había hecho por él. ¡Le había acogido cuando no era nadie y se buscaba la vida en bares de Madrid! ¡Había hecho que se codeara con lo mejor de la sociedad donostiarra! Y ahora lo abandonaba. ¡Era un cabrón y un desagradecido! Dio un fuerte manotazo de rabia contra el lavabo y en ese momento, por fin, consiguió salir de la pendiente de confusión y resentimiento en la que su veloz cerebro se estaba metiendo.

Zigor entró entonces en la ducha y recordó paso a paso lo que había sucedido. Tratando de buscar pequeños detalles que le hicieran entender el porqué y el cómo. Pero, sobre todo, si alguien podía haber influido en Omar. Si, como a Zigor le gustaba pensar, había algún cabo suelto. El agua comenzó a caer por sus sienes y cerró los ojos. Ocurrió la noche anterior. Al llegar de un compromiso de trabajo del que no había podido librarse. No era muy tarde. Había pensado en abrir una botella de vino, picar algo en el sofá y ver una serie con Omar. Perfecto plan de sábado.

—Zigor, ¿te apetece que nos metamos un tiro? —le había dicho el joven, nada más entrar, desde el sillón del salón. En la mesa pequeña del centro se podía ver una fila blanca sobre el cristal.

—Ya te he dicho que los tiros se pegan, no se meten, Omar —contestó Zigor, sonriendo mientras se pensaba si le apetecía o no.

Omar no movió ni una ceja, como si esta vez no le hubiera gustado el comentario. A Zigor también le extrañó que le hubiera llamado por su nombre, en lugar de decirle «cariño», «amor» o incluso «papi», como solía hacer siempre.

—¡Por qué no! —dijo finalmente.

Omar se levantó y le hizo un gesto a Zigor para que se sentara en el sillón y se pusiera la raya. Un sonido de profunda aspiración se escuchó en el salón, que, extrañamente, esta vez no lo inundaba la música de jazz.

—Buaaah, muy buena, ¿de dónde la has sacado? —preguntó Zigor.

—Del camello de siempre. Este sigue vivo —contestó Omar.

—No te entiendo —dijo Zigor mientras limpiaba con sus dedos los restos de la raya y se los llevaba a la boca.

—Digo que al menos este camello sigue vivo, porque hace unos años tu gente le hubiera matado por vender la misma droga que ahora tú te metes. He estado leyendo sobre tu Organización —contestó muy serio.

—¿De qué estás hablando? —preguntó Zigor, ya en guardia.

—Sabes perfectamente de qué estoy hablando. El viaje del otro día por la noche a esa casa deshabitada me ha hecho pensar muchas cosas. Sobre nosotros y, por encima de todo, sobre ti. No sé en qué estás metido, ni quiero saberlo. Estoy seguro de que no fuimos a cobrar una deuda. No sé qué buscabas exactamente, ni de quién son esos cuadros, pero no me gusta nada lo que estoy viendo. He preguntado a algunos amigos y...

—¿Qué amigos?

—Da igual, Zigor. Tranquilo, he sido discreto y me he hecho el cubano tonto que no sabe nada del País Vasco. He preguntado a algunos de nuestros amigos por la Organización y ninguno tiene tu misma opinión sobre el tema. Mucha gente vivió asustada y con miedo. He estado mirando por internet, leyendo, y he alucinado con muchas cosas. No lo entiendo, Zigor. Y no te entiendo cuando defiendes a una gente que mató a tantos inocentes por una idea que se podía defender de otra manera. Y no entiendo, Zigor, que tú te estés poniendo una raya ahora mismo cuando hace unos años matabais a gente que hacía lo mismo que tú: ponerse una raya o un pico o, me da igual, fumarse un puto porro. ¿Qué revolución es esa, Zigor?

—Tranquilo. Tú no lo entiendes, Omar —respondió el abogado, un poco abrumado por el ataque—. Aquellos años fueron muy duros. Para todos. Yo también era joven entonces y no me drogaba. Pero muchos de mis amigos sí lo hacían. ¿Y sabes por qué? Porque la Policía y la Guardia Civil permitían su tráfico y su venta. Porque preferían a una juventud drogada y anestesiada antes que combativa y revolucionaria. Porque no querían que esos chicos entraran en la Lucha. Por eso la Organización actuó contra los narcotraficantes.

—¡Pero si la mayoría eran pobres yonquis que estaban siempre colgados! Esa organización que defiendes mató a empresarios con la disculpa de que eran narcos pero sin ninguna prueba. Ibais de justicieros. Erais jueces, fiscales y verdugos, pero no permitíais abogados defensores. No les disteis ninguna oportunidad.

—Cariño, me hablas como si la Organización fuera mía. Yo solo simpatizaba con ellos. Y es verdad que el enemigo intentaba corromper a todos esos chicos. Había que hacer algo. Y la Organización actuó en consecuencia —dijo Zigor, alejándose de la mesa y de los restos de cocaína que todavía quedaban en el cristal.

—Mentira, Zigor. La droga estaba por todas partes, por toda España. Por toda Europa. Arrasó con todo en aquellos años terribles. En Barcelona, en Madrid, en Sevilla. En Francia. En Italia. Estaba por todos los lados. Pero, claro, en los demás sitios no había unos terroristas tomándose la justicia por su mano y cargándose a los camellos o a los yonquis.

Zigor prefirió callar y empezar a quitarse la americana lentamente, ganando tiempo para elegir su respuesta a la persona que más quería. La persona que le había hecho ser él mismo, sacudirse el miedo y dejar de esconderse. La única persona a la que había amado. La que le había permitido sentir que toda su trayectoria vital, sus carencias, sus penurias, sus años de dedicación a la Causa, sus renuncias, habían servido para algo. Para esperarle. Al quitarse por fin la americana pensó que todo eso estaba a punto de romperse y que de su respuesta dependía continuar instalado en la felicidad, o volver a ser el solitario triunfador que regresaba a casa asumiendo su enorme ausencia de afectividad.

Antes de que respondiese, Omar lanzó su última andanada de reproches y cerró definitivamente el mejor capítulo de la vida íntima de Zigor:

—He encontrado la mochila que sacaste de aquel zulo. Lo llamáis así, ¿verdad?, «zulo». La he encontrado, Zigor. ¿En qué cojones andas metido? Dinero, pistolas, balas... Da igual, no quiero saberlo. —Zigor lo miraba en silencio, completamente noqueado—. Tranquilo, no voy a ir a la policía. No soy un chivato. Pero tampoco quiero ser tu cómplice. No me voy a arruinar la vida. Te quiero, Zigor. Te amo, mi amor. Pero no puedo seguir contigo si no sé quién eres realmente. Me gusta uno, el que conozco. Pero tengo miedo del otro. O de los otros.

No sé cuántos Zigor sois. Me voy, cariño. Aquí te quedas con tu arsenal, tu dinero, tu arte... y mi cocaína, que la he comprado yo, pero te la regalo. Para que te pongas hasta arriba mientras piensas que hace unos años los tuyos hubieran ordenado liquidarnos a los dos por drogadictos. Adiós, mi amor.

Y se fue, dejando a Zigor petrificado. Completamente en shock.

Pensando en la noche anterior, bajo el chorro de agua caliente que le estaba relajando, volvió a llorar. Porque el sentimiento de pérdida, de soledad, se estaba imponiendo de nuevo a la pena de la traición. Lloraba porque empezó a comprender que Omar no le entendiera. Porque, aunque lo había abandonado, lo había hecho con una argumentación sólida. De buen abogado. Imponiendo su ética a su amor. Omar le quería, pero quería al Zigor actual, que era prisionero del Zigor de antes. Para que volviera Omar, pensó entre lágrimas, tenía que acabar de una vez por todas con *Beltza*. Solo Josu, solo *Poeta*, podía desenterrar al antiguo Zigor. Y el abogado Altuna quería enterrarlo definitivamente.

Salió de la ducha, se secó y se vistió con unos vaqueros y un jersey de cuello alto. Se abrigó bien. Su antiguo compañero de comando le había citado en los acantilados de La Corniche, en la carretera que serpenteaba por la costa francesa entre Hendaya y Ciboure. Seguía lloviendo, así que Zigor cogió un chubasquero y un paraguas antes de bajar al garaje. Fue a la habitación. Detrás de la puerta, todavía dentro de sus cilindros de cartón, estaban los cuadros que había sustraído del refugio *Lanperna*. Lo que quedaba de la colección artística de la Organización. Dudó un momento y finalmente se decidió por el lienzo de Joan Miró.

Sacó la mochila que había guardado en el altillo del armario, la misma mochila que lo había delatado ante Omar, y cogió varios fajos de billetes de 100 euros. Calculó que serían unos 40.000. Sacó también una pistola. Se aseguró de ponerle un cargador y dejar el seguro puesto. Iba a intentar hacerle a Josu una oferta para comprar su silencio. Que se mantuviera callado por las buenas, pero estaba decidido a hacerlo también por las malas. Sabía que su amigo y también exdirigente de la banda, el escritor Pérez-Askasibar, había conseguido convencer a *Tanke* de que al menos se interesara por el tema, pero no estaba muy seguro de si finalmente aceptaría el encargo. Si la Organización no era capaz de neutralizarlo, lo haría él. Por el nombre y la historia de la Organización, sí, pero sobre todo por él mismo. Por su futuro. Por recuperar a Omar. Por su propia vida.

Para no perder tiempo decidió coger la autopista y cruzar a Francia por el peaje de Behobia. Atravesó la localidad de Urrugne y dirigió el coche hacia Sokoa para iniciar desde allí la pequeña subida que le llevaría a la zona de los acantilados. Aparcó el coche en la cuneta, mirando hacia el mar. El lugar estaba extrañamente tranquilo. No había nadie más. Llovía. Las nubes eran tan bajas que empastaban contra la línea del horizonte del Cantábrico. Bandadas intermitentes de gaviotas jugaban a hacer formas geométricas con el viento a lo largo de la línea de costa. Zigor apagó el motor del coche y el limpiaparabrisas interrumpió su rítmica cadencia. Las gotas se derramaron entonces por el cristal y Zigor se concentró en los surcos que empezaron a dibujar. Caprichosos, cambiantes, como la línea sinuosa de su propio presente. Su mirada se volvió absorta. Incapaz de resistirse a la sugestión que le producía el repiqueteo de la lluvia y el silbido del viento.

Intentó relajarse pensando que todo se arreglaría, que llegaría a un acuerdo con Josu, que Omar entendería que las huellas de su pasado, esa sería una gran promesa, se iban a borrar y olvidar. Pensó que su existencia volvería a ser una sucesión de momentos entrañables con el amor de su vida. Una fuerte racha de viento movió el coche y devolvió a Zigor a la realidad. A lo lejos, un hombre en bicicleta se acercaba por la carretera. No parecía tener prisa pese a que el tiempo era lóbrego y desapacible. Podía ser Josu. Cogió la pistola de la guantera y se la colocó en el bolsillo derecho del gabán. Se palpó los fajos de euros que había dejado en los dos bolsillos interiores y comprobó que el cilindro con el cuadro de Miró seguía en los asientos de atrás. Estaba listo. Probablemente iba a ser la negociación más difícil de su vida.

El hombre de la bicicleta bajó la cuesta que venía de Hendaya y aparcó en la cuneta, junto a la valla corroída por el mar. La lluvia había dado una tregua. Como si hubiera entendido que esos dos hombres venían a negociar una antigua y terrible deuda, la borrasca decidió convertirse, por un rato, en un ligero sirimiri. El hombre de la bicicleta se quedó mirando al coche mientras se quitaba, lentamente, la capucha que lo protegía. Era Josu Etxebeste. Saltó la valla de madera y se dirigió hacia la mole de piedra que se elevaba unos cien metros sobre el mar.

Zigor lo miró desde el interior del vehículo, esperando una señal. Pero Josu no hizo nada, ningún gesto. Siguió andando y se quedó parado encima del acantilado, mirando el mar. Zigor se imaginó que allí solo, de pie, como en un gigantesco altar de piedra, parecía un hombre preparado para su sacrificio. Alguien que esperaba la última palabra, la sentencia definitiva de un dios despiadado. O quizá, siguió imaginando Zigor, eran los últimos momentos de un alma martirizada que se iba a suicidar tirándose por los *flysch*, para que su cuerpo cayera sin apenas obstáculos hasta el mar. Zigor, se estremeció solo de imaginárselo, ponderó la idea de ser él mismo el que lo empujara. Acabar con todo. Un resbalón. Un suicidio. ¡Qué más daba! Otro cuerpo que la corriente llevaría flotando hacia las Dos Gemelas, al final de la playa de Hendaya. Pero no. Antes, reflexionó, tenía que adivinar sus intenciones y si alguien más conocía la existencia de esa foto. Si había hablado con Alasne, o con algún periodista. Si tenía más copias. Etxebeste giró la cabeza y miró hacia el coche. Sin decir nada. Zigor sintió que lo estaba esperando y salió del vehículo.

Josu se acercó hasta el borde del acantilado y miró hacia abajo. Las olas batían sin piedad las piedras en un ejercicio sistemático de erosión que llevaban milenios repitiendo. Venía a menudo a este lugar, sobre todo al atardecer. Era su refugio de reflexión. Le fascinaba ver cómo el sol del ocaso, al ponerse sobre el mar, irisaba el agua en los días de calma generando un espejo que hacía casi imposible mirar hacia el oeste. Se le ocurrió que, seguramente, a Zigor le encantaría que resbalara. Y que se matara. Y que ni siquiera tuviera lugar la conversación que llevaban treinta y cinco años postergando. Así que dio un paso hacia atrás y se alejó del precipicio. En ese momento escuchó esa voz desapasionada y casi neutra. La misma voz que maltrató psicológicamente y sin ninguna necesidad al difunto Imanol Azkarate. Josu sintió un escalofrío de pavor ante la certidumbre de verse de nuevo, frente a frente, con la persona que le había convencido para convertirse en un asesino.

—¿No te irás a tirar? —repitió la pregunta Zigor, intentando impostar una cierta ironía en su comentario que, inevitablemente, sonaba con la misma soberbia y fría distancia de siempre.

—Eso es lo que a ti te gustaría —respondió Josu, dándose la vuelta y mirándole a los ojos.

El viento, que silbaba de manera constante, rellenó el tenebroso hueco que se abrió durante unos segundos entre los dos hombres. Ambos se estudiaron, mirándose fijamente. Repasando sus canas. Contándose las arrugas en el rostro para medir a quién había perdonado el infalible paso del tiempo. Tratando de percibir si la maldad de la que ambos eran culpables había dejado una marca definitiva en esas caras. El silencio interminable se desdibujó, por fin, con una media sonrisa que ambos se lanzaron, como intentando difundir un fatuo mensaje de que todavía podía haber entre ambos un pequeño resquicio de su vieja amistad. O incluso de perdón. Pero Josu y Zigor sabían que entre ambos había demasiados agravios; demasiadas explicaciones que dar. Por eso no se abrazaron. No se dieron la mano. No intentaron, finalmente, el más mínimo esfuerzo de cordialidad. Habían quedado allí para desollarse vivos, y la ceremonia del rencor debía empezar.

—Te veo en forma, Josu. ¿Haces mucha bici?

—Lo que puedo. Tú tampoco estás mal, Zigor. ¿Sigues saliendo a correr?

—Todo lo que puedo. Me dicen que el restaurante va muy bien. Enhorabuena. Quién te lo iba a decir. Tú, que ibas para escritor.

—No me quejo. Va muy bien. Me han dicho que te has echado novio. Enhorabuena. Quién te lo iba a decir. Tú, que siempre te metiste con los maricones.

Zigor acusó el primer golpe de ese inevitable combate en el que se iba a convertir la conversación. Ambos hombres venían dispuestos a dispararse con todo un arsenal de reproches, pero Zigor tenía que aguantar. Necesitaba saber si había más copias de esa foto y dónde podían estar. Debía refugiarse y resistir toda la artillería con la que Josu intentaría ajustarle las cuentas. Que se desfogara. Que lo insultara. Que lo masacrara. Pero no podía perder el foco en su misión. Saber hasta dónde llegaba la vía de agua, taponarla y después dejar el destino de Josu en manos de *Tanke*. Debía mantenerse distante pero cordial. Entero pero amable. Comprensivo pero sin ser condescendiente. Incluso darle a Josu la información que necesitara si con eso conseguía convencerle de que no le vendiera. Tenía que actuar con diligencia. Y con la cabeza muy fría.

El abogado Altuna concentró su mirada en un pequeño barco que, en medio de la marejada, trataba de alcanzar la seguridad del puerto de Hondarribia. El pesquero, una diminuta mancha roja en mitad de una inmensidad verdosa, apuraba la última milla para lograr su supervivencia. El naufragio era una opción muy real. El barco aparecía y desaparecía en una montaña rusa de olas salvajes que lo zarandeaban sin piedad. La lluvia empezó a caer con más fuerza, generando un muro de agua que oscureció el cielo y abatió una sensación de grisura en los acantilados.

—Fíjate en aquel barco, Josu. —Etxebeste se giró—. Está a punto de naufragar. Ahora mismo los *arrantzales* que lo tripulan no saben si están vivos o están muertos. Ahora, después de faenar todo el día, atraviesan un purgatorio en el que se juegan su existencia. Están peleando contra el mar y rezando. Todo a la vez. Cualquier ayuda es buena para volver con vida, la de la experiencia y la divina. Pero ahora mismo son conscientes de que todo puede pasar. Que no son ni lo uno ni lo otro. Ni están vivos, ni están muertos. ¿Tú crees que se puede estar en esa situación?

—Supongo que te estás refiriendo a nosotros dos.

—Exacto —prosiguió Zigor sin dejar de mirar hacia donde estaba el barco, que en ese momento había desaparecido—. Yo ahora puedo decir que estoy vivo, Josu, pero si sacas esa fotografía por la que me has hecho venir hasta aquí, yo estaré muerto. Por eso, ahora mismo estoy como los del barco, como un enfermo en la UCI, entre la vida y la muerte. Ni vivo ni muerto.

—Nadie tiene que morir, Zigor. Que ya hemos matado bastante en este país.

—Sabes que si sacas esa fotografía a la luz pública, yo estaré muerto socialmente, muerto laboralmente, muerto sentimentalmente y, desde luego, acabaré en la puta cárcel, donde estaré muerto del todo.

—Aquí el único que está muerto, Zigor, es Imanol Azkarate. Le maté yo mismo, ¿recuerdas?

—¿Me vas a chantajear? —le interrumpió Zigor—. ¿Por eso has montado todo este show? ¿Quieres pasta?

Josu se quedó mirando al abogado y contuvo al amago de darle un puñetazo que empezó a surgirle de las entrañas. Respiró y volvió la vista hacia el barco, que en ese momento parecía enderezar el rumbo hacia la bocana del puerto.

—No quiero tu puto dinero —continuó—. Ya sé que estás forrado. Quiero respuestas, y quiero decirte que creo que ha llegado el momento de que paguemos por lo que hicimos. O, al menos, que eliminemos el sufrimiento de la hija de Azkarate. No podemos seguir siendo así de canallas.

—¿Has hablado con ella?

—Todavía no, pero voy a hacerlo.

—¿Me vas a delatar?

—Me voy a delatar a mí mismo. Y quiero convencerte de que hagas lo mismo. Se lo debemos a la víctima y nos lo debemos a nosotros mismos. No podemos seguir pensando que somos personas honestas, buenos ciudadanos con buenos trabajos, cuando en realidad somos dos miserables. Dos sinvergüenzas que llevamos media vida escondiéndonos de nosotros mismos.

Zigor estaba verdaderamente sorprendido con el agónico sufrimiento que atormentaba a su antiguo compañero. No se esperaba para nada esa situación. Necesitaba calmarlo. De alguna manera, incluso darle la razón. Si hablaba con Alasne, las cosas se complicarían mucho. Otro posible cabo suelto. Tenía que ganar tiempo. El dinero no iba a resolver nada. El cuadro de Miró que seguía en el coche, tampoco. Josu había iniciado un diálogo crepuscular que solo podía tener un sentido si él mismo hablaba en sus mismos términos. Pero Josu, pensó rápido Zigor, era muy listo. No se iba a tragar una repentina conversión al bando de los arrepentidos. Así que intentó una exploración por el lado de la penitencia y la culpa:

—Vale, de acuerdo. Somos dos miserables. Dos asesinos. Dime, Josu, ¿un asesino lo es para siempre? ¿Aunque no haya vuelto a matar? Tú mismo, ¿cómo te consideras? Después de la ejecución de Azkarate dejaste la Organización, y no creo que hayas vuelto a matar a nadie. ¿Eso te convierte en un asesino o en un exasesino?

—Mientras no reconozca que fui yo, o mientras no pague mi deuda con la cárcel, seguiré siendo un asesino. Por mucho que me arrepienta, no he pagado por ello. No hemos pagado por ello, Zigor. ¿Cuántos muertos llevas tú?

La pregunta descolocó a Altuna. La lluvia repicaba contra el suelo calizo generando un murmullo de salpicaduras. Los dos hombres tenían las manos metidas dentro de sus gabardinas. La tensión de la conversación era tal que apenas notaban que el agua había empezado a permear sus cuellos y comenzaba a deslizarse por el interior de la ropa.

—Yo no he matado a nadie, Josu.

—Da igual quién apriete el gatillo, Zigor. Tú estabas conmigo en ese bosque. Tú me dijiste que había llegado la orden de ejecutar a Azkarate. ¿Es cierto que habían pagado el rescate?

—¿Por qué sacas toda esa mierda ahora, Josu?

—Porque es nuestra mierda, Zigor. Nosotros la cagamos. Matamos a un hombre bueno que además había intentado pagar a la Organización. Su hija dijo después que no entendía lo que había sucedido. ¿Qué pasó, Zigor? ¿Qué coño pasó? ¿Por qué maté a alguien en vano? ¿Por qué me dejaste?

—Eran las órdenes, Josu. La Organización quería mandar un mensaje a otros empresarios. Después de su muerte, pagó todo Dios. Se consiguió el objetivo.

—¿Tu sabías todo esto cuando lo secuestramos?

Zigor comenzó a mover la cabeza de un lado a otro, más en una expresión de incredulidad que de negación.

—Tú hablabas con la Dirección, con el escritor ese que te comió la cabeza —insistió Josu casi gritando—. Eras el contacto con ellos. ¿Sabías que el destino de Azkarate era morir cuando lo secuestramos?

Zigor vaciló. Ponderó rápidamente la respuesta. Sabía que se la jugaba. Empezaba a percibir a Josu fuera de sí. Quizá, incluso, podría perder el control. Buscó con su mano derecha la pistola que llevaba en la gabardina y la agarró por si debía sacarla y defenderse. Finalmente decidió contar la verdad:

—Sí. Lo sabía.

—¡Qué hijo de puta! —repitió Josu varias veces mientras se alejaba un par de pasos para mirarle con más distancia.

—Fue una decisión de la Organización, Josu, y nosotros éramos soldados —prosiguió, elevando la voz, Zigor—. Seguíamos órdenes. No podía decírtelo porque vi que te habías encariñado demasiado con Azkarate. Su ejecución fue decidida por unanimidad. Y fue una buena decisión. Tras su muerte, la Organización tuvo músculo económico para continuar la Lucha.

—Puta Lucha —masculló Etxebeste.

—Las guerras tienen una parte fea, Josu, la gente muere. Eso ya lo sabías cuando decidimos entrar en la Organización. Las revoluciones hay que pelearlas para ganarlas. Nuestro compromiso fue altruista. Ofrecíamos nuestra vida. Sabíamos que podíamos morir. Pero nos arriesgamos. Nuestro idealismo era honesto, Josu.

—¡Qué idealismo ni qué cojones! ¡No hay ningún romanticismo en volarle la cabeza a alguien, Zigor! —gritó Josu—. ¡Y ni siquiera fuiste capaz de hacerlo tú! Eres un puto cobarde. ¿Quién es más asesino, el que ejecuta o el que da la orden? ¿El que dispara o el que señala? Tú me hiciste la señal para que le metiera el tiro. Me diste el OK.

—Yo asumo todo lo que hizo la Organización.

—Pues claro que lo deberías asumir. Porque tú ordenaste muchas muertes. ¿Cuándo decidiste dejar de ser *Beltza* para pasar a ser *Karlos*? ¿Cuándo te ascendieron a la cúpula? ¿Después de lo de Azkarate?

Zigor calló y miró hacia el mar. Una bandada de patos cruzó en perfecta formación por delante de los dos hombres, tratando de buscar las corrientes de aire que ascendían desde el agua y subían por los acantilados. Iban pegadas a la costa, en dirección a la bahía de Txingudi, donde muchas aves paran a descansar y a recuperarse en su largo viaje a climas más cálidos.

—Mira, deberíamos haber hecho como esos patos. Deberíamos haber emigrado de esta tierra y dejar la revolución a otros.

—Ya, pero tú preferiste seguir y te hiciste el jefe de todos. Siempre te pudo tu ego, Zigor. Tenías que ser el más en todo. El mejor en el fútbol, el que más ligaba, el de las mejores notas, el mejor abogado, el mejor jefe terrorista...

—Mira, Josu, no sé qué cojones quieres porque todavía no lo tengo claro. Sí. Me hicieron jefe de la Empresa. El puto número uno, como decían la poli y la prensa. Nunca me pillaron ni supieron quién era. Así que te lo reconozco: fui el puto amo. El que más años ha durado. El fantasma. La sombra. ¿Y sabes qué? Todas las decisiones que tomé fueron por mi país y mi gente. Me equivocaría en algunas, seguro, pero tenía muy claro que lo hacía por amor a mi pueblo.

—Estás loco, Zigor. Mataste gente. Eso no se hace por amor.

—Hice lo que tenía que hacer en ese momento. Seguramente ahora estamos donde estamos gracias a lo que la Organización hizo aquellos años.

—¡Pero si os habéis rendido! ¡Habéis sido derrotados!

—No, Josu, nos hemos disuelto. Yo he conseguido eso. Y te aseguro que no fue fácil convencer a tanta gente que estaba en la cárcel o a los jóvenes que querían seguir dando duro. Me costó mucho. Pero yo piloté esa nave hasta buen puerto. Hasta una retirada digna. Sin capitulación. Sin rendición.

—Zigor..., perdón, *Karlos*, ¿a cuánta gente ordenaste asesinar mientras preparabas la disolución de la Organización? ¿Cuánta gente enviaste a la cárcel mientras decidías cuál era el momento exacto de parar?

—Son las condiciones de la paz, Josu. Hubo que tomar decisiones muy duras para que el final no fuera una derrota.

—¿Matar gente en el tiempo de descuento? ¿Enviar militantes a morir para ganar un poco de tiempo o preparar un comunicado? ¿Poner muertos encima de la mesa para tener más poder de negociación?

—Más o menos.

—Estás enfermo, *Karlos*.

—No me llames *Karlos*, llámame Zigor. *Karlos* ya no existe.

—Zigor, tienes un problema psicológico. Te construyes como una especie de benefactor, alguien altruista, que hizo un uso, cómo decirlo, honrado de la violencia. Que tu violencia era buena, necesaria. La de los otros mala y la tuya buena. Convenciste a muchos, es verdad. Y tengo que reconocer que se te daba bien escribir comunicados. ¿O los escribía Pérez-Askasibar?

—A veces él, a veces yo. Se firmaban como *K*, fueran del uno o del otro. Pero da igual todo aquello. Fue hace mucho. Veo que has seguido teniendo buena información de nuestro mundo.

—Este pueblo es muy pequeño, Zigor. Nos conocemos todos. Y algunas lealtades y algunos amigos son para siempre. Tú no, desde luego.

Zigor se encogió de hombros. La conversación se estaba torciendo y no tenía muy claro cómo reconducirla.

—Siempre fuiste bueno escribiendo —prosiguió Josu—. Me contaron que mandabais muchas cartas al director y muchos artículos como si fuerais ciudadanos distintos, con nombres inventados, para hacer creer que de verdad había todo un pueblo que os apoyaba. Erais buenos inventando mentiras y construyendo agravios.

—Mucha gente pensaba así y apoyaba a la Organización, Josu. Nosotros surgimos del pueblo y, cuando todo terminó, nos diluimos en el pueblo.

—Claro, para no tener que comerte la cárcel como hicieron muchos otros pardillos. El fanatismo siempre necesita intelectuales, ¿verdad? Necesita idiotas que actúen y ejecuten, pero las mentes privilegiadas que dan las instrucciones, los filósofos que justifican, los ideólogos, los estrategas, esos no tienen que mojarse, no os vayan a pillar. Hay que protegeros.

—Josu, no sé adónde quieres llegar, pero te recuerdo que tú estuviste dentro también. Y que mataste.

—¡Es que yo también me lo creí! Hasta que maté por la espalda a Azkarate. Ese disparo me abrió los ojos. Y desde entonces no puedo dormir. Supongo que tú no has tenido ese problema. No. Tú no. Porque no te atreviste. Porque eres incapaz de cargar con la culpa. ¿Y sabes qué? Creo que debo agradecerte tu cobardía.

—¿Ah, sí?

—Sí. Porque gracias a tu cobardía me di cuenta de que yo no era como tú. Maté a un hombre, sí. Y soy un hijo de puta despreciable por no haberlo reconocido hace años. Pero ese acto horrible me hizo ver dónde me había metido. Yo no soy así, Zigor, no soy como tú, un psicópata frío y despiadado. Eres el perfecto odiador. Y ese odio lo inoculasteis en todos los que entraron en la Organización. Ese odio nos iba corrompiendo y deshumanizando. Nos convirtió en animales. Y los animales no sienten compasión, ni amor, ni piedad, ni lástima. Nos convertimos en bestias, y por eso me fui.

Zigor suspiró para calmarse antes de contestar.

—Eres tan asesino como yo, Josu. No vengas ahora de víctima. Y te recuerdo que esa foto que tienes, hijo de puta, que te la has guardado treinta y cinco años, esa foto solo me compromete a mí. Porque tú no sales. Es mi brazo, es mi cara...

—Y tu letra, Zigor, que la prueba de vida la escribiste tú.

—¿Qué cojones quieres? ¿Por qué revolver toda aquella mierda ahora? Joder, Josu, ¿por qué no me delataste cuando te torturaron aquellos cabrones de *maderos*?

Etxebeste se dio la vuelta para no mirar a la cara a su antiguo amigo. Se estaba mordiendo los labios. La impotencia por no estar convenciendo a Zigor de que le acompañase en esta epifanía le estaba generando un dolor inesperado. Más moral que físico. El faro de Higuer, en la punta con la que Hondarribia se adentraba en el mar, y el faro de Sokoa, más cerca, en el lado francés, dominando los acantilados de La Corniche, habían comenzado a la vez su labor de vigilancia y lanzaban rítmicos destellos de luz sobre los dos hombres. Como luces de alarma, avisos de que todo se estaba torciendo.

—No te delaté por lealtad a unos ideales que ya empezaban a desmoronarse. Aguanté las torturas por mí, más que por ti. Necesitaba demostrarme que era fuerte. Y que lo que iba a hacer, abandonar, lo hacía por convicción, no por cansancio o por miedo. No quería aparecer como un traidor o un chivato.

—¿Y por qué no has hablado en todo este tiempo?, ¿por qué ahora?

—Quiero tener paz, Zigor, eso es lo que quiero... Quiero reconocer lo que hicimos. Quiero que mi alma se purifique. Quiero salir de la oscuridad. Dejar de sentir esta ansiedad que me muerde por dentro. Quiero poder mirar a la cara a la gente, a mis clientes. Muchos de ellos son abogados, empresarios, incluso policías, y quiero darles de comer sin pensar a quién de ellos habría tenido que matar hace unos años. La hija de Azkarate es cliente mía. No soporto verla sin derrumbarme por dentro, Zigor. Intento no atenderla. Tengo la sensación de que me mira y va a descubrir en mis ojos al asesino de su *aita*. Tengo que poner orden en mi vida, purgar mi pasado. Tengo que pagar por mis errores.

—¿Entregándote?

—Sí.

—No me jodas, Josu.

—Durante años has mandado la Organización, Zigor. Cuando eras *Karlos*, ordenabas asesinatos. Cuando nos detenían, procurábamos aguantar las torturas sin dar nombres para que otros pudieran seguir matando. Era un bucle insólito. Si estábamos orgullosos de hacerlo, Zigor, si hacíamos política matando, ¿por qué no reconocerlo?

—Para no ir a la cárcel, idiota. ¡Es que no me puedo creer lo que me estás diciendo! Tú te has vuelto loco, Josu. No estás bien.

—Estoy muy bien, Zigor, y sé lo que voy a hacer. Te estoy dando la oportunidad de que me acompañes en este viaje. Deberíamos ir juntos, rendir cuentas juntos. Nosotros le asesinamos, nosotros debemos pagar por ello. —Josu tomó aire antes de seguir—. Aspiramos a lo máximo. Decidimos que podíamos matar para conseguir nuestro fin. Es justo que los familiares de los que matamos aspiren a lo máximo también. No solo saber quién les arrebató a sus seres queridos, sino que sus asesinos paguen por ello. Si fuimos a por todas, debemos pagar por todas.

Zigor apretó su mano acariciando la pistola. La tarde empezaba a fundirse con el anochecer. Los pocos coches que pasaban por la cercana carretera hacía ya un rato que llevaban las luces encendidas. Le hubiera metido un tiro en la frente allí mismo, pero era demasiado arriesgado y, por qué no reconocerlo, Zigor no tenía esa sangre fría. Decidió que iba a hacer un último intento y que después activarían el plan propuesto por Pérez-Askasibar.

—Josu, está claro. Quieres arruinar tu vida, o lo que te queda de vida, y jodérmela a mí también. Entiendo que me eches la culpa de lo que hiciste y de cómo te sientes. Pero, joder, tampoco te ha ido tan mal en la vida. Tienes un restaurante de puta madre, vives bien. Mira, tengo casi cuarenta mil euros en el coche. Son tuyos. Puedo conseguirte más. Hay un cuadro de un autor muy conocido que me regalaron y que también es tuyo. Vale una pasta. Quédatelo todo.

—¿Ese dinero es tuyo o de la Organización?

—De la Organización. Tenemos un fondo de emergencia para ayudar a los compañeros.

—No soy tu compañero. ¿El dinero proviene de secuestros?

—En parte, sí. Pero yo te puedo conseguir más. Me ha ido muy bien. Eso no va a ser un problema.

—Y si me niego, ¿qué, Zigor?

Josu se imaginó que este hablaría como el abogado Altuna, de manera desapasionada, pero fue *Karlos*, el huidizo líder de la Organización, quien abrió la boca con una sobriedad y una contundencia gélidas:

—No puedo dejar que hables, Josu. Sería mi ruina, sí, pero también la de nuestro legado. La ruina de lo que fuimos, de lo que hicimos. Hemos conseguido que mucha gente nos mire con cierta comprensión, incluso con admiración. Destapar mi nombre ahora es incomparablemente menos doloroso y traumático que el daño que harías a nuestro proyecto. La Organización ha desaparecido, pero nuestro sueño sigue ahí. No lo conviertas en una pesadilla. No puedo permitirlo, Josu.

—¿Y qué vas a hacer?, ¿matarme? Me vas a decir eso de que me he convertido en objetivo prioritario, como hacías antes.

—Adiós, Josu. Gracias por no haberme delatado hace treinta y cinco años. Te estaré eternamente agradecido.

Zigor se dio la vuelta y sacó la mano del bolsillo para buscar las llaves del coche. La tenía agarrotada de haber estado apretando la pistola con la fuerza nerviosa que provocan las situaciones que no se pueden controlar. Se quitó la gabardina y la tiró de un golpe en el asiento de atrás sin darse cuenta de que había caído, húmeda y chorreante, encima del lienzo de Miró. Encendió el vehículo, puso la calefacción a tope y salió derrapando en dirección a Hendaya. Josu no pudo verle, pero Zigor empezó a golpear con fuerza el volante y a gritar fuera de sí «¡hijo de puta, hijo de la gran puta!» sin parar.

Cuando el coche desapareció en la primera curva, Josu se palpó el chubasquero que llevaba. Se giró sobre sí mismo para que su espalda frenara un poco la lluvia que todavía caía mortecina sobre el acantilado y sacó del bolsillo interior que había a la altura de su pecho una grabadora. Comprobó que seguía funcionando y rebobinó un poco para cerciorarse de que la conversación había quedado registrada. Dio al *play* y escuchó «Adiós, Josu. Gracias por no haberme delatado hace treinta y cinco años. Te estaré eternamente agradecido». Lo tenía. La confesión de *Karlos*. El reconocimiento de su auténtica identidad. Cogió la bicicleta e inició la subida que corría paralela a la costa.

A unos doscientos metros, dos figuras semiocultas en el prado que queda al otro lado de la carretera se incorporaron y se pusieron de pie. Una de ellas llevaba una cámara de fotos con un teleobjetivo. El inspector Fernando Arrieta miró al comisario Tomás Ugarte y ambos chocaron las manos. Seguir a Josu había dado sus frutos. No sabían muy bien lo que tenían, pero dos buenos policías intuyen enseguida que acaban de presenciar algo clave en un caso. Ya solo quedaba saber a quién pertenecía la matrícula del vehículo para identificar al misterioso interlocutor de Josu Etxebeste.

24

Lunes

El primer tortazo vino por la derecha. Directo al pómulo. Con la mano abierta. La verdad es que no le dolió. Fue un bofetón de esos que hacen más ruido que daño. O, mejor dicho, de los que duelen y minan la autoestima. Josu se encontraba a merced de aquel bestia e intuía que eso era solo el principio. Todo iba a ir a peor. Ese policía joven, con cara de sádico y que debía de tener su misma edad, estaba allí para ir empezando las diligencias.

Josu Etxebeste recordaba cada minuto de los diez días que pasó incomunicado en aquella comisaría, hacía treinta y cinco años. Iba caminando con tranquilidad bordeando el río Bidasoa y enfilando el puente internacional de Behobia, en esa zona rebelde de las afueras de Irún donde no se sabe si las aguas son labortanas, guipuzcoanas o navarras. Hoy, aunque le doliese por dentro, necesitaba repasar aquellos días y aquellas noches. Refrescar su memoria antes de encontrarse con su torturador.

«Ahora vas a pensar muy bien lo que vas a decirles a mis jefes, hijo de puta, porque necesitan datos muy precisos. ¿Me entiendes? —le soltó aquel agente novato antes de darle otro tortazo en la misma mejilla—. Y como no les cuentes dónde tuvisteis secuestrado a Azkarate, te va a caer tal somanta de hostias que no te van a reconocer ni tus putos padres. ¡Maricón de mierda! ¡Puto terrorista! ¡Cobarde! Eso es lo que sois todos. Unos putos cobardes que no tenéis huevos para ir de frente. Que solo sabéis matar por la espalda. ¡Maricones! Como hiciste con el pobre Azkarate. Tiro en la nuca para no mirarle. ¿A que sí? Mírame cuando te hablo, hijo de puta!», gritó el policía joven con todas sus fuerzas.

Josu recibió esta vez un puñetazo en plena mandíbula. El aliento del policía se le metía en su propia boca, tapada apenas con un pequeño trapo atado a su cuello. El sudor se mezclaba con el del agente, que empezaba a estar cada vez más fuera de sí. Hacía mucho calor. El ambiente era terriblemente húmedo. Sí, todo iba a ir a peor.

Josu no tenía ni idea de cómo había acabado en ese calabozo. De dónde podía haber venido el chivatazo para su detención o si había caído en una de esas redadas aleatorias en las que se detenía a gente por aparecer en una agenda. Horas antes, sentado en el suelo de la celda sucia y llena de excrementos donde le habían tirado, con las piernas dobladas contra el pecho y las manos rodeándolas, descalzo, hambriento, asustado, como se está cuando las circunstancias se vuelven contra uno y le traicionan, Josu decidió que debía ganar tiempo para que los policías le hicieran las preguntas que necesitaba saber. Las que le orientarían sobre cuánta información tenían acerca de él o si la suya era otra de esas detenciones aleatorias, en las que, por miedo o por dolor, el detenido acababa reconociendo algo que ni siquiera los policías sabían.

Todo el tiempo que pasó en la celda antes del interrogatorio estuvo pensando en los posibles cabos sueltos que se habían dejado. Solo si encontraban las notas de Azkarate que había decidido salvar podían llegar hasta ellos, pero era imposible que supieran de ese zulo. Solo él lo conocía. Ni siquiera Altuna sabía de su existencia. Ni siquiera sus padres. No. No lo habían detenido por esa prueba. ¿Tal vez habían arrestado a Zigor?

Altuna va de duro, pero es débil. Al segundo calambrazo lo contará todo y me venderá. Etxebeste intentaba ordenar las ideas en la oscuridad del calabozo. Solamente la persona que los había reclutado para la Organización conocía la identidad de ambos. Pérez-Askasibar los había convencido de que serían un comando invisible. Indetectable. Eran dos jóvenes inteligentes, universitarios, con buen arraigo social y unos entornos alejados del mundo radical de las calles, las manifestaciones o las tabernas. Eran perfectos para misiones especiales. La expresión exacta que utilizó Pérez-Askasibar, y de la que Josu se acordaba perfectamente, fue la de «trabajos de alta cualificación y extrema importancia para la Organización», dándole esa solemnidad, esa teatralidad con la que le gustaba adornar sus conversaciones.

«Askasibar habla como escribe», solía disculparle Zigor. «Sí, pero no cree en lo que escribe porque se inventa la mitad de las leyendas», contestaba Josu, que siempre temió que el escritor de tantas novelas sobre mitología vasca fuera también a sacrificarlos a ellos, como hacía con muchos de sus personajes. «En la gloria no hay lírica —le gustaba decir a Pérez-Askasibar en cuanto se tomaba un whisky—. Es en la derrota donde se forjan las naciones, ahí es donde reside la épica, donde cuaja la identidad. Los hombres se reconocen en la pérdida, se hermanan en el fracaso. Eso sí es glorioso. El fracaso. Para renacer hay que morir». Y citaba entonces a la nación serbia, y a la escocesa, e incluso a la zulú o a la España de la Reconquista como ejemplos de pueblos atormentados por derrotas épicas y cristalizados como nación tras lograr levantarse.

Todo eso le venía a la cabeza a Josu mientras escuchaba gritos desgarradores que venían del pasillo y se imaginaba las torturas a las que estarían sometiendo a otros como él. Así que tenía que aguantar el interrogatorio como fuera hasta que le preguntaran por Altuna o por Pérez-Askasibar. Si esos nombres no salían, significaba que no tenían nada y le habrían detenido, como acostumbraban, en el marco de una redada general contra jóvenes de la zona. Quizá el teléfono de la casa de sus *aitas* aparecía en la agenda escrita de algún otro arrestado, o quizá cualquier conocido había soltado su nombre y el de otros, desesperado, para librarse de la agonía de la tortura.

Justo cuando entraron en la celda para llevarlo al interrogatorio, decidió mearse encima. Se imaginó que de esa manera los policías, aunque se rieran de él y lo humillaran, pensarían que tenía tanto miedo que iba a desmoronarse enseguida y contar todo lo que supiera, o que, efectivamente, su pánico se debía a que no sabía el motivo de su detención.

De unas cuantas hostias no me libro, se convenció Josu a sí mismo, *pero voy a aguantar*.

A Josu se le dibujó una pequeña sonrisa en los labios al recordarse en aquella situación, treinta y cinco años atrás. La idea de enfrentarse a su torturador, pensaba al caminar, le tenía extrañamente relajado. El comisario Ignacio Sánchez había aceptado verle y le había citado a las once de la mañana de ese lunes en el puente de la frontera. Por fin iba a poder mirarle a la cara sin miedo.

Más de una vez había pensado que no había conexión más retorcidamente dependiente que la que se establecía a través del dolor. El hombre al que iba a ver utilizó todas las técnicas de tortura posibles para doblegarle, y no lo logró. De alguna manera, en ese combate imaginario de voluntades, de ver quién era más duro, más resistente, Josu salió vencedor. Por eso tenía, lo reconocía secretamente, una pizca de orgullo que desde muy dentro, desde lo más profundo de su interior, le reconfortaba y le permitía tener una mirada de larga distancia con la que contemplar a su torturador. A ese hombre serio, con voz tranquila y casi relajante, que hacía tres décadas entró en aquel sótano, apartó al policía joven, acercó su cara al oído de Josu, y le dijo: «Ya te has hecho pis encima. Tranquilo, que ahora te vas a cagar...».

Lo primero fue una colleja.
Un simple golpe en la nuca. Sin hacerle daño.
Con la displicencia del que tenía el control.
Un comienzo inquietante. Josu lo vio venir. Todo iba a ir a peor. Porque el policía joven que le hacía preguntas de manera atropellada, sin sentido, con frases hechas y amenazas de manual, que intercalaba un insulto, un taco o un juramento cada cuatro palabras y que elevaba constantemente la voz en un ejercicio extravagante por parecer amedrentador, ese policía bisoño y recién llegado al País Vasco no iba a ser su problema.
No.
El miedo le entró a Josu al conocer a *Iñaki*. El hombre que le susurró al oído. Aquel tipo sí era realmente turbador. En aquel momento, sentado en esa silla metálica, con las manos esposadas por detrás y los tobillos atados a las patas, se imaginó que ese demonio podría despellejarle poco a poco mientras le sonreía y le volvía a hacer, una y otra vez, la misma pregunta como un robot: «¿Mataste a Imanol Azkarate?».
Josu volvió en ese instante del pasado y detuvo sus pasos. Necesitaba unos segundos para respirar hondo. Su corazón, se acababa de dar cuenta, se había acelerado. Los recuerdos no estaban tan asimilados como él pensaba. Instintivamente miró a su alrededor. Varios camioneros que esperaban para cruzar la frontera compartían unos bocadillos y unas cervezas en un banco, junto al río. Hablaban en algún idioma de Europa del Este que no acabó de identificar. Familias de turistas cruzaban el puente en una y otra dirección cargados de bolsas con sus compras. Algún que otro deportista pasó corriendo a su lado y se perdió por el carril bici que bordea el Bidasoa. Intentó adivinar si alguna de esas caras, de esas personas, eran policías. Quizá el viejo comisario no se había arriesgado a ir solo a ese encuentro y había montado algún tipo de vigilancia.
Miró el sobre que llevaba en la mano derecha y lo abrió. En

su interior estaba la fotografía que fue prueba de vida de Azkarate y que ahora demostraba quiénes fueron sus asesinos. La volvió a meter dentro. Zigor Altuna le debía una prórroga de treinta y cinco años por haber aguantado sin dar su nombre todas las canalladas que le hizo el policía al que ahora iba a ver. En tres días de tortura a un hombre se le pueden hacer muchas cosas. Llega un momento que el castigo físico se empieza incluso a soportar. Porque los labios tumefactos aceptan todos los golpes que queden. Porque las uñas machacadas dejan de tener sensibilidad y los dedos pueden volver a ser dislocados otra vez. Porque se sangra por dentro y por fuera. Porque los ojos están tan hinchados que ya no se distinguen figuras, ni objetos, ni quién te pega. Ni si utiliza un puño americano o una guía de teléfonos.

Lo que más le marcó a Josu de aquellos tres días, ahora que por fin veía de lejos a su torturador esperando en medio del puente internacional de Behobia, fue la sosegada y refinada parsimonia con la que aquel tipo iba preparando sus diferentes aperos del dolor. Cómo se remangaba delante de él mientras le contaba todo lo que le iba a hacer. Cómo le daba de fumar de su propio pitillo antes de ponerle de nuevo la bolsa de plástico en la cabeza. Su mirada fija, inquietante, casi inhumana, al enseñarle de cerca el alicate con el que dijo que iba a arrancarle todas las uñas.

Josu se miró la mano izquierda, el dedo índice romo y redondeado, el vestigio deforme que aquel salvaje al que ahora iba a ver dejó en su cuerpo. Chasqueó la lengua con amargura. Se levantó después la camisa para observar las escaras negras que todavía tenía en los costados, por encima de la cintura, y recordar así los lugares donde ese tipo, al que iba a entregar la prueba del delito que buscaba desde hacía tres décadas, dejó su huella lóbrega a base de descargas eléctricas.

Cabrón sádico, pensó. Respiró hondo y siguió andando.

Sánchez, completamente calvo, vestido con una cazadora de

ante y un pantalón vaquero, leía mensajes en su móvil mientras miraba de reojo hacia el río Bidasoa. No había nadie más en ese momento en el puente. En el lado francés, en la rotonda que llevaba hacia el centro de Hendaya o hacia la zona de Ciboure, un pequeño control de la Gendarmería había interceptado a varios emigrantes subsaharianos. Los jóvenes, todos de color, con cara de susto, entregaban su documentación a la policía y esperaban el veredicto de los agentes. Todos llevaban ropa prestada, demasiado grande o demasiado pequeña. Esa era la penúltima etapa de su viaje, iniciado seguramente en algún poblado de África y continuado a través de mafias, pateras, aguas hostiles y carreteras españolas. Los que eran rechazados volvían a intentarlo por otro puente o por otro paso. Josu los miraba de lejos. Al final todos regresaron andando, desolados, hacia España. No había habido suerte. Josu pensó que le gustaría enseñarles el recodo del río donde el agua desciende con la marea baja y se puede cruzar a pie.

Pero no podía. Tenía una cita en ese mismo puente. Un lugar que a veces es camino y otras, como para esos migrantes, barricada, y que en unos minutos iba a ser una tierra de nadie. Un espacio de tregua entre dos hombres que hace años se hubieran matado y que ahora habían decidido escucharse.

Como si hubiera presentido su llegada, el comisario se dio la vuelta en cuanto Josu llegó a su altura.

—Hola, Sánchez.

—Hola, Etxebeste.

—¿O debería decir *Iñaki*?

—Como quieras, Josu. —Sánchez puso cara de darle igual—. Si te apetece nos tuteamos, al fin y al cabo ya nos conocíamos.

No se dieron la mano. Mantenían la distancia.

—También podría decir: «Hola, torturador».

—¡Hummm!, de acuerdo, entonces: «Hola, asesino».

Ambos hombres se medían en silencio, estudiándose. Josu se dio cuenta de que Sánchez ya no tenía esa mirada que tanto pavor le producía. Iñaki, todavía buen perfilador psicológico, entendió que pese a ese atropellado comienzo, estaba frente a un hombre deshecho por su pasado.

—La diferencia, Iñaki —arrancó por fin Etxebeste—, es que yo solo he matado a una persona, pero tú has torturado y literalmente casi desmembrado a muchas más.

Sánchez pensó su respuesta para no estropear el encuentro en las primeras frases.

—No vamos a hacer aquí una competición de quién ha sido más malo, Josu.

—No, tienes razón, Iñaki. Los dos hemos sido unos hijos de puta, y en eso no tengo muy claro que haya grados. Se es o no se es. Nosotros lo somos. ¿Damos un paseo por el *bidegorri* de Hendaya?

El comisario Sánchez asintió y se dirigieron hacia el lado francés del puente. Bajaron una pequeña cuesta a su izquierda y comenzaron a andar pegados al Bidasoa. La marea estaba alta. Varias canoas avanzaban a golpe de remo bajo la supervisión de un entrenador que medía los tiempos y pedía a gritos más agilidad y mejor coordinación. En el pequeño frontón que quedaba a su derecha, cuatro niños jugaban a pelota a mano. Durante esos minutos ninguno de los dos habló, confiando en que sería el otro quien retomara la conversación. Dos ocas blancas que hundían el cuello en el agua, muy cerca de la orilla, les graznaron, como pidiendo que uno de los dos abriera fuego. En ese momento ni el restaurador ni el policía, ni el exterrorista ni el antiguo torturador tenían claro que aquello, que para cualquiera que los viera no era más que el paseo de dos amigos, estuviera siendo una buena idea.

—¿Has venido solo o has traído a alguno de esos *maderos* que llevas tiempo mandándome al restaurante? —preguntó por fin Josu.

—He venido solo, te lo aseguro.

—¿No me tienes miedo?

—No. Está claro que esto podría ser una encerrona de alguien que se quiere vengar de mí, pero a estas alturas, francamente, me da ya todo un poco igual —respondió convincente el comisario—. Además, has conseguido seducirme e interesarme con el caso Azkarate. Y también te digo Josu, aunque todo sea una mentira, aunque seas un cabrón chalado y te hayas inventado todo, que me has devuelto una cierta vitalidad. Llevo unos días sintiéndome activo. Como hacía años que no me pasaba. Y, sobre todo, me has hecho pensar en todos los errores que cometimos en la lucha contra los malos. Contra tu gente. Y en si habrá alguna forma de repararlo.

Josu Etxebeste observó a su antiguo torturador. Intentando atravesar su mirada totémica, siempre por encima de la sensibilidad humana, y preguntándose si el viejo policía no estaría utilizando sus trucos psicológicos de antiguo interrogador para hacerle hablar y después no comprometerse con el trato que le había propuesto en su primera carta. Mientras andaban, Josu se iba fijando en las hierbas y juncos que asomaban entre las rocas de la orilla del río. Torció el gesto al reconocer una planta invasora, una especie de plumero blanquecino de tallo enorme que estaba colonizando la ribera del Bidasoa.

—¿Nos sentamos aquí? —le pidió el comisario, señalándole un banco.

—Sí, perdona —contestó Josu, saliendo de su abstracción.

Los dos hombres se sentaron, dejando un espacio bastante amplio entre ellos. Josu en la derecha, el sobre con la foto a su lado, e Iñaki a la izquierda, acomodándose el bulto que llevaba oculto bajo la cazadora. Josu pensó que sería una grabadora o, probablemente, una pistola. Los dos hombres miraron al frente, al centro del río, donde la isla de los Faisanes partía el caudal del Bidasoa en dos mitades.

—¿Sabes que esta isla ha cambiado de manos más de setecientas veces en los últimos siglos? —rompió a hablar el comisario.

—¿Tantas?

—Sí. Ya sabes que aquí se firmó el tratado de paz de los Pirineos entre Francia y España. Desde entonces es de soberanía compartida.

—Un condominio.

—Exacto, un condominio. Medio año es de Francia, y los gendarmes se pasean de vez en cuando, y otro medio año pertenece a España.

—Trescientos cincuenta años cambiando de manos sin un solo tiro. Es la isla menos disputada del mundo —dijo Josu.

—Exacto.

—Supongo que como isla estará orgullosa de que todo el mundo la quiera.

—O quizá sea que no le importa a nadie. Porque ni siquiera hay faisanes.

—¿Adónde quieres llegar, comisario?

—No lo sé —reconoció Sánchez en un tono cansado—. Quizá a que todo, con el tiempo, tiene una importancia mucho más relativa de la que le damos en su momento.

—Puede que tengas razón. Pero la importancia de los acontecimientos viene de las decisiones que los producen y de las acciones que los generan. Y, sobre todo, de las personas que hay detrás de esas acciones. La pregunta es: ¿quién se hace cargo de las consecuencias?

Josu se levantó la camisa enseñándole las marcas negras en su piel producidas por las descargas eléctricas.

—Todavía te veo pelando los cables con una navaja, Iñaki. Mojando el suelo con el agua del grifo de aquel lavabo asqueroso. Haciendo chispear los bornes mientras tu cara de puto sádico se iluminaba al sonreírme. Me dejaste varios recuerdos en el cuerpo, cabrón.

Sánchez no miró las escaras negruzcas de la espalda de Etxebeste, pero le mantuvo la mirada. Sin parpadear. Hasta que al final, cuando Josu cedió y bajó la camisa, empezó a hablar:

—No puedo decir que estoy orgulloso, Josu. Estuvo mal. Si te consuela, te diré que nunca me divirtió hacerlo. Me enseñaron a trabajar así, y así enseñé yo a otros policías. Aquella época era una mierda. Nos matabais como a moscas. No sabíamos cómo contraatacar, cómo pararos, y creo que nos pudo el odio. Reconozco que yo llegué a odiaros tanto que me deshumanicé.

—Me parece que eso nos pasó a todos.

—Aunque no me creas, yo nunca disfruté torturando, pero sabía que cuanto más cruel pareciera, cuanto más desalmado, más información recabaría. Tan solo con el tiempo me di cuenta de que, aparte de convertirme en un monstruo, casi toda la inteligencia que recogíamos era solo producto del dolor. La mayor parte era inservible: mentiras que nos llevaban horas decisivas comprobar, invenciones de personas con los cuerpos rotos que solo querían dejar de sufrir, tiempo perdido en los primeros momentos de la investigación. Hay gente condenada, Josu, y lo sabes, por delitos que no cometieron, pero que reconocieron y se comieron solo para que los dejáramos de torturar. Eso es así, y te lo reconozco. Tú, sin embargo, aguantaste.

—¿No me digas que te acuerdas de mí? —Etxebeste se sorprendió.

—Perfectamente, Josu. Te vuelvo a decir que me arrepiento de todo lo que te hice. Lo siento. Estuvo mal. Muy mal. Solo puedo repararte reconociéndolo. Me pasé terriblemente contigo. Estaba seguro de que algo ocultabas, pero fui incapaz de sacártelo.

—Me quemaste los huevos, cabrón.

—Me acuerdo.

—¡Te acuerdas! ¿Sabes que ahora mismo estoy a punto de darte una hostia?

—Me imagino. Pero si no me estás mintiendo, tú asesinaste a un buen hombre, a Imanol Azkarate, y yo también te daría una hostia. Y esta merecida de verdad, porque Imanol no puede contar todo lo que le hicisteis. Y tú sí.

Se hizo el silencio entre los dos. Ambos eran capaces de percibir la respiración agitada del otro, y los intentos íntimos por tratar de controlar sus instintos.

—Déjame preguntarte una cosa, comisario —sugirió Josu—. ¿Qué es lo que más recuerdas de lo que me hiciste?

El comisario esperó antes de contestar a que pasara una mujer de unos cuarenta años, de pelo corto y rubio, que estaba paseando a su border collie. El perro se acercó a husmear entre los dos hombres y la mujer les pidió perdón antes de llevárselo.

—Sé que esto puede ser..., no sé, catártico para ti, Josu. Pero es muy desagradable para mí.

—Te voy a confesar un asesinato, así que dímelo. ¿Por qué te acuerdas de mi tortura? —insistió Josu.

—Me acuerdo de ti porque eres probablemente el tipo más duro que pasó por mis manos —reconoció al final Sánchez, mirándole a los ojos—. Estaba seguro de que tenías algo que ver, porque habías desaparecido de tu casa los mismos días del secuestro, porque conocías a la familia, eras de la zona, pero no dijiste ni mu. Fue imposible sacarte nada. No sé si ahora me vas a contar también quiénes eran tus cómplices en el secuestro, pero, al menos entonces, se libraron porque tú aguantaste. Se libraron por ti.

—Me metiste la cabeza en el agua, me arrancaste esta puta uña —le dijo con calma mientras le enseñaba el dedo—, me provocaste una hemorragia interna y dos fisuras de costilla. Los electrodos me dejaron la piel negra para siempre.

—Volaste.

—¿Cómo?

—Que volaste. Literalmente. Recuerdo entrar en la sala de interrogatorios a ver cómo ibas y te vi elevarte en la mesa metálica donde mi gente te estaba aplicando las descargas eléctricas. Fue un salto terrible, como si te quedaras flotando en el aire durante unos segundos. El ruido era horrible. El chasquido de la electricidad y el resplandor me dejaron casi ciego. Olía a carne quemada. Eras tú, Josu. Te desmayaste. Por eso no recuerdas nada. Después de aquello ordené parar, curarte las heridas y firmar tu puesta en libertad. ¿Lo querías oír?, pues ya lo sabes. Supongo que lo has grabado. Me da igual. Ahora te toca a ti. Háblame del secuestro y del asesinato de Azkarate.

—No, todavía no —respondió Josu con un hilo de voz.

—¿Qué más quieres que te cuente? He venido solo. He aceptado tus condiciones. Yo reconozco que te torturé y a cambio tú confiesas un asesinato. Ese era el trato. Yo ya he cumplido mi parte —aseveró Sánchez, levantando el tono de voz e incorporándose del banco.

El comisario se quedó de pie, dando la espalda a Josu, mirando a la isla de los Faisanes. Respirando agitadamente. No quería que su antiguo detenido notara su desasosiego. Incluso su nerviosismo. No quería reconocer que, en esos momentos, el pasado le estaba reclamando su factura. Y por un instante pensó si lo que estaba haciendo de verdad le merecía la pena.

Etxebeste, por fin, se levantó.

—Sigamos andando.

Ambos hombres comenzaron a caminar separados por medio metro, manteniendo la invisible barrera que dos personas que se necesitan, pero se aborrecen, deben construir entre ellos. Esa barrera nunca la podrían franquear. Quizá, con el tiempo, se ganarían el respeto mutuo. Se reconocerían en sus crueldades. Sentirían la afinidad estoica que solo comparten los que han visto la muerte llegar a los ojos de un moribundo o convierten el dolor en una herramienta de trabajo. Los que saben que el mundo está lleno de gente con la mirada neutra. Sin brillo. Opacada por la maldad de sus actos. Como ellos. Esa comunidad de despiadados es muy numerosa en el País Vasco. Conviven con los demás. Hacen vida normal, trabajan, crían a sus hijos, van a la playa o al monte, incluso a misa los domingos, pero se escrutan entre ellos. Se reconocen y se perciben. Se compadecen cuando se cruzan como solo lo pueden hacer los crueles de alma.

—Quiero preguntarte porqué lo haces —continuó Josu—. No creo que solo sea para resolver un crimen. Te escucho y distingo una cierta liberación en lo que cuentas. Parece que no lo haces solo para que yo confiese. Creo que tienes ganas de hablar. Y creo que lo estás haciendo desde la reparación. Te creo cuando insistes en que estás arrepentido y que lo sientes. Pero quiero que me cuentes si todo esto ha sido desatado por mi carta o llevabas tiempo pensando en que lo que nos hicisteis era de tal vileza e inhumanidad que deberíais, de alguna manera, ser castigados o por lo menos señalados.

Ignacio Sánchez caviló su respuesta sin dejar de caminar. Mientras escuchaba a Josu pensaba en sus hijos. En qué dirían cuando se enterasen. Qué pensarían de su *aita*. *Orgullosos no pueden estar nunca, pero a lo mejor entienden que hablar de esto era necesario para sanar algunas heridas y hacer de este país un lugar menos ponzoñoso y rencoroso.*

—Llevo tiempo pensándolo —respondió finalmente—. Tengo dos hijos y soy viudo. Mi mujer era vasca. Mis niños, que viven en el extranjero, me llaman *aita*. Me siento de aquí y quiero jubilarme aquí. Se os pide a los que asesinasteis que reconozcáis vuestros crímenes. Y estoy de acuerdo. ¡Faltaría más! Pero nosotros fuimos parte, muchas veces, del problema. Fuimos arrasados por una organización con una capacidad de fuego tremenda. Con una lealtad, o simpatía, por parte de mucha gente que nunca entendimos, que nos desquiciaba. Todo vasco era un enemigo en potencia. Un sospechoso. Un terrorista. Teníamos miedo, y el miedo te lleva al odio. Porque odias lo que temes. Supongo que algo parecido os pasaba a vosotros.

Etxebeste seguía caminando. Sin responder, escuchando con atención.

—¡Yo mismo! Me hice policía al acabar el franquismo, y lo que me enseñaron antes de mandarme aquí, al norte, no tiene nada que ver con lo que es una policía de un Estado democrático. Enfocábamos esto como una guerra. Una guerra cruel. Una guerra contra todos, sin distinción. Y fue un error.

—Fue un error todo, comisario. Todo. Desde el principio. Matar fue un error. Secuestrar fue un error. Usar la violencia fue un camino que nunca debimos explorar —reflexionó Josu mirando hacia el Bidasoa, a su izquierda.

—Sí, tienes razón, Etxebeste. Pero los años te dan cierta perspectiva. Nos la han dado a ambos, ¿verdad? —le preguntó a Josu, haciendo una mínima pausa en su paseo y volviendo a andar enseguida, como si al retomar el camino hubiera dado por hecho que la respuesta del antiguo secuestrador iba a ser también afirmativa—. Y se cometieron muchos, muchísimos errores. Demasiados. Cagadas monumentales que solo sirvieron para perpetuar el problema. Para generar más aspirantes a terroristas que se sumaban a vuestra organización. Torturar de manera sistemática durante aquellos años fue una de esas cagadas.

—Me achicharraste las pelotas con los electrodos —explotó Josu sin dejar de andar, pero sin mirarle—. Estuve meando sangre durante días. He tenido problemas de erección toda mi puta vida porque me reventaste la polla a patadas. Erais una panda de salvajes. —Hizo una breve pausa y continuó—: Has tenido dos hijos estupendos que no saben que su padre era un Mengele sádico muy hábil con las tenazas.

—No te pases, Etxebeste —dijo el comisario en tono educado pero firme.

—Perdona mi franqueza, comisario, porque quiero quedarme a gusto antes de confesar mis miserias, pero no acabo de estar convencido de tu desolación. ¡Claro que fue una cagada torturar! Sacabais una mierda de información y fabricabais nuevos terroristas. Si alguno estaba dudando, en cuanto salía de la comisaría hostiado y humillado lo primero que hacía era pedir una pistola. Eso fue lo que conseguisteis. Más odio.

El comisario continuó andando unos metros junto a Josu sin decir nada. Tratando de hilvanar una respuesta convincente, o al menos poco ambigua, para que Josu se quedara más tranquilo y empezara, por fin, la parte que más le interesaba de ese encuentro. El caso Azkarate. Pensaba que iba a manejar la situación en todo momento, pero era Josu, por ahora, el que decidía el cómo y el cuándo. Tenía que esperar. Darle alguna concesión. Era la primera vez en su vida que se encontraba en un escenario de ese tipo. En los últimos años se había cruzado con antiguos detenidos que le habían reconocido. En bares de la parte vieja de San Sebastián, en las regatas de traineras de Zarauz, en los carnavales de Tolosa. Encontronazos del pasado que unas veces le esquivaban, otras le mantenían la mirada en un tenso duelo de reconocimiento y, las menos, acababan en un escupitajo lanzado al suelo, junto a sus pies. Al final se decidió por la conciliación.

—Estoy arrepentido —dijo apoyándose en la barandilla de la pasarela que corría a un par de metros por encima del río.

—¿Qué? —exclamó Josu a un metro por detrás.

—Que sí, que estoy arrepentido de lo que te hice. Y de lo que les hice a tantos y a tantas. Fui un cabrón. Un hijo de puta, si lo prefieres. Y lamento todo aquello que hice y que ordené hacer. Fue —buscó la palabra mientras apretaba con los puños la baranda metálica y fijaba la vista en la turbia corriente del río— inhumano. Lo que hice contigo fue inhumano. Lo siento, y te pido perdón.

Josu se lo quedó mirando fijamente. Apoyó también las manos en la barra metálica y buscó con su mirada las peñas de Aya, el monte que vigila y protege Irún desde el sur.

—Gracias —dijo finalmente con la vista perdida en esas peñas que tantas veces había subido.

Josu le hizo una seña al comisario para que continuase paseando. El silencio volvía a mediar entre ambos hombres, dándoles una tregua para que recapacitasen sobre lo que acababan de decirse y preparar la siguiente parte de la conversación. El comisario Sánchez se sintió inexplicablemente aliviado. *Parece una tontería*, pensó en silencio, *pero me he quitado un peso de encima*.

A su lado, Josu Etxebeste caminaba mirando al frente. Había decidido creer a su antiguo torturador, y a su manera pensaba que había cerrado un círculo. La confesión de Sánchez no le iba a quitar el dolor en los riñones que le llegaba periódicamente, en cuanto cambiaba el tiempo, ni le iba a difuminar las cicatrices del dedo, pero en su interior había encontrado el sedante que podía adormecer sus dolores.

—¡Cuántas veces habremos puesto controles en ese puente! —dijo de repente Sánchez, tratando de abandonar el silencio que los agarrotaba a ambos.

—¿Perdona?

—El puente internacional de Santiago —le aclaró el comisario, señalando con cierta nostalgia la estructura que los dos hombres estaban a punto de atravesar por la parte de abajo, siguiendo la pasarela que bordea el río y pasa por debajo de los pilares—. Cada vez que hacíais un atentado o teníamos información de que iba a cruzar un comando desde Francia, colocábamos controles ahí arriba.

—Ya, bloqueando toda la frontera. ¿Y a cuántos pillasteis en ese puente?

—A muy pocos, la verdad. Os colabais por otros pasos de la muga menos vigilados —confirmó con cierta ironía el comisario.

La pasarela de madera crujió bajo sus pies. El paseo permite una vista inusual de los tres puentes, seguidos uno detrás de otro, que hacen de frontera entre Hendaya e Irún. En el medio, el más conocido. Una mole de piedra y metal que lleva ahí más de cien años. Ambos hombres se quedaron curioseando el cuadro que una anciana, de pie con su caballete en la misma pasarela, estaba pintando de los pilares del viaducto, corroídos por el paso de las aguas y de la historia. Ambos miraron alternativamente al óleo, al puente y, de nuevo, al óleo. Josu e Iñaki se encogieron de hombros antes de seguir caminando en un gesto cómplice que para ambos no pasó desapercibido.

—Ha clavado el dibujo —exclamó Sánchez.

—Sí, es muy bueno, muy realista —confirmó Josu, quien, al ver que la pintora se los había quedado mirando, le lanzó un guiño con el ojo.

—Por aquí huyeron miles de iruneses durante la Guerra Civil por miedo a las tropas de Franco —acertó a decir Josu—, y años después fueron los judíos los que lo cruzaron en dirección contraria huyendo de los nazis. Los puentes siempre han sido lugares de entendimiento, pero también de evasión y de exilio.

—Así es —contestó Sánchez, preocupado por que la conversación que le interesaba se volviera a desviar—. ¿Sabes que aquí arriba, en este mismo puente, los nazis entregaron a Lluís Companys, al presidente de la Generalitat? Franco lo fusiló después.

—Lo sé. Este puente ha visto muchas cosas, y no todas buenas, Sánchez. Párate un momento.

El comisario se detuvo en seco y miró a Josu. Los dos hombres se encontraban justo debajo del puente, al abrigo de otras miradas. Etxebeste sabía que si el comisario había traído contravigilancia, ese era el mejor lugar para ser discreto. Pero daba por hecho que si le hubieran querido detener, el comisario ya habría hecho la señal convenida para que sus agentes aparecieran. No. Intuía que la Organización había puesto precio a su cabeza. Que Zigor había dado orden de pararle o eliminarle. Y no quería que nadie más pudiera observar lo que iba a enseñarle al policía. Josu sacó el sobre que llevaba semiescondido dentro de su cazadora. Lo miró y siguió hablando:

—Hoy este puente va a ser testigo otra vez de algo malo. ¿Te acuerdas de la fotografía que enviamos a la prensa como prueba de vida de Imanol Azkarate? —le dijo a Sánchez mirándolo muy serio.

—Perfectamente.

—Esa foto la hice yo —afirmó Josu.

—¿Y de quién es la mano que sujeta la pistola? —preguntó Sánchez casi al momento.

—De este...

Josu tendió la fotografía al comisario, que, nervioso, se puso las gafas. Acababa de intuir, desde su miopía, que en la imagen aparecía el cuerpo y el rostro del otro terrorista. Sánchez la miró con atención. Forzó la vista. Contuvo la emoción. Guardó silencio durante unos segundos interminables. Todas sus neuronas acabaron de conectarse para decidir, primero, si la fotografía era un montaje, y segundo, adivinar de quién era el rostro del otro secuestrador. Estaba seguro de que Josu se lo iba a decir. No tendría sentido que le enseñara esa foto, que parecía auténtica, y no le revelara la identidad de su colega de comando. Pero quería adivinarlo por sí mismo.

Levantó la lámina buscando la luz que rebotaba entre los pilares de piedra del puente. Cerró un momento los ojos. Forzó su memoria. Escarbó hasta en la última ficha policial que su cerebro había almacenado. Trató de ubicar a los sospechosos de hacía treinta y cinco años, los amigos o conocidos de Josu, y mientras lo hacía, una ráfaga oscura de desánimo se instaló en sus divagaciones. ¿Y si ese tipo ya había muerto? ¿Y si se quedaba sin pagar por su crimen? Volvió a abrir los ojos. Algo mucho más poderoso se había abierto paso en su cabeza. Su instinto había conectado con su memoria.

—¡No me jodas! —exclamó por fin.

Miró incrédulo a Josu Etxebeste, que no había dicho nada, permitiendo al viejo comisario ese momento, esa íntima satisfacción de poder solucionar un caso atragantado desde hacía tanto tiempo. Sánchez abrió la boca para decir algo y la volvió a cerrar, por miedo a equivocarse, a fallar. No quería preguntar a Josu, quería que este, simplemente, le confirmara el nombre. Después de un desesperante intercambio de miradas, soltó por fin la identidad del otro asesino.

—¡Es el abogado Altuna, Zigor Altuna!

—¡Bingo, comisario! Lo has reconocido en una foto de hace treinta y cinco años. Eres muy bueno.

—¡Joder, Josu! Este tío es Dios en San Sebastián. Esto es un bombazo.

—Lo sé —contestó Josu.

—¿Lo hicisteis entre los dos?

—Sí. Éramos solo dos en el comando.

—¿Cuáles eran vuestros alias?

—Yo era *Poeta*, porque me gustaba leer. Altuna era *Beltza*, por ser tan moreno.

—Ni puta idea. Salió algún *Beltza* en papeles que incautamos en Francia, pero era otro tipo al que trincamos. No me sonáis de nada.

—Fuimos un comando efímero. Se suponía que íbamos a encargarnos de acciones especiales, de alto impacto simbólico. La de Azkarate fue la primera. A mí me usaron como a un gilipollas. El comando se disolvió después del secuestro. Yo dejé la Organización, pero Altuna siguió.

—Necesito más pruebas —exclamó el comisario con un tono un tanto alterado y alejándose unos metros con la fotografía—. No puedo acusar a uno de los mejores abogados de Donosti de ser un terrorista solo porque se parezca al de la foto y lo digas tú.

—Tómate tu tiempo, Sánchez, pero no te dejes ver demasiado por la pasarela. No sé si has traído a tus chicos para vigilarnos, pero no descartes que nos hayan seguido los otros. La Organización ya sabe lo que estoy haciendo porque se lo he contado a Altuna. Quiero que él también se entregue, pero está acojonado y no descarto que intente liquidarme.

—La Organización se disolvió, Josu. No existe. La derrotamos.

—Lo sé. Pero algunos cabecillas que nunca cogisteis y otras viejas glorias mantienen cierta comunicación entre sí para que no pasen cosas como esta. Y son capaces de todo por no ir a la cárcel.

Sánchez volvió a acercarse a Josu. Estaba nervioso. No paraba de pasarse la mano por la cabeza y sobar la foto. Tenía muchas preguntas. Le señaló la frase que aparecía en el trozo de cartón.

—¿Quién lo escribió?

—Zigor Altuna.

—¿Y por qué me suena su letra? Yo esta letra la he visto antes. Necesito hacer un peritaje caligráfico.

—Yo sé por qué te suena. No necesitas peritajes.

—Déjate de rodeos y ve al grano, por favor.

—Porque la letra de Altuna es la misma letra de *Karlos*, el dirigente que se te ha escapado siempre. El número uno. El fantasma.

El comisario Sánchez tuvo que apoyar la espalda en la barandilla. Una presión sospechosa y dolorosa intentaba abrirse paso en su pecho. Necesitaba respirar. Se quitó la cazadora de ante y la apoyó en la barra de metal. No le dijo nada a Josu. No quería darle una impresión de debilidad o de que ya estaba demasiado mayor para una emoción de ese tipo. No quería que dudase de su elección. Él era la persona que los investigó tres décadas atrás y él era quien tenía que resolver el caso. Pero a la vez, Sánchez fue el mando policial que más cerca estuvo de identificar a *Karlos*, quien más le conocía, quien más sabía de él, así que debía ser el comisario Sánchez quien saldase todas esas cuentas pendientes.

—¿Por qué haces todo esto y por qué ahora? —le preguntó a Josu, tratando de estabilizar su respiración y notando que la presión empezaba a desaparecer de su pecho.

—Porque estoy cansado, Sánchez. Cansado de mi existencia de mierda. Maté a un hombre bueno, pero no tuve los huevos de pegarme un tiro. Quiero dar un paso adelante y contribuir a cerrar heridas.

—La hija, Alasne, ¿se lo vas a decir? —preguntó Sánchez.

—Lo haré. En cuanto ella quiera y esté preparada. Ya sabe que yo soy *Poeta*.

—¿Cómo reaccionará?

—Ni idea. Tengo mucho miedo a ese encuentro. Va a ser el más difícil.

—Déjame volver a *Karlos*. ¿Cómo sabes que es él?

—Porque no soy tonto. Me alejé de aquel mundo, pero ese mundo no se alejó de mí. Yo sé cómo es Zigor. Su ambición, su carácter, su soberbia, su narcisismo. Sabía que llegaría lejos en lo que se propusiera. Es muy astuto. Desde que yo dejé la Organización fui conociendo sus pasos, su ascenso en la cúpula. Entre otras cosas porque la persona que nos reclutó para la banda era su mentor y su protector, y después lo eligió como su delfín. Así que el número uno le dio paso al siguiente número uno. Así funcionaban las cosas en la Organización. A dedo.

—¿Y ahora me vas a decir que ese número uno que eligió a dedo a Altuna no es ninguno de los que nosotros creíamos?

—Eso es.

—Porque, igual que Altuna, no estaba en ninguna granja de Las Landas ni en ningún apartamento de Burdeos.

—Exactamente. Estaba mucho más cerca. Lo tuviste delante todo el tiempo. Es el escritor José Luis Pérez-Askasibar.

—¡Ese viejo!

—Hace treinta y cinco años no era tan viejo, comisario. Y esos dos han logrado torearos todos esos años. Haceros creer que la cúpula estaba en Francia. Haceros perder tiempo, dinero, recursos. Y resulta que todo estaba mucho más cerca. Eran dos tipos que hacían vida normal, poteaban con los amigos, se iban de *pintxos*, escribían en los periódicos, publicaban libros, ganaban casos y encima se forraban. Todo delante de vuestras narices.

—¿Y cómo demostramos todo esto? Tenemos tu testimonio, que echarán por tierra diciendo que estás loco o eres un resentido. Una fotografía antigua que cualquier abogado puede impugnar como prueba. Y un garabato escrito en un cartón y medio difuminado.

—Y un texto de Imanol Azkarate que te mandé.

—Vale, sí. De acuerdo. Pero no los incrimina. Pueden decir que no saben de dónde viene.

Josu extrajo un *pendrive* del bolsillo de su cazadora, que entregó a Sánchez.

—¿Qué hay aquí?

—Has jugado con un poco de ventaja, Sánchez. Tú ya sabías que me había reunido con Altuna. Vi a tus hombres hacernos fotos desde lejos. No fueron muy discretos, la verdad. Diles que están desentrenados y que los mordí enseguida. —Sánchez enmudeció—. Pero aquí tienes lo que necesitas. En ese *pendrive* está la grabación de mi conversación con Zigor. Lo reconoce todo. Estaba tan nervioso y tan desesperado por hacerme cambiar de opinión que bajó la guardia y dijo lo que no tenía que decir.

—¿En serio?

—Ya lo verás. Reconoce su liderazgo, algunos atentados, el secuestro. Bueno, en fin, reconoce incluso que sabía que la familia de Azkarate intentó pagar, pero que la decisión de asesinarlo ya estaba tomada. Está todo, Sánchez. El abogado Zigor Altuna da incluso el nombre de Pérez-Askasibar y se reconoce él mismo en el alias de *Karlos*. La *K* que buscabas. La Dirección invisible. En ese *pendrive* está tu fantasma. Tienes caso, comisario.

—Gracias —dijo Sánchez, apretando la memoria informática en su mano.

—Ahora solo espero que cumplas tu parte. No sé muy bien cómo debemos hacerlo, pero sería muy importante para este país que quienes lo herimos y lo desangramos intentáramos cerrar esas llagas. Me tengo que ir, Sánchez. Pero antes, una última cosa.

—Dime, Josu.

—Si me pasa algo antes de que puedas tomarme declaración o de que comparezca ante el juez, busca una libreta negra en mi restaurante. Está escondida en la cocina, en el armario de las sartenes, debajo de los fogones. Pegada con cinta aislante y envuelta en plástico para que no se deteriore. Ahí está todo escrito. Todo lo que hice y todo lo que sé. Y, sobre todo, por qué lo hago.

—Gracias de nuevo, Josu. Siempre has sido un tipo muy valiente. Ojalá hubiera más personas como tú, dando ese paso.

—No te olvides de dar el tuyo, comisario. Es importante.

—No me olvido.

Etxebeste se dio la vuelta para volver andando hasta su restaurante, río arriba. Sánchez se quedó mirando a ese hombre que de repente le parecía enjuto y empequeñecido. Como si sus hombros se hubieran curvado hacia delante y su caminar se hubiera vuelto lento, arrastrado. Se imaginó el peso inclemente del remordimiento.

—¡Josu, espera! —gritó mientras se le acercaba a paso apresurado.

El comisario Sánchez llegó hasta el antiguo terrorista a la vez que sacaba de la parte de atrás de la cintura, por debajo de la chaqueta, un revólver. Lo agarró por el cañón y se lo ofreció a un asustado Etxebeste.

—Toma, guárdate esto. Es una antigua *pipa* de la Organización. Un regalo que me hice tras capturar a un comando.

—¿Para qué quiero esto, Iñaki?

—Espero que no tengas que utilizarla, pero hemos detectado algunos movimientos extraños en antiguos militantes de la

Organización y no quisiera que te limpiaran el forro antes de declarar contra Altuna.

—Te lo agradezco, pero yo ya soy un hombre muerto. ¿Qué más me puede pasar?

—¡Pues que te maten de verdad, joder! No seas cabezota. Coge el puto revólver, que nos va a ver todo el mundo. Es solo por si acaso. Para que estés más tranquilo en el restaurante, por la noche. Hazme caso. No estoy de broma.

—¿Me estás hablando de *Tanke*? Ha venido por el Toki-Eder.

—¿Ya le has mordido? Sí. Hablo de *Tanke*.

—¡Un comisario de policía dándole un arma a un antiguo terrorista! Esto sí que no me lo esperaba.

—Mira, Etxebeste, quiero que declares y que pillemos a ese cabrón de Altuna. Y te digo una cosa, le estás echando unos cojones a esto que me estás enterneciendo. Así que llévate la pistola. Por tu seguridad.

—Te recuerdo que eres el que me torturó. Esto empieza a ser un tanto freudiano, pero… gracias.

—Llámalo como quieras. Es una puta locura, de acuerdo. Pero lleva cuidado. Adiós, Josu.

—Adiós, Iñaki.

25

Último día

Les gustaba imaginar que caminaban por la Luna. O que levitaban por Marte. O que flotaban por cualquier otro cuerpo celeste donde el silencio dejara tiempo para pensar y sus cuerpos fueran tan livianos que careciera de importancia siquiera el poseerlos. Saltaban de roca en roca sin prisa, como si no hubiera gravedad. Casi flotando.

El aire olía a salitre, a pureza. Y un poco más allá, las olas del Cantábrico reventaban insumisas contra los acantilados. Las pequeñas pozas de agua que había dejado la marea en su retirada reflejaban la imagen de su hija mientras brincaba entre las piedras, generando un espejismo de multiplicación que a Imanol le llamaba mucho la atención.

Era el lugar preferido de los dos para escaparse y estar solos. Su «planeta secreto», como le gustaba decir a Alasne. Las caprichosas formaciones calcáreas de la playa de las Paramoudras, en las faldas del monte Jaizkibel, con sus extraños volúmenes pétreos en forma de bulbos o esponjas, están en un lugar de tan complicado acceso que casi siempre carecen de presencia humana. Llegaban siempre a media mañana, con sus mochilas cargadas de bocadillos, una sombrilla y una colección de pinceles y cuadernos para dibujar. Los fósiles, que el agua y los sedimentos han ido modelando durante miles de años, hacen de esa pequeña playa una escultura iconoclasta y hermosa, cincelada a golpe de olas. Imanol llegó a convencer a Alasne de que si el Principito tenía su asteroide, ella era la dueña de todas esas pequeñas rocas y meteoritos. Y la niña, que podía pasarse horas saltando entre las extrañas bolas de piedra, o poniendo muecas a su propia cara en los charcos, retaba a su padre a imaginarse el animal o el organismo que, miles de años antes, acabó allí, fosilizado.

—*Aita*, mira esta roca, ¿sería un canguro?

—No, Alasne, no creo que hubiera canguros en Euskadi ni hace un millón de años.

—¿Un pulpo?

—Puede ser.

—*Aita*, ¿esto puede ser un diplodocus?

—Un poco pequeño, pero no lo descarto.

—Y esto, *aita*, ¿una sirena?

—No creo, Alasne. Por aquí siempre ha habido muchas sirenas. Yo las he escuchado cantar y silbar un montón de veces, cariño. Creo que esos seres nunca mueren, así que esa roca que señalas será otra cosa. Y habla bajo, para que no te escuchen las que viven por aquí, que igual se enfadan.

Imanol Azkarate sonríe en su camastro sin abrir los ojos. Acaba de despertarse y ese sueño le ha reconfortado tanto que quiere seguir dormido para no perderlo. Para evadirse de ese jergón maloliente. Aprieta los ojos. Quiere regresar a esa playa, con ella. Le parece oler el mar, las algas y la libertad. Pero ya no funciona. Ha amanecido otra vez en su celda. Un desvaído halo de luz entra por el ventanuco.

Intenta incorporarse, pero le cuesta. Cada vez tiene menos fuerzas. Lleva varios días debilitado por una fuerte diarrea que achaca a la pobre alimentación y al agua, que recogen los terroristas las noches de lluvia en un barreño. Con mucho esfuerzo consigue, por fin, ponerse de pie.

«Nuestro planeta secreto», exclama con nostalgia, justo antes de limpiarse los dientes con un cepillo que, por fin, los secuestradores han tenido el detalle de darle. Le queda un poco de agua en la botella de cristal. La mira al trasluz. Está turbia. El casco es una vieja botella de vino a granel de los que Imanol había transportado durante años en su furgoneta. Utiliza ese último trago para enjuagarse la boca. Lleva dos semanas con la misma ropa. *Si hubiera sabido que me iban a secuestrar, me habría traído un par de mudas o ropa más cómoda*, piensa riéndose de su propio humor negro. Hoy se ha levantado extrañamente contento. Tiene la sensación de que algo va a suceder. *O me sueltan o me liquidan, pero de hoy no pasa. Se acabó.*

La ausencia la noche anterior de *Beltza* le hizo pensar que quizá hubiera ido a recibir instrucciones. La conversación con *Poeta* durante la cena, recuerda Imanol, aunque al final se había torcido un poco, fue sin duda muy jugosa. Hablaron de música, de poesía, de historia, de filosofía. Se confesaron sus lugares preferidos en Euskadi o incluso cómo fue la primera vez que tuvieron sexo. Eran como un padre y un hijo charlando en confianza. Como un profesor y su alumno. Una extraña simbiosis los estaba acercando peligrosamente en una relación casi obscena, porque uno era el prisionero y el otro, el carcelero.

Pero ambos se necesitan. Para hablar. Para reconfortarse. *Poeta*, desde la evidencia de saber que está haciendo mal a un hombre al que aprecia, e Imanol, desde la zozobra de tener su vida en las manos de dos jóvenes volubles y fanatizados. Cuando conversan, ambos saben que se intentan ayudar. Darse ánimos. Hacer que el secuestro, una experiencia dramática, no sea necesariamente traumática. Los dos quieren creer que, cuando todo acabe, podrían ser incluso amigos.

—Te hemos conseguido un poco de bacalao desmigado y nos quedan algunos huevos. ¿Te parece que cenemos tortilla de bacalao? —le había preguntado *Poeta* la noche anterior, después de pasar toda la tarde hablando.

—Tengo muchísima hambre, ¿la hago yo?

—Por supuesto, Imanol. Yo también estoy hambriento. Hoy cocinas tú. —Josu sonrió mientras dejaba el pequeño hornillo en el suelo y una taza con aceite al lado.

—¿Sabes una cosa, *Poeta*? Si no acabas muerto o exiliado, te iré a ver a la cárcel —dijo Azkarate en un tono casi paternal.

—O yo te pediré que nos eches una mano para construir el nuevo país por el que estamos luchando y por el que estamos haciendo todo esto —respondió Josu, entrando en la provocación.

—Tú sigue soñando, *Poeta*.

—Tú intenta soñar esta noche con lo que te digo, Imanol, ya verás cómo sientes que ese sueño es posible.

Y los dos se rieron de manera contenida porque habían empezado a notar que, en sus charlas, se iba reproduciendo un cierto canon. Ambos querían siempre decir la última frase. Cerrar cada conversación. Había una inconfesable afinidad entre ellos. Se reconocían en algo. No sabían muy bien en qué y tampoco querían pensarlo demasiado porque, si lo hacían, probablemente esa relación de secuestrador y víctima, sostenida por los débiles hilos de la dependencia vital, se podría romper. Esas charlas, esas pequeñas raciones de cordialidad, eran lo único que mantenía en ambos la cada vez más frágil confianza en la humanidad.

—Si me vais a matar, serás tú el que me dispare, *Poeta*, ¡ya lo verás! —le había espetado de repente Imanol al inicio de aquella cena, mientras comía un mendrugo de pan con unos frutos secos.

—Ya estás otra vez, Imanol, qué pesado. Eso no va a pasar. Tu gente pagará o negociará los plazos para hacerlo y ya está. Te soltaremos y todo se olvidará. Tampoco te estoy tratando tan mal, ¿no?

—Tú no, pero tu amigo, el *Beltza*, es un gilipollas.

—Ahí te doy un poco la razón. Ha cambiado, ¡eh! Antes no era así. Pero lleva un tiempo que está insoportable. Se cree Dios. Siempre está de mala leche. Todo le parece mal. ¡A ver, que no estamos aquí para divertirnos! Que esto que hacemos es muy duro. Muy sacrificado. Pero, coño, un poco de ilusión. Un poco de esperanza. Si creemos que vamos a liberar este país, ese sentimiento tiene que ser bonito. Tiene que llenarnos de luz. Tiene que hacernos sentir especiales. Y *Beltza*, no sé, es como si se hubiera vuelto de repente un amargado. Así no se cambia el mundo.

—Quizá se haya dado cuenta de lo que significa —reflexionó Imanol en voz baja mientras echaba los huevos batidos en la sartén que había sobre el hornillo.

—¿De qué hablas?

—Quizá tu amigo *Beltza*, ese que dices que era tan majo y ahora es un capullo malhumorado, se ha dado cuenta de que los sacrificios no solo los hacéis vosotros, los militantes.

—No te entiendo, Imanol —insistió *Poeta* a la vez que le pasaba el bacalao desmigado para empezar a cuajar la tortilla.

—Lo que quiero decir es que las revoluciones, las revueltas, la lucha armada, necesitan alimentarse siempre de muerte. Necesitan sacrificios, y no precisamente los vuestros, *Poeta*. Necesitan víctimas. ¿De qué sirven las armas si no es para usarlas? Las armas son para disparar. Para matar, no para asustar. La violencia solo tiene significado si se ejerce, no si se amenaza con usarla. Esa es la gran mentira que os vendieron. Coger las armas no es el último recurso ante una agresión. Tomar las armas significa que estás dispuesto a asesinar. *Beltza* ya se ha dado cuenta de eso, *Poeta*. Tú no. Él ya sabe que tendréis que matar, y que yo seré probablemente vuestro primer muerto. Lo sabe y por eso no se me acerca. No me odia. Lo que pasa es que sabe que me vais a liquidar. Mantiene una cruel pero meditada distancia.

—Deja de decir chorradas, Imanol.

La pequeña luz de una lámpara de gas iluminaba el establo, alargando las sombras de los hombres, sentados en el suelo sobre la alfombra de paja. Azkarate dio una última vuelta a la tortilla, que ya empezaba a pegarse en la sartén. Con una seña le pidió el plato a Josu, al que por la abertura de la boca de su pasamontañas se le podía ver paladear. El olor a comida llenó el establo y le confirió a la situación una extravagante sensación hogareña.

—La próxima vez me conseguís un poco de cebolla y perejil. ¡Que parece mentira que siendo tan vascos como decís no tengáis ni idea de cocinar! —le recordó a *Poeta* mientras le cortaba un trozo de tortilla.

—Gracias, Imanol. Huele muy bien.

Antes de empezar a comer ambos se miraron, en ese instante de callada espera en la que uno de los dos comensales levanta un vino y propone un brindis. Pero no iba a ser así. No había vino ni nada que celebrar. La cara de Imanol, cansada, lívida por el largo tiempo pasado sin apenas ver el sol, ajada por la poca ventilación del establo, estaba seria. Pinchó un trozo de tortilla con el tenedor, se lo llevó a la boca y, después de masticarlo, continuó hablando:

—La violencia es un monstruo voraz que siempre tiene hambre, *Poeta*. Cuando la utilizas, te das cuenta de que es ella la que al final te domina a ti. Tiene su propia dinámica. Es imparable. Ingobernable. Su lógica es ininteligible. Se regenera a sí misma. Los que la ejercen solo quieren matar más y mejor... —se corrigió a sí mismo aprovechando que pinchaba otro trozo de tortilla—, los que la ejercéis solo queréis matar más y mejor. Eso está pasando aquí, en Euskadi. Todos los días, *Poeta*. Lo podéis adornar llamándolo «daños colaterales», «bajas civiles», «efectos inesperados». Nos podréis contar que es un mal necesario, o que son los medios que justifican no sé qué fin. Pero no te engañes, *Poeta*: aunque ganéis, siempre habrá alguna viuda, algún hijo o alguna madre que os eche en cara que vuestro sueño se ha construido con la sangre y las vísceras de gente a la que no preguntasteis si querían ser sacrificados por vuestra patria.

—Imanol, te agradezco mucho tu opinión, pero la historia nos demuestra que nada cambia si no provocas un shock, una conmoción. Solo de esa manera la gente, el pueblo, se da cuenta de lo que está pasando. Y reacciona.

—Sí, claro. La teoría de la acción-represión-acción, ¿verdad? Yo mato a alguien. Mi enemigo reacciona, reprimiendo a mi pueblo con una violencia indiscriminada. Entonces yo vuelvo a atacar para vengar esa represalia. Y luego ellos atacan. Y luego yo golpeo...

—Eso es.

—Pues vaya mierda de teoría revolucionaria. Eso ya estaba en el Antiguo Testamento. Le llamaban «ojo por ojo».

—No seas tan cabrón, Imanol.

—¡Es que es verdad! Os creéis una especie de vanguardia de elegidos, y pecáis de la vanidad de todas las vanguardias: vosotros despertaréis a este pueblo porque sois más listos que nadie, y la gente os va a seguir, suponéis, porque hasta que llegasteis vosotros, no tenían ni idea de qué hacer, ni conciencia de lo que eran. ¡Venga, no me jodas!

—Tampoco es eso. No es así —insistió Josu, dejando desganado el plato a medio acabar.

—¿Ah, no, *Poeta*? ¿Y cómo es? ¿Qué me he perdido? ¿Qué sabes tú que yo no sepa para que tengas que tratar de convencerme por las malas, secuestrándome?

—Da igual, Imanol. No voy a discutir de esto contigo. Seamos serios. Me encanta escucharte y me gusta mucho cómo hablas, pero eres mi prisionero.

Poeta acababa de levantarse dando por terminada la conversación, pero no hacía ademán de irse.

—No puedo dejar que me comas la moral. Y no voy a discutir contigo porque eres mi secuestrado. Y punto. Y, además, ¡te lo merecías! —bramó Josu, elevando bastante la voz.

—Claro —respondió Imanol desde el suelo y sin perder la paciencia—, por no haber pagado antes y haberme enfrentado a tus jefes en Francia como estoy haciendo ahora contigo, ¿verdad?

—No. Porque eres un burgués capitalista que no quiere contribuir a conseguir un país libre e independiente.

—Pues a esto se le llama «secuestro y extorsión». Aquí y en Mogadiscio. ¿Sabes dónde está Mogadiscio? —preguntó con ironía Azkarate.

—Somalia, Imanol, y te estás poniendo un poco pesado. Estás alterado. Deberíamos cambiar de tema. O mejor, me salgo y te dejo descansar —dijo dándose la vuelta.

—No, no te vayas —rogó Imanol, consciente de que había tensado demasiado la conversación con el único aliado que tenía en esa pocilga—. Quédate un rato y echamos unas cartas.

—Te dejo descansar. Tranquilo, no estoy enfadado. Yo también quiero dormir un poco. *Beltza* regresará a media noche y querrá descansar. Yo haré luego la guardia y tengo que estar despierto.

—Ha ido a recibir órdenes, ¿verdad?

—¿Por qué lo dices?

—Llevamos demasiados días aquí. Necesitáis saber qué pasa fuera y si hay nuevas instrucciones.

Poeta asintió desde la puertecilla que daba al resto del caserío. En sus ojos Azkarate vislumbró un matiz de tristeza.

—Mañana será otro día —dijo finalmente, y cerró la cancela.

Imanol se quedó allí solo, mirando la portezuela y reflexionando sobre la ductilidad del lenguaje y las expresiones. Para un secuestrado, mañana es el mismo día. Mañana es igual que siempre. *Y si es verdad que va a ser otro día*, pensó Imanol, *es porque me sueltan, me liberan o me eliminan*. Solo así se podía romper el monótono devenir de un rapto. Cuando el mañana fuera de verdad otro día.

Mientras hace la cama, esa costumbre que algunas personas no pierden, aunque esté retenido contra su voluntad y le obliguen a dormir en un jergón enmohecido, Imanol repasa la conversación de la noche anterior y se preocupa ante el extraño silencio de esa mañana. Le duelen los riñones. Otra señal de que fuera debe de hacer bastante humedad. A esas horas sus secuestradores acostumbran a desperezarse e inician una sinfonía amorfa: cacharros chocando, café hirviendo, camastros que se arrastran por el suelo, frases cortas y perezosas. Una rutina que esa mañana se ha interrumpido. Él no puede saberlo, pero *Beltza* acaba de llegar a primera hora con una mala noticia. Alejados de la cabaña para evitar que Imanol los oiga, Zigor Altuna se la está contando a Josu Etxebeste.

—¡No puede ser, Zigor, no me jodas, hay que pararlo!

—No podemos, Josu. Esa es la decisión. Esas son las órdenes. La Organización lo ha dejado muy claro.

—¿Con quién cojones has hablado? —grita *Poeta*, que, enfadado, tira su capucha sobre la hierba.

—Qué más da, Josu. Qué te importa.

—¿Quién te ha dado la orden de matarlo?

—Ejecutarlo, Josu. Me ha dicho que hay que ejecutarlo. Y ha sido Pérez-Askasibar, que ya sabes que está en la Dirección. Nosotros no matamos. Ejecutamos a un enemigo del Pueblo, ¿de acuerdo? —responde *Beltza*, intentando hablar con autoridad.

—No, no estoy de acuerdo. Ese pobre hombre es tan vasco como tú y como yo. O más. No ha hecho daño a nadie. ¡Joder!

—Ya sabía yo que te estabas implicando demasiado con él, Josu. Si Azkarate no está con nosotros está contra nosotros, ¿te enteras? Si no ayuda o colabora, es que es un parásito o un colega de los *txakurras*. La Organización le pidió que aportara a la causa. ¡Está forrado! Y no ha querido. Se ha negado.

—Pero para eso le hemos secuestrado, ¿verdad?, para que pague.

—Sí, pero al parecer la cosa no está yendo bien con la familia. Resulta que su hija no está muy por la labor.

—¿Alasne? ¡Pero si se adoran!

—Yo te digo lo que me han dicho y cuáles son las órdenes. La Organización ha tomado una decisión, Josu. Debemos ejecutarlo. Hoy.

—¡Hoy! —Josu no puede creerlo.

—Sí. Esperarán a la señal convenida de que está hecho para sacar el comunicado. Me han dicho que sea rápido. Tiro en la nuca y que les pasemos el sitio donde lo dejaremos. Les he propuesto el bosque que queda cerca de su casa, en Jaizkibel, hacia la zona de Lezo.

Josu ya no está escuchando. Las lágrimas que afloran a sus ojos le han generado una especie de burbuja sensorial. Mira a su compañero de comando, pero ya no le escucha. Su cerebro se ha bloqueado. Ambos se han refugiado debajo de un gigantesco olmo para protegerse de la llovizna que empieza a caer y que viene acompañada de una niebla baja, húmeda y densa que se asienta en los pastos de alrededor, confiriendo a ese momento un tenebroso marco paisajístico. Josu se aleja de su amigo. No le importa que le vea llorar, pero necesita unos segundos de soledad. *Imanol tenía razón, ¡lo sabía!*, piensa.

Zigor, debajo del árbol, mira a su colega sin decir nada. Respetando ese instante, pero pensando a su vez que ahora han de decidir quién de los dos ejecuta al rehén. Se mira las manos. Suda. Y también tiembla. Él no quiere hacerlo. *No soy un tipo de acción, lo mío es la estrategia, dar órdenes*, se convence a sí mismo. Josu, a lo lejos, está devastado. *Se han hecho amigos. Se han acercado demasiado. Ya se lo advertí.*

El responsable del comando, su admirado José Luis Pérez-Askasibar, le ha convencido de que no hay otra solución. El rescate se está complicando por las dificultades de la hija de Azkarate para hacerse con el dinero solicitado y la policía está demasiado encima.

—La entrega podía demorarse demasiado o incluso ser controlada por la *txakurrada* —le había dicho Pérez-Askasibar—. Además, Azkarate se ha enfrentado antes a la Organización y eso no podemos consentirlo. Hay que ser ejemplares y dar un escarmiento.

—¿Y por qué no liberarlo sin más? —había preguntado *Beltza*.

—No podemos dar una apariencia de debilidad —ha contestado el escritor—. No podemos arriesgarnos a que Azkarate diga que nos venció. Que no pagó. Que somos unos débiles. Porque entonces nadie colaborará. Nadie pagará el impuesto.

—Pero demostrar magnanimidad puede ser un buen mensaje para los nuestros. ¡Somos los buenos, José Luis!

Y *Beltza*, allí solo, con las manos en los bolsillos y el pelo mojado por la humedad del sotobosque, mirando cómo su colega Josu da patadas a los helechos y a todo lo que se le ponga por delante, soltando toda su angustia y su desazón, piensa en ese estúpido comentario a uno de los altos dirigentes de la Organización: «¡Somos los buenos, José Luis!».

¿Acaso él también tenía dudas? ¿Autoafirmarse algo a sí mismo es una señal de vacilación? Zigor temió que Pérez-Askasibar malinterpretara su reflexión. Que le contestara de malas maneras, incluso que le acusara de derrotista, o de desviacionista, o que simplemente le dijera que no estaba preparado para la lucha. Pero no, el escritor le había contestado como si fuera su propio hijo. Con cierta condescendencia, pero con amabilidad.

—A veces los buenos, para seguir siendo buenos, tienen que hacer cosas malas, Zigor, y hoy nos toca hacer una de esas cosas malas.

No le había llamado por su alias dentro de la Organización, no le había tratado como a un militante al que recuerdan que debe cumplir las órdenes. Le había llamado por su nombre. Y Zigor le había sentido cercano. Incluso entrañable. ¿*Entrañable*?

¿Me ha ordenado matar a una persona y pienso que es alguien entrañable? Zigor sale de sus pensamientos. Vuelve al presente. Menea la cabeza como cuando se intenta salir de un mal sueño o se percibe la inexorabilidad de las cosas. Cuando la suerte está echada. Cuando no hay nada que hacer.

Instintivamente Zigor se acerca hasta su amigo Josu para darle un abrazo. Ahora mismo acaba de darse cuenta de que *Beltza*, su otro yo, ha cruzado el punto de no retorno. La línea roja en la que la vida humana se pone al servicio de la Causa y matar es parte de algo superior. La fusión completa de tu Yo con la Idea en la que crees. La sublimación definitiva de toda lucha política. Esa idea que tantas veces había defendido Pérez-Askasibar. La entrega total. El momento irreversible. Cuando se abandona la compasión y comienza el viaje por las tenebrosas verdades de la violencia. Se acabó el juego. La divertida aventura existencial de sentirse útil para la Causa. Les han ordenado matar. Esa era la letra pequeña de su compromiso. Matar. Quitar la vida. Y hacerlo no precisamente en una acción heroica contra un enemigo armado, en un duelo equilibrado. No. Matar a un pobre hombre. Ejecutarlo a sangre fría. Si es legítimo o no, es un debate que solo compete a la Dirección. Ellos deciden y justifican.

Josu y Zigor, *Poeta* y *Beltza*, en ese momento, y ambos lo saben mientras se abrazan y lloran en silencio bajo el sirimiri que les cala el alma, se van a convertir en asesinos, en eliminadores. Van a dejar de ser las personas que eran. Se miran, en silencio, intentando buscar en los ojos del otro la fuerza necesaria para no derrumbarse y, aunque no lo verbalizan, buscando también la respuesta a quién de los dos disparará. Quién va a ejecutar a Imanol.

«*Maite zaitut, bihotza*». Lo escribe sin pensarlo. Como si una intuición muy recóndita le hubiera obligado a dedicarle esa frase a su hija Alasne. «Te quiero, cariño». El inquietante silencio que Imanol percibe desde la llegada de *Beltza* le empieza a asustar. Tardan demasiado. Nunca le dejan tanto tiempo solo. Desde que comenzó el secuestro él podía oír los indisimulados ruidos que los dos jóvenes hacían al otro lado de la puerta, como un recordatorio perenne de que no intentara ninguna tontería, porque siempre iba a haber alguien con una pistola que frenaría en seco cualquier intento de huida.

Pero esta vez es diferente. Demasiado tiempo. Imanol está preocupado. Y empieza a maldecir todas las bromas macabras que ha estado soltando en sus conversaciones con *Poeta*. *¡Y si al final es cierto y me pegan un tiro, joder!* Ahora mismo ya no le hace tanta gracia. Su humor negro ha sido un antídoto ante ellos, que dominaban la situación y tenían el control. Las burlas, sus medidas ironías contra *Beltza*, el líder del comando, el sarcasmo blando en sus conversaciones con *Poeta*, la indulgencia con la que se dirigía a los dos jóvenes, han sido el placebo con el que mitigar su miedo.

Ahora se da cuenta de que no es tan fuerte. De que su actitud ha sido una reacción emocional para seguir vivo y no derrumbarse. Una forma un tanto audaz de mantenerse firme. De no llorar. De no temblar. De no concederles el mínimo triunfo. Ellos son los criminales. Ellos deben pagar por lo que le están haciendo. Él, Imanol Azkarate, empresario de éxito, amigo de sus amigos, buen padre, buen vasco, él no tiene que pedir perdón por nada. Él es la víctima. No ha hecho nada más que trabajar toda su vida. Por eso se ha negado durante todo el secuestro a ceder, a dejarse ver vulnerable. Por eso les ha hablado de frente y se ha mofado de sus máscaras y de sus argumentos. Porque quiere seguir siendo quien era. Imanol Azkarate. El de siempre.

Sin embargo, viendo la pequeña cuartilla que acaba de escribir, el mensaje final para Alasne, se ha derrumbado. Está sentado en el camastro. Vestido con la misma ropa maloliente.

Sin afeitar. Comienza a llorar en silencio y se tumba poniendo su brazo debajo de la cabeza, como almohada. Se encoge. *¿Cómo lo harán? ¿Un solo disparo? ¿De frente? ¿Me dejarán decir algo antes? ¿Mirarlos? ¿Podré ver su rostro al menos antes de que me maten?* Las preguntas se mezclan con los sollozos. Las lágrimas con la saliva. Los mocos con el aliento. *¿Qué forma de morir es esta? ¿Por qué tengo que acabar así? ¿Qué cojones he hecho yo mal en mi vida para ser torturado de esta manera? ¡Un puto sacrificio humano! Eso voy a ser. Un sacrificio humano al dios de la independencia.* La mente de Imanol empieza, de súbito, a hacerse todas las preguntas que ha estado evitando durante diez días. Sigue sin escuchar nada al otro lado de la portezuela. Mala señal. Le parece oír una especie de grito ahogado. Lejos. *¿La voz de* Poeta*? ¿Están discutiendo otra vez? Acabarán matándose entre ellos...*

—Lo haré yo.

La frase es rotunda. Firme. No es emocional, ni tampoco denota desistimiento. Es una afirmación consecuente.

—¿Estás seguro, Josu? Si quieres, lo echamos a suertes. En esto estamos los dos. Sabes que si nos cogen, pagaremos los dos. Seremos condenados por asesinato.

—¿Y qué quieres, Zigor? ¿Cómo pretendes hacerlo? ¿Cogemos una pistola entre los dos y disparamos a la vez? ¿Prefieres que dispare yo primero y luego le disparas tú y así estamos empatados? Las órdenes son meterle un balazo en la cabeza y dejarlo en un lugar donde le encuentren rápido, ¿verdad?

—Sí.

—Pues ya está. Tú no tienes cojones, Zigor. Los dos lo sabemos. Estás dando vueltas y vueltas para justificarte, pero ambos sabemos que no tienes huevos. Que ladras mucho pero muerdes poco.

—Josu, por favor.

—¡Cállate! Te he dicho que lo haré yo, y punto. Pero hasta aquí hemos llegado. Yo lo dejo, Zigor. Esto es una mierda. Nos metimos juntos en la Organización porque creíamos en la Causa. ¡Y lo primero que me piden es matar a un buen hombre! ¡No me jodas!

—¡Josu!

—Zigor, por favor. Estoy de muy mala hostia. Muy enfadado. Contigo, con el puto Askasibar, con la Organización. Pero ¡qué cojones estamos haciendo! Nos han engañado, Zigor. Me habéis engañado. Esto es una puta mierda.

—Josu, entiendo cómo te sientes, yo...

—No entiendes nada, Zigor. Tú eres un fanático, un insensible, un mezquino. Y no me cuentes esa gilipollez de que el fin justifica los medios. ¿Sabes lo que seremos si seguimos matando? Asesinos en serie. Asesinos al servicio de una causa que ordena matar a gente buena como Imanol.

—Te dije que te estabas mezclando demasiado con él.

—¡Vete a tomar por culo!

—¡Josu, déjame hablar!

—Te estoy diciendo que me lo voy a cargar, así que no me vuelvas a decir que me mezclé demasiado con él. ¡Hijo de puta! Que encima no tienes huevos para hacerlo. Vamos —dijo Josu, dándole la espalda a su ya examigo y comenzando a andar hacia la cabaña—, acabemos cuanto antes.

Los dos saben que su relación está rota. Que ha llegado hasta ahí, hasta ese prado verde y lavado por la persistente lluvia por el que ambos andan ahora, cada uno perdido en sus pensamientos, uno detrás del otro. De hecho, sus vidas hace quince días que han comenzado a separarse. Sus ilusiones conjuntas, sus anhelos, su visión compartida de un país libre e independiente, llevan tiempo diluidas.

La primera prueba a la que los ha sometido la Organización, su primera misión, ha destrozado ese compromiso. La lealtad puede ser un concepto absolutamente evanescente.

Romperla es una reacción tan humana como respetarla. Pero los profetas piden siempre adhesiones ciegas. Inquebrantables. Y señalan como traidor al que rompe las reglas o piensa por sí mismo. Zigor, mirando a su amigo desde atrás, comienza a rumiar la idea de que su colega Josu ya no es de ellos. Le conoce demasiado bien para interpretar su enfado como algo pasajero, un calentón llevado por la emocionalidad. Josu está fuera.

—¿Dónde está la pistola? —pregunta de repente Josu, girándose hacia Zigor, al que saca de sus reflexiones.

—¿Cómo?

—La *pipa*, ¿que dónde la has dejado? Te la has llevado cuando has ido a por las órdenes por si acaso pillabas algún control. ¿Dónde está?

Zigor saca el arma de su cintura. No le ha dado tiempo a esconderla en el pequeño hueco que tienen habilitado en la cabaña para guardarla. Alarga la mano y se la entrega a Josu.

—¡Espera! —dice de repente, retirando el arma antes de que *Poeta* la coja—. ¿Vas a matarle aquí mismo, ahora?

La pistola se queda entre los dos jóvenes, que observan el arma a la vez que se buscan las miradas.

—Tranquilo, Zigor. No le vamos a matar aquí. ¡No jodas! Nos lo llevaremos al bosque que has dicho, en la zona de Lezo. Lo haremos allí.

—De acuerdo.

—No le podemos drogar. No le podemos arrastrar dormido hasta donde le disparemos. Cantará mucho. Cualquiera puede vernos. Tendremos que convencerle de que cambiamos de zulo, de que nos vamos a otro lado. Al atardecer le atamos, le metemos en el maletero y nos largamos.

—¿Nos va a ver las caras? —pregunta Zigor, preocupado.

—No digas chorradas. Seguro que nos reconoce. Somos amigos de su hija y eso puede complicar las cosas. Intentaría ablandarnos por ahí. Nos las quitamos en el coche para no dar el cante y nos las ponemos otra vez al sacarlo del maletero, ¿de acuerdo?

—Tienes razón. Mejor que no nos vea.

—¿Sabes lo que te pone de los nervios, Zigor? —insiste Josu, cogiendo por fin el arma y guardándosela en su propio cinturón—. Que Azkarate te mire a los ojos antes de morir. Enseñar tu rostro a un muerto viviente. Imagínate que ese sea su último deseo, vernos las caras. ¿Qué harías? ¿Sabes que hay culturas que dicen que se puede ver la imagen de un asesino grabada en la retina de la persona a la que acaba de matar?

—No jodas.

—Impresa en el iris, como una foto. La cara del asesino en los ojos abiertos del cadáver.

Zigor permanece en silencio mirando a Josu. Pensando que, en todo caso, será la silueta de *Poeta* la que se grabará en los ojos de Imanol. Entran en la cabaña y empiezan a recoger todos los vasos, cazuelas y restos de comida que pudieran delatarlos si alguien acaba registrando la chabola.

Imanol, desde el otro lado de la portezuela, pega la oreja a la madera intentando adivinar qué está ocurriendo. El tintineo inusual de la vajilla le indica que están empaquetando las cosas. Decide sentarse en el jergón y esperar. No puede hacer nada más. Esperar. Mete la mano en el pantalón y saca la nota que acaba de escribir para su hija. La arruga y se la queda en la mano, cerrando el puño con suavidad. Envolviendo el mensaje con todo el cariño que se puede transmitir a un trozo de papel.

¿Cómo será el tiro? ¿Dolerá? ¿Me enteraré? Les voy a pedir que le echen cojones y se quiten la capucha antes de dispararme. Que me miren. Que me miren a la cara para que sientan mi desprecio y mi mala hostia. ¡Matarme! ¿Toda la vida siendo buena gente para esto? ¡Mecagüendiós! *¿Para qué voy a morir? Que me lo expliquen. ¿Por qué? ¿Qué les he hecho? ¿Qué he hecho mal en la vida?* La cabeza de Imanol no puede parar. Se levanta del camastro y mira hacia la luz del ventanuco inten-

tando concentrarse en los silbidos de los pájaros y el arrullo del viento a las hojas de los árboles. Aguanta unos segundos. La perspectiva de su muerte vuelve a ocuparle, a invadirle. Se siente como un condenado a muerte esperando en su celda. *Al menos esos saben que les va a tocar. Les dicen la fecha. Arreglan sus asuntos privados. Piden la última cena. Un último deseo. No sé, ¡rezan! Tienen tiempo de pedir perdón por sus actos. Les dan la opción de quitarles la venda de los ojos. ¡Joder, estoy acojonado!*

Imanol se acerca a la pequeña caja de madera que hace las veces de escritorio y coge todas las notas que tiene. Las repasa, retoca alguna palabra que considera que no está del todo bien escrita, y por último las ordena por fecha. De la primera a la última. *Mi diario de un secuestro. Ojalá lo salven de la quema estos cafres.* Pero una extraña quietud vuelve a llamar su atención y se acerca de nuevo a la puerta de madera para tratar de oír qué están tramando sus secuestradores.

Al otro lado, los dos jóvenes se quedan quietos. *Beltza* le hace una seña a *Poeta*. Levanta la mano izquierda para indicarle que no se mueva y que espere. Con la mano derecha hace tres movimientos. Primero, se lleva el dedo índice a los labios para pedirle a su compañero que permanezca callado y después se acerca el mismo dedo a la oreja. Se da dos pequeños golpes y señala el pequeño portón. Finalmente vuelve a llevarse la misma mano a los labios. «Chisss... Imanol está escuchando».

—Hay que recoger y dejar todo este cuchitril bien limpio. El otro zulo es mucho más cómodo, ya verás —grita Zigor en un torpe intento de disimular.

—Imanol, ¡nos vamos! Cambiamos de refugio. Venga, *goazen* —dice *Poeta* enseguida, entrando de repente en el establo y sobresaltando al secuestrado, que se aparta rápidamente de la portezuela.

—¿Adónde vamos? —pregunta.

—No te lo puedo decir, ya lo sabes. Que luego la policía te interrogará y cuanto menos sepas, menos cosas huelas y menos memorices, mejor.

—¿Y por qué el traslado? —insiste Imanol.

—Por seguridad. Es rutina, tranquilo. Vamos a un sitio más grande y más espacioso. ¡Ah, y sin humedad!

—¿Y nos vamos ya? —le apremia, apretando en su puño el mensaje para Alasne.

—En media hora, Imanol.

—¿Y mis papeles y mis dibujos? —Mira hacia la mesilla y hace un gesto a *Poeta* mientras señala con la mano libre.

—Sabes que no puedo dejártelos. Eso ya está hablado. El pacto era traerte hojas y lápices para que estuvieras entretenido, pero al final yo me quedaba con todo.

—¿Qué vas a hacer con ellos, *Poeta*?

—Quemarlos, Imanol. Es la única alternativa. Esto no puede salir de aquí. Descubrirían dónde estuviste y llegarían hasta nosotros en un pispás. No puedo hacer otra cosa.

—Te lo pido por favor. Déjame alguno de los papeles. ¡No sé, *Poeta*, como recuerdo de este mal rato que me hicisteis pasar!

—Imposible. Cumplo órdenes, Imanol. Te llevamos a otro sitio. Y aquí tenemos que limpiar todo. Venga, aparta, no me lo pongas difícil.

—*Poeta*, tú no eres como ellos. Reacciona. Despierta. No arruines tu vida.

Josu Etxebeste se queda mirando a Imanol Azkarate a través del pasamontañas que cubre su cara. Dos hilos rebeldes se le meten en uno de los ojos, que parece llorar. Nota que le sudan las manos. Aguanta la mirada unos segundos más, sabiendo que en ese momento solo tiene dos opciones: mantener la impostura del traslado y asesinar al hombre que tiene enfrente, o rebelarse contra una orden injusta que le va a convertir en un asesino. Azkarate está enfrente. Con los papeles apoyados contra el pecho, aferrándose a ellos. Resistiéndose a entregar a la hoguera sus sentimientos, sus confesiones. Observando el silencio elocuente de su secuestrador. Rogando con todas sus fuerzas por que ese niñato que tiene delante sienta el enorme peso moral de lo que está a punto de hacer.

—*Poeta*, los dos sabemos que no es un traslado, que estos pueden ser mis últimos momentos. Y está en tu mano que no ocurra. Solo tú puedes salvarme. Ese bestia de ahí fuera no tiene ni la mitad de humanidad que tú. No le importo yo, pero tampoco le importas tú. Es un fanático, *Poeta*, y tú no lo eres. Os vais a acabar devorando entre vosotros, y lo sabes. No le aguantas. Por mucho que lo defiendas, ya no es tu amigo.

—Imanol —balbucea Josu antes de que el condenado le vuelva a interrumpir.

—*Poeta*, no pienso suplicar por mi vida. No me voy a arrodillar ni a llorar. No le voy a dar a ese imbécil sádico el gusto de luego contar a la Organización que lloré y moqueé pidiendo perdón. Él no tiene conciencia. Tú sí. Y sobre la tuya va a pesar mi muerte. Tú vas a sufrir. Toda tu vida. Ese cabrón acabará satisfecho y se ufanará de mi asesinato. Le servirá para ascender y llegar a jefazo. Aunque no sea él quien dispare. Da igual, se va a poner mi muesca en su cinturón para ganar galones. Porque es un psicópata. Y un narcisista, *Poeta*. Solo le importa él. Te va a dejar tirado a la primera. Si le detienen, te delatará. Si criticas mi muerte, dirá que eres un blando. Si te sales de la Organización, te llamará traidor. Se le ve venir, *Poeta*. Pero tú prefieres no enterarte.

—¡Ya está bien de charla, cojones, que hay que irse! —grita *Beltza* desde la puerta.

La voz, dura y asertiva, suena casi como un disparo. Fin de la conversación. *Poeta* parece volver del bloqueo mental en el que Imanol ha conseguido meterle. Sin apenas tiempo para asimilar todo lo que Azkarate le ha dicho, extiende su mano hacia el secuestrado volviéndole a pedir los papeles que ha escrito.

—¡Quémalos! —ordena *Beltza* sin titubeos—. ¿Has oído?

—Sí, te he oído —responde *Poeta* con voz neutra sin dejar de mirar a Azkarate.

—Tómalos —contesta Imanol de manera resignada—. Nos vamos cuando queráis. Yo estoy listo. Ya tengo la maleta hecha.

Beltza lanza a Imanol una mirada furiosa. El secuestrado, despeinado, con barba de varios días, le contempla de pie, con las manos en los bolsillos, en un gesto mordaz que indica que todo su equipaje está en su vestimenta. La nota dirigida a su hija, bien guardada en su puño izquierdo.

—¡Registra todo antes de salir! Yo voy recogiendo lo que quede fuera. He encendido una hoguera para los trapos y la ropa sucia. Echa ahí sus pinturas y todo eso.

Beltza desaparece por el hueco de la puerta a la vez que entra un intenso olor a quemado, al humo inconfundible que desprende la hierba ardiendo cuando todavía no está seca del todo. Imanol levanta las manos para que *Poeta* le registre los bolsillos. El puño izquierdo cerrado. Imanol decide seguir hablando para que su secuestrador no se dé cuenta de lo que oculta:

—Cada vez manda más, ¿eh?

—Ya está bien, Imanol. Venga, sal, que nos vamos —contesta casi sin voz Josu, abriéndole el paso y sujetando las cuartillas y las acuarelas.

A Imanol le cuesta agacharse para pasar por la portezuela. La inacción, la humedad, el cansancio y el miedo le han convertido en algo muy diferente del Imanol de quince días antes. Anda lento, midiendo los pasos. Inseguro. Los ojos se le cierran de inmediato con la luz que ilumina la chabola, demasiada para sus menguadas retinas. Echa un vistazo a su alrededor como puede, pero no dice nada. Memoriza lo poco que ve. Los dos camastros. El pequeño hornillo. Un par de hoces colgando de la pared. Una talla de madera de una trainera que ya ha perdido su color. Una bandeja con la foto del equipo de la Real Sociedad de fútbol que regalaba la caja de ahorros. El periódico que utilizaron para hacerle la prueba de vida y que empieza a arder en la pequeña hoguera de la chimenea. Poco más. La dotación básica de una cabaña de pastores en cualquier monte alto de Euskadi. Ni siquiera es un refugio de montaña. Tampoco ve ningún váter. Las necesidades se hacen fuera. Una chabola como cualquier otra.

—Ponte esto —le ordena *Beltza*, tirándole una capucha que Imanol recoge con la mano derecha. La izquierda vuelve a estar en el bolsillo, custodiando su último aliento. Su despedida de Alasne.

Imanol enseguida nota el cañón del arma en los riñones, indicándole que empiece a moverse hacia la puerta.

—Yo lo voy llevando al coche, *Poeta*. Está al final de la pista forestal. Asegúrate de quemar todo eso y te esperamos allí. Voy a meter al señor Azkarate en el maletero. No tardes.

—¿Ahora soy el señor Azkarate? —pregunta Imanol antes de ser empujado fuera de la cabaña.

—Venga, tira y calla.

Desde dentro, Josu Etxebeste se queda mirando a los dos hombres, víctima y verdugo, caminar en hilera. Zigor ha puesto una de sus manos en el hombro de Azkarate para guiarle.

Mira a su alrededor. Abre las ventanas para airear la estancia y que el humo blanco y denso que produce el heno se diluya. Se queda observando las llamas. El periódico ya se ha consumido por completo y es un amasijo de ceniza. Lanza al fuego los envoltorios de unos paquetes de pasta y los últimos restos de comida. Después vuelve hacia donde ha dejado los papeles de Imanol, los coge y sale de la cabaña.

Va hasta la parte de atrás, justo debajo del ventanuco por el que le entraba a Imanol la única luz de la que dispuso en esos días, y se arrodilla. En la base de la pared retira una de las piedras y del hueco saca un tarro de cristal cerrado herméticamente. Mira a su alrededor para cerciorarse de que sigue solo y lo abre con sumo cuidado. De su interior extrae unos negativos fotográficos cuidadosamente guardados en una tira de papel, numerados y datados, y dos fotografías en blanco y negro. Una es la copia que han enviado a los medios de comunicación para demostrar que Imanol Azkarate estaba secuestrado y vivo. La otra es la misma foto con un encuadre algo más abierto, en el que se puede ver a Zigor Altuna apuntando a la cabeza de Azkarate. Josu vuelve a introducir en el bote de cristal esas fotografías y sus negativos junto a las notas de Azkarate y un par de sus dibujos. Lo cierra y lo esconde de nuevo en la pared. Pone la piedra y esparce algo de tierra alrededor para que no se noten las pequeñas fisuras en torno al adoquín, que puedan indicar que ahí hay algo raro.

Cuando considera que el resto de las pruebas del secuestro han sido ya incineradas, se dirige hacia el vehículo. Zigor lo espera fuera, pensativo. Al verle llegar, se acerca hacia él para que Azkarate, desde el maletero, no los escuche.

—¿Todo limpio?

—Sí. No ha quedado nada.

—¿Los papeles de este y los dibujos?

—Tranquilo, Zigor, todo controlado. Ni rastro.

—¿Cómo lo vamos a hacer?

—Conducimos hasta el bosque, le sacamos y, cuando estemos bien dentro, le pegamos un tiro.

—Ya.

—¿Ya, qué? —pregunta Josu.

—Entonces ¿disparas tú?

—¡Qué huevos tienes para no tener huevos! —le responde Josu, dejando la pistola en la guantera—. Venga, vamos. Conduces tú.

¿Qué se piensa cuando se va a matar a alguien? Los dos jóvenes observan fijamente la carretera. Con la mirada perdida. Sus ojos intuyen las curvas, la velocidad a la que hay que ir, son capaces incluso de leer en segundo plano las señales de tráfico, pero su concentración está en otro lado. Los dos piensan en la muerte. Los dos saben que quien apriete el gatillo cargará para toda su vida con esa deuda. El que dispara es el asesino. El otro es el que mira. El colaborador.

Josu lo ha asumido. Será su mano la que apunte. Será él quien termine con todo esto. Será él quien sufra después. El que no pueda dormir. El que se dé asco. El que no se soporte. Josu sabe, ahora mismo, en ese coche en el que transportan al futuro cadáver, que su vida será otra desde ese día. Ha decidido no mirar a Imanol a los ojos. Lo hará de manera cobarde, desde atrás, de improviso. Cuando no se lo espere. Mientras van andando. Quiere evitarle la humillación de tener que ponerse de rodillas.

Desde el maletero del coche, con las manos y los pies atados, Imanol Azkarate trata de escuchar algo que le ayude a saber qué sucede. Se concentra para intentar identificar sonidos de otros vehículos, adivinar la velocidad a la que van o los semáforos en los que paran. De joven se recorrió todas las carreteras de Guipúzcoa. Conoce sus cuestas, sus curvas, los sonidos particulares de cada pueblo y cada ciudad. Eibar no suena igual que Beasain, ni Oiartzun lo mismo que Ordizia. Sus olores también son distintos. Imanol puede identificar Rentería por el olor de su papelera o Irún por el de su matadero. Sabe en qué rampas hay que meter primera para subir, y el tiempo que se tarda en el peaje de la autopista.

El miedo, y ahora se ha dado cuenta que de verdad lo tiene, ha dejado cierto espacio a la indignación. Está enfadado. Es muy probable que a su vida tan solo le quede el tiempo que dure el trayecto en coche, hasta ese lugar en el que hayan decidido ejecutarle y dejarle tirado. Y se siente estafado. Le van a robar su vida. Van a vaciar la de Alasne. Y esos chicos van a malograr, también, la suya propia. ¿Qué clase de mundo ha dejado la gente de su generación?

Quiere llorar y no puede. Hace rato que dejaron la pista forestal por la que salieron, en la que el vehículo iba dando constantes saltos que le han provocado magulladuras al golpearse contra el capó. Después han estado bajando durante bastante tiempo. Su cuerpo se desplazaba hacia el interior del coche debido a la gravedad. Normal. Debían de estar en una cabaña bastante aislada en un monte alto. La humedad y el frío no dejaban ninguna duda. Han adelantado a bastantes camiones en una carretera de un solo carril. Los bandazos bruscos hacia la izquierda, a la vez que el motor rugía por la reducción de marchas, le han hecho pensar que estaban en una carretera transitada por transportistas. Una nacional, quizá. El coche se ha detenido en lo que bien podrían ser cruces de carreteras secundarias y quizá algún semáforo.

Desde hace ya un buen rato no detecta ningún ruido que le pueda dar una indicación. La velocidad ha bajado y están iniciando una suave pendiente cuesta arriba. Quizá estén llegando ya a su destino. Al final.

—Ya hemos llegado, Imanol, ahora te sacamos del maletero.

La voz autoritaria de *Beltza* ha perdido el timbre adusto con el que siempre se dirige a él. *Mala señal*, piensa Imanol mientras aprieta en su mano el mensaje para Alasne. La puerta del capó se abre y distingue el contorno de uno de los dos terroristas, que le está apuntando con una linterna. La noche empieza a caer. No sabe quién de los dos le está ofreciendo una mano para ayudarle a salir. El joven no dice nada. Imanol sale del vehículo con dificultades por las ligaduras que sujetan sus pies. En la penumbra puede distinguir un bosque de pinos y un pequeño sendero iluminado por los faros del coche. El terrorista le corta con una navaja las cuerdas de los pies.

—¿Me llevas al cadalso, *Poeta*? —se atreve a preguntar.

—Soy *Beltza*. *Poeta* ha ido a echar un vistazo al camino para ver si hay moros en la costa. En cuanto regrese nos vamos.

—¿Quién lo va a hacer, *Beltza*? Tú no te atreves, ¿verdad?

—Cállate, Imanol.

—No. No tienes huevos de apretar el gatillo. Tú eres de los que azuzan a los demás.

—¡Que te calles de una puta vez, Imanol!

—¿O si no qué? ¿Me vas a disparar? ¡Si no te atreves!...

Beltza levanta el arma y apunta a Imanol. El cañón se mueve de manera frenética. Los dos hombres miran a la pistola. Es evidente que el terrorista está muy nervioso y se le puede escapar un disparo.

—No me pongas a prueba, Imanol.

—Eres tan miserable, *Beltza*, que ni en los últimos segundos de vida de un hombre eres capaz de demostrar un poco de compasión. No vas a disparar, porque si es cierto que me cambiáis de zulo, me necesitas vivo. Y si habéis decidido ejecutarme, lo hará el otro.

—¿Qué pasa aquí? —grita *Poeta*, saliendo del sendero entre los pinos.

—Nada, que se ha puesto chulo y me estaba provocando.

—*Beltza*, por favor, baja el arma y déjame la pistola —le ruega Josu, poniéndose entre los dos hombres.

Ahora la pistola que empuña *Beltza* apunta directamente al pecho de su compañero de comando, que con su movimiento protege al secuestrado. Josu extiende la mano hacia Zigor.

—Por favor...

—¡Qué ganas tengo de acabar con esta mierda! —dice finalmente *Beltza*, bajando el arma y entregándosela a Josu.

—El camino es por ahí —afirma señalando la senda—. Pararemos a unos cien metros, en un claro entre los árboles.

—¿Es ahí donde lo vais a hacer, *Poeta*? A cien metros.

—Cállate, Imanol. No estoy de humor. Si sigues hablando, te tapo la boca con cinta aislante. ¿Estamos?

—No. No estamos, *Poeta*. Sois dos chapuzas. Dos aficionados. Y, desde hoy, dos asesinos. Dejaos de jugar conmigo. Podríais ser mis hijos. Un poco de respeto. Y déjame decirle a este idiota de *Beltza* que seguramente hará carrera en la Organización. Porque es frío. Es despiadado. Sí, *Beltza* —Imanol continúa de pie, con las manos encadenadas, situadas delante de su cintura, mirando a Zigor—, tienes todo lo que un jefe mafioso debe tener. No te importan los muertos porque eres un fanático.

Los dos jóvenes terroristas permanecen quietos. Callados. Escuchando a Imanol. No lo han pactado, pero se han dado cuenta de que este va a ser el último alegato del condenado. Sus últimas palabras. Deben permitirle desahogarse. Aunque le sigan luego mintiendo sobre el cambio de ubicación, para poder continuar hasta ese claro del bosque donde será ejecutado.

—De ti es de quien hay que tener miedo en este país, *Beltza* —continúa Imanol—. Y de los que son como tú. Dogmáticos. Intransigentes. Incapaces de entender que su violencia mancha y mancilla para siempre la pureza de su causa.

—Venga, Azkarate, ya te hemos escuchado. Ahora debemos seguir por ese camino —acierta a decir *Beltza* en un tono inusitadamente blando.

—No, no he acabado —insiste Imanol—. *Poeta*, escúchame. —Ahora mira a Josu—. No voy a rogar por mi vida, pero te pido que no estropees la tuya. Tú no eres como este —y señala a Zigor—. Tienes alma. Lo noto. Eres un buen tipo. Todo esto te está superando. Sepárate de *Beltza* cuanto antes. Salte de esta mierda. No sigas dentro. No contribuyas a un país construido sobre la sangre de inocentes.

Azkarate se calla un momento. Los dos jóvenes permanecen quietos, sin saber si ya ha terminado y pueden empezar a andar o simplemente está cogiendo fuerzas para seguir hablando. La situación, al menos para Josu, se ha convertido en algo en extremo doloroso. Azkarate no está suplicando por su propia vida, sino advirtiendo sobre la suya.

—Sé que me estáis dejando hablar para que me desahogue —continúa—. Porque en el fondo os doy pena. Porque los dos sabéis que vais a matar a alguien que no ha hecho nada. A un tipo que es tan vasco como vosotros —y los señala a ambos con los dedos índices de sus manos atadas—. Los dos sabéis que hacer esto no está bien, pero tú, *Beltza*, lo contemplas como un mal menor. Mi muerte es un medio para que tú consigas tu independencia. Tú eres un tipo utilitarista y para ti solo soy una piedra más, despejada de ese camino hacia la liberación. Pero tú, *Poeta*, tú sí que sabes que vas a matar a un inocente… del que te has hecho amigo. No vas a ser el mismo. Haz ahora lo que creas que tienes que hacer, pero después, por favor, abandona.

Imanol se da la vuelta y se pone a caminar hacia la senda. Los dos terroristas se miran y, sin decir nada, comienzan a seguirle. El sendero se estrecha y Zigor cede el paso a Josu para que se quede justo detrás del secuestrado. El sonido de los pasos sobre la hierba seca es lo único que se escucha. No hay ruido de animales y ni siquiera el viento se atreve a soplar. Los tres presienten que ese silencio sepulcral es como un réquiem para un condenado a muerte. Cuando llegan al claro, Imanol Azkarate aprieta en su mano la frase que ha escrito para Alasne. «*Maite zaitut, bihotza*». «Te quiero, cariño». Y sigue andando sin parar. Sin mirar atrás. Sin esperar instrucciones. Sin hablar. Puede escuchar el disparo, antes de que todo se vuelva negro y caiga de bruces hacia delante, y aún le da tiempo a pensar: *Se acabó*.

26

Martes

Alasne Azkarate se miró en el espejo de su habitación y tragó saliva, dispuesta a escucharse de nuevo y repasar su actitud por última vez. Llevaba un par de días ensayando. Se imaginaba a sí misma delante del asesino de su padre y no quería dar pena, ni compasión, ni ser agresiva, ni gritar, ni llorar, ni pegarle, ni insultarle. No quería derrumbarse ante Josu Etxebeste cuando este le contara cómo murió el *aita*. Tampoco quería salir corriendo. Realmente, no sabía muy bien lo que quería. Pero necesitaba ese encuentro. Necesitaba saber. Conocer los detalles, los porqués, los *paraqués*. Entender si a ellos, o a su Causa, el asesinato de Imanol les había merecido la pena. Si aceleraron el camino a la independencia al asfaltarlo con su sangre.

¿Qué consiguieron con esa ejecución? ¿Venganza? ¿Asustar a otros empresarios para que pagaran y financiaran su proyecto? ¿Sumar simpatizantes a la Organización? ¿Hubo alguna crítica interna por ese asesinato inútil de un buen vasco? Preguntas que llevaban años en su mente y que se las había hecho una y otra vez, en un inútil ejercicio de autoflagelación que la mortificaba continuamente y la encarcelaba en un duelo eterno y sin final.

Necesitaba información. Pero, al mismo tiempo, toda esta situación, tan extraña, tan inverosímil, le generaba un pánico siniestro y pegajoso. La primera vez que leyó la carta personal de Josu no pudo contener la congoja que le produjo saber quién era el asesino y se orinó encima. Tras la muerte de su padre, fue su segunda devastación. No quería que le volviera a pasar. Tenía que ser fuerte para enfrentarse al hombre que le robó a su padre y le quitó su juventud. Al asesino que le arrancó su identidad para convertirla en una víctima, alguien a quien todos miraban con lástima u observaban de soslayo. A quien se evitaba para no tener que mantener una conversación. Una persona incómoda. En eso la había convertido Josu, en un ser invisible. Sí, tenía que enfrentarse a la bestia que le arrebató su corporeidad. Al hombre que hizo que todo el mundo olvidara que se llamaba Alasne, y que la resignificó como «la hija de Azkarate». La víctima.

Para cerrar un duelo a veces hay que obtener algunas respuestas. Y por primera vez en muchos años sentía que estaba a punto de pasar página, de recuperar su vida, de que se hiciera justicia. Quería decirle a la cara a Josu que no solo mató a su padre, sino que a ella le jodió la vida.

Contemplándose ante el espejo, sintió cierto rubor al darse cuenta de que esa tarde se veía atractiva. Llevaba unos vaqueros ceñidos, una camiseta blanca que le realzaba los senos y su melena de ceniza recogida en una coleta. De su cara, y esto sí que la desconcertó un poco, habían desaparecido las arrugas más marcadas, los surcos que más la envejecían, como si saber que estaba a punto de acabar con el tormento de tanto tiempo le hubiera devuelto los años que había perdido. Se veía con aura. Con fuerza.

«Eres un cobarde», dijo en alto mirándose en el espejo. Lo hizo despacio. Con firmeza. Sin inflexiones. Sin levantar la voz. Con la neutralidad de quien tiene la razón. «Eres un cobarde, Josu». Porque sabía que a alguien se le puede llamar «hijo de puta» o «cabrón» o «miserable» o «imbécil», y son insultos que se asumen como parte de nuestra naturaleza, de nuestro comportamiento. Un modo de actuar deshonesto en el que cualquiera ha podido caer alguna vez, en algún instante. Pero llamar «cobarde» a alguien es mucho más profundo. Es un martillazo a una forma de ser y de actuar. Incluso a una forma de no actuar. De inacción. La cobardía es algo que se llevará siempre en el alma. Ser cobarde es un modo de rendición contra uno mismo. De claudicación. Es la mayor tropelía con la que se tiene que aprender a convivir. La que más sangra. La que siempre vuelve para recordarnos nuestra indecencia. Y Josu, muy aguerrido para matar, fue después un cobarde para vivir. «Un puto cobarde», repitió Alasne maquillándose con lentitud, observando su rostro, preguntándose adónde se había ido ese ceño siempre enfadado, esa boca antes replegada sobre sí misma y que ahora, con los labios levemente pintados, se había convertido en un manantial de desprecio. «Cobarde».

Era martes y el restaurante cerraba por descanso semanal, pero Josu Etxebeste se sentía agitado e hiperactivo. Los nervios lo estaban abrasando desde que había conectado el contestador automático para escuchar los mensajes de las reservas y pudo oír la voz, seca y metálica, de Alasne: «A las siete de la tarde en tu restaurante». Llevaba años esperando ese momento, preparándose, construyendo mentalmente el relato de lo que ocurrió en aquella borda por si ella quería saberlo. Pensando en los detalles que debía ahorrarse o embellecer. Lo había escrito y reescrito para tratar de memorizarlo, pero ahora, apenas una hora antes de que Alasne viniera, estaba completamente en blanco. Se paseaba sin sentido entre las mesas vacías del Toki-Eder, de un lado a otro, sin un patrón específico, solo para tratar de calmar su mente y conseguir bajar sus pulsaciones.

Se dirigió al despacho y cogió su cuaderno de notas. Quizá escribiendo podría poner un poco de orden en la anarquía que ahora gobernaba su mente.

Hoy es el día. Hoy me encuentro con ella. Por fin.

Hoy me voy a convertir, y eso es algo irrefutable, en uno de los mayores miserables de esta tierra. Voy a reconocer mi crimen. Voy a confesárselo a la persona a la que, de alguna manera, también asesiné.

A su padre le quité la vida. La que tuvo y la que le quedaba por tener. Lo convertí en pasado. Me apropié de su existencia.

A ella la enterré en vida. He sido capaz, miserablemente capaz, de ver cómo Alasne se iba consumiendo. De seguir su destrucción, su camino a la soledad grisácea. Yo fui también su asesino. También me apropié de su existencia. Y ahora tengo que mirarla a los ojos.

¿Debo pedir perdón? ¿Me lo aceptará? ¿Será suficiente?

Pedir perdón es un acto personal. Individual. Quiero hacerlo, pero dudo de que le sirva de mucho. «Ahora me pides perdón, ¿y por qué no hace años?», me preguntará con toda la razón.

POR COBARDÍA. ¡Por qué va a ser! Cobardía de perderlo todo, de quedarme solo. Cobardía para mirarla a los ojos. Para devolverle las cartas de su padre. Para enfrentarme a la Organización. Cobardía de no ser capaz siquiera de pegarme un tiro y acabar con todo.

Nada me ha salido bien en la vida. No he tenido familia y mis relaciones siempre han sido esporádicas. Urgentes. Enseguida salía huyendo de ellas por miedo a que descubrieran mi oscuridad. A veces, por las noches, me despierto pensando en Imanol o grito acordándome de las torturas, y asusto a quien esté a mi lado.

No soy una buena pareja. Oculto demasiadas cosas.

Escribo sin saber muy bien adónde quiero llegar. Escribo para tranquilizarme. Escribo porque ver a Alasne y hablar con el comisario Sánchez es en cierta forma una manera de suici-

darme. Solo sé que necesito acabar con todo. Confesar y liberarme. Honrar la memoria de un hombre que, es muy loco escribir esto, me marcó para toda la vida por su forma de ser, de hablar, de entender, de discutir. Por su sabiduría, por su bondad, por su sentido del humor y por su valentía.

Sí, yo maté todo eso.

Y no sé cómo decírselo a su hija cuando llegue.

Alasne se dirigió hacia el garaje y movió su vehículo para estacionarlo en el jardín, junto al seto que hacía de valla. Volvió dentro y sacó unas llaves del bolsillo. El viejo Ford Fiesta rojo de su padre seguía allí aparcado. Nunca lo quiso vender. Decidió quedárselo, como muchos otros recuerdos. Lo solía arrancar cada dos meses para comprobar que seguía funcionando y de vez en cuando le quitaba el polvo por dentro. A aquel coche lo llamaban *Caballo loco*. Era un obús que corría demasiado para su tamaño, que adelantaba sin querer, que se tambaleaba con el viento lateral. El coche en el que Alasne aprendió a derrapar con su padre Imanol los domingos por la tarde, en el aparcamiento de un centro comercial vacío.

Echó un vistazo a las ruedas. Tenían aire. Se sentó en su interior y encendió el motor. Un humo negro salió inmediatamente del tubo de escape, como un tosido ronco, pero se disipó enseguida. Alasne se miró en el espejo retrovisor y sus ojos se iluminaron con una sonrisa enigmática. Iría a la cita en el coche de Imanol. Estaba segura de que el viejo Fiesta aguantaría. Su padre se lo había prestado muchas veces para ir a las fiestas de los pueblos de alrededor y en la parte de atrás había tenido sus primeros descubrimientos sexuales, sus primeras y torpes indecisiones sentimentales. Ese coche había sido testigo mudo de muchos de los secretos que la adolescencia le fue revelando a Alasne. Miró por curiosidad en el parasol del conductor, en la pequeña pestaña de la parte de atrás, y aparecieron dos tarjetas antiguas. Una era de un taller mecánico de Irún y la otra de un desguace de coches en Gaintxurizketa. «¡*Aita*, ibas a deshacerte de *Caballo loco*!», exclamó en alto agarrando el volante.

Su mano buscó entonces el pomo de las marchas y metió la primera. El vehículo se tambaleó adelante y atrás, casi doblándose sobre sí mismo, e hizo un ruido extraño y bronco, como el carraspeo de un fumador a primera hora de la mañana. Pero avanzó. Alasne lo sacó al jardín y volvió a sopesar su intención de ir hasta el restaurante. *Seguro que aguanta*. La idea, además, le pareció llena de simbolismo. Sería, se imaginaba, como si el propio Imanol fuera allí a reclamar esa enorme deuda sin pagar desde hacía tantos años. Alasne estaba decidida a espetarle en todo el rostro que ese era el coche que conducía Imanol cuando le pusieron el cloroformo en la nariz y se lo llevaron, para entregárselo muerto.

Los símbolos, como las palabras, tienen sentido. Importan. Poseen una carga anímica que destroza voluntades o las retuerce. El viejo vehículo de Imanol era el recuerdo de su vida arrebatada. Ese coche estaba allí en el momento anterior a que le borraran la existencia. Ese instante en que empezó a dejar de ser él.

El Fiesta empezó a rodar por el camino de tierra y grava que lleva a una carretera secundaria, y de allí a la variante que rodea Irún y va directa hacia el restaurante. «¡Qué cerca ha estado siempre el hijo de puta!», se escuchó a sí misma pensando en alto. Su *aita* siempre llevaba varias cintas de casete en la guantera. Mientras conducía, y agachándose hacia su derecha, rebuscó y cogió una al azar. Sin leer lo que ponía. Esperando que la vieja radio todavía funcionara. El motor lo había arrancado muchas veces por mantenimiento, pero la radio llevaba años sin encenderse. Introdujo el casete en la boca polvorienta y le dio a la tecla del *play*. No se lo podía creer. Dos pequeñas luces azules empezaron a parpadear y una melodía de piano pugnó por hacerse oír, perezosa, sucia, enfangada de graves, casi irreconocible, como si estuviera sonando a menos revoluciones de las debidas.

Alasne sonrió, porque la voz de Mike Jagger, aunque desgastada y casi borrada en esa cinta de cromo que no había sido usada en más de treinta años, empezó a decirle a ella, sí, a Alasne, como siempre le cantaba su *aita* cuando se la ponía en ese coche, que ella era como un arcoíris. Y Alasne cantó entonces con toda su fuerza, como si tuviera trece años y su *aita* estuviera conduciendo, como si tuviera dieciocho y fuera ella la que iba al volante con sus amigas hacia las fiestas de Oiartzun: «*She's like a rainbow, counting colours in the air, everywhere...*».

Y se transportó a otra época, a otras alegrías, otras aspiraciones, otro futuro por construir. Y se vio a sí misma robándole a su padre cintas para dejárselas a sus amigas. Cintas que nunca volvieron. Que estarían en algún trastero olvidadas, como todo aquello que fue parte de los secretos, de las manías de los adolescentes. Y se dio cuenta de que todo aquello se le estaba yendo un poco de las manos. Que estaba cantando a los Rolling Stones mientras se dirigía a ver al asesino del hombre que había comprado esa cinta, que sonaba en el coche del propio muerto, que era su padre. Y se dio cuenta de que ya no temía hablar con *Poeta*.

Me va a dar un infarto, pensó Josu mientras arrancaba unas malas hierbas que habían empezado a crecer en los intersticios de las baldosas de la terraza. Necesitaba tomar el aire y alejarse de sus sombríos pensamientos. De esas líneas negras de su vida que había estado escribiendo mientras esperaba la visita de Alasne. Las fuertes lluvias de esos días habían alimentado la audacia de esos hierbajos, dispuestos a crecer en cualquier sitio. Josu cogió de nuevo el cuaderno y allí mismo, apoyado en una de las mesas de madera pintadas de verde y un tanto desgastadas, continuó escribiendo:

¿Por qué llamamos «malas hierbas» a todas esas plantas que van a su aire y que no hemos plantado nosotros? A esas apariciones inesperadas en nuestros jardines y balcones. ¡Malas hierbas! ¿Por qué? ¿Porque nacen donde quieren, sin dueños, sin tiestos? ¿Por eso las consideramos malas? Son hierbas nómadas, que se quedan allá donde su semilla sea acogida. Son hierbas libres. No intentan colonizar, no tienen sentido de pertenencia. Ni identidad. No tienen país ni bandera. SON LIBRES.

Josu se quedó reflexionando sobre el concepto de ser libre y lo que acababa de escribir. «A la mierda», exclamó. Se levantó y quitó todas las hierbas que sobresalían. «A veces escribo gilipolleces». Mientras pasaba una escoba se dio cuenta de que sentía necesidad de que todo estuviera en su sitio. Limpio y ordenado. Y pensó que hacía mucho tiempo, cuando era muy joven, no era así. Que su manía de tenerlo todo colocado de manera casi simétrica, obsesiva, venía de las dos semanas que pasó encerrado en aquel establo con Azkarate. Rodeado de estiércol y de paja. De violencia y desperdicios. De reproches éticos. Toda aquella basura física y mental, todo aquel caos emocional, todos aquellos papeles tirados por el suelo, los excrementos, los restos de comida, las discusiones con Zigor, las charlas con Imanol, todo aquel desorden lo había perseguido el resto de su vida. Por eso ahora ordenaba frenéticamente a su alrededor. Su campo de visión escaneaba sin parar cualquier cuadro torcido o servilleta mal doblada. Su mirada periférica era implacable con los desequilibrios visuales o el desorden de las cosas. Los empleados conocían sus manías y procuraban que, antes de que llegara al restaurante, todas las mesas estuvieran colocadas como a él le gustaba. Sabían sus obsesiones e intentaban no contrariarle.

Josu tiró todas las hierbas cortadas al cubo de la basura que había en el jardín y se sentó otra vez a escribir:

No creo que encuentre nunca la paz. No creo que me la merezca, o siquiera que ese estado de bienestar con uno mismo se haya pensado para nosotros, los cobardes. Los silenciosos. Los que somos incapaces de pegarnos en el pecho con fuerza para decirnos «reconócete, mierda, que eres un mierda».

¿Cuántos somos?

¡Aquí, en Euskadi, muchos, muchísimos!

Muchos los que matamos y no lo confesamos. Unos cuantos los que lo ordenaron y no quieren reconocerlo. Y miles los que nos aplaudían y ahora esconden sus manos en los bolsillos o acarician con ellas, orgullosos, el cabello de sus hijos pequeños o sus nietos.

En Euskadi, entre nosotros, están los que nos disculpaban, los que callaban, los que nos pedían más dinamita o más metralleta, los que gritaban en las manifestaciones o nos financiaban en los bares.

En fin, como me dijo Imanol en unos versos, los que nos mintieron. Los contadores de cuentos. Los fabricantes de sueños. Todos ahora con otras vidas, con otros pasados, porque incluso hay quien se inventa lo que fueron o lo que hicieron, como si el resto no tuviéramos memoria. Como si todos los demás camináramos por el mismo sendero de la indiferencia. Olvidando los cadáveres, el olor de la pólvora en los dedos tras disparar. Olvidando las friegas desesperadas con estropajo para quitarte cuanto antes las manchas de sangre de tu víctima.

Algunos de aquellos vienen por aquí, por el restaurante, y se nota enseguida que buscan una mirada de complicidad, un guiño de viejo militante, de esa cofradía invisible de los que compartimos una idea violenta y perdimos.

Yo los esquivo, o lo intento. Esperan a que no haya nadie en el restaurante y se me acercan, o vienen a la barra para intentar tener un momento de intimidad. Y me hablan como en clave.

Con los términos oxidados de entonces.

Palabras ajadas.

Expresiones cargadas de plomo, pesadas, violentas, que te llevan a un pasado de hermandad, de camaradería, de acciones compartidas e hitos históricos:

«¿Te acuerdas de aquella manifestación donde la txakurrada *mató a no sé quién?, tú estabas allí, yo te vi».*

«¡Vaya huevos esa ekintza *de la Organización en la que se cargaron a no sé cuántos guardias civiles, eh!».*

«La que se lio en el funeral por no sé quién ¿verdad?».

Y yo les sirvo el café o el zurito *y me meto dentro, para no hablarles, para no oírlos, pero realmente lo hago para no recordar. Porque claro que me acuerdo de todo, pero no puedo estar orgulloso.*

Y a todos esos nostálgicos de una mierda de pasado glorioso les debería decir que YO SÍ TUVE COJONES DE MATAR, mientras ellos estaban gritando en las manis, aplaudiendo en los bares, borrachos, las noticias de un atentado en el telediario. Les debería decir que aquello también acabó conmigo. Y que me dejen en paz de una puta vez.

Josu, agitado, cerró el cuaderno de notas y miró a la entrada del jardín. La figura menuda de Alasne lo estaba observando.

Callada.

Seria.

Josu tembló.

Se levantó torpemente, pero ella ya estaba a su lado.

Y le dio un tortazo.

Se miraron. No se dijeron nada. Josu intentó mantener la mirada, buscando el punto justo para transmitir su desolación, su remordimiento, incluso su vergüenza. No quería parecer altivo, ni desafiante, ni que de su expresión pudiera intuirse desdén o indiferencia. Realmente, y ahora mismo era del todo consciente, no sabía ni qué decir ni cómo actuar. Sus ojos comenzaron a lagrimear y a brillar, como solo pasa cuando se intenta contener un llanto, cuando la agonía oprime y aprieta e intenta escapar del alma por algún lado.

La cara de Alasne, sin embargo, era de estupor. Porque ni ella misma se explicaba por qué había reaccionado así. ¡De qué le había valido ensayar ante el espejo! En esos segundos de silencio, en los que ninguno sabía muy bien qué hacer, ella, sin embargo, empezó a sentirse liberada. Preparada para escuchar. Ese tortazo seco y sonoro había sido catártico. No era violencia, pensó Alasne todavía de pie. No era venganza. Era la fuerza del *aita* volviendo desde el infinito para avergonzar a su asesino. Un bofetón vivificante. Inapelable. *Ahora ya puedo hablar con él.*

—¿Por qué has tardado tanto? ¿Por qué ahora? —dijo con una voz neutra.

—Alasne, lo siento —balbuceó Josu.

—¿Por qué has tardado tanto? —le insistió con la mirada fija. El bolso colgando de su hombro derecho; las llaves del coche todavía en la mano.

—Por cobardía, Alasne. Por cobardía. No lo hice cuando debería haberlo hecho, fui un miserable. Y con el tiempo ese miedo a mis fantasmas se convirtió en..., cómo decirlo, miedo a la hija de ese fantasma. Miedo a hacerte más daño todavía.

—Y a delatarte.

—Siéntate, por favor, Alasne. Tengo mucho que contarte. Solo te pido que me escuches.

Ella no se movió.

—No tengo miedo a la cárcel. De hecho, estoy seguro de que acabaré en ella. No, no fue eso. Con los años el miedo acabó convirtiéndose en una sensación profundísima de vergüenza. De vergüenza por lo que hice. —Paró un momento pensando en su siguiente frase, mirando al suelo—. Por lo que os hice, Alasne. A los dos. Llevo años, desde entonces, caído en un pozo negro en el que chapoteo todas las mañanas.

—Sigues hablando tan bien como siempre, Josu —reconoció Alasne con gesto hosco mientras se sentaba a la mesa—.

Recuerdo que querías ser escritor. He venido a escucharte. Necesito respuestas. Pero no me las adornes ni me mientas. Esta será la última vez que nos veamos y que hablemos. No puedo soportar la idea de volver a tenerte delante. Quiero que me cuentes, Josu, ¿por qué? ¿Qué lograsteis asesinando a un hombre bueno? Quiero saber qué dijo antes de morir, qué hacía mientras le tenías encadenado, de qué hablasteis esos días. Quiero saber si lo insultasteis y lo humillasteis. Si discutisteis o lo torturasteis.

Las frases de Alasne se iban clavando, una a una, en el pecho de Josu, que, mientras articulaba su respuesta a tantas preguntas, estaba a punto de derrumbarse.

—Te contaré todo lo que quieras, pero, antes de nada, debes saber que me voy a entregar, que voy a confesar. Y que la memoria de tu *aita* es lo único que me importa. Conmigo que hagan lo que quieran, pero necesito hablar de Imanol.

—¿Hay más notas de mi padre?

—Sí. Las tendrás todas menos una, que te la devolverá el comisario que me va a detener y al que he tenido que mandar uno de los escritos de Imanol para que me creyera.

—Entiendo.

Alasne se quedó mirando fijamente la mesa en la que Josu había estado escribiendo. Vio su agenda abierta, llena de anotaciones, pero fue incapaz de leer nada. Tenía la mirada perdida. Permaneció un rato en un estado de ensimismamiento que a Josu le pareció una eternidad. Alasne estaba viajando en el tiempo. Su mente la llevó a las barcas del parque de atracciones de San Sebastián, y allí se vio reír, su cabello ensortijado y enredado por el viento, junto a su padre. Evocó, a un ritmo vertiginoso, el piso que su *aita* la ayudó a encontrar cuando se fue a estudiar a Bilbao. Voló a los bosques de Cauterets en los que Imanol le enseñó a esquiar, a las aguas verdosas del lago de Saint-Pée, a la bruma de la mañana en la cascada de Ibarla. Mientras Josu la miraba esperando a que volviera a iniciar la conversación, sin querer romper ese momento de abstracción, Alasne flotaba en el avión que llevaba a toda la familia a sus primeras vacaciones en Tenerife. Su viaje emocional ahora la estaba trasladando a aquel trigal de un pueblo de Palencia donde fumó su primer cigarrillo, oculta de las miradas de su padre, y después a correr por esa playa gallega de aguas heladas, y luego a cantar un gol en el esquinazo de la grada de Atotxa a la que a veces la llevaba Imanol para ver jugar a la Real.

Alasne no estaba. O eso le parecía a Josu, que no sabía muy bien qué hacer. Permanecía callado, mirando ahora fijamente al suelo, sin saber cómo actuar. Alasne, en esos segundos que a Josu se le hicieron eternos, viajó a muchos sitios. Sin querer, sin saber por qué, había repasado momentos maravillosos de su existencia. Instantes que habían sido rotos, como una pedrada al espejo donde sonríes, por un disparo en la nuca. En su mente, todavía entregada a la melancolía, apareció finalmente la figura de Josu. Un Josu joven, encantador, espabilado, interesante, con el que Alasne coincidió en sus primeras escapadas nocturnas por el barrio de Mosku en Irún. Ese Josu era entonces un adolescente con ganas de viajar, al que el País Vasco se le quedaba pequeño. Un chaval que soñaba con escribir novelas.

—Joder, Josu. Es que todo esto es muy fuerte —exclamó por fin Alasne—. ¿Cuántas juergas nos hemos hecho juntos? ¡Si de jóvenes nos gustábamos, hostia! Y ahora resulta que eres tú el asesino de mi *aita*. ¡Hijo de puta!

Alasne se dio la vuelta con tanta energía que golpeó la silla y esta cayó al suelo. Siguió andando hacia la salida mientras apretaba fuerte el bolso contra su pecho, tratando de presionar la angustia que le estaba robando el aire, que le secaba los pulmones y le impedía respirar. Se paró delante del Ford Fiesta de su *aita* y se apoyó en el capó todavía caliente. Respiró hondo varias veces. Hacía años que una amiga psicóloga le había enseñado una serie de técnicas para controlar sus frecuentes ataques de tristeza.

Cerró los ojos y pensó en el ensayo que había hecho en su casa con todo lo que iba a decir. En cuál debía ser su actitud. Ella debía controlar el encuentro. Tenía que sacar información. Conseguir su confesión y que delatara a todos los cómplices del asesinato del *aita*. Necesitaba controlar su conmoción para que el desgarro emocional que iba a sufrir sirviera para algo. Que tuviera un sentido. La memoria de Imanol Azkarate estaba en juego. Y probablemente también, por fin, su propio final como víctima. Llevaba media vida sola. Carcomida por la mezquindad de unos asesinos sin nombre, por unos hechos que la habían retenido, como estuvo su padre, encadenada a un pasado desolador e ingrato.

Abrió los ojos. Josu estaba de nuevo frente a ella, con un vaso de agua en la mano y la vergüenza dibujada en el rostro. Los ojos hundidos. Las arrugas de su frente marcadas a puñal. Los pómulos lánguidos, sin fuerza, sin tensión.

—¿Quieres un poco de agua?

Josu lo dijo tan bajo que Alasne no le entendió. Estiró el brazo muy despacio.

—Gracias —dijo cogiendo el vaso—. ¿Te suena el coche?

—Sí —bisbiseó.

—¿Qué has dicho?

—Que sí. Que sí lo recuerdo, Alasne.

Josu respondió cabizbajo. Claro que se acordaba. Tenía todavía incluso memorizada la matrícula. Josu se bloqueó. No se esperaba este manotazo del pasado. Había logrado compartimentar sus recuerdos del secuestro. Parcelarlos. Encapsularlos en pequeños detalles y olvidarlos, para así sobrevivir a su propia miseria. Dejar solo un recuerdo de trazo grueso de lo que hizo. El Asesinato. El *Momento*. Eso sería lo único que debía recordar. El instante definitivo. El final. Pensaba que, si se olvidaba de todo lo que pasó hasta el momento brutal, sería más soportable su destierro emocional. Consiguió que las pesadillas empezaran siempre en ese bosque, con un ruido de pasos lentos y abatidos, una pesadilla que lo despertaba, indefectiblemente, con el disparo en la nuca. Esa feroz laceración nocturna le evitaba tener que recordar todas sus pequeñas maldades previas, todos los delitos sumados hasta el momento de la ejecución, todos los instantes de duda o remordimiento. Porque evitaba así acordarse de que adormeció a un hombre que le acababa de dar las buenas noches con una sonrisa amable, o que recogió su cuerpo magullado y todavía sedado del maletero en el que se había ido golpeando la cara por los caminos que llevaban a la borda.

Le permitía, en fin, no pensar en Alasne, la hija de su víctima, la chavala con la que compartió parrandas y *kalimotxos*, y autoconvencerse de que la Causa estuvo por encima de cualquier cuestionamiento personal. Durante años Josu había arrinconado todos esos retales de su memoria. La economía de las atrocidades es una destreza que ha ayudado a muchos en el País Vasco para ahorrar remordimientos y hacer así más soportable su perversidad. Si solo te acuerdas del disparo, del bombazo, evitas recordar sus miradas, sus voces, el llanto de las familias, el silencio de los funerales.

—Os dejasteis este Ford Fiesta abierto y con las llaves puestas. Ni una huella. Fuisteis muy profesionales —insistió ella.

Fue Josu quien aparcó el coche robado que les había entregado la Organización al lado de ese Ford Fiesta en el que ahora estaba apoyada Alasne. Allí esperaron los dos, Zigor y Josu, con una tensión que ahora, de repente, le venía a la memoria de manera vívida. El miedo, la ansiedad, los nervios de ambos jóvenes ante su primera gran acción pronto llenó de vaho el interior del vehículo. Sin decir nada, Zigor saltó desde el asiento de delante para borrar con la mano la ligera capa de miedo gélido que se había depositado en el cristal trasero y les impedía ver la llegada de su víctima. No se dijeron ni una palabra durante los cuarenta minutos que estuvieron esperando. No hubo comentarios nerviosos sobre si era raro que tardara tanto, si se quedaría a tomar una copa en la sociedad gastronómica o si alargaría la partida de mus con la cuadrilla. Silencio total y seco entre ellos.

«Ya viene». Josu fue el primero que le vio por el retrovisor del coche. Él era el encargado de reducirle. Se puso una gorra y una barba postiza, echó cloroformo en un trapo y salió del coche para sorprender a Imanol. Zigor, por el otro lado, siempre por detrás, vigilaba que nadie apareciera. Imanol, recordaba ahora Josu en un ejercicio memorístico que lo estaba destrozando por dentro, le saludó con un *gabon*, un buenas noches de rutina, de los que se dicen sin mirar a la cara, solo porque se nota la presencia de otra persona y se tiene con ella un detalle de simpatía. Y Josu, tras contestarle con otro *gabon*, se abalanzó sobre él, poniéndole el trapo en la boca y sujetando su cuerpo deslavazado mientras caía a plomo en un sueño profundo.

Allí quedó el Ford Fiesta. Con la puerta del conductor abierta. Metieron el cuerpo de Imanol en el maletero del otro coche y salieron sin correr demasiado, para no levantar sospechas con un estrepitoso chirriar de ruedas. El coche de Imanol, treinta y cinco años después, ahora le estaba diciendo que el pasado está siempre mucho más cerca de donde lo dejamos.

—Josu, no quiero que hables de la muerte de mi padre, quiero que hables de su asesinato.

—¿Perdona?

—Creo que si vamos a mantener una conversación civilizada, si quieres que te escuche, y aunque esto me está costando la vida porque no sé si lo que hago es ético o no, si debería denunciarte ahora mismo o soltarte otra hostia, creo que al menos debemos hablar el mismo idioma, en los mismos términos. Que no haya dudas en eso. No hay muertes, hay asesinatos.

—De acuerdo.

—No me hables de acciones o *ekintzas*, sino de atentados. No me vengas con lo del impuesto revolucionario. Llámalo «extorsión». O «chantaje». Mi difunto padre fue un secuestrado, no un retenido en la cárcel del pueblo. No me lo retuerzas ni te lo lleves a tu terreno semántico. ¿Estamos de acuerdo?

—Lo estamos, por supuesto.

—Josu, quiero escucharte. ¿Sabes por qué? Porque es lo que hubiera hecho mi padre. Escuchar. Entender. Discutir. Respetar, Josu, respetar. Si hago esto no es solo por mí, por cerrar de una vez mi duelo con todo lo que necesito saber, es sobre todo por él, por el *aita*. Porque estaría orgulloso de mí. Y porque todo esto significa que, al final, él tenía razón. Y vosotros no es que la perdierais, Josu, es que nunca la tuvisteis. Nunca tuvisteis la razón. —Josu asintió.

La extraña pareja se dirigió entonces al interior del Toki-Eder. De fondo sonaba la voz lanosa de Anne Etchegoyen, que Alasne reconoció enseguida. Le gustaba esa chica y su revisión folk de canciones tradicionales vascas, pero ahora mismo necesitaba silencio. Quería escuchar el relato seco y duro del asesinato de su padre. Preguntas directas y respuestas claras. Dos voces rotas en medio de una turbulencia emocional. Y que el eco del local vacío se encargara de subrayar la brutal revelación que le iba a hacer Josu.

—Prefiero que apagues la música.

—Claro, ahora mismo. ¿Quieres un café? ¿Más agua?

—Nada, gracias. Quiero empezar cuanto antes. Y quiero que sepas que cuando acabes, decidiré qué hago. No sé todavía si quiero denunciarte, pero alguna forma de justicia necesito. Yo y los que conocieron a Imanol. Lo entiendes, ¿verdad? No hay reparación si no hay justicia.

—Es lo correcto. Como te he dicho, voy a confesar todo ante un comisario al que he elegido por un tema personal. Voy a contarle todo lo que sé. Supongo que se abrirán diligencias y acabaré en la cárcel. Y aunque yo acabe con un tiro en la cabeza o flotando en el Bidasoa, voy a ir para delante con todas las consecuencias.

Alasne calibró rápidamente la última frase de Josu. Ella no había valorado que la confesión del asesinato podía salpicar a otras personas y que estas intentarían silenciar a Josu. *Tranquila, no te desvíes de tu objetivo. Puede ser una maniobra de distracción para dar pena.*

—¿Cuántos erais en el comando? —disparó de improviso.

—Solo dos.

—¿Dos?

—Sí —respondió avergonzado.

—¿Quién era el otro?

—Mejor pregunta quién es.

—No me jodas, Josu, que estoy de los nervios. Esto está siendo muy difícil. ¿Quién coño es el otro que mató a mi padre?

Josu la miró a los ojos y entreabrió ligeramente la boca, como para hablar. La volvió a cerrar, bajó la vista, respiró hondo, exhaló todo el aire por la nariz, queriendo limpiarse por dentro antes de dar la identidad de su cómplice, aguantando un instante el nombre para que ella entendiera el gigantesco paso que estaba dando y la responsabilidad que estaba asumiendo.

—Es el abogado Zigor Altuna.

La cara de Alasne se petrificó. Sus pómulos se contrajeron a la vez que apretaba fuertemente su mandíbula, procesando por dentro todo su furor y su rabia. Intentó que no le escapara ninguna de las lágrimas que peleaban por salir en los confines de sus ojos. Sus puños, por debajo de la mesa, se cerraron con tanta fuerza que sus uñas se clavaron en la cara interior de sus manos. En ese momento, al darse cuenta de que se estaba haciendo daño, consiguió reaccionar.

—¡Altuna! ¡Zigor Altuna! Sois unos hijos de puta, ¡los dos! —gritó negando con la cabeza, intentando asimilar ese golpe.

Josu bajó la cabeza.

—Los dos, Josu, los dos. Erais mis colegas en el insti, joder. Nos íbamos de farra. ¡No, esto no me puede estar pasando! Josu, ¡dime que estás mintiendo!

—No, Alasne. Zigor y yo secuestramos a tu padre y lo asesinamos por orden de la Organización. Créeme. No tengo ninguna necesidad de mentir.

Alasne se tomó de nuevo unos segundos antes de seguir preguntando. Trató de asimilar ese nuevo dato. La pesadilla estaba siendo mucho peor de lo esperado.

—¿Altuna sabe lo que estás haciendo?

—Sí. Hablé con él. He intentado que me acompañe en esta decisión, pero se ha negado en redondo. Piensa que estoy loco. Que me ha pasado algo. Que estoy deprimido o algo así. Me da un poco igual, si te soy sincero, porque no nos hablamos desde el asesinato de tu padre. Yo lo dejé entonces y el siguió. Ha intentado que no hable contigo, por supuesto. Me ha ofrecido de todo, dinero, inversiones, lo que sea con tal de callarme. Supongo que lo siguiente será que me pegue un tiro, aunque seguramente se lo encargará a alguien, porque Zigor no se va a manchar su traje caro de abogado de éxito.

—¿Crees que intentará asesinarte? —preguntó Alasne, asustada.

La sensación de estar empezando a entender muchas cosas, de atar cabos, de rellenar vacíos, no le permitía, por el momento, ser consciente de lo que implicaba la pregunta que acababa de hacer.

—Estoy seguro, Alasne. Querrán eliminarme por lo que estoy haciendo.

—Entonces deberías irte de Irún. No quiero más muertos, de verdad.

—Sé cuidarme. Y necesito acabar con toda esta mierda de una vez. Voy a conseguir que toda Euskadi sepa quién estaba detrás, quién manejaba los hilos, quién ordenaba matar o fijaba los objetivos. Siempre han estado entre nosotros, Alasne, a nuestro lado. Poteaban, salían, iban a ver las traineras o los conciertos de la Semana Grande. Son los grandes farsantes de todo este lío. Y los más listos.

—Tienes ganas de venganza —afirmó la hija de Azkarate.

—No. No es venganza, Alasne. Es..., digamos, un intento de expiación y un deseo de reparación para las víctimas. No quiero vengarme de Altuna. No le he visto en casi treinta y cinco años. Lo que quiero es que él también dé este paso. Y que lo den otros Altunas, que quedan muchos. Quitarles las caretas. Al menos, si no se los puede condenar, que sientan las miradas de todo el mundo cuando paseen por la Parte Vieja o la Marina en Hondarribia. Que la gente cuchichee a su paso. Que la gente sepa que si contrata al gabinete de Altuna, está contratando a un asesino que nunca se ha arrepentido.

—Pasará lo mismo con tu restaurante.

—Lo sé, se hundirá. Lo tengo asumido. No me importa.

Las manos de Alasne se juntaron encima de la mesa, indicando que iba a retomar el interrogatorio. Quería regresar a lo importante. No perder el hilo. Josu le estaba dando demasiada información que la podía desviar de su única necesidad, saber qué pasó.

—¿Por qué mi *aita*? —preguntó.

—Por venganza y por escarmiento.

—¿...? —Alasne puso cara de esperar a que Josu desarrollase su afirmación.

—Al parecer, tu padre se había negado a pagar el impuesto revolucionario... Perdona, la extorsión. Y eso les había sentado muy mal a los de Francia. No solo no pagó, sino que fue allí y les dijo a la cara cuatro cosas que los que mandaban en ese momento se tomaron muy mal.

—No entiendo. ¿Y por eso le mataron, por enfrentarse a ellos?

—Bueno, lo que hizo tu padre empezaba a ser más común de lo que creíamos entonces. Muchos empresarios se negaban a pagar. Necesitaban un secuestro, Alasne. Alguien a quien sacrificar para que los demás empresarios se acojonaran y no tuvieran dudas de lo que les podía llegar a pasar si se negaban.

—Pero nosotros intentamos pagar...

—Lo sé. Bueno, lo supe más tarde. Tu padre estaba sentenciado, Alasne. Lo eligieron para sacrificarlo. Luego se inventaron bulos de que no habíais querido pagar y todo eso. Ya sabes, eran muy buenos echando mierda sobre los difuntos.

—¡Qué hijos de puta! Vaya mierda todo. Erais una mafia, Josu. Ni militancia ni hostias. Mafia. Matasteis a Imanol para dar ejemplo y porque se había enfrentado a vosotros. ¡Euskadi! ¡Los cojones! ¡Esto era Sicilia!

Lo había dicho sin alterarse, sin enfadarse. Como si lo hubiera repetido cientos de veces. Como si llevara mucho tiempo en su cabeza esperando el momento de encontrar a alguien a quien lanzárselo directamente a la cara. Alasne se levantó de la silla y se acercó a la ventana. Desde el jardín entraba un delicado olor a hierba recién cortada. Miró hacia fuera. Al otro lado del río, en la parte francesa, un rebaño de ovejas pastaba mansamente en un inmenso prado verde. El tintineo lento de los cencerros la relajó. De repente volvió a sentirse fuerte. Se dio la vuelta y miró a Josu.

—¿Sabes?, me destruisteis la vida.

—Lo sé, Alasne. Yo también destruí la mía. Sé que no te puedo devolver al *aita*. Lo sé. Pero quiero que sepas que matándolo yo también me maté a mí mismo.

—Mira, Josu, durante mucho tiempo odié. Os odié a todos vosotros. A la Organización, a vuestra ideología, a vuestra causa, a los que la apoyaban y a los que la votaban. Pero llegó un momento en que ese odio empezó a destruirme también por dentro.

—Yo fabriqué tu odio.

—Tú apretaste el gatillo. Pero otros te convencieron de hacerlo. Y otros aplaudieron el asesinato del *aita*, o lo justificaron. Esta sociedad estaba enferma, Josu. Nos perdimos el respeto. Ahora todo el mundo prefiere olvidar. Ya casi nadie se acuerda, pero éramos muy buenos odiando.

—Lo siento tanto, Alasne. Quiero agradecerte que hayas venido. Es lo que hubiera hecho tu *aita*. Escuchar. Debatir. Incluso escribir algún poema de todo esto.

—Vaya, parece que llegaste a conocerle bastante bien.

—Digamos que hablamos mucho, sí. Yo traté de hacerle el secuestro lo más llevadero posible dentro de las condiciones que teníamos. Así que pasaba bastante rato de charla con él. Era un hombre muy cultivado. Muy leído.

—Antes he dicho que tú apretaste el gatillo y no lo has negado. ¿Fuiste tú?

—Sí, Alasne. Fui yo. Yo disparé.

Esta vez Alasne se le quedó mirando fijamente a los ojos. La mirada vidriosa de Josu delató su destrozo interno. Era un hombre vencido por sus monstruos. Sometido a la ingobernable rebelión interna de sus pecados.

—¿Os lo echasteis a suertes y te tocó a ti? —preguntó finalmente Alasne.

—No. Desde el principio sabíamos que si llegaba la orden, yo sería el encargado de hacerlo. Altuna siempre fue un cobarde que utiliza a los demás para escalar. Ni siquiera esconde la mano después de tirar la piedra. Simplemente, convence a otro de que la tire. Siempre ha tenido ese poder. Esa habilidad. Ser un asesino sin mancharse. Lo hizo entonces, Alasne, durante el secuestro de Imanol. Y yo me dejé arrastrar, y convencer.

—¿Podrías haberte negado?

—Sí... No lo sé... Ahora, con la distancia y el tiempo, supongo que pude hacerlo, pero entonces, en aquel clima político, en la clandestinidad, con órdenes que tardaban mucho en llegar, con un grado de convicción que rallaba en el fundamentalismo, porque la Organización era como una puta secta y a todos nosotros nos lavaron el cerebro, supongo que no tuve la autonomía suficiente para decir que no.

—¿Cómo llegó la orden?

—Se la dieron a Altuna. Él era el encargado de salir de la borda en la que lo retuvimos para contactar con el enlace y recoger las órdenes. Un día vino muy alterado y sin más explicaciones me sacó fuera de la *txabola* y me dijo muy nervioso que había que ejecutarlo. Que esa era la orden inequívoca de la Dirección. Y que teníamos que hacerlo nosotros. Es decir, yo.

—¿Dónde estaba la borda? Quiero ir allí.

—El lugar ya no existe, Alasne. Era una vieja *txabola* del abuelo de Altuna, en la zona de Pikoketa, cerca de Oiartzun. Un antiguo refugio de pastores de la zona. Altuna decidió tirarla abajo para evitar que, por cualquier descuido, alguna pista llevara hasta la parte del corral, donde estuvo Imanol.

—Aun así, quiero la localización exacta de esas ruinas o lo que haya allí. Quiero ir.

—Por supuesto.

Alasne se volvió a sentar y bebió agua. Josu aprovechó para levantarse y traer una botella llena. En cuanto regresó a la mesa, Alasne continuó.

—¿Le dijiste que le ibas a matar?

—No.

—¿No?

—No. Esas eran las órdenes. Teníamos que sacarlo de allí, decirle que le trasladábamos de escondite, que no tuviera nada que temer, y ejecutarle de manera limpia. Un solo disparo.

—¿Le sedasteis?

—No, porque eso lo complicaba todo. Dormirle, meter su cuerpo en el maletero, sacarlo, arrastrarlo hasta el lugar de... —Josu dudó.

—... de la ejecución —finalizó la frase ella.

—Sí. Lo siento, Alasne. Es muy difícil hablar de todo esto.

—Continúa.

—En fin, que era mejor ponerle una capucha y tratar de engañarle con el motivo del traslado. Imanol supo enseguida lo que iba a pasar. Estoy seguro.

—¿Sabía que lo ibas a matar? —Alasne estaba sorprendida e indignada. Si su padre era consciente de su destino, por qué no se había rebelado, por qué no había luchado, por qué había decidido dejarse ir, dejarse matar, dejarla sola.

—Yo creo que sí. Es mi sensación —prosiguió Josu—. Ya nos empezábamos a conocer después de casi dos semanas.

—¿Y no dijo nada? ¿No hizo nada?

—Nos echó una bronca terrible al salir del coche. A Zigor le dijo que era un miserable sin corazón y a mí que me equivocaba, que no era mi lugar. Tenía razón en las dos cosas. Contado ahora, fue como una especie de alegato final, de últimas palabras, pero en ningún caso imploró por su vida o dijo «no me matéis». Después nos internamos en el bosque y se hizo un silencio terrible. Todo se paró, Alasne. El viento, las ramas de los árboles, los cantos de los pájaros... Solo se oía el sonido de nuestros pasos.

Josu entonces calló y volvió a mirar hacia el suelo. No buscaba las siguientes palabras, lo que intentaba era que no le salieran.

—¿Y qué? ¡Sigue!

Josu respiró. Cogió aire y prosiguió.

—Mientras andábamos hacia el lugar que habíamos elegido, Imanol me miró varias veces. No volvió a hablar. Pero su mirada ya no tenía vida. Como si supiera perfectamente lo que iba a pasar y ya hubiera hecho las paces consigo mismo.

—No me creo que no dijera nada.

En esos momentos Alasne estaba pasando por el peor momento de ese encuentro. De todos los escenarios para los que se había preparado, de todos los detalles que imaginaba que iba a escuchar, lo único en lo que no había pensado era en que su padre se hubiera dejado matar, sin resistirse, sin rebelarse. ¿Cómo podía haberla dejado sola? Cerró los ojos e hizo una seña a Josu para que callara. Necesitaba coger aire. Se había planteado el encuentro como algo restaurativo, benefactor, así que debía relajarse y seguir escuchando a Etxebeste. Fuera lo que fuese lo que le quedara por confesar.

—Sigue.

—Créeme, no volvió a hablar. Yo tampoco me lo explico. Es como si hubiera decidido sacrificarse. Abandonarse. No lo sé. He pensado muchas veces que, de alguna manera, consiguió lo que quería. He vivido atormentado todo este tiempo. Me salí de la Organización en cuanto la policía me soltó. No volví a tener nada que ver con ellos. De alguna manera, tu *aita* les ganó. Me sacó de sus garras. Me hizo ver lo inútil de la violencia. No sé cómo decirte... Me desprogramó.

—¿Y tenía que morir para que te dieras cuenta? —Alasne estaba desolada.

Josu no contestó, absolutamente avergonzado.

—¿Te vio hacerlo? ¿Te miró?

—No. Disparé según íbamos andando, por la espalda, en la nuca. Imanol cayó. Yo también me desmoroné, me desmayé. Altuna me levantó y después dejamos el cuerpo de tu *aita* sentado, junto a un árbol, en una posición digna y respetuosa.

—Lo dejasteis tirado como un guiñapo —aseguró ella, levantando la voz.

—No, Alasne, yo mismo me encargué de cruzarle las manos y, aunque no lo creas, despedirme de él.

—Estaba tirado, Josu. Ni dignidad ni hostias. Estaba tirado sobre un lado. Yo lo vi. Tuve que identificar el cuerpo.

—Lo siento, no puedo decir nada más. Lo siento muchísimo.

—¿Por qué dejaste en su mano aquella nota?

—Porque era para ti. Imanol intuyó algo ese día. Por eso te escribió que te quería. Y no fui capaz de quitársela de la mano cuando intenté dejar el cuerpo de la manera más digna posible. Altuna insistió en que lo registrase y limpiara cualquier rastro del secuestro, sus notas, sus dibujos, todo. Pero, ya ves, no fui capaz. Lo guardé todo. Y eso va a ser la ruina de Altuna.

—Llevo esa nota en mi cuello desde hace treinta y cinco años. No creo que tenga que darte las gracias.

Alasne se había vuelto a levantar. Con su mano derecha acariciaba el colgante con la nota, tratando de que la brisa que entraba por la ventana le bajase el sofocón que estaba a punto de noquearla.

—Me la dio el policía que estaba allí al mando.

—¿Te puedo preguntar cómo se llamaba ese policía?

—Era un tal Ignacio Sánchez.

—Sánchez es la persona a la que me voy a entregar.

—¿Y por qué a él?

—Digamos que le conocí en comisaría. Fue uno de los que me interrogaron. Quiero que sea él. Y le voy a dar las pruebas que incriminan a Altuna si sigue negándose a reconocer lo que hicimos.

—No acabo de entender muy bien por qué lo haces. Tus razones. Algo se me escapa, Josu.

—Se acabó mi huida, Alasne. No hay nada más. Se terminó el mentirme, el hacerme trampas a mí mismo. En este país ha sufrido mucha gente. Y por ahí fuera —señaló la puerta— se pasean muchos de los que hicimos sufrir a esa gente. Y ni siquiera pagamos por ello. Esa enorme bolsa de pus ética todavía infecta la sociedad vasca. Hay que sajar esa herida mal curada. Hay que drenar los relatos complacientes. Por eso lo hago, Alasne. Porque hay gente que sigue creyendo que hubo un tipo de violencia virtuosa.

—¿Por qué no quemaste los papeles de Imanol? ¿Te podían incriminar? —Alasne intentaba devolver el encuentro a la figura de su padre.

—Me van a incriminar, sin duda. Pero no podía destruirlos. Yo le permití escribirlos. Imanol me pidió unas cuartillas para poder entretenerse y me pareció buena idea. Hablamos mucho de literatura, de historia, de filosofía. Tu padre me cambió la vida. Lo sé, parece una contradicción. Y dicho por la persona que lo asesinó, incluso un sarcasmo, una broma macabra. No me malinterpretes. Tu padre me cambió la vida porque después de aquello ya no fui el mismo. Zigor nunca quiso tener ninguna relación con tu padre, incluso me acusaba de estar sufriendo una especie de síndrome de Estocolmo a la inversa.

—¿Mi *aita* os llegó a ver? Os hubiera reconocido.

—No, siempre llevábamos una capucha. Imposible. Solo sabía nuestros alias.

—Tú eras *Poeta*, ¿y Altuna?

—Los alias nos los puso la Organización. Yo era *Poeta* y Zigor era *Beltza*.

—Qué fuerte lo del *aita* —exclamó Alasne.

—Te refieres a una de las notas que escribió, ¿verdad? La primera que te envié...

—Sí.

—«*Demasiado poeta funesto, Alasne. O todo es blanco o todo es negro, sobre todo Negro*». Ahí te lo estaba diciendo todo. Yo era el *poeta* funesto y Zigor el *beltza*, el negro.

—¿Por qué escribir todo eso si luego lo ibais a quemar todo?

—Por si no lo quemaba, supongo. No solo le vino bien escribir y pintar un poco, sino que creo que supo ver en mí cosas que ni yo mismo sabía. Como, por ejemplo, que no sería capaz de destruir los papeles y los escritos de la misma persona a la que había matado.

—¿Por qué aceptó Altuna que te los quedaras?

—Nunca lo supo. Ni siquiera ahora lo sabe. Él se imaginó que lo quemé todo en una hoguera que hice con restos de ropa, comida..., en fin, todo lo que pudiera indicar que allí había habido una persona secuestrada.

—¿Y has mantenido ocultos todos esos papeles treinta y cinco años?

—Los he releído mil veces, Alasne. Desde que todo acabó y la Organización dejó de matar, me sentí un poco más libre para tenerlos en mi casa y consultarlos a menudo. Me han ayudado en una especie de diario personal que he escrito. Una larga confesión de mi mierda de vida.

—Quiero todo lo que tengas de mi padre —dijo Alasne con gesto adusto.

—Por supuesto. Está todo en ese sobre —y señaló hacia un mueble donde Alasne intuyó un bulto en la parte de arriba—. Incluida una foto que te quiero enseñar.

—¿La del secuestro? ¿Esa foto asquerosa en la que una mano le está apuntando con una pistola?

—Esa, sí.

—¿Es tu mano?

—No. Es la de Zigor. Yo la hice y la revelé. Por eso quiero enseñártela.

—No quiero verla. Me la sé de memoria.

—Confía en mí, por favor. Es la fotografía original.

Josu fue a buscar el sobre que reposaba en la repisa superior del mueble donde se guardaba la vajilla. Mientras, Alasne se fijó en su propia pierna izquierda. No paraba de moverse, de arriba abajo, de manera arrítmica, golpeando el suelo con el tacón de la playera, tac, tac, tac. Se agarró la pierna con las dos manos y la frenó. Eso significaba que la tensión que estaba acumulando empezaba a querer salir. Quizá fuera una explosión de llanto, un grito estremecedor, un puñetazo encima de la mesa, otro tortazo a Josu, una estampida hacia el coche sin mirar atrás. Necesitaba tranquilizarse. Josu se le acercó y con la mirada le pidió permiso para dejar la fotografía en blanco y negro sobre la mesa, delante de ella.

—¡Es Zigor apuntando al *aita*!

Josu afirmó sin abrir la boca. Y se apartó dejándola encerrada en su desasosiego.

Alasne, esta vez sí, comenzó a sollozar. Sacó un pañuelo de papel de su bolso y se secó un poco las lágrimas.

—¿Por qué se ve a Zigor? ¿Por qué la hiciste así?

—Fue un descuido. Al encuadrar disparé antes de tiempo y fotografié a Zigor en lugar de solo su mano. Estábamos todos muy nerviosos aquel día. Él estaba particularmente desagradable con tu padre, que no paraba de sacarle de quicio con sus comentarios. Ya sabes cómo era.

—¿Se la has enseñado a Altuna?

—Sí.

—¿Y…?

—Ha entrado en cólera. Está acojonado. Ya sabes que ahora es uno de los abogados más conocidos de Euskadi. Le va bien. Está forrado. Esta foto es su ruina.

—¿Por qué no confiesas tú solo? ¿Por qué arrastrarle a él? Entiéndeme, que yo quiero justicia y quiero que ese hijo de puta también pague por lo que hicisteis, pero no parece que esté muy arrepentido de aquello.

—No lo está. Por eso quiero forzarle. Para que todos los que son como él en esta Euskadi podrida y olvidadiza sientan el estremecimiento de saber que todavía no está ni enterrado ni amortizado el dolor que causaron. Lo pude ver en los ojos de Altuna, Alasne. Pude ver el miedo, el pavor de convertirse en un paria.

Josu se quedó a la espera de la reacción de Alasne, que estaba apretando las manos sudadas y mantenía un rostro serio y concentrado. Cogió el vaso de agua y, de un solo trago, se lo bebió entero.

—Vamos a dejarlo por hoy. He tenido demasiadas emociones. Necesito digerir todo esto. Vine aquí con la idea de no sentir odio, y creo que lo he conseguido. Quería escucharte y no volverte a ver, pero me temo que necesitamos varias horas más para que me cuentes todo lo que quiero saber.

—Por supuesto. El tiempo que necesites.

—Quiero que me pases todo lo que tengas del *aita*, escritos, dibujos.

—Está todo en el sobre, Alasne.

La hija de Imanol se levantó y se estiró la camiseta blanca. Recogió el sobre y lo guardó en el bolso. Al llegar a la puerta del restaurante, se dio la vuelta y miró a Josu, que se había quedado en el centro del salón.

—¿Has matado a alguien más? —soltó de improviso.

Josu la miró unos segundos antes de responder.

—No. Ya te he dicho que después de lo de Imanol dejé la Organización. Es la verdad, créeme. No he matado a nadie más.

—Te creo. Déjame hacerte una última pregunta. ¿Qué hicisteis los dos después de matar a mi *aita*? ¿Dormisteis bien?

—Limpiamos la borda, quemamos todo lo que nos parecía comprometedor, y Zigor se fue a una cabina para llamar a la DYA y decir dónde estaba el cadáver. No nos volvimos a ver en meses. Por seguridad y porque yo estaba tan hecho polvo que no tenía ninguna gana de encontrarme con él. Supe de vuestros intentos de pagar el rescate y sentí que me habían utilizado. Que me habían usado. Y que probablemente Zigor lo sabía todo.

—¿Y esa noche dormiste bien, Josu? —insistió ella.

La profunda inspiración de Josu le hizo pensar a Alasne que la respuesta no le iba a gustar, pero estaba dispuesta a esa última laceración. Una última puñalada antes de irse. Ella, tan aficionada a pasarse las tardes cosiendo en el porche del caserío, pensó por un momento en su costurero. Y en esa almohadilla pequeña en la que clavaba todas sus agujas y alfileres después de zurcir. Así se sentía en esos momentos. Como un alfiletero. Agujereada. Herida.

—Sí. Dormí bien. Fue así y así te lo cuento. Lo siento. Si te sirve de algo, creo que esa fue la última noche que he dormido bien en todos estos años. Los somníferos me ayudan desde entonces.

—Tranquilo —respondió Alasne con un leve pero perceptible tono de desolación—. Tampoco quiero que me pidas perdón, odio esa palabra.

—Lo entiendo. A mí no me ayudaría a llevar mi culpa y a ti te obligaría a aceptar o rechazar esa petición de perdón. Solo puedo decir que lo siento mucho, Alasne.

—No me quedo muy tranquila sabiendo que Altuna está al tanto de lo que estás haciendo. No quiero más muertos a mi alrededor.

—Tranquila. ¿Te acompaño afuera?

—No, prefiero salir sola y subirme al coche del *aita* para pensar un poco.

Josu se quedó un buen rato sin moverse, de pie, con los ojos perdidos en algún punto del techo de su restaurante. El ruido renqueante del coche de Imanol empezó a perderse. Solo entonces se asomó fuera y se fijó en que al final del pequeño sendero que llevaba a la carretera principal, una figura alta y corpulenta le miraba desde lejos. Inmóvil. Con la cabeza cubierta por una gorra. Sin decir nada, sin hacer ninguna seña o saludo. El hombre giró hacia su izquierda, comenzó a andar en dirección a Irún y desapareció.

Josu se quedó preocupado y pensativo: *Joder, el puto* Tanke. *Se han dado prisa estos cabrones.*

27

Miércoles (tarde)

La carretera desde Lesaka era estrecha y estaba llena de curvas. La fuerte pendiente provocaba que el viejo vehículo prestado renquease y diera tirones. Mikel Rekalde temió por un momento que fuera a dejarlo allí tirado, en medio de la nada, pero finalmente consiguió llegar a lo alto del monte Agiña, en la linde entre Navarra y Guipúzcoa. Desde su cima salen las carreteras que llevan a los dos embalses que abastecen de agua a Irún, el Domiko y el San Antón. *Tanke* se fijó en el pelotón de ciclistas aficionados que trataban de alcanzar la cima desde la cuesta que viene de Oiartzun. *Suben medio muertos. Como paren aquí a descansar me van a joder*. Aparcó a un lado del camino y salió del coche. La luz del atardecer, que se derramaba dorada por las campas de hierba, penetraba también entre las hileras de enormes abetos que bordeaban la carretera, generando un juego de haces luminosos y de claroscuros que convivían en una perfecta simetría.

Mikel, con las manos en los bolsillos, calculó el tiempo que iba a tardar el sol en esconderse tras las peñas de Aya. El día estaba insolentemente despejado, de un azul casi eléctrico. Mikel miró hacia abajo y estiró el cuello para observar el embalse de San Antón. *Poca agua lleva. Como no llueva este invierno, el año que viene restricciones.* Volvió sobre sus pasos y subió una pequeña cresta para mirar hacia el mar. Contempló durante un buen rato la vista de Hondarribia, después sus ojos se perdieron hacia la derecha, más allá de San Juan de Luz, y finalmente volvieron a fijarse en la pequeña localidad en la que vivía. *Buena mar. Mañana, si todo sale bien, salgo a por* txipirones.

Cuando vio que el último ciclista seguía también a sus compañeros sin detenerse, dirigió sus pasos por una estrecha calzada y a unos doscientos metros, a la izquierda, subió un sendero en el que había empezado a crecer la hierba. *No vienen muchos por aquí últimamente.* Caminaba con parsimonia, disfrutando de las vistas y de la tranquilidad, ahora que se había quedado solo en esa cima. El camino lleva a unos crómlechs y a varios túmulos funerarios prehistóricos, que asoman en el suelo formando varios círculos dispersos por toda la loma. Le gustaba ese lugar. Le hacía sentirse parte de una larga historia. De una civilización milenaria.

Mikel no era una persona muy culta. Había leído muy poco hasta que entró en la cárcel. Pero siempre fue capaz de distinguir entre leyendas, como las que le contaban de pequeño sobre una raza cuyo origen se pierde en la noche de los tiempos, y evidencias científicas, como las tumbas sobre las que ahora paseaba. *Estos fueron los primeros*, pensó. Se imaginaba a hombres y mujeres de aquella antigüedad, alrededor de esos círculos de piedras, honrando a sus muertos, y pensaba en si lo que él había hecho por esa misma estirpe, su lucha y su sacrificio, sería digno de esos honores. *Me encantaría que tiraran mis cenizas por aquí, a esta hora, con un sol naranja como el de hoy. Sin rezos ni discursos ni hostias, solo mi ceniza flotando en este viento, sobre estas rocas, con los antiguos, con los primeros.* Se encaminó hacia la pequeña capilla que hay junto a los restos arqueológicos. Una construcción cilíndrica de cemento orientada hacia el oeste, como una inmensa tubería que saliera de la tierra, y que a esa hora adquiría un matiz cobrizo y ceremonial. El lugar invitaba al recogimiento y a la contemplación silente de la puesta de sol.

A Mikel no le gustaba rezar, pero reconocía que las iglesias y las ermitas siempre le proporcionaban paz. Le gustaba quedarse sentado en ellas un buen rato. Cerrar los ojos y tratar de no pensar en nada. Rebuscar en su vacío. En ese interior opaco y traicionado por la vida. Los suyos le dejaron solo. Vendido. Él lo sabía, aunque no se lo reprochara. Y ellos lo sabían, aunque no se lo reconocieran. El encargo de asesinar a Josu Etxebeste era una muestra más de su hipocresía. De su falta de conexión con la realidad. Del temor a perder sus privilegios de pioneros, ese espacio que les hace sentirse amos del movimiento de liberación. Pero lo que más le fastidiaba y le dolía del encargo que le habían hecho era que le considerasen un estúpido, un tonto útil al que se podía seguir utilizando.

Tanke se levantó de la capilla y caminó de frente unos metros para observar de cerca una estela de piedra. Era una escultura de Jorge Oteiza en homenaje al sacerdote *Aita* Donosti. Le gustaba Oteiza. Siempre le recordaba enfadado y peleado con el mundo. Como estaba él desde hacía mucho tiempo. Mikel no entendía de arte, pero había algo telúrico y ancestral en las obras de Oteiza que le atraía. Sus esculturas, tenía la sensación, eran rudas, casi rupestres. *Así debieron de ser los que venían aquí en el solsticio de verano. Unos brutos.*

Mikel volvió hacia al coche. No le quedaban muchos minutos de luz para llegar hasta su zulo secreto. Miró el reloj. Todavía tenía tiempo si nada se torcía y todo estaba en su sitio. Localizó primero la enorme piedra que indicaba dónde aparcar el coche, en el camino que salía hacia el merendero de Domiko. Atravesó andando una enmarañada espesura de hayas de piel blanca y lisa, y llegó hasta un enorme roble seco y desventrado, como una estatua griega a la que le faltan los brazos y la cabeza. El tronco marcaba el lugar exacto donde se encontraba la cueva natural que descubrió hace años, en uno de sus paseos de joven.

El árbol estaba al borde de un pequeño talud de unos dos metros de alto. Con cuidado, casi con reverencia *—hola, amigo, cuánto tiempo, ¿eh?—* abrazó el árbol con una cuerda de nailon, la anudó y se descolgó con ella por el talud. Retiró una piedra que había en esa pared de tierra y la dejó en la parte de arriba, en el borde del pequeño barranco. Era la puerta de la cueva y después debía cerrarla de nuevo para que siguiera pasando inadvertida. Con las dos manos quitó parte de la tierra que el tiempo había acumulado en la entrada, y poniéndose horizontal reptó hacia el interior oscuro.

Con una linterna iluminó la cavidad natural. Todo parecía estar en su sitio, tal y como lo dejó más de veinte años atrás, antes incluso de entrar en prisión. La oquedad tenía unos cinco metros de profundidad y dos de altura. *¡La zorrera!*, así llamaba *Tanke* a su refugio secreto. Aquí llegó a pasar varias semanas, alimentándose de latas y consiguiendo agua de lluvia por las noches, cuando la Guardia Civil fue a detenerle tras ser identificado como miembro de la Organización. En la cueva había dos jergones cuyos muelles herrumbrosos apuntaban hacia el techo *—están para tirar—* y un par de estanterías de madera en las que había todavía algunas latas de legumbres caducadas hacía años y varias botellas de un líquido negruzco. «¡El *patxaran* se ha podrido!», comentó en alto, escuchando su voz amplificada por el eco de la cueva.

Sin demora, *Tanke* se arrodilló junto a la pared de la derecha y escarbó en la tierra ayudado de un pequeño rastrillo. La humedad le hacía sudar. A su memoria vinieron muchas de las noches pasadas en esa gruta y alguno de los sustos que le dieron las alimañas y algún que otro depredador, a los que había usurpado su refugio. Al poco tiempo apareció la tapa de un bote de cristal. Siguió escarbando hasta conseguir extraerlo. Lo miró al trasluz de su linterna y sonrió al ver su contenido. Dentro había unas velas en buen estado y unos fósforos que parecían secos. Abrió el bote y lo olió. «¡Es la hostia!», exclamó orgulloso de haber sido tan precavido años atrás y de que sus viejos trucos todavía funcionaran.

Encendió las velas y las distribuyó por toda la cueva. Ahora parecía más grande. Siguió escarbando. En otro bote encontró frutos secos que probó con curiosidad, masticándolos con lentitud. Tenían ya un sabor rancio, pero todavía se podían comer. Se fue hacia la otra parte de la gruta y repitió la operación de desenterrar recipientes. La tierra estaba húmeda y suelta y se escarbaba fácil, pero esta vez le costó más. La caja que extrajo era bastante más grande que los botes de cristal de las velas y las nueces. Era de metal y estaba sellada. Un candado oxidado parecía desafiar a la pequeña llave que *Tanke* sacó del bolsillo trasero del pantalón. «¡Vamos!», rogó en alto. El candado finalmente cedió y la caja se abrió. *Tanke* cogió de su interior una bolsa de plástico sellada y que tenía trazas, al mirarla al trasluz, de contener algo que flotaba en grasa. Con cuidado, extrajo de su interior un revólver y lo depositó en un periódico que había sacado de la mochila. Lo iluminó con la linterna. Era un Colt 38 corto brillando al apuntarlo directamente con la luz. «Hola, colega». Rekalde lo limpió con un trapo limpio para quitarle así la grasa que lo había mantenido vivo. Al terminar, giró el tambor y este dio varias vueltas hasta que la mano de Mikel decidió pararlo. «Acojonante». En el mismo baúl, pero en otra bolsa de plástico, había dos cajas de balas que parecían estar en buen estado. Sin esperar más, guardó todo en la mochila y se la colgó a la espalda. Pero todavía no había acabado.

Con una de las velas en la mano, se acercó a la parte más honda de la cueva, donde esta se estrechaba hasta obligarle a agacharse y, casi al final, tumbarse en el suelo. Con su brazo extendido, volvió a escarbar en la tierra húmeda del fondo y un nuevo bote de cristal cerrado herméticamente afloró de un agujero. Mikel, retirándose hacia atrás, salió de la zona baja de la cueva buscando la luz de la entrada. Necesitaba iluminación natural. El bote contenía lo que a simple vista parecían papeles sujetos por una especie de cordel. Lo abrió y con cuidado extrajo los documentos de su interior. Aguantó la respiración porque no estaba seguro de si se le iban a deshacer en las manos, pero, para su sorpresa, se habían mantenido secos en esa zona de la cueva y perfectamente legibles. Eran las órdenes por escrito de todos los asesinatos que le habían encargado. El seguro de vida que nunca utilizó.

Las hojas pertenecían a diferentes cuadernos y estaban escritas a mano por al menos dos personas diferentes. Todas llevaban, sin embargo, la misma firma: la letra *K*. «¡Karlos!», exclamó Rekalde, recordando el primero de los encargos que le hizo, de muy joven, el propio Pérez-Askasibar en persona: «Los traidores son escoria, *Tanke*. Son lo peor. Su ingratitud merece la muerte. No nos traicionan solo a nosotros, a sus compañeros, sino a su país, a su pueblo, a su nación. No podemos permitirnos ser buenos, *Tanke*. La disciplina es la base de toda revolución». Allí estaba el nombre de su primer muerto, Inaxio Gallastegi. Un antiguo militante que había abandonado la Organización y al que se acusaba de haber hecho un trato con la policía para no entrar en la cárcel a cambio de información. La cuartilla contenía su dirección, sus costumbres, el bar donde desayunaba todas las mañanas, el autobús que cogía para ir a trabajar a un bar en el barrio donostiarra de Alza, la recomendación de utilizar el tiro en la nuca como forma de ejecución, el nombre del colaborador que había entregado toda la información y un pequeño texto de dos líneas de *Karlos* a modo de justificación filosófica, aunque ahora a Mikel le parecía una reflexión ridícula: «No hacemos esto por nosotros, sino por los nuestros. La violencia es parte de la humanidad, y a veces, aunque no lo creas, nos hace más humanos».

Rekalde recordó cómo aquellas frases le ayudaron en sus misiones. Los dos *Karlos*, tanto Pérez-Askasibar como su sustituto, Altuna, mantuvieron la costumbre de escribirle algo que le hiciera sentirse especial, diferente de los demás militantes. Miró el resto de la documentación. Estaban todas sus víctimas, todos a los que había quitado la vida: Soraluce, el chivato; Merkiena, otro traidor; Gonzalves, un mercenario portugués; Leclerc, otro sicario francés, y así hasta ocho nombres. Algunos de ellos habían sido asesinados en Francia, haciendo pasar los atentados por guerra sucia del Estado para no reconocer ante su propia gente que uno de los suyos se había vendido al enemigo. *Tanke* nunca entendió que, por razones de estrategia y de mensaje, se enterrara con honores de *gudari* a un traidor que él mismo había liquidado.

Siguió consultando los demás papeles que había decidido conservar. ¡Cuántas veces se había preguntado, mientras estaba en prisión o mientras navegaba en su *txalupa*, si algún día tendría que abrir esa caja de Pandora! Porque en esa cueva *Tanke* guardaba también una parte del archivo no oficial de la Organización. Al menos la parte de las acciones que a él le habían encargado. Es decir, los asesinatos y los atentados, pero también las acciones encubiertas. Los atentados de falsa bandera con los que la Organización ayudaba a crear un clima emocional favorable: *Tanke* quemaba coches de simpatizantes de la banda, acciones de las que luego se culpaba a incontrolados parapoliciales, o colocaba pequeños artefactos explosivos en bares y tabernas afines que luego él mismo reivindicaba en nombre de organizaciones ultraderechistas. Rekalde lo había apuntado todo. Su lealtad en aquella época era incuestionable, pero la singularidad de su propia situación dentro de la Organización, alguien cuya existencia solo conocía el líder supremo, le había hecho tomar esas precauciones.

Tanke volvió a enterrar todo lo que había sacado, dispersó algo de tierra seca encima de los agujeros recién tapados, se tumbó en el suelo con los pies apuntando hacia el exterior, se deslizó hacia fuera, volvió a colocar la piedra en su sitio, ascendió, retiró la cuerda del roble con sumo cuidado, y empezó a caminar hacia el coche, no sin antes mirar al viejo tronco. *Gracias, amigo, volveremos a vernos*. Consultó el reloj al salir del bosque. La tarde ya había caído y la penumbra regalaba al hayedo, con sus cortezas blanquecinas, una inquietante visión fantasmagórica. Se quedó durante unos segundos observando a los buitres que, cerca del último pico de las peñas de Aya, daban vueltas y vueltas acechando alguna víctima moribunda a la que carroñar. *Aún me da tiempo de llegar al Toki-Eder, antes de que* Poeta *cierre*. Encendió el vehículo y salió derrapando en dirección a la carretera de Lesaka.

A la misma hora que *Tanke* iniciaba el camino hacia esa última misión, su inductor, Zigor Altuna, empezaba a impacientarse en su casa de San Sebastián. Mientras sonaban en el salón los boleros desgarradores de Omara Portuondo —*cómo le gustaba esta señora a mi cubano*—, el abogado decidió reordenar sus prioridades. Hoy deberían acabar todas sus preocupaciones y podría retomar el control de su vida. Perdería probablemente a un antiguo amigo, alguien que fue muy importante en su juventud y del que se había alejado hacía mucho tiempo. Eso era una realidad. Pero si desaparecía el chantaje de Josu Etxebeste, porque Zigor lo seguía viendo como una extorsión y no como una oportunidad de redención, desaparecería el principal obstáculo para mantener su orden de las cosas y, sobre todo, para recuperar a su pareja. *Expareja*, se recordó a sí mismo.

Zigor se había puesto unos vaqueros oscuros y una camiseta negra. Se agachó para atarse unas playeras también de color negro con la suela gris y, al incorporarse, miró la mesa pequeña en la que a Omar y a él les gustaba apoyar los pies, juntos, entrelazados, mientras veían alguna película en la televisión. Ahora en esa mesa había unos papeles junto a un sobre, y un par de enormes rayas de cocaína dispuestas en paralelo. Miró el reloj. Iba bien de tiempo. Todavía no había anochecido, así que no se lo pensó más veces. Cogió el billete de 100 euros que siempre utilizaba con su exnovio para esnifar y se metió las dos rayas de golpe.

Una profunda espiración acompañada de un grito, mitad gozo, mitad autoengaño, le dejó unos segundos postrado en el sillón. Bloqueado. Con los ojos muy abiertos. Con decenas de pensamientos pugnando en su mente por colocarse en lugar preferente y ser los primeros en importancia: la Asamblea de la Organización nombrándole máximo dirigente; un paseo por La Concha al anochecer de la mano con Omar; su madre besándole en la frente; el día de su graduación en derecho; un enjambre de mariposas negras entrando en ese mismo salón y rodeándole; su *aita* celebrando en el balcón el título de Liga de la Real Sociedad; la primera novia del instituto con la que se dio el primer beso; los ojos abiertos del cadáver de Imanol Azkarate; la foto de su mano apuntándole con una pistola durante el secuestro.

«¡Vamos, Zigor, hostias, arranca, soluciona esto tú solo!», se gritó a sí mismo mientras se levantaba. Se movía inquieto por el salón. La droga lo estaba acelerando. Había vuelto a cambiar sus prioridades. Lo acababa de decidir: iría él mismo al restaurante de *Poeta*. No acababa de fiarse de *Tanke*. *Ese cabrón me odia, seguro que se raja para joderme*. La mente le iba a cien. Tenía que atarlo todo muy bien porque nunca estaría seguro si dejaba cabos sueltos. Tenía que cerciorarse de que Josu era eliminado y la foto, neutralizada. Y debía registrar su vivienda. *Ese hijoputa es muy listo, me la puede jugar incluso después de muerto*. Zigor era consciente de que la cocaína le acababa de poner en un estado de excitación donde todo iba muy rápido, que su emocionalidad empezaba a ser incontrolable y que quizá necesitaba calmarse un poco. *Espero que Alasne todavía no sepa nada, eso sí sería un marrón.* Fue a la cocina y abrió el frigorífico de color metalizado. Cogió una botella de agua fría y le dio un largo trago. Las bandejas estaban semivacías. Desde que se fue Omar había malcomido en casa o pedido algo al restaurante asiático de abajo. Su ausencia le había dejado roto.

Al cerrar el frigo pudo contemplar su rostro en la puerta. Palpó sus mejillas y se pasó la mano por las visibles sombras que tenía debajo de los ojos. A la derecha del reflejo de su cara, el imán que compraron en un viaje a Ámsterdam de fin de semana. A la izquierda, un par de pósits con la inconfundible letra de Omar. En uno, el número de la wifi de la casa, en otro, una frase en rojo —«te quiero, papi»— enmarcada dentro de un corazón pintado del mismo color. *Este lo dejó en el espejo del baño un día que me levanté tempranísimo para ir al aeropuerto*, recordó melancólico. Al fijarse de nuevo en su rostro, se vio demacrado y ojeroso. Llevaba días sin salir a correr, sin ir a la oficina. En el despacho había dicho que se encontraba un poco acatarrado y con fiebre. Le daba igual si se lo habían creído o no.

Volvió al salón. Al lado del sofá, tirados en el suelo, había dos cuadros enmarcados. El uno junto al otro. Eran las obras que Zigor sustrajo del zulo de resistencia de la Organización. El Miró y el Tàpies. Los contempló durante unos segundos pasando la mano suavemente por el Tàpies, del que se desprendió cierta arenilla. Lo dejó con cuidado encima del sofá, mirándolo como solo se mira algo de lo que duele desprenderse, con la congoja del adiós, e hizo lo mismo con el otro lienzo, el de Joan Miró, aunque a este le dedicó menos tiempo y menos cariño. Cogió el papel que tenía encima de la mesa y lo leyó por encima. En una de esas lecturas inútiles que se hacen para detectar un último fallo después de haber hecho ya innumerables repasos. Era una modificación de su propio testamento en el que donaba ambos cuadros a Omar. *Si le va bien en la vida, que los conserve y los contemple, y se acuerde de mí. Si le va mal, que los venda y salga del apuro, y me recuerde*, pensó con desazón. Introdujo el papel dentro de un sobre de su bufete y lo dejó encima de la mesa, con la palabra «Testamento» escrita en letras grandes, en una clara disposición espacial destinada a ser encontrada por quien abriera la puerta de su casa si él no volvía. Y si, como esperaba, regresaba esa noche con su vida solucionada, se los regalaría en cuanto volviera a reconquistarlo.

Se observó por última vez en el espejo del pasillo y decidió que la cazadora entallada de cuero negro que se acababa de poner no era la más adecuada para llevar encima la pistola que sustrajo del zulo *Lanperna*. El arma abultaba demasiado en su costado. Volvió al armario. Finalmente se decidió por una cazadora de tela gris, más amplia y menos apretada. Sacó la pistola de la cintura y comprobó que no había ninguna bala en la recámara que se le pudiera escapar sin querer. Retiró el cargador para verificar que estaba completo y lo volvió a introducir. De repente dudó qué hacer con las dos cajas de balas que se había traído del escondite. *¿De verdad voy a tener que usar el arma?* Las dudas llevaban un rato masacrándole, acelerándose en su cabeza y poniéndole cada vez más nervioso. *¿Y si* Tanke *lo soluciona? ¿Sabe que tiene que hacerse con todas las pruebas? ¿Deberíamos después eliminar a* Tanke*?* La cocaína volvía a hacerle preguntas sin darle respuestas. Nunca había disparado a nadie. *A ver, tiene que ser una ejecución, no un tiroteo*, se convenció a sí mismo antes de devolver una de las cajas de munición a su sitio en el altillo del armario y salir de casa.

A esa misma hora del atardecer en la que Mikel Rekalde, *Tanke*, había vuelto a tapiar su zulo y Zigor Altuna, *Beltza* o

Karlos, comprobaba que su pistola estaba cargada, la playa de San Juan de Luz había elegido un tono pajizo para despedir al sol y avisar a los bañistas de que era hora de ir recogiéndose. En los toldos de rayas azules y blancas, perfectamente alineados, apenas quedaban veraneantes y los hamaqueros apilaban las tumbonas antes de amarrarlas con largas cadenas. Alasne Azkarate, desde el paseo marítimo que se alza justo encima de la playa, observaba ese ajetreo silencioso a la vez que miraba hacia los tres lejanos diques que protegían la bahía de las olas. No hacía frío, pero la brisa marina que jugaba con su melena gris, alborozándola, soplaba un tanto fresca, así que se puso un fular por el cuello para, además, conseguir domar su pelo.

Alasne se quitó las gafas de sol y se dio la vuelta, mirando las dos callejuelas que tenía enfrente y que desembocaban en el casco antiguo de la ciudad. En su mano derecha llevaba un par de bolsas con los logos de dos tiendas muy conocidas de la rue Gambetta. Hacía mucho tiempo que no iba de compras. La conversación con Josu la dejó al principio con una sensación de aniquilamiento emocional, pero después empezó a agradecer que se hubiera producido. Se sentía con ganas de hacer cosas. De recuperar amistades, de viajar, de rescatar viejas aficiones, como ir al monte, o volver a los lugares que visitaba con su *aita*. De pasar menos tiempo en el almacén. *Nota mental: decirle a Andoni que le quiero hacer CEO de la empresa y así puedo pasar a un segundo plano*, decidió mientras curioseaba el escaparate de una tienda de alpargatas de diferentes colores. Entró en el establecimiento y eligió unas de color verde chillón, con un poco de tacón. Se veía guapa en el espejo. Se sonrió a sí misma y después le sonrió a la dependienta francesa del local. «Le quedan preciosas», dijo la joven arrastrando la *r* en un esfuerzo por agradar a Alasne en castellano.

La hija de Azkarate no necesitaba ningún estímulo externo para sentirse, por primera vez en muchísimo tiempo, prácticamente exultante. Fuerte. Dueña, otra vez, de sí misma. De hecho, había decidido que al día siguiente se pasaría por el Toki-Eder para seguir hablando con Josu. Quería hacerlo por etapas. Quemando preguntas poco a poco. Yendo por temas. ¿Cómo fue el día a día durante el secuestro? ¿De qué hablaron durante ese tiempo? ¿Cuál fue la actitud del abogado Altuna con su padre todos esos días? ¿También se hicieron amigos?

Alasne se había imaginado un escenario de varios encuentros. Quería vaciar a Josu de todo su dolor y toda su culpa, pero además necesitaba desecar sus propias lagunas emocionales. Los detalles, por muy escabrosos que fueran, iban a ser necesarios para su renacer. Su relación, había decidido, seguiría siendo secreta, ni siquiera se la contaría a Andoni. No, al menos, hasta que estuviera completamente sanada de su duelo. *¡Y entonces vendrá lo más difícil!*, se recordó a sí misma mientras esperaba su turno para comprar un *gâteau basque* en una pastelería de la misma calle. Porque lo más difícil, a esas alturas ya lo tenía claro Alasne, era enfrentarse después con el abogado Zigor Altuna. El otro asesino. El cómplice que no quería reconocerlo. Por lo poco que le había contado Josu, seguía siendo alguien que ni se arrepentía ni sufría por lo que hizo. Alguien capaz de convivir con ello. *Quizá, hasta se enorgullece de ello, el hijo de puta, o lo cuenta de vez en cuando, en plan batallitas, con los viejos colegas de la Organización.*

Alasne devoró el pastel con ansiedad en los cinco minutos que duró su paseo hasta el coche. Lo había aparcado en un hueco secreto que queda en la parte alta de San Juan de Luz, adonde nunca llegan los turistas madrileños y parisinos que, a esas alturas de septiembre, todavía llenaban las calles de la ciudad. Abrió el maletero y dejó las bolsas. Antes de cerrar decidió ponerse las alpargatas verdes nuevas y una rebeca celeste que también acababa de comprar.

Al montarse en el coche permaneció un tiempo pensativa. Mirando a través del cristal la calle vacía y cuesta abajo que lleva hacia el casco viejo. Absorta, su pensamiento se mudó hacia los confines difusos del perdón. Ese territorio que, por muchos mapas que se repartan, casi nadie conoce de verdad hasta que toca explorarlo personalmente. Y ahí se quedó un tiempo, indecisa, en la tierra de nadie en la que el dolor, el recuerdo, la bondad y el rencor nos hacen dudar de nosotros mismos. De lo que somos. De lo que nos enseñaron o de lo que sentimos.

Sabía que no debía hacer diferencias. Los dos eran culpables. Los dos eran unos asesinos. Pero, a esas alturas de su desconsuelo, había entendido que lo que más necesitaba era la verdad. El reconocimiento. La explicación. Necesitaba la sinceridad más que una condena, más que un juicio o que un proceso. Eso, lo sabía, la volvería a devastar. ¿Cómo se puede obtener justicia o reparación si no hay reconocimiento de los hechos? ¿Debía Josu quedar impune de su crimen por el hecho de haberlo reconocido, y debía ser Zigor condenado por no hacerlo? *No*, reflexionó Alasne, *esto no funciona así. O los dos o ninguno. Pero ¿cómo hago para conseguir que Altuna se rinda y reconozca lo que hizo? ¿Me va a reconfortar si lo hace solo porque no tiene otra salida?* Y habló en alto dentro del coche mientras giraba la llave para encender el motor: «Yo solo quiero la verdad y que me digan: "lo sentimos, Alasne, fuimos nosotros y no te imaginas cómo nos arrepentimos"». Alasne no necesitaba que le pidiera perdón ninguno de ellos, solo quería la verdad. Incluso por encima de una condena. Necesitaba la restauración de su pasado. La cicatrización de su duelo.

Al introducir la dirección de su casa en el navegador del teléfono, este le indicó que la ruta más corta era la interior, la que pasa por Urrugne, entre pastos verdes y gigantescos árboles a los lados de la carretera. Alasne condujo despacio, disfrutando, con las ventanas abiertas, llenando el coche y sus pulmones de una brisa fresca y nutriente que la reconcilió consigo misma. «¡He vuelto!», gritó en alto mirándose por el espejo retrovisor mientras pensaba que, quizá, había llegado ya el momento de retirar del porche las botas del *aita*.

El inspector Fernando Arrieta tiró su propio teléfono móvil en el asiento del copiloto al darse cuenta de que iba a adelantar a una patrulla de la Ertzaintza. Inmediatamente subió el volumen de la radio del vehículo para disimular la posición de su brazo derecho. Al sobrepasar el coche policial, los dos policías autonómicos le lanzaron una mirada neutra. *Ni se han dado cuenta. Estos dos van más aburridos que una mona. Seguro que encima se caen mal y ni se hablan, que a mí ya me ha pasado hacer guardia con algún gilipollas al que no aguantaba*. El inspector cogió de nuevo el móvil.

Su mirada y su atención se repartieron por segundos entre la carretera y el teléfono. Necesitaba enviar un mensaje: «Altuna acaba de dejar su casa y se dirige, por la autopista, hacia Irún o Fuenterrabía. Le sigo y os aviso». El mensaje fue recibido a la vez por los otros dos integrantes del grupo, los comisarios Ignacio Sánchez y Tomás Ugarte. El primero contestó enseguida: «Vale. Estad atentos y me vais contando». El segundo respondió con un mensaje largo que indicaba que podía escribir con cierta tranquilidad: «He conseguido recuperar el rastro de *Tanke*. Se había ido a andar al monte, el hijoputa. Imposible seguirle sin que me mordiera. Ahora se está comiendo un par de *pintxos* de tortilla en el Kasino de Lesaka. Me he pedido otro, que me muero de hambre. Está en la barra. Solo, como siempre. Por cierto, este *pintxo* está brutal, Iñaki. A ver cuándo nos venimos a picar algo por aquí. Sigue siendo zona bastante comanche, mucho cartel por los presos y mucha hostia, pero todo está muy tranquilo».

Ugarte sonrió al enviar el mensaje. Llevaba desde el domingo siguiendo a Mikel Rekalde sin que nada extraño hubiera pasado. Mandó otro mensaje a su mujer, en el que le decía que se aburría y le mintió asegurando que pronto volvería a Madrid porque la misión estaba a punto de acabar.

Pidió otro *pintxo* a la camarera y después envió un tercer mensaje a un contacto que tenía guardado con la palabra «MONSEÑOR», en mayúsculas: «Jefe, no quiero mentirle. No estoy seguro de tener controlado a Sánchez. Está obsesionado con el caso Azkarate. Después de su encuentro con el puto asesino del empresario, me da la sensación de que va a mantener el trato y va a sacar toda esa mierda de las torturas. Los MALOS han activado a una vieja gloria de la Organización para quitarse de en medio a Etxebeste. Le estoy siguiendo y le dejaré hacer, como convinimos. Si se lo carga, no creo que haga falta el plan B». Ugarte dudó. Acababa de escribir uno de esos mensajes que en las manos no adecuadas podrían ser muy comprometedores. Pensó, con el teléfono en una mano y un vaso de vino en la otra, que sería mejor llamarle para darle novedades, pero también sabía que *Monseñor* le había dado instrucciones muy claras para proteger el honor del cuerpo y sus propias carreras profesionales. Una cosa era resolver un caso no cerrado, encontrar al responsable de un asesinato, obtener una nueva victoria en esa pelea por las diferentes narrativas que pugnaban por establecerse en el País Vasco, y otra muy distinta era que todos ellos acabaran en la cárcel porque uno de los suyos había flojeado. Eso era intolerable. No podía suceder de ningún modo. «Es preferible no resolver el caso Azkarate y que la familia se quede sin consuelo, como muchas otras, que tener que pasar todos nosotros por el banquillo o por la cárcel, Ugarte». Su antiguo responsable en la lucha antiterrorista y ahora alto cargo en el Ministerio del Interior no podía haber sido más claro. Envió, por fin, el mensaje. Un escueto «OK» de *Monseñor* le devolvió enseguida al verdadero objeto de su misión: neutralizar la posible confesión de Ignacio Sánchez como antiguo torturador. Tomás Ugarte se hizo entonces un selfi, sonriendo, con el *pintxo* delante de la boca, para controlar que *Tanke* seguía en la barra, a su espalda.

28

Miércoles (noche)

El comisario Ignacio Sánchez sabe que, por el momento, toda la operación sigue siendo invisible, por eso ni siquiera le ha puesto nombre. Tiene ya varias pruebas para poder judicializarla, pero Sánchez quiere ir más allá. Ya no se trata solo de cerrar un caso de asesinato no resuelto. Las revelaciones de Josu le han proporcionado una información que para él es, si cabe, mucho más valiosa. Con un poco de suerte puede cerrar el círculo. Detener a los verdaderos dirigentes de la Organización. A *Karlos*, el fantasma. Al verdadero líder en la sombra. Durante más de treinta años se convirtió en una obsesión. Y ahora, por fin, le podía poner cara. *Nunca me creyeron cuando les decía que la cúpula, los que de verdad mandaban, estaban mucho más cerca*, se reafirma a sí mismo Sánchez, a la vez que consulta el reloj en su móvil. Cuando divisa que se aproxima un vehículo por el camino de tierra, sale de su propio coche y se queda esperando a que frene a su lado. No tiene muy claro que ese paso que está dando sea el más razonable, pero se siente obligado a hacerlo. Ha dicho a sus hombres que tenía un asunto privado que resolver y que, si no había ninguna novedad en sus seguimientos, se verían a la mañana siguiente en su despacho.

Por si acaso, y para no asustar a la hija de Azkarate, el comisario hace un gesto de saludo con la mano cuando el vehículo de Alasne comienza a frenar para encarar la puerta del jardín del caserío familiar. Ella le reconoce y le hace una seña para que espere mientras la verja se abre. Una vez dentro, y mientras saca las bolsas con las compras que ha hecho en San Juan de Luz, se da cuenta de que el comisario, prudentemente, sigue en la calle, así que se dirige con gesto comprensivo y amable hacia él.

—Sánchez, ¿cómo está? ¡Vaya sorpresa verle! Hacía siglos...

—¡Me ha reconocido! —exclama el comisario, sonriendo—. ¿Cómo está, señora Azkarate? ¿Le importa que pase?

—Adelante, por supuesto. Creo que nos vimos la última vez en un homenaje a mi *aita*, ¿verdad?

—Eso es. Qué buena memoria.

—Bueno, usted vino al funeral, vino a los homenajes... En fin, se portó bastante bien. Y el detalle de darme el mensaje de mi *aita* nunca lo olvidaré.

—Lo lleva en el cuello, ¿a que sí? —afirma Sánchez, señalando el colgante y sonriendo con cara amable mientras andan por el jardín.

—Sí —dice Alasne, tocándose el colgante—. ¿Quiere pasar dentro o prefiere el porche? Hace un poco de fresco ya.

—No quiero molestarla mucho, de verdad —insiste el comisario en la puerta a la vez que se fija en las viejas botas de Azkarate y se aventura a preguntar—: ¿Eran de su padre?

—Sí. Sus favoritas. Todavía tienen el barro de la última vez que las utilizó.

—La verdad es que tengo un poco de prisa, Alasne. Estoy en medio de una operación y necesito coordinar a mis hombres. Sé que es un poco extraño aparecer así, de repente, después de tantos años, pero...

—Pero necesita contarme que tiene una pista muy sólida de quién secuestró y asesinó a mi padre —acaba la frase Alasne.

—Eso es. Supongo que entonces está usted más o menos al tanto.

—He hablado con Josu Etxebeste, sí.

—De acuerdo, entonces acepto su invitación a entrar. No la molestaré mucho tiempo, de verdad. —Alasne ya le ha hecho un gesto para que entre en la casa.

—¿Café?

—No, gracias, no quiero nada.

—¿Seguro? ¿Cerveza, vino, agua? —insiste ella.

—Estoy bien, Alasne. ¿Me permite tutearla?

—Por supuesto, comisario.

—Llámame Iñaki.

—De acuerdo. Iñaki —Alasne toma ahora la iniciativa—, ya no somos los jóvenes de aquella época, pero quiero decirte que, aunque entonces no pudo ser, aunque no conseguiste resolver el asesinato de mi padre, sé que hiciste todo lo posible. Y fíjate, ahora el asesino se mete en nuestras vidas para confesarlo todo. ¿Qué vas a hacer? ¿Lo vas a encerrar?

—Debería.

—¿Lo vas a hacer? —insiste ella.

—De eso quiero hablar contigo. Este caso es totalmente inusual. Va a ser muy difícil reabrir el sumario, porque el delito ya está prescrito, pero necesito saber tu opinión y qué es lo que quieres.

—Iñaki, tú eres el policía y sabes lo que tienes que hacer. Yo quiero cerrar mi duelo. Me da igual si Josu va a la cárcel o no. Yo lo que quiero es la verdad. Si es condenado, de acuerdo, se lo merece. Pero ahora mismo, a mí, su condena no me genera ninguna satisfacción. A mí lo que me interesa es lo que me cuente. Cómo lo hicieron. Si mi *aita* sufrió. Si se enteró de lo que ocurría. Si lo torturaron o lo trataron bien. A mi *aita* no me lo van a devolver, pero quiero repensar su memoria de otra manera. Desde que he leído sus cartas, y desde que he hablado con Josu, siento que ahora puedo cerrar mi duelo. ¿Me entiendes?

—Perfectamente. ¿Tienes entonces más cartas de tu padre? Bueno, notas o escritos o reflexiones, como quieras llamarlo.
—Todas menos una. Están numeradas y me falta una. Por lo que me ha dicho Josu, me imagino que tienes la que me falta.
El comisario Sánchez se mete la mano en la americana y saca un sobre que entrega a Alasne. Esta lo coge y lo abre con cierto nerviosismo. Comienza a leer en alto: «Nota 5. Cabaña. Huele a humo y a hierba», pero se para en seco al ver que su voz se le quiebra.
—¿Le importa que me la guarde y la lea después?
—Por supuesto, Alasne. Es suya. Vuelve a tutearme, por favor.
—Lo siento, Iñaki. Todo esto es bastante duro. ¿Qué necesitas saber?
—¿Josu te ha hablado del otro terrorista?
—Sí.
Ambos se quedan mirándose, con cierta incomodidad. El comisario se da cuenta de que puede perder la cordialidad con Alasne, que ella podría interpretar esta visita como una especie de interrogatorio. Tampoco está muy seguro de qué es lo que le ha contado Josu sobre Altuna y el lugar que llegó a alcanzar dentro de la Organización. Quizá no pueda pillar a *Karlos* por el asesinato de Azkarate, pero sí encausarlo por pertenencia y dirección de banda armada. Alasne, en esos segundos de silencio, mirando fijamente sus alpargatas verdes nuevas, está sin embargo en otro lugar. Quiere convencer al comisario de que, aunque tenga que hacer su trabajo, le permita, al menos, acabar sus conversaciones con Josu e, incluso, entablar algún contacto con Zigor. Alasne necesita restaurar su lugar en el mundo. Necesita hablar con los asesinos. Liberarse. Y aunque no sabe cómo contárselo al policía que tiene delante, solo puede hacerlo hablando con los dos demonios que torcieron su vida. Los dos asesinos que Sánchez quiere encerrar.

—¿Puedo preguntarte qué te ha contado? —vuelve a insistir Sánchez.

—Mira, comisario. Te voy a ser muy franca. Sé que el otro que secuestró a mi padre es el puto abogado Zigor Altuna. Los dos, Altuna y Etxebeste, eran amigos míos de alguna farra en aquellos años, así que imagínate cómo me siento. Te repito: haz lo que tengas que hacer con ellos. Si se tienen que pasar el resto de sus vidas en la cárcel, que así sea. Pero déjame un tiempo para hablar con ellos. Necesito hablar con ellos. Necesito que me cuenten qué pasó. Cuando yo sienta que he podido cerrar mi angustia, y te pido por favor que me respetes, entonces actúa como creas necesario.

—Tienes mi palabra. Pero necesito advertirte de un par de cosas. Altuna no tiene pinta de querer colaborar. Oculta muchas más cosas que el asesinato de tu padre, y va a intentar que Josu no hable. Por otro lado, hemos detectado cierto movimiento entre antiguos miembros de la Organización. Creemos que quieren callar la boca a Josu. No sabemos muy bien cómo, pero estamos seguros. La Organización no está del todo acabada como pensábamos. Ha permanecido, de alguna manera, dormida. Debes andar con cuidado, ¿de acuerdo? —concluye Sánchez dirigiéndose hacia la puerta en un intento de dar por concluido el encuentro.

—Lo haré. Gracias, comisario. Déjame hacerte una pregunta a ti. Josu me contó que estaba negociando algo con un policía. Contigo. ¿Cuál es tu parte del trato?

Sánchez se vuelve hacia Alasne sin responder, mirándola con aire paternal. El silencio de ella le indica que va a insistir en saber qué es lo que le ha pedido Josu. Hasta cierto punto, la hija de Azkarate tiene derecho a conocer sus conversaciones con el antiguo terrorista. El policía acabará citándola en comisaría para averiguar si Josu le ha contado algo diferente a lo que ya sabe, así que es justo ser también sincero con Alasne, que ahora le mantiene la mirada con el mismo aplomo de cuando, ante el cadáver de su padre, él le entregó el mensaje que ahora lleva colgado al cuello.

—Digamos que Josu y yo nos conocemos desde hace treinta y cinco años y él tiene unas cuentas pendientes conmigo.

—¿Qué cuentas son esas? —le insiste mientras le sirve un vaso de agua.

—Hace treinta y cinco años, yo, personalmente, torturé a Josu Etxebeste —suelta por fin Sánchez.

—¡Joder!

—Lo machaqué. Le hice todo el catálogo de martirios del que disponíamos, Alasne, y no habló. No dijo nada. Aguantó.

—¡Comisario! —Alasne se ha llevado las manos a la cabeza.

—Josu fue uno de los muchos sospechosos que arrestamos para tratar de resolver el asesinato de tu padre. Eran años duros. Y no estoy orgulloso de lo que hicimos, pero eran prácticas bastante habituales en las comisarías y cuartelillos. No siempre, pero sí muchas veces. De hecho, estoy avergonzado ahora mismo de contarte todo esto.

—¿Y qué quiere?, ¿que le pidas perdón?

—No exactamente. Aunque se lo he pedido, por supuesto. Hemos hablado bastante. Tiene muchas ganas de colaborar. Pretende darme información, y muy valiosa, que puede ayudar a terminar de contar la historia de la Organización. Cosas que no se saben. Que ni yo mismo sabía, Alasne. Josu es una bomba de espoleta retardada y está a punto de estallar, por eso creo que los suyos, bueno, los exsuyos, se lo quieren quitar de en medio. Te insisto, ten cuidado. Queda con él fuera del restaurante. Intenta que sea en lugares públicos, donde haya mucha gente. En plazas o lugares abiertos. Piensa que si los malos quieren cargárselo no les va a importar quién caiga con él. No creo que se arriesguen a pegarle un tiro en público, pero me pongo en lo peor y pienso en un bombazo. En su restaurante o en su coche.

—Gracias, comisario —Alasne la mira por encima—, tendré cuidado y procuraré quedar en zonas llenas de gente, sin llamar la atención, pero todavía no me has dicho qué es lo que te ha pedido.

—Quiere que reconozca, en público, que le torturé. No solo a él. A muchos otros —suelta de repente Sánchez con un hálito de liberación interior.

—¡Bufff! ¿Qué gana él con eso? Que me parece bien que lo hagas, comisario, y creo que debería haberse hecho hace mucho tiempo, pero ¿qué quiere exactamente Josu?

—Si te soy sincero, creo que está dispuesto a inculparse del asesinato de tu padre aunque yo no haga nada. Ese tema lo tiene claro. Va a confesar ante nosotros como ya lo ha hecho contigo. Pero en su esquema mental siente que tiene que ser resarcido de alguna manera. Cree que aquí malos fuimos muchos. Y que, si él lo reconoce, los demás también deberían.

—El eterno rollo de las dos violencias.

—En realidad no, Alasne. No va por ahí. No equipara violencias. Él sabe lo que hizo y se arrepiente. Y quiere responder por sus actos. Tarde, de acuerdo, pero quiere hacerlo. No sé si ha tenido algún tipo de catarsis espiritual o simplemente no podía seguir viviendo con esa culpa, lo desconozco, pero le entiendo cuando me pide que yo también asuma lo hijo de puta que he sido. Le he mirado a los ojos, y, te lo reconozco, he sentido mucha vergüenza de lo que le hice.

Alasne flanquea al comisario y sale por la puerta en una clara invitación para que la siga hacia fuera. Se siente más o menos satisfecha de lo que le ha contado Sánchez. Los dos se ponen a andar hacia el exterior. Una suave brisa sopla por la ladera del Jaizkibel.

—¿Y qué vas a hacer? —pregunta ella, abriéndole la verja del caserío. En ese momento suena el tono de aviso de mensaje en el teléfono del comisario. Sánchez reconoce el sonido. Es el del grupo que tiene abierto para el caso Etxebeste. Es un mensaje de Ugarte: «Hostias, *Tanke* ha entrado en el Toki-Eder. Igual se lía parda. ¿Venís alguno?». El comisario mira a Alasne mientras abre su coche con el mando a distancia.

—Me tengo que ir, Alasne. Tengo una urgencia. Ya hablaremos.

—Pero ¿qué vas a hacer con lo que te ha pedido Josu, comisario? ¿Vas a reconocer públicamente que torturaste?

—Algo parecido —dice de forma enigmática.

Y se sube al coche, alejándose por el camino de tierra y dejando a Alasne pensativa y bastante confusa. Tratando a duras penas de entender la turbulencia personal en la que está envuelta, y la dimensión simbólica que puede alcanzar todo en lo que está siendo protagonista.

No ha sido un buen día, piensa Josu Etxebeste volviendo a contar los apenas 400 euros que hay en la caja. Repasa el largo papel donde están impresas todas las comandas y mesas servidas en la comida, dobla el resguardo y lo guarda en un sobre que mete debajo de la máquina registradora. *Los menús del mediodía han funcionado, pero con este tiempo la gente se ha ido a la playa o estará de potes por ahí*, concluye un tanto desanimado. Suena la voz perezosa y arrastrada de Bob Dylan. Siempre le han parecido hipnóticas todas sus canciones. Aunque no habla inglés y apenas le entiende, le encanta escucharlo en esa hora muerta en la que su local se vacía del barullo social y el silencio, la reflexión, se hacen hueco. Hace ya un rato que ha cerrado la cocina y les ha dicho a los chicos que se fueran antes de su hora. Hoy cierra por la noche. Josu mira por la ventana hacia el parking para comprobar que no queda ningún coche y entonces ve el vehículo solitario, aparcando en la última plaza, la más lejana.

Con una tranquilidad que a él mismo le extraña, como si llevara tiempo esperando esa visita, vuelve sobre sus pasos, entra en la oficina, abre la caja fuerte, deja los 400 euros y saca de dentro el revólver que le ofreció el comisario Sánchez. *¡A ver a quién me han mandado!*, se dice a sí mismo como dándose ánimos, mientras piensa que Dylan no es mala banda sonora para un epitafio. Se guarda la pistola en el bolsillo derecho del pantalón, y sin sacar la mano, sale hacia la terraza del jardín. La penumbra no es lo suficientemente oscura para esconder la silueta del hombre corpulento que está sentado a la mesa del fondo, debajo del castaño, la mesa más deseada por los clientes que buscan durante el día la sombra de ese árbol.

—¿Has venido a matarme? —pregunta Josu sin rodeos a la vez que, sin miedo, se acerca hacia el visitante.

—Ese encargo tengo —responde Mikel Rekarte sin levantarse, con esa economía del lenguaje que tienen muchos vascos.

—¿Y vas a hacerlo? —insiste Josu, que no alcanza a distinguir el rostro del hombre sentado.

—No estoy para liarme a tiros contigo. Si dejas tu arma, podemos hablar un rato.

Con tranquilidad, como quien deja su teléfono móvil, *Tanke* ha depositado su propio revólver encima de la mesa.

—¿Quién eres? —pregunta de nuevo Josu, todavía a una distancia prudencial.

—Tu asesino. Qué más te da cómo me llame. Si te mato, de qué va a servirte saber mi nombre.

—Es una cuestión de educación. Estás en mi casa y no me has puesto una bomba en los bajos del coche, ni has tirado un cóctel molotov a mi restaurante, ni me has dado un tiro en la nuca cualquiera de los días que salgo a andar en bici, así que intuyo que no tienes claro si me vas a matar o no. Además, yo ya llevo mucho tiempo muerto. Una conversación antes de asesinarme definitivamente no es algo que me puedas negar.

—¡Tienes cojones, *Poeta*! —responde sin inmutarse el viejo sicario de la Organización.

Josu Etxebeste da un paso adelante, muy despacio, y mientras se sienta a la mesa saca su arma del bolsillo del pantalón. Acaba de reconocer a su verdugo. El revólver de *Tanke* y el de *Poeta* quedan enfrentados. Metáfora muda de una tregua que ambos hombres son incapaces, en ese momento, de saber cuánto va a durar.

—¿Qué es esa música que suena? —pregunta Rekalde sin mover un músculo y mirando fijamente a Josu.

—Dylan. Bob Dylan.

—Ni idea.

—¡Ni idea! —exclama Josu entre sorprendido y divertido.

—No lo he oído en mi vida. ¿Es famoso?

—Bastante, diría yo.

—He estado veinte años en la cárcel. Poca música oía allí.

—¿Y antes de la cárcel? —insiste Josu más por curiosidad que para sacar información de su verdugo.

—Escondido en Francia. Cambiando de piso a menudo. La jodida clandestinidad.

—Pero es que Dylan lleva cantando desde los años sesenta. Toda la vida. No me creo que ni te suene.

—Ni me suena.

—Venga, *Tanke*, dejémonos de gilipolleces y vamos al grano —resuelve por fin el dueño del restaurante—. Yo soy Josu Etxebeste, hace años conocido como *Poeta*, y tú eres Mikel Rekalde, encargado de trabajos especiales en la Organización. Has venido a matarme porque no quieren que cuente lo del asesinato de Azkarate. Pero todavía no lo has hecho. ¿Por qué?

Rekalde guarda silencio y traga saliva. Por primera vez desde que han empezado a hablar deja de escrutar a Josu para fijar la mirada en el río Bidasoa. Respira fuerte por su gigantesca nariz y se incorpora un poco de la silla en la que había aparcado su cuerpo, para apoyar los brazos en la mesa.

—Porque no te lo mereces —dice por fin.

—¿Que no merezco morir? —acierta a decir Josu con una voz que se le quiebra de manera inesperada al final de la frase.

—Eso estoy diciendo. No mereces morir.

—Y entiendo que eso lo has decidido tú, no los que te han encargado matarme.

—Eso es.

—Entonces, si no me matas tú, puede que manden a otro.

—Puede.

—¿Estás jugando conmigo? —le espeta Josu de repente—. No sé, ¿es esto una especie de tortura psicológica o algún juego divertido al que te gusta someter a la gente antes de liquidarla?

—Te estoy diciendo la verdad. Me han encargado tu muerte porque estás dispuesto a reconocer el asesinato de Azkarate y a involucrar a antiguos dirigentes de la Organización. Por eso quieren apartarte. Tengo instrucciones de que parezca un suicidio. Le he estado dando vueltas. Creo que es de puta madre lo que quieres hacer.

Josu permanece en silencio, repasando cada palabra de Mikel, tratando de encontrar la ironía que delate a un posible psicópata, analizando el timbre de su voz, buscando en sus ojos la confirmación de lo que está oyendo.

—Conoces a tus verdugos perfectamente, Josu —prosigue *Tanke*—, sabes de dónde viene la orden.

—Altuna y Pérez-Askasibar.

Tanke asiente con la cabeza y continúa:

—Fui su comando oculto durante muchos años. Les hice los trabajos sucios. Me tocó liquidar a los traidores y a los chivatos. Pero me engañaron, Josu. Nos engañaron a todos. Ellos mantuvieron sus finas vidas en la parte vieja donostiarra, sus vacaciones en la playa, sus trabajos, su vida social, y nosotros a comernos el exilio, la huida o la cárcel. Esos señoritos solo se preocupaban de que sus vidas fueran normales. Que nadie sospechara de ellos. Pero fueron tan normales que se acomodaron a ellas. El resto, a joderse. A la puta cárcel, como en mi caso.

A mí me vendieron. Me dejaron caer cuando ya no les era útil. Sabían que les sería fiel, pero en la cárcel le di muchas vueltas. Cuando salí, quería una nueva vida. Lejos de todos ellos. Y lo había conseguido. Soy feliz saliendo a pasear o a pescar. Hasta que me han llamado para *un último trabajo*.

—Quitarme de en medio.

Rekalde asiente con la cabeza.

—¿Te han pedido eliminar a alguien más por esta historia? —pregunta Josu, preocupado por Alasne e imaginando que Altuna está dispuesto a llegar a donde haga falta.

—No.

—Mikel, me tienes casi tan convencido que creo que si me levanto para traerte un vino, no me vas a dar un tiro por la espalda.

—Como suicidio no colaría, Josu. Trae ese vino, porque tenemos que ver cómo resolvemos esto.

Josu sonríe y, sin decir nada, se levanta y se aleja en dirección a la barra del restaurante, dando la espalda a Mikel.

«Todo muy raro. *Tanke* y Etxebeste están hablando sentados en una mesa. No parecen de mal rollo. Josu ha sacado una botella de vino. Estoy un poco lejos, pero están como dos colegas». El mensaje tranquiliza al comisario Sánchez, que ha decidido volver a su despacho para preparar el informe que le presentará al juez de guardia si finalmente decide hacer oficial el caso. «Arrieta, ¿cómo vas tú?», pregunta Sánchez por el mismo grupo de mensajes. «Altuna está picando algo en un bar de la Marina, en Hondarribia, y no para de mirar su móvil. Supongo que estará de chat con el novio cubano, ja, ja, ja», responde el inspector. «O esperando a alguien. Seguid atentos. Y gracias, chicos», escribe de nuevo el comisario.

—¿No habíamos quedado con este a las diez de la noche?

—Sí, dale un rato, que aparecerá.

—Ya se puede dar prisa, que estoy cogiendo un poco de frío.

Los dos ancianos sentados en un banco del paseo Butrón, en Hondarribia, vuelven a sus propias reflexiones, mientras observan las embarcaciones de recreo que, apurando las últimas luces de la tarde, regresan a sus amarres por el canal que flanquean los espigones de Hendaya y Hondarribia. Tienen las manos apoyadas en sendos bastones y sus cabezas cubiertas por *txapelas*: la del escritor José Luis Pérez-Askasibar ladeada ligeramente hacia la izquierda, y la del cura Vixente Egozkue calada hacia delante, como intentando disimular su rostro ante los turistas y paseantes que, a esa hora, salen a dar una vuelta por el pueblo aprovechando el fresco de la primera oscuridad. *Aita* Vixente vuelve a consultar su reloj, impaciente. «Diez y diez», exclama mientras se ata el botón más alto de la camisa azul que lleva. No lleva ni sotana ni alzacuellos. Parecen dos abuelos disfrutando de las vistas que tienen enfrente.

—¡Muy tranquilos os veo!

La voz del hombre que les habla desde detrás delata cierta ansiedad a la vez que, por el timbre, muestra un cierto enfado. Los dos ancianos tratan de girar el cuello para ver quién les habla, pero Zigor Altuna ha dado la vuelta al banco y está ya delante del escritor y del sacerdote.

—José Luis, padre Egozkue... —exclama Altuna, mirándolos alternativamente.

—¡Hola, Zigor! —responde Askasibar, mientras que Egozkue permanece en silencio.

El abogado hace una seña al cura para que se mueva un poco hacia su izquierda, hacia el lado donde está Askasibar, y él mismo se sienta en el banco. Lo hace ladeado, apoyando solo una de las piernas, para poder así mirar a los dos abuelos y que estos le puedan ver a él.

—Sitio discreto de cojones —suelta Altuna, señalando con su brazo hacia el paseo por donde transitan decenas de personas, unos conversando, otros hablando por teléfono, y algunos haciendo fotos de la bahía de Txingudi.

—Hoy se resuelve el tema. ¿Por qué nos has convocado? —pregunta Askasibar sin atender al comentario anterior de su antiguo protegido.

—Porque no me fío —acierta a responder el abogado.

—Nunca te has fiado de *Tanke*, por eso él tampoco se fía de ti.

—Tengo mis dudas de que lo haga.

—Nosotros no, pero ¿qué propones?

—Me voy a acercar al restaurante para comprobar que todo está bien. Que *Tanke* ha cumplido y que el problema está solucionado. Quiero registrar la casa de Josu y todos sus papeles por si nos deja el cabrón alguna bomba de relojería que nos estalle en los cojones dentro de unos días.

—Nos parece bien —responde el escritor hablando en plural, mientras el sacerdote, que no ha abierto la boca todavía, asiente con la cabeza—. Hay que registrar sus papeles por si acaso.

—¿Y si no lo hace? —pregunta Altuna.

—¿Y si no lo hace? —repregunta Askasibar, con un acento que Altuna interpreta como una orden implícita.

—Entonces me encargaré yo —confirma Altuna con la cabeza baja.

El padre Egozkue sale por fin de su ensimismamiento y torna su mirada hacia los ojos de Altuna. El abogado se le queda mirando, esperando un comentario, una confirmación, pero solo le mira y vuelve a su silencio.

—Vaya, Egozkue, pensé que me ibas a dar tu absolución.

—Vete a la mierda, Altuna —responde por fin el cura sin mirarle.

Los tres hombres saben que cuando viejos conocidos entran en el terreno de los apellidos, cuando dejan de tutearse, o de hablarse por sus nombres de pila o por sus apodos cariñosos, es que todo aquello que los podía unir está saltando por los aires. Y los tres tenían esa sensación de fin de época. De que quizá esa fuese la última vez que se verían antes de ir al funeral de alguno de ellos. Los tres sentían que su pasado común ya no era ese lugar que los unía.

Sentados en ese banco, notaron también que algo tremendamente desasosegante les estaba provocando un escalofrío: el aleteo lúgubre de la traición. Estaban de acuerdo en que Josu Etxebeste debía ser eliminado, pero había llegado el momento del cuestionamiento de lealtades entre ellos. Zigor estaba convencido de que Askasibar y Egozkue se pondrían de perfil si él caía. A su vez, los dos más viejos desconfiaban de que Altuna se fuera a callar si las cosas se torcían y acababa detenido. Por su parte, el cura temía que su viejo amigo José Luis hubiera dejado escrita, como obra póstuma y en un último alarde de narcisismo, su propia biografía como gran líder en la sombra de la Organización, y que le citara como su confesor. El embalsamador de sus pecados. Y el escritor, que llevaba un rato pensativo, había sido a su vez informado por uno de sus colaboradores de que el zulo de seguridad, la caja de resistencia donde estaba el dinero del que él mismo había ido tirando estos últimos tiempos, donde estaban los cuadros que juró custodiar casi cincuenta años atrás, había sido profanado. Y sabía por quién.

—¿Creéis que esto es el verdadero final de todo? —pregunta Altuna, volviendo a liderar la conversación, pero hablando con una evidente ansiedad y rapidez.

—¿El final de qué? —insiste Pérez-Askasibar.

—De todo, José Luis, de todo lo que hicimos. Nuestro sueño se fue a la mierda hace tiempo. Nuestras vidas zombis dejaron hace mucho de ser útiles para la Causa. Nos rendimos. Capitulamos, José Luis, hay que reconocerlo, aunque en aquella mierda de comunicado de disolución intentáramos quedar con la cabeza más o menos alta.

—No fue una mierda de comunicado —replica Askasibar.

—Claro, porque lo escribiste tú. Pero fue una mierda comunicar que habíamos perdido. ¿Prefieres que lo diga así?

—Es que yo creo que no perdimos, Zigor. Fueron tablas. No pudieron con nosotros y fuimos nosotros los que decidimos dejarlo por el bien de nuestro país —intenta convencerle el escritor.

—Piensa lo que quieras, José Luis. Llevas años fuera de la realidad. Igual que tu amigo el de la sotana. Que supongo que le veremos en el infierno cuando palme, ¿verdad, Vixente?

—Vete a la mierda otra vez, Altuna —vuelve a replicar el sacerdote.

—¿Qué te pasa, Zigor? ¿Estás bien? —pregunta Askasibar, quitándose las gafas en un conocido gesto que utilizaba siempre que quería concentrar toda la atención—. Pareces muy nervioso.

—Acelerado, diría yo —apostilla el cura.

—Mirad, abuelos —continúa Zigor, ya puesto de pie y con un ligero pero repetitivo temblor en una de sus piernas—. Si *Tanke* no se carga al *Poeta*, lo haré yo. Pero no os quiero volver a ver. Os quiero fuera de mi vida. Olvidaos de *Karlos* para siempre, ¿me entendéis?

—Pero el caso es que Josu, si al final canta —replica Askasibar—, no va a enmarronar a *Karlos*, sino a *Beltza*. A su compañero de comando. Al que le ayudó a asesinar a Azkarate. Hasta ahí llega. Es lo único que puede demostrar.

Altuna, con los ojos muy abiertos y una enorme sequedad en la boca, mira indistintamente a ambos ancianos con cara de alucinación.

—Te equivocas, viejo. Si *Beltza* cae, cae *Karlos*. Los dos. Tú y yo. A mí no me jodas. O nos salvamos todos o nos hundimos todos, ¿me entiendes?

—Te entiendo, siéntate, por favor.

—No me digas lo que tengo que hacer, José Luis, que estoy hasta la polla de ti, de tus órdenes y de toda esta mierda. De este fracaso. Y no me digáis que yo paso de todo y estoy apartado y llevo tiempo sin querer saber nada de vosotros, porque no es así. Tengo un becario y un pasante en el despacho dedicados exclusivamente a solucionar marrones de nuestra gente. Viejas querellas, denuncias que se reabren. ¡Joder!, si hasta les solicito el DNI a los que vienen del exilio porque no tienen manera de demostrar quiénes son y poder, no sé, abrir una cuenta en el banco. ¡El DNI, José Luis! El Documento Nacional de Identidad. El español, no aquel que se te ocurrió «brillantemente» —y dibuja las comillas en el aire— hace años. ¿Cómo le llamabas? El pasaporte vasco.

—Ya está bien, Zigor, estás muy excitado. Entiendo que quieras desahogarte, pero estás llamando la atención —le suplica el escritor.

—No, José Luis, no está bien. Me estoy desahogando porque me sale de los cojones y porque a lo mejor ahora tengo que ir a matar a un hombre si vuestro sicario se raja, así que te callas y me escuchas. ¿Tú sabes que mi despacho se encarga de todos nuestros chicos cuando salen de la cárcel? A muchos no les queda ni familia. Sus padres murieron y sus hermanos no quieren saber nada de algunos de ellos. Están solos. Los hemos dejado solos. Las huchas están vacías. Los mandamos a matar, luego a pudrirse en sus celdas y ahora les damos la espalda. Yo al menos les busco trabajo. En la construcción, en el trasporte, en bares de simpatizantes como camareros o friegaplatos. Les consigo cuatrocientos euros de un salario de inserción que les da el Estado, ¡el Estado español, José Luis!, y con eso van tirando cuando salen de prisión. Una mierda todo. Eran nuestra gente y los hemos dejado abandonados. Tú, en tu torre de marfil, inventándote leyendas más falsas que Judas sobre nuestros antepasados. ¡Y a nuestros militantes que les den! Y lo mismo te digo a ti, cura, mucha misa y mucha confesión, y mucho gin-tonic, que sé que le pegas al jarro de lo lindo, pero los has dejado solos también. Ni una mísera colecta en la iglesia o el cepillo de un domingo al mes.

—Zigor, sabes que eso no se puede hacer. Que no puedo recaudar dinero para los presos...

—Los presos de la Organización a la que tú dabas asesoramiento, Egozkue —le interrumpe—. Eran, de alguna manera, tus protegidos. Confesaste a muchos. Escondiste a un montón. Y ahora pasas de ellos como de la mierda.

—¡Zigor, por favor! —le grita José Luis alzando su bastón.

—Calla, *mecagüendiós* —le dice Zigor con voz autoritaria y acercando sus ojos desorbitados a la cara del anciano—. ¿Sabes que todavía tengo empleada en el bufete a la hija de aquel sindicalista que era amigo tuyo? La que era yonqui.

—Lo sé.

—Padre Egozkue, ¿sabes que el sindicalista le pidió a tu amigo que matáramos al camello que le pasaba las drogas a su hija? ¿Te parece eso cristiano?

—Yo lo sé todo, Zigor —replica el cura—. Y la chica salió de la droga y tiene un buen trabajo.

—Amen, ¿no? Pues al camello no le dimos la misma oportunidad. Perdimos el norte, señores. Hace mucho tiempo. Nos convertimos en algo..., no sé, en algo parecido a una mafia. Haciendo asesinatos por encargo.

—Si vas a ir a lo de Josu, tienes que ir ya —dice de repente y levantándose el escritor Pérez-Askasibar, consiguiendo cambiar de tema y bloquear por un momento a Zigor, que rápidamente se recompone, se da la vuelta y se aleja diciendo en alto: «Que os den».

«Altuna se dirige hacia su coche. Ha estado hablando con dos viejos: uno con pinta de cura y el otro, el escritor Pérez-Askasibar, la momia esa que escribe sobre leyendas vascas. Todo parecía normal, excepto porque había quedado con ellos. No ha sido casual. Le sigo», escribe Arrieta en su móvil. «De acuerdo, mantén la cautela», responde Sánchez desde su despacho. «Ugarte, ¿cómo van los tuyos?». La respuesta tarda un poco, lo cual inquieta al comisario, que se queda mirando el móvil hasta que se ilumina de nuevo: «¡Siguen bebiendo! Estoy un poco lejos, pero parecen colegas de toda la vida. *Tanke* no ha venido a picárselo, seguro», escribe por fin el otro comisario. «OK, pero estaos al loro. Aquí hay algo raro. Algo no cuadra. ¿Puede que lo de Altuna fuera una cita? Cualquier cosa me decís. Abrazo», responde Sánchez, dando por finalizado el hilo.

La botella de vino, un Pujanza Norte de la Rioja alavesa, está casi acabada. Los dos hombres, en silencio, miran el líquido denso y oscuro de sus copas como hipnotizados. Josu, pensando que no había brindado con su invitado, y Mikel, construyendo en su mente el argumento que le va a dar a Askasibar cuando vea que no ha cumplido la misión. *Le mandaré a tomar por culo y volveré a cambiar de teléfono*, piensa mientras se vuelve a llevar la copa a su boca. La mesa parece un extraño bodegón que bien podría titularse *Botella de vino con revólver y copas.*

—¿De dónde has sacado tu arma? —le pregunta Rekalde a Josu en un tono de curiosidad y con una leve sonrisa.

—Me la dio un viejo conocido. Por si acaso. Por si venías a matarme. Para intentar defenderme —responde con sorna Josu.

—Pero si dices que ya estás acabado. Muerto en vida. ¿Por qué defenderte?

—Porque tengo que acabar unos temas antes de que me pase nada. Cosas mías. Cerrar duelo con la hija de Azkarate, ayudarla en lo que necesite. Intentar que Zigor Altuna siga mis pasos y...

—Eso no va a ocurrir.

Josu aprovecha esos puntos suspensivos que se han quedado en el aire para no contarle a Rekalde su último propósito: que el comisario Sánchez reconozca que fue un torturador.

—¿Te ha dado la pistola ese comisario, Sánchez? —suelta de improviso Mikel, que pilla a Josu con la guardia baja.

—Sí —responde finalmente.

—Tranquilo. Estoy tratando de juntar todas las piezas. ¿Ese es tu viejo conocido?

—Digamos que sí.

—¿Un *madero* que nos persiguió a muerte es tu viejo conocido? ¿No me digas que tú también fuiste otro *txakurra* traidor? ¡Tranquilo, eh —Mikel levanta las dos manos por si Josu ha interpretado mal su pregunta—, que a mí ya me da igual todo!

—El *madero*, como dices, es un viejo conocido porque fue mi torturador —acaba reconociendo Josu.

—¿Qué dices? ¿En serio?

—Me dio con todo lo que tenía. Fue tremendo. Pero no canté. No dije ni una palabra. Y ¡fíjate, así me lo paga ahora Altuna! Podría haberme ahorrado electrodos, hostias y simulacros de ahogamiento si hubiera cantado y delatado a Altuna, pero no lo hice. Quedé con ese cabrón de comisario porque él es una de esas cuentas pendientes con mi pasado.

—¿Y la *pipa*?

—Cree que por el momento valgo más vivo que muerto. No es que me tenga cariño, pero quiere ver hasta dónde llego y, sobre todo, resolver el caso Azkarate. Es su espina clavada.

—Ya. Pues el caso es que ese revólver me suena.

—No jodas. Si son todas iguales. —Josu nota que la voz le ha patinado un poco por los efectos del vino.

—Lo sé porque es de una partida que me encargué personalmente de comprar en el mercado negro.

—¿En serio?

—Como te lo digo. El *madero* se la habrá guardado como trofeo después de alguna detención o algún registro. Vamos, que es nuestra. De la *casa*. Que si me disparas y me matas, sabrán que la bala viene de una antigua pistola de la Organización y lo podrán cerrar todo como un ajuste de cuentas entre antiguos terroristas.

—No me jodas...

—Eso es así, amigo Josu. Ten cuidado con quién juegas.

—¿Y dónde la compraste, si puedo preguntar? Mi pistola, quiero decir, ¿cómo era ese mercado negro?

—Bueno, yo me encargaba realmente de la última parte. Llevaba el dinero, pagaba, recogía el arsenal y me volvía. Compré en Suiza. Compré en Bélgica a ultraderechistas medio nazis. Compré en Italia a gente de la Mafia. En Andorra, bastantes veces. En Marsella a delincuentes argelinos. En la Yugoslavia de aquella época a militares corruptos. Comprábamos por todos los lados. Alguna vez incluso quedamos en Dublín para recoger unas armas viejas del IRA que nos regalaron los irlandeses. En fin, que cualquier hijoputa con armas y ganas de conseguir dinero fácil se ponía en contacto con los jefes y allí iba yo.

—¿Has dicho «nazis»?

—Nazis belgas, ultraderechistas alemanes, fascistas italianos, mafiosos franceses, ese era el mundo donde me movía.

—Vaya contradicción ideológica. La Organización, tan de izquierdas y revolucionaria, compraba armas a ultraderechistas de medio mundo.

—Así era. Escrúpulos cero. Ni nosotros ni ellos. Todo el mundo sabía lo que hacía todo el mundo. Nadie preguntaba. En una ventanilla se compraba droga, en otra dinamita, en otra pasaportes falsos, en otra mujeres para prostituirlas... En fin, un mercado persa de delincuentes. Esa gente daba asco. Eran todo lo contrario a nosotros, a nuestra ideología. Comprábamos armas a los mismos mercenarios que luego podían ser contratados para asesinarnos. Así era aquello. Y yo en medio. Sin entender nada. Porque te reconozco que a más de uno le hubiera metido un balazo entre ceja y ceja. Y ese revólver que tienes, que te ha dado tu amigo el comisario, es de una partida de Smith & Wesson que compré a un armero andorrano que a su vez se los había comprado a unos ultraderechistas italianos. De los años de plomo. Él mismo les había borrado los números de serie para esconder su origen. Tócate los cojones.

—Qué fuerte, sí. —Josu apura la botella echando las últimas gotas de vino, violáceo y carnoso, en la copa de su invitado—. ¿Abro otra?

—No, no abras otra. Me noto ya un poco borracho. Por cierto, creo que podemos esconder los *hierros*, no sea que aparezca alguien y se quede acojonado.

—Venga, tomamos la última, que tengo una botella abierta en la barra del vino que servimos por copas.

—Venga, la última.

«Atención, señores. Esto se complica. Voy por Behobia siguiendo a Altuna. Creo que el abogado se dirige al restaurante de Etxebeste. ¿Ugarte?». El mensaje del inspector Arrieta enciende todas las alarmas en el grupo de policías. El comisario Ugarte, escondido entre unos árboles, junto a la carretera de acceso, con el móvil en silencio y la luminosidad al mínimo para evitar ser detectado, trata de contestar de manera apresurada: «Oído, Arrieta. Me escondo para que no me vea al llegar. *Tanke* y Etxebeste siguen bebiendo. No puedo confirmarlo porque estoy lejos, pero me parece que tienen dos pistolas encima de la mesa». «¿Cómo que dos pistolas?», responde al momento Sánchez, imaginando que una de ellas será la misma que él le entregó. «¿Dos *pipas*?», pregunta Arrieta de manera atropellada y superponiendo su mensaje al que acaba de escribir su jefe. «Sí». La respuesta lacónica de Ugarte es seguida de unos segundos de silencio en el hilo en el que los tres tratan, cada uno desde su óptica, de asimilar la situación y valorar cuál es el paso que dar: intervenir o mantenerse al margen de los acontecimientos. La ausencia de cobertura judicial complica la situación y todos lo saben. Sigue siendo una operación paralela, clandestina. «¿Van a jugar a la ruleta rusa o qué cojones? No entiendo». Arrieta es el primero en reaccionar. «No lo sé. Siguen dándole al vino. No sé si esperan a alguien, ¿quizá a Altuna?, o están negociando entre ellos a las bravas, con la *pipa* encima de la mesa», responde Ugarte desde su privilegiada vista, a unos cien metros de la escena. «No intervengáis. Voy para allí. Puede que el sicario haya cambiado de idea. O que le esté interrogando antes de ejecutarlo. Llego en media hora», zanja por fin el jefe del operativo. «OK, Nacho —contesta Ugarte—, pero no tiene pinta de que estos dos quieran matarse. Al menos entre ellos».

—¿Sabes, Mikel?, cuando todo esto pase, cuando le haya contado a Alasne todo lo que necesite oír y me reconcilie conmigo mismo, ya solo espero un buen morir —suelta de repente Josu mientras con sus dedos toca unas gotas del Pujanza caídas en la mesa y se las lleva a los labios. Las dos copas vuelven a estar llenas.

—En eso también estoy de acuerdo, Josu. Yo también aspiro a un buen morir. Fíjate quién te lo está diciendo.

—Mikel, yo he matado a una persona. Tú, a no sé cuántas. Si existe un buen morir, ¿tú crees que también hay un buen matar?

Desde que han iniciado la conversación, los dos hombres se han estado tuteando por su nombre, el verdadero. Josu y Mikel. Pero esa pregunta, ahora mismo, solo la puede contestar *Tanke*, su otra identidad. No responde al momento. Le está gustando la conversación con Josu, porque ambos están hablando desde el desencanto y el desengaño. Josu hace muchos años que inició ese viaje, pero Mikel es un recién llegado. No hay nostalgia ni desilusión. Simplemente remordimiento y sensación de engaño. De utilización. Ahora mismo son, sobre todo Mikel, dos juguetes rotos.

—¿Sabes que me acuerdo de todas las personas a las que asesiné? —contesta por fin Mikel con un hilo de voz que a Josu le parece, aunque no acaba de creérselo, el preludio de unas lágrimas que ya parecen aflorar en sus ojos brillantes—. Y de sus nombres. Y no, Josu, no existe un buen matar. Se mata. Y punto.

—¿Se enteraron? —insiste Josu—. Yo siempre he pensado que Azkarate se dio cuenta. Vivo con ello, sueño con ello. De hecho, me quita el sueño desde entonces.

—Creo que mis víctimas no se enteraron. Siempre fui muy bueno en lo mío. Sé que dicho así suena fatal, pero es cierto. Siempre con pistola, llegando de frente, y sin darles tiempo ni siquiera a pensar qué pasaba.

—Pero ¿si ibas de frente, sí que se enteraban? Eso no es un buen morir.

—Todo era tan rápido, Josu, que no lo veían venir. No se imaginaban que el grandullón que venía andando de frente, o se tomaba algo en la barra junto a ellos, les iba a disparar. No estoy orgulloso de mi método, pero quería de alguna manera ir de frente. Porque para mí, y de eso me habían convencido, eran traidores o mercenarios. La peor casta. Y yo era su castigo.

—Ya. ¿Te arrepientes?

—Totalmente.

—¿Y se lo has dicho a los familiares de esa gente? ¿Has ido a hablar con ellos?

—No he tenido cojones.

—Deberías. Es liberador. Para ellos y para ti. Yo lo he hecho con Alasne. Me soltó una hostia el primer día, pero creo que nos sentó muy bien hablar. Llevaba años conviviendo con una angustia que me quitaba el aire y me agobiaba, sobre todo por las noches.

—No sé, Josu. Tú sabes hablar. Conoces gente. Sabes moverte. Es diferente. Yo soy un tipo callado. Doy miedo por mi aspecto. No creo que pueda.

—Yo te ayudaré —dice Josu, levantando la copa y decidiéndose por fin a brindar con la persona enviada a matarle.

En ese mismo momento las luces largas de un coche que entra a toda velocidad por el camino del restaurante y que frena justo delante de ellos, los deja casi ciegos.

—Pero ¡qué cojones pasa aquí! —grita Zigor Altuna fuera de sí, nervioso, saliendo del coche con una pistola en la mano con la que apunta, alternativamente, a los dos hombres. Mikel y Josu permanecen sentados a la mesa, cada uno de ellos con una mano dentro del pantalón sujetando sus propias armas.

—Hola, Altuna —saluda Rekalde con una voz tan neutra que pareciera estar controlando una situación que daba por probable.

—Hola, Zigor —responde tímidamente Josu—. Baja el arma y siéntate. Estamos charlando.

—Una mierda charlando. *Tanke*, ¿qué coño pasa?

—No me llames *Tanke* y yo no te llamaré *Karlos*. Aquellos eran personajes que desaparecieron hace muchos años. No los vuelvas a revivir.

El abogado Altuna, respirando de manera acelerada, dirige su arma a Mikel Rekalde, convencido de que el peligro está ahora mismo en el ejecutor y no en la que debería ser la víctima.

—Teníamos un trato, Rekalde —le grita, mientras varias pequeñas bolas de saliva blanca, reflejadas por la luz de los faros del coche, se le escapan de la boca.

—No teníamos ningún trato. Yo no he firmado nada. A tu jefe solo le dije que me contara qué queríais, no me he comprometido a nada. Y como lleváis haciendo toda la vida, he visto que me queréis volver a utilizar. Que si algo sale mal, que se lo coma el gilipollas del *Tanke*. ¿Y todo para qué, Altuna? Para que el señorito abogado y el señorito escritor se vuelvan a ir de rositas. ¡Despierta, Altuna! Todo aquello acabó. Ya no mandas. Deberías escuchar a tu antiguo colega de comando —y señala a Josu con la mano que tiene encima de la mesa— porque a lo mejor no está nada mal lo que quiere hacer.

—¡Buscarme la ruina, eso es lo que quiere hacer este cabrón! —grita Altuna a la vez que se gira hacia Josu Etxebeste y le apunta, sujetando la pistola con las dos manos—. Así que si no tienes huevos, *Tanke*, lo haré yo.

—Zigor, espera —acierta a decir Josu sin un atisbo de súplica o miedo en su voz—. Esto no tiene por qué acabar así.

—¿Ah, no? Pues no veo de qué otro modo. Tú quieres traicionarme, a mí y a todos nosotros, y meterme en la cárcel. Si te pego un tiro, acabo con toda esta mierda.

—Y te conviertes en un asesino.

—No, Josu, eliminar a un traidor es un deber y una obligación. Esto no es una venganza ni un ajuste de cuentas. Esto es supervivencia. O tú o yo. Así de simple. Si cantas, yo estoy muerto. Si estás muerto, yo estoy vivo. ¿Lo entiendes?

—El que no lo entiendes eres tú —Mikel Rekalde interrumpe la conversación entre los dos antiguos amigos poniéndose de pie y apuntando con su arma a la cabeza de Zigor Altuna.

—¡Vaya, *Tanke*, te has puesto de su lado! —Altuna mira con el rabillo del ojo hacia su izquierda, al revólver que lo intimida, sin dejar de encañonar a Etxebeste—. Te ha convencido. Josu siempre ha tenido buena labia.

—Baja la pistola ahora mismo, Altuna.

—No, *Tanke*, sabes que no puedo hacerlo.

—Baja la puta pistola —insiste Rekalde, que hace una seña con las cejas a Etxebeste indicándole que en algún momento debería sacar su propia arma.

Zigor Altuna aprovecha ese instante de despiste de Rekalde para girar los brazos y apuntarle directamente. Los dos hombres se quedan enfrentados, con la mirada fija en el otro a través del lomo de sus respectivas armas, calibrando una situación que está a punto de írseles de las manos. Los ojos de Altuna, muy abiertos, con las pupilas muy dilatadas y pequeñas venas rojas en los extremos, le indican a Rekalde que el abogado está dispuesto a todo. Que está fuera de control y, probablemente, dispuesto a morir antes que ir a la cárcel o convertirse en un apestado social. Zigor, que trata de desacelerar un poco a su propia mente, baraja ya la idea de que necesita dos cadáveres para resolver esa situación. Que *Tanke*, por la razón que sea, defiende a la persona a la que le habían encargado eliminar. Solo matando primero a *Tanke* podrá acabar después con Josu.

—Zigor, baja la pistola y hablemos. Yo también te estoy apuntando.

La frase de Josu le suena a Zigor lejana, como si se la estuviera imaginando. Sin dejar de apuntar a Rekalde da un pequeño paso para atrás para ampliar su visión y darse cuenta de que, en efecto, Josu tiene un revólver en las manos. Obviamente está en desventaja. Dos armas contra una. Dos personas a las que matar antes de que una de ellas le mate a él. No le salen las cuentas. Solo una maniobra suicida podría equilibrar ese triángulo.

Mikel lee el pensamiento a Zigor. Son los dos únicos que están realmente apuntándose entre ellos. Mikel sabe que Altuna va a intentar disparar a los dos. Aunque muera. Aguanta unas décimas de segundo. No quiere ser el primero en disparar. No quiere volver a hacerlo.

—Zigor, por favor, te estamos apuntando con dos armas. Baja la pistola y nosotros bajaremos las nuestras —suplica Josu.

Mikel Rekalde sabe que no hay nada que hacer. Una fugaz expresión de abatimiento y unas lágrimas incipientes en la cara de Altuna le avisan de que está a punto de disparar. La pistola y el revólver abren fuego a la vez. Rekalde cae hacia atrás con toda su humanidad y un agujero a la altura del corazón, y Altuna consigue mantenerse en pie pese al balazo que le ha atravesado el estómago. El grito de Josu Etxebeste, un largo y agónico «nooo», apenas resuena en el cerebro de Altuna, que se gira lentamente hacia su antiguo compañero. Zigor no oye nada. Su mente es una burbuja acústica provocada, a la vez, por el ruido de las detonaciones, el shock del disparo en su cuerpo, y la certeza de que, ahora mismo, está en la antesala de la muerte. En el purgatorio que espera a los que todavía deben dar explicaciones. Altuna se dobla sobre sí mismo, intentando aguantar el dolor que le produce el balazo, y vuelve a incorporarse, de súbito, disparando su arma contra Josu, quien hace un gesto reflejo de apartarse a la vez que también dispara. Suenan dos detonaciones y Josu y Zigor caen al suelo.

Cuando segundos después el comisario Tomás Ugarte llega al jardín, los tres cuerpos yacen separados, formando un triángulo casi perfecto, tal y como estaban mientras se apuntaban. Hay un enorme charco de sangre en el centro. Mientras el inspector Arrieta, que acaba de entrar en el parking, llama pidiendo refuerzos y ambulancias, Ugarte revisa los cuerpos y aparta las armas. Mikel Rekalde está muerto. Zigor Altuna está muerto. Josu Etxebeste aún respira. Está vivo, pero inconsciente. El balazo le ha dado en un costado, con orificio de entrada y salida, pero no parece haber afectado a ningún órgano vital. Ugarte no le ayuda. Lo deja en su sitio y se acerca al cadáver de Altuna. Saca un pañuelo de su chaqueta y coge el arma del abogado. La empuña y vuelve hacia donde está Josu Etxebeste, que ha recuperado la consciencia y le está mirando, aunque no puede moverse. El comisario le mira a los ojos, le dice «lo siento», y le dispara en la cabeza con la pistola de Altuna.

Arrieta llega segundos después corriendo, tratando de entender qué ha sucedido.

—¿Quién ha disparado otra vez? —pregunta al comisario Ugarte, que acaba de dejar la pistola de nuevo en la mano de Altuna.

—Tranquilo, inspector. Parece que tenemos un caso de ajuste de cuentas entre narcos.

—Pero ¡qué cojones dices, Ugarte! La cabeza de Etxebeste está sangrando ahora mismo. ¿Le acabas de pegar un tiro, *mecagüendiós*? —pregunta Arrieta fuera de sí con el teléfono todavía en la mano y desde el que se puede escuchar la voz del comisario Sánchez preguntando qué ha sido ese disparo.

—Tranquilo, inspector —le pide Ugarte.

—Tranquilo mis cojones, Ugarte. ¡Que te lo has cargado!

—Comisario, Arrieta. Llámame «comisario» y deja de tutearme, que no tienes ni puta idea de nada —se impone de repente Tomás Ugarte.

El inspector se queda mirando a su superior jerárquico con los ojos inyectados en indignación. Sin decirle nada, se aleja y contesta al teléfono: «Los tres muertos, jefe. Se han matado entre ellos antes de que pudiéramos intervenir. Una escabechina. Lo siento».

Arrieta vuelve a la escena del crimen. El comisario Ugarte está en el interior del vehículo de Zigor Altuna buscando algo en la guantera. Cuando Arrieta se acerca al coche se da cuenta de que no está registrando el vehículo, sino que está dejando algo dentro. Una bolsa de plástico blanco de cierto volumen. El comisario cierra la puerta del coche y le hace una seña al inspector para que le acompañe hasta los cadáveres.

—Esto es lo que ha pasado, Arrieta. Escucha atentamente. Eso que hay en la guantera es un kilo de coca pura, ¿OK? Esto ha sido un ajuste de cuentas entre narcos que eran viejos amigos y que en su día militaron o simpatizaron con la Organización. ¿Me sigues? —Arrieta no dice nada ni hace ningún gesto, solo escucha—. Bien, esta operación está monitorizada desde el principio por Madrid. No podíamos dejar que el cabrón de Etxebeste, porque haya tenido una iluminación divina, comprometa el nombre del cuerpo y nos busque una ruina a muchos. Si Sánchez reconoce las torturas, caeremos todos. ¡No me jodas, Arrieta, piénsalo! ¡No puede ser!

—¿Tienes miedo de que tu familia descubra lo hijoputa que fuiste de joven, o qué? —pregunta finalmente el inspector.

—Arrieta, esto no es cosa mía. Esto es una operación de Estado. Tengo autorización de arriba para tomar las medidas necesarias. Había que parar a Etxebeste. Si no lo hacía *Tanke*, o si no lo hacía Altuna, debíamos hacerlo nosotros. Al final estos gilipollas se han matado entre ellos. No me alegro, pero tampoco los voy a llorar. Lo que no puedo permitir es que toda nuestra reputación se vaya a la mierda. Y que muchos de nosotros tengamos que hacer el paseíllo por los juzgados por el tema de las torturas. ¡Joder, que fue hace mucho!

—Ya.

—¿Ya, qué? —pregunta nervioso y visiblemente enfadado.

—Que lo entiendo. ¿Se lo cuentas tú al comisario Sánchez?

—Sí. Sánchez déjamelo a mí. Repasemos para cuando vengan los compañeros y los sanitarios. Tú estabas siguiendo a *Tanke* por iniciativa propia, porque teníamos sospechas de que se dedicaba al narcotráfico desde que salió de la cárcel. Los otros dos, el abogado y el empresario, le utilizaban para sus trapicheos con la farlopa. Ha sido toda una sorpresa saber que un abogado tan conocido y con un tren de vida tan caro se dedicaba a esto. Sus amigos fliparán. Como fliparán los que vienen a comer al Toki-Eder sin saber que Etxebeste traficaba con cocaína a través del río Bidasoa. ¿Estamos de acuerdo? —Arrieta asiente—. Yo voy a desaparecer porque no pueden verme por aquí. Cantaría un poco sabiendo que estoy en homicidios en Madrid. Estate tranquilo porque van a tener un detalle contigo desde arriba, una medalla o un ascenso. Caso cerrado. ¿De acuerdo?

—De acuerdo, pero ¿le vas a decir a Sánchez que has matado a Etxebeste? —insiste Arrieta.

Tomás Ugarte se queda pensativo, contemplando los tres cuerpos que yacen junto a ellos. Piensa bien lo que va a decir.

—No tiene por qué saberlo. Altuna disparó primero a *Tanke*, pero este logró alcanzarle. Después se dispararon entre Altuna y Etxebeste y se mataron entre ellos. Punto. Caso cerrado. Sánchez entenderá que hayamos dejado la coca para despistar. El caso del secuestrado se quedará sin resolver. Convenceré a Sánchez de que es mejor así. Que no remueva las cosas. Que no hable con la hija. Y a ti, como se te ocurra decirle algo a Nacho de lo que has visto, te corto los huevos, ¿me entiendes? Vas a estar comiendo mierda hasta que pidas la jubilación. Lo has entendido, ¿verdad?

—Sí.

—¡Más alto!

—Que sí, ¡joder!...

—No me vas a tocar los cojones, ¿verdad?

—No.

—Así me gusta. Las cosas claras —dice satisfecho Ugarte, dando una palmada en el hombro a Arrieta—. Hemos hecho lo que debíamos. Somos policías, joder. Perseguimos a los malos. Los malos no pueden ganar. Nunca. Y estos tres fueron muy malos. Unos hijos de puta. ¿De acuerdo?

—De acuerdo, comisario.

—Cojonudo. Me largo. Encárgate del papeleo. Ese coche que llega será el de Sánchez.

El comisario Ugarte vuelve a enfilar la zona de árboles para poder esconderse y coger su vehículo sin tener que cruzarse con nadie, pero antes de desaparecer se da la vuelta y mira por última vez al inspector, que se ha quedado allí, lívido, rodeado de cadáveres, y que ha empezado a llorar en silencio de impotencia y de rabia.

—¡Arrieta —le grita todavía Ugarte desde la distancia antes de desaparecer—, atente al guion que te he dado o te meto un balazo como a Josu! ¡Avisado quedas! —y le hace un gesto con la mano, imitando una pistola con el pulgar y el índice, como si le disparara.

29

Sábado

El restaurante permanece cerrado desde la matanza. Algunos restos de las cintas con las que la Ertzaintza precintó el local están todavía pegados en las puertas de entrada, en los marcos de las ventanas o tirados por el jardín del Toki-Eder.

El juez de Irún que se hizo cargo del caso sigue pensando todavía que, pese al perfil de antiguo miembro de la Organización de uno de los muertos, se encuentra delante de un asunto de tráfico de drogas que ha acabado con la vida de los tres narcos implicados. Desde Madrid, algunos medios de comunicación convenientemente dirigidos han destacado el currículum terrorista de Mikel Rekalde y las simpatías nacionalistas del abogado Zigor Altuna, vinculando de esa manera un supuesto ajuste de cuentas mafioso con la banda terrorista ya desaparecida, cuyo espíritu, insisten esos periodistas, sigue estando infiltrado en las oquedades profundas de la sociedad y la política vascas.

De Josu Etxebeste solo han contado que era un empresario que regentaba un restaurante de gran éxito en la zona, dejando caer que él era el que podía liderar esa organización de narcotraficantes. Rekalde sería el encargado de los alijos y la seguridad, y Altuna, «un abogado muy conocido y respetado en San

Sebastián que últimamente llevaba un gran tren de vida», decían varios confidenciales digitales, sería el encargado de blanquear las ganancias ilícitas.

Ignacio Sánchez, que intuye la negra mano de Tomás Ugarte y su oscuro jefe del ministerio en todas esas desinformaciones, deja de leerlas en su móvil y se guarda el teléfono en el bolsillo de la americana. El comisario camina despacio. Arranca una hoja del castaño bajo cuya copa sucedió todo, acaricia el tronco del árbol y se dirige después hacia la ribera del río.

Hay una quietud palpable en el ambiente. Como si al Toki-Eder, a esa vetusta fundición, hubiera llegado por fin la tranquilidad que Josu no consiguió transmitir en los últimos tiempos. El lugar, se imagina el comisario, ha dejado de ser rehén del pasado de su último morador. Ya no hay nada de lo que avergonzarse y la energía es completamente diferente.

Las cenizas de Josu habían sido arrojadas por algunos amigos íntimos esa misma mañana en la orilla del Bidasoa, que en ese momento baja manso hacia la desembocadura de la bahía de Txingudi. «Te advertí, *Poeta*, que tuvieras cuidado», susurra Sánchez mientras mira ensimismado el agua. Ahora mismo el comisario está pensando si esas cenizas seguirán allí, mezcladas con el ciemo del fondo del río y picoteadas por los peces, o se habrán diluido ya en la inmensidad del mar, tres kilómetros más adelante. Sánchez lo tiene claro, respeta a los que deciden ser incinerados, pero él es más de tumbas. Cuando fallezca quiere reposar junto a su esposa en el cementerio de San Sebastián, y que sus hijos vayan a ponerles flores de vez en cuando y a contarles cómo les va la vida, igual que hace él a menudo. Como ha hecho esa misma mañana para confesarle a su esposa lo que va a hacer.

Aunque no estaba invitado al aventamiento de las cenizas de Josu Etxebeste, decidió acudir a la ceremonia. Tenía una deuda pendiente con esa persona a la que persiguió, torturó y humilló, pero que, al final de sus días, le dio una lección de nobleza. Josu había hecho el recorrido de la penitencia que él se había negado a transitar durante toda su vida. Josu había dado ese paso, y por ello, de alguna manera, Sánchez había empezado a admirarlo. Josu esperaba, antes de morir, que el comisario hiciera lo mismo. Y esa deuda, para Sánchez, seguía pendiente.

Se hizo acompañar por Arrieta al funeral civil de Etxebeste. Estuvieron atentos a quién acudía. A ver si algo les resultaba extraño, alguien que no cuadrara en el entorno de Josu. Habían acudido también al entierro de Rekalde, el día anterior. Allí no hubo nadie, solo los sepultureros y un sacerdote, un tal Vixente Egozkue, al que Arrieta reconoció como uno de los dos ancianos que charlaron con Altuna antes de la masacre. El acto fue bastante triste y rutinario. Una oración rápida en euskera dicha con bastante desgana por Egozkue. Los dos policías habían decidido, por si acaso, investigar un poco más a ese cura.

Sánchez se ha quedado con la pena de no saber de qué hablaron *Tanke* y *Poeta* a lo largo de aquella botella de vino. Ha atado cabos y está seguro de que cuando desapareció de la vista del comisario Ugarte, en aquel monte cercano a Lesaka, Mikel Rekalde fue hasta el zulo donde tenía escondido su revólver. Han batido la zona de manera informal, pero no han encontrado nada.

Algún día aparecerá el escondite de *Tanke*, su guarida secreta, porque Euskadi posee toda una arqueología de la violencia por aflorar. Decenas de zulos, agujeros o pasadizos. Escondrijos en los que hay armas, munición, dinero, explosivos, papeles de contabilidad, víveres o información sobre objetivos. Restos de un pasado feroz que irán apareciendo poco a poco. Después de unas lluvias torrenciales. Al desbrozar un bosque para evitar incendios forestales en verano. En los terrenos levantados para futuras urbanizaciones. El País Vasco es un vertedero de despojos de esa violencia en el que la chatarra del terror se olvida y oculta. Esos nutrientes del terror siguen escondidos y agazapados, como tumores invisibles que ya nadie quiere buscar. Porque el primer mandamiento de los autores del mal es que nadie hable de ello. Que no se investigue, que no se escarbe, que no se encuentre. Que los pliegues de la memoria se rellenen con ocupaciones ordinarias.

También fueron al funeral de Zigor Altuna. Allí estaba, en primera fila, el escritor José Luis Pérez-Askasibar, el hombre que según la libreta que rescató el inspector Arrieta del interior del Toki-Eder, los reclutó a ambos para entrar en la Organización. El gran ideólogo. El primer *Karlos*. Sánchez decidió que no era el momento apropiado para detenerlo. Quería estudiar bien la agenda de Josu Etxebeste, sus escritos, sus reflexiones. Está convencido de que ha dejado pistas ocultas en esas reflexiones. Que en esas líneas hay mucha más profundidad, mucha más información relevante, de lo que parece en una primera lectura. Askasibar caería en su momento, pero necesitaba cerrar el círculo.

La modificación del testamento hecha por Altuna antes de salir de casa le había llamado la atención. Esos cuadros no constaban en ningún catálogo. No había referencias de quién había sido el vendedor. El comisario tenía la intuición de que podían ser parte de los cuadros que supuestamente consiguió la Organización. Que el mito de la pinacoteca, como el de las inversiones en bolsa o la compra de inmuebles, era real y no una de esas leyendas con las que los viejos miembros de la banda alimentaban el imaginario de los jóvenes simpatizantes.

El frenazo de un coche en el parking del Toki-Eder le saca de todos esos pensamientos. Antes de ponerse las gafas de ver de lejos intuye la melena nívea de Alasne, que ya ha salido del vehículo, y decide esperarla en el lugar en el que se encuentra, en la orilla del rio.

—Comisario —dice ella al acercarse con un tono seco.

—Hola, Alasne.

—¿Qué pasó en realidad? ¿Por qué habéis contado esa patraña de la cocaína? Y Sánchez, por favor, sin mentiras. —El tono es asertivo y duro—. Estoy muy alterada. Necesito saber lo que pasó. Los dos asesinos de mi padre están muertos. Uno quería confesar lo que hicieron y el otro no. ¡Necesitaba hablar con ellos! Aquí hay algo raro y me lo vas a contar.

—Tranquila, Alasne. Te contaré lo que sabemos, pero, por favor, necesito tu promesa de que no dirás nada hasta que yo te diga que puedes hablar. El caso está bajo secreto de sumario y cualquier filtración sobre la verdadera naturaleza del crimen nos puede alejar de tu padre, y de quien ordenó realmente su secuestro y decidió al final su ejecución. ¿Me sigues?

—De acuerdo, te escucho —contesta Alasne, metiéndose las manos en los bolsillos del pantalón vaquero en una actitud inequívoca de querer escuchar.

—Tengo la agenda de Etxebeste. Uno de mis hombres la recuperó de ahí dentro, del restaurante. Es una especie de libro de notas o de cuaderno. Un diario que empezó a escribir en los últimos días. En fin, como un testamento. Lo cuenta todo, Alasne. Te lo dejaré en cuanto lo haya estudiado a fondo. Ahí encontrarás casi todas las respuestas a lo que te carcome. Te prometo que será tuyo, pero dame unos días. Estoy muy cerca.

—¿Qué dice esa agenda?

—Es un repaso a su vida, a su dolor, a su cobardía. A su condición de persona miserable. Se castiga mucho. No tiene piedad consigo mismo. Cuenta cómo entró en la banda y por qué se salió. Habla de cómo ha intentado huir de ese mundo y de sí mismo desde hace treinta y cinco años. Habla de muchas cosas y, además, escribe bastante bien. Pero sobre todo, Alasne, habla de Imanol Azkarate. Ese cuaderno es un homenaje a tu padre.

—¡Quiero verlo!

—No lo tengo aquí, Alasne. Espera a que acabe con todo esto.

—¡No! No puedo esperar. Todo lo que Josu escribió ahí me lo iba a contar en persona. Y ahora Josu está muerto. Así que necesito leer ese cuaderno —le grita a Sánchez.

—De acuerdo —cede finalmente el comisario—. Mañana te lo llevo a tu casa.

—Gracias. ¿Nos sentamos en las sillas del jardín?

—Como quieras. —Sánchez inicia el pequeño trayecto que hay entre la ribera del río y la terraza del restaurante.

—¿Qué pasó realmente? ¿Qué mierda es esa de la coca?

El comisario coge un par de sillas que están apoyadas contra las mesas, tal y como las debió de dejar algún empleado, y las separa de manera que ambos se puedan sentar. No tiene muy claro qué responder. No puede decir toda la verdad. Todo lo que sabe y todo lo que intuye. Pero tampoco quiere edulcorar las cosas. El abogado Zigor Altuna tenía dos balas diferentes en su cuerpo, una del revólver de *Tanke* y otra de la pistola que él mismo le había prestado a Josu para defenderse. Balística ha certificado que era un arma muy antigua, «tiene borrado el número de serie, pero es del mismo modelo de revólver que utilizaba la banda en los años ochenta», dice el informe, así que el comisario, por ese lado, está limpio.

—Creemos que la Organización mandó a Mikel Rekalde, un veterano con varios asesinatos, para cargarse a Josu —prosigue el comisario—. Por lo que sea, el tal Rekalde decidió no hacerlo. Nunca sabremos por qué. No lo teníamos controlado ni llegamos a interrogarle. El caso es que creemos que Altuna vino aquí para comprobar que Josu estaba muerto y rebuscar en sus cosas para hacerse con el cuaderno y con la foto.

—¿La foto en la que se le ve apuntando al *aita*?

—¿Josu te la enseñó? —pregunta Sánchez, temiendo que Alasne sepa más del caso que él.

—Sí.

Sánchez duda, pero por último saca la fotografía que Etxebeste le había entregado bajo el puente internacional, en la tierra de nadie entre Irún y Hendaya. Se la tiende lentamente a Alasne y ella alza la mano para cogerla sin dejar de mirarle. Contempla otra vez la foto con los ojos muy abiertos, sin parpadear. No dice nada. No respira. Procesa. Piensa. Intenta reprimir todo el resentimiento que pugna ahora mismo por hacerse un hueco en su alma. Busca cómo contenerlo. Cómo no dejarse caer en los reparadores abrazos del rencor. No quiere traicionarse. No quiere volver a ser la Alasne que vivió durante años en el odio. Deja la fotografía en la mesa y pasa sus dedos, tiernamente, sobre la imagen de su padre.

—Esta fotografía es la clave, Alasne. La prueba que incriminaba a Zigor Altuna. Por eso quería matar a Josu, porque le estaba chantajeando con ella.

—¿Chantajeando?

—Perdona, chantajeando no. Tienes razón. Aunque Altuna y los de la Organización, probablemente, lo vieran así. Lo que quiero decir es que Josu pidió al abogado que le siguiera en su idea de contarlo todo, al menos de contártelo a ti, y esta foto era la manera de obligarle. Altuna se negó y activó los resortes ocultos de la banda.

—¿Resortes ocultos?

—Sí. Es una forma de llamarlos, porque también es nuevo para nosotros. La Organización no está disuelta, o no del todo. Han quedado... cómo llamarlas —Sánchez duda—, células durmientes como *Tanke*. Por supuesto, quedan también todos esos dirigentes a los que nunca capturamos y ni siquiera identificamos. Al parecer, lo acabamos de ver, tienen todavía cierta capacidad para actuar. Eliminar a Josu era para ellos una cuestión de vida o muerte.

—Pero, comisario, la Organización se disolvió hace ya tiempo.

—Sí. Acabamos con ellos. Los derrotamos. Pero, como ves, quedaban cuentas por cerrar. Algunos de esos antiguos dirigentes, como Zigor Altuna, han hecho una vida normal y en algún caso, incluso, han prosperado bastante en esta nueva sociedad vasca sin violencia. A ninguno de ellos les interesa que se conozca su pasado. Ser un ex ya no vende. Los que salen de la cárcel o los que vuelven del exilio tienen su momento de gloria, su recibimiento popular, que jode, no te digo que no, pero luego nadie se acuerda de ellos. Todos esos antiguos jefes, los privilegiados que nunca cayeron, ahora no quieren saber nada de sus soldados.

—La historia de siempre —reflexiona Alasne sin mucho entusiasmo y tapando ahora con su pulgar la cara de Altuna en la foto.

—Esa foto, esa cara que estás tapando con tu dedo, era la prueba de cargo para destruir a uno de esos sumos sacerdotes.

—Altuna no disparó. Fue Josu —acierta a contestar Alasne levantando el dedo de la foto, que todavía mantiene el olor ácido, avinagrado, de las fotos antiguas mal reveladas.

—Exacto. Por eso te digo que Zigor era de la realeza de la Organización, de los que no se manchaban nunca las manos de sangre. De los que convencían y azuzaban a otros. Uno de esos otros fue Josu, pero se dio cuenta a tiempo y se salió. —Sánchez se da cuenta de la inconveniencia de su comentario y rectifica enseguida—. Perdón, se salió después de asesinar a tu padre. Lo siento, Alasne. Discúlpame.

—Tranquilo, sé lo que querías decir. Pero entonces no tienes caso. Me imagino que Josu y Zigor se mataron entre ellos, ¿verdad? Me da igual el orden en que murieran. Lo que quiero decir es que si Etxebeste, tu fuente, y Altuna, tu objetivo final, están muertos, ya no hay nada más que rascar.

El comisario Ignacio Sánchez se echa para atrás en la silla y respira hondo a la vez que se muerde, de manera casi imperceptible, aunque Alasne lo detecta, el labio inferior.

—Sí hay que rascar. Tenemos una conversación que Etxebeste grabó a Altuna; el propio Josu me la entregó. Mis hombres fotografiaron el encuentro de lejos. El abogado Altuna intentó convencer a su antiguo compañero de comando de que no hablara, ni contigo ni con nadie. Que siguieran manteniendo el secreto y, por tanto, tu dolor, Alasne. Pero Josu, que estaba decidido a ir a por todas, consiguió sacarle el nombre de la persona que los reclutó y que les ordenó secuestrar y ejecutar a tu *aita*.

—¡No me lo puedo creer! ¿Quién fue? ¿Está vivo?

—Está vivo, Alasne, aunque ya es mayor. Seguro que le conoces. Es el escritor José Luis Pérez-Askasibar.

Alasne se levanta de la silla con tanta fuerza, con tanta energía acumulada durante años, con la ofuscación de sentir que todavía puede hacerse justicia, que hace saltar la mesa. El policía no se mueve. Mira hacia su coche en el parking, en el que se puede distinguir el perfil del inspector Fernando Arrieta, y le hace una seña con la mano indicando que todo está en orden. Alasne ha vuelto a acercarse hasta el río y Sánchez ha decidido que debe estar unos momentos sola.

Un nutrido grupo de mosquitos revolotea en círculo, girando rápidamente, en la línea visual que se establece entre Sánchez y Alasne. El comisario entorna su mirada y se queda absorto observando a los insectos. Alasne, al fondo, queda desenfocada en medio de esa maraña que permanece estática, a un metro del suelo, sin desplazarse, sin cambiar de sitio ni de forma, embelesados en su propia entropía, sin chocar ni enfrentarse, pero eternamente mezclados hasta el final de su corta existencia. Como muchos en el País Vasco de los últimos cincuenta años. Girando como electrones alrededor de una idea cimentada en sangre. Hombres y mujeres abducidos por la idea de un futuro donde, pese a la violencia o el mal ejercido, podrían sentirse seres virtuosos que hicieron lo que tenían que hacer, a los que no se cuestionará ni se les pedirá que rindan cuentas.

—Me acuerdo de haber estado de pequeña con Askasibar en San Sebastián. —Sánchez despierta de su letargo preguntándose por dónde ha venido Alasne sin atravesar la nube de mosquitos que le tiene abducido—. En la misma sociedad gastronómica de mi padre. Él iba de vez en cuando a dar charlas y gorronear una cena y mi *aita* siempre me decía que era una persona muy interesante. Nunca tuvimos en casa ninguno de sus libros, así que debo pensar que, interesante o no, a mi padre no le convenció algo de él.

El comisario se encoge de hombros y arquea las cejas antes de seguir hablando:

—Puede ser que tu padre le considerara un tipo interesante o gracioso, pero que le tuviera calado en sus opiniones políticas. Todo movimiento revolucionario necesita de un mesías o, al menos, de los escribas que se inventen la historia, la narrativa, como se dice ahora, que muchos creerán y defenderán a muerte. Askasibar fue uno de esos profetas.

—Comisario, pareces mi padre hablando. —Alasne se ha vuelto a sentar.

—¿De verdad? Me lo tomo como un halago.

—Ese cabrón de Askasibar... —exclama Alasne, tratando de recordar algo que ayudara a colocarle en el centro de la muerte de su padre, treinta y cinco años antes.

—Estuvo en el funeral de Zigor Altuna, con dos cojones.

—¿En serio?

—Sí, yo creo que se siente tan por encima del bien y del mal, tan intocable, que apareció por el funeral en la Sagrada Familia, en Donosti. No había mucha gente, la verdad. Yo creo que funcionó la filtración de que Altuna era narco y se quedó bastante solo en su funeral.

—Eso, y que tampoco caía muy bien.

—Correcto. No acabó de encajar en la alta sociedad donostiarra. Manda cojones que años antes extorsionara a la mitad de ellos y luego se codeara con ese entorno.

—Tenía un novio, ¿verdad?

—Sí, Omar, un cubano. Le hemos interrogado, pero no hemos sacado mucho. Zigor se debió de imaginar cómo iba a acabar la cosa porque dejó un testamento en el que le donaba un par de cuadros muy caros. Por el momento los tenemos en el depósito judicial hasta que aclaremos su origen. Ese pájaro tenía una gran colección de arte, pero pocos certificados. Yo creo que muchas veces cobraba sus minutas en especie.

—¿Puedes encerrar a Askasibar?

—Sí. Está muy mayor, pero lograremos llevarle a juicio, eso seguro. Creo que la cinta de Josu es bastante determinante, pero además me dijo que Askasibar, y después Altuna, eran las personas que se encontraban detrás del alias de *Karlos*, el número uno de la Organización.

—¿Eran los jefes de jefes?

—Sí. Te ruego discreción, Alasne. Nunca pude demostrar que los verdaderos jefes estaban aquí, entre nosotros, y mis superiores no me creían. Ya hemos analizado el cuerpo de letra de Altuna y coincide al cien por cien con algunos escritos incautados. Estoy esperando los resultados de la comparativa con Askasibar y va a volver a ser positiva, seguro. Es *Karlos*. El que dio la orden contra tu padre.

—¿Y le vas a detener por dirigencia o pertenencia a banda armada?

—Exacto. Por fin le he pillado, Alasne. Han sido muchos años persiguiendo a un fantasma. La conversación grabada entre Etxebeste y Altuna es la bomba.

—*Poeta* y *Beltza*.

—¿Perdón?

—*Poeta* y *Beltza*. Los alias de los secuestradores de mi padre.

—Eso es, Alasne. Veo que sabes casi tanto como yo.

—Me gustaría escucharla. Me hará bien, aunque duela.

—La tendrás, por supuesto.

—¡Solo faltas tú! —suelta Alasne, señalando con su dedo índice al comisario.

—¿Yo?

—Sí. Tú. ¿Qué vas a hacer? ¿Vas a mantener tu acuerdo con Josu, o ahora que está muerto cancelas tu compromiso? —La cara del comisario no mueve ni un músculo.

—Bueno, digamos que es un poco más complicado. Es verdad que ya no tengo la presión de Josu para confesar todo lo que hice, y seguramente ahora mismo estás pensando que soy un cabrón que me voy a echar para atrás.

—Así es...

—Pero, aunque no te lo puedo decir todavía, vas a cambiar de opinión. Va a ocurrir algo que, aunque no te lo pueda decir todavía, dejaría a Josu muy satisfecho. Créeme. A Josu y a mucha gente. Confía en mí, por favor.

—Solo te digo una cosa, Sánchez. Tengo la horrible sensación de que el asesinato de mi *aita* ha provocado otras tres muertes. Eso no me lo quito de encima. Ha sido como volver treinta y cinco años atrás. Asesinatos, funerales, entierros, violencia sin sentido... todo horrible. Yo no quiero volver a vivir en ese mundo. Quisiera hacer público que esas tres muertes cierran un ciclo de violencia iniciado hace tres décadas. Que se sepa. Quiero reivindicar la memoria de Imanol Azkarate. Sus escritos. Su dignidad. Quiero que se sepa quiénes eran sus asesinos. Y quiero que se sepa que se mataron entre ellos mientras discutían si reconocían su primer crimen. Necesito contar que estas muertes son producto de aquella. Que mi padre no mató a nadie y que era un buen hombre, pero que el que decidió su muerte sigue vivo y admirado. Y respetado. Y reconocido. Eso sí que no puede ser. Por ahí no paso. Ese escritor tiene que pagar. Que siga escribiendo sus mentiras si quiere, pero desde la cárcel, que tendrá tiempo.

—Lo vamos a coger, Alasne, tranquila. Lo tenemos todo muy amarrado. Pagará. Por su edad, dudo que vaya mucho tiempo a la cárcel, pero si no se muere antes, se va a comer el juicio. Y le darán la espalda los suyos, ya lo verás, porque en ese mundo sigue habiendo muchas cuentas pendientes entre los señoritos que nunca se mancharon y los machacas que se lo comieron todo. Se va a quedar solo, te lo aseguro. Irán cuatro con una pancarta a la Audiencia y punto. Nada más. El vacío.

—Ya. No te creas que eso me consuela mucho. Creo que lo único que necesito es que reconozca lo que hizo. Quiero mirarle a la cara. Solo mirarle, ¿me entiendes, comisario? No necesito decirle nada. Solo mirarle.

—Te entiendo, claro que te entiendo, Alasne. ¿Sabes?, creo que esa mirada de la que me hablas es la misma con la que me taladró Josu cuando nos vimos. Con solo mirarle a los ojos me acordé de todo lo que le hice. ¡De acuerdo, mató a tu padre, pero entonces yo no lo sabía! Le torturé…, digamos, por si acaso. Como a muchos otros. Lo hicimos al azar.

Alasne se levanta, mira al vehículo en el que Arrieta mata el tiempo mirando su móvil, y antes de despedirse, se cuelga el pequeño bolso negro que se ha traído.

—No me defraudes, comisario. No sé qué vas a hacer, pero haz algo. Que la memoria que permanezca de Josu no sea la de un narco que asesinó a un abogado y a su sicario. No dejes que la Organización, o quien sea que esté detrás de todo esto, vuelva a ganar. Que hagan lo de siempre, manchar la memoria del muerto, decir que era chivato, o yonqui, o narco, o que no pagó, como hicieron con mi padre, o que era un traidor. No lo permitas, Sánchez. Que no vuelvan a ganar. Te lo pido por favor.

—Tranquila, Alasne. Todo va a salir bien. Vamos a pillar a ese cabrón de Askasibar y a limpiar, en la medida que podamos, la memoria de Josu. No podemos ocultar que mató a Imanol, pero sí que le mataron por querer reconocerlo. Y yo… Yo haré lo que tenga que hacer.

Alasne no dice nada más. Ni gracias ni adiós, nada. Observa a Sánchez, que se ha levantado también de la mesa por cortesía y se da la vuelta para dirigirse a su coche.

El comisario la mira alejarse, y no puede evitar que a su memoria vuelva el momento en el que la vio separarse del cadáver de su padre, treinta y cinco años atrás, igual de digna, de enigmática y de fuerte. Y como entonces, vuelve a sentirse en deuda con esa mujer. Necesita hacer algo para mitigar su dolor mudo. Ayudarla a salir por fin de esa perturbación vital que no eligió. Sánchez la observa montarse en su vehículo y bajar la ventanilla en esa noche cálida de finales de septiembre. *Treinta y cinco años me ha costado, Alasne, pero al final lo conseguí*, piensa, sin atisbo de satisfacción, y enfilando ya el vehículo en el que le espera Arrieta apoyado en el capó.

—¿Cómo ha ido? —le pregunta mientras se enciende un cigarro.

—Bien —responde Sánchez—, es una tipa muy dura. Pero creo que no me perdonaría si no hiciéramos lo nuestro.

—¿Cómo procedemos, Iñaki?

—No podemos demostrar que el cabrón de Ugarte mató a Josu. Sería tu palabra contra la de un comisario y, además, no estabas exactamente en el lugar de los hechos.

—Ya...

—Y no quiero que ese hijo de la gran puta te arruine la vida. No somos como él.

—Te lo agradezco, comisario, pero solo por habértelo contado ese cabrón es capaz de pegarme un tiro. Bueno, ya sabemos que es capaz...

—Tranquilo, vamos a pillarle de otra manera. Vas a hablar con ese periodista amigo tuyo y le vas a contar la realidad de lo que ocurrió entre esos tres, sin decirle lo de Ugarte, ¿de acuerdo?

—Pero...

—Espera, tranquilízate. Tenemos que contar que no fue un ajuste de cuentas por drogas, sino el intento de la Organización de callar a un disidente. No, disidente no, que suena feo. De un antiguo miembro dispuesto a reconocer sus crímenes y a resolver un asesinato ya archivado. ¿De acuerdo?

—De acuerdo, pero eso me deja con el culo al aire, y a ti también. Lo sabes.

El comisario se acerca a la guantera del coche y extrae de su interior una caja de cartón. La abre y saca un par de cintas de casete.

—Grabé muchos de nuestros interrogatorios, Arrieta. Era una forma de cuidarme las espaldas. Ya sabes que nunca me fie de los de arriba. ¿Quién es más cabrón, el que hace cabronadas o el que te ordena hacerlas? No contestes, que ya sabes lo que pienso. Era una pregunta retórica. En estas cintas se puede escuchar la voz de Ugarte, la mía y la de algunos otros policías de entonces, incluido ese al que llamamos *Monseñor*, que está en el ministerio de jefazo.

—¡Joder! —Arrieta observa con asombro las viejas cintas de cromo y hierro—. Pero pueden negar que sean ellos, por mucho que hayas escrito sus nombres en la carátula. Pueden decir que no son sus voces, que no las reconocen. Y mi cuello sigue en juego.

—Lo sé, tranquilo —contesta sacando algo más de la caja—. Lo que no pueden negar es esto.

La fotografía es en blanco y negro. En el suelo se puede ver a un hombre desnudo con las manos atadas a la espalda. Parece desmayado o aturdido, con los ojos semicerrados. Arrieta reconoce enseguida a Josu Etxebeste, pero no dice nada. Despacio, empieza a pasar su dedo índice por las caras de los policías que aparecen detrás del cuerpo, agachados, sonrientes, haciendo con sus dedos la señal de victoria, satisfechos de lo que le han hecho. Los dos llevan corbata y sus camisas arremangadas están llenas de salpicaduras. Con toda probabilidad, sangre. Arrieta sigue callado, pero ha identificado plenamente a los dos policías. Son Tomás Ugarte, la persona que ha jurado acabar con él, y el propio comisario Sánchez, treinta y cinco años atrás.

La fotografía es tan perturbadora que deja a Arrieta casi sin saliva. La siguiente es muy parecida. El torturado es otro joven. Está también desnudo, pero en esta ocasión sobre una especie de mesa cuadrada de metal. Al fondo de la fotografía Ignacio Sánchez, *Iñaki*, está fumando un cigarrillo mientras observa lo que va a pasar. En primer plano se ve a Tomás Ugarte, joven, con el pelo peinado de la misma manera que ahora, conectando dos cables pelados que tiene en sus manos y de los que saltan chispas que oscurecen el resto de la escena, pero que iluminan perfectamente su rostro. Sonriente, sádico, cruel. Arrieta se da cuenta de que esas fotografías son su seguro de vida frente a ese hombre que ha sido capaz de asesinar a sangre fría delante de él y de amenazarle. Pero esas fotos también condenan a su jefe, a su mentor, a quien le ha enseñado todo en el oficio de ser policía.

—¿Hay muchas más fotos como esta, comisario?

—Bastantes, Arrieta, bastantes.

—Pero sales tú en casi todas.

—Lo sé, Arrieta. Va a ser un escándalo.

—Entonces ¿vas a hacerlas públicas? ¿Vas a cumplir tu trato con Etxebeste?

—Voy a hacer lo que tengo que hacer y a quitar de en medio a esa escoria de Ugarte. Eres un buen policía, Fernando. Me hubiera gustado ser como tú, pero soy como yo.

Alasne aparca el coche en el camino de grava de la casa familiar, sin entrar en el garaje, y al salir se queda observando el viejo blasón de los Azkarate. Acaba de decidir que es hora de restaurarlo y lucirlo con orgullo. Mira con preocupación la cubierta de nube blanca que llega por detrás del caserío y que acaba de hacer desaparecer al monte Jaizkibel. *Vaya, viene galerna fuerte*. Ha venido llorando todo el trayecto. Desde que terminó su conversación con el comisario. Porque al repasar todo lo que no va a saber, el lugar exacto de la *txabola*, las conversaciones entre su padre y Josu, los enfados con Zigor, si les habló de ella..., entiende que su duelo volverá a quedarse, de alguna forma, abierto. Al menos tiene el consuelo de que el autor intelectual del crimen de su *aita* pagará por ello. Pero se siente lastimada y desvalida. Una condena no le va a aportar nada nuevo. Ella quería los detalles. Esos minúsculos rastros de vida de su padre que solo Josu o Zigor podían entregarle. Todo eso se volverá a quedar en la brumosa comarca de los deseos imposibles.

Pero esta vez no se va a dejar vencer por esos canallas. Ya no. Las primeras rachas de galerna alcanzan su rostro. Cierra los ojos. Quiere sentir ese viento liberador que de vez en cuando barre la costa vasca para eliminar sus impurezas. Se suelta la coleta para que su pelo blanco ondee y flote en el aire. Eso es lo que piensa hacer a partir de ahora. Flotar, sentir, vivir. Porque su padre era un buen hombre que siempre tuvo razón.

Sonriendo, entra en el salón, recupera las botas sucias de barro de Imanol Azkarate, y las vuelve a dejar fuera, en el porche, donde siempre estuvieron. Acompañándola y cuidando de ella.

Aita, *les ganaste*.

Nota del autor

Esta novela, sus personajes y situaciones son producto de mi imaginación. Como periodista he trabajado en el País Vasco y en muchos otros lugares donde la violencia marcó los destinos de sus habitantes. He bajado a todos esos pozos ciegos de la sinrazón. Del odio. Del supuesto derecho a eliminar al de enfrente por su color, su religión, su origen o su ideología. He hablado con asesinos que consideraban su violencia virtuosa, necesaria. He conocido y entrevistado a bestias y a psicópatas, pero también a personas normales a las que el torbellino del fanatismo anuló y suspendió, al menos temporalmente, su humanidad y su ética. He filosofado con dirigentes terroristas que justificaban sus acciones como último recurso ante una supuesta violencia en contra. He dialogado con arrepentidos auténticos y otros no tan auténticos. He mirado a la muerte de frente y, a veces, he temido que esa fuera mi última entrevista.

Pero hay algo que no cambia, que se repite como un patrón inmutable en todos esos lugares arrasados por la violencia. Algo que siempre es igual: la desolación, la indefensión, la tristeza infinita de las víctimas. Su incomprensión del mundo, su dolor, su desesperación, en fin, su duelo. Y hay algo más que también se repite constantemente, en Euskadi, en Gaza, en las selvas de Colombia, en Irlanda del Norte, en Irak o en Afganistán, en Ruanda o en Somalia: unos pocos, unos cuantos «elegidos», profetas del odio, profesionales de la manipulación, curiosamente siempre profesores, escritores, filósofos o periodistas, convencen a otros muchos de la necesidad de hacer sacrificios humanos por la Causa. De la necesidad de matar a otros por ella o que ellos mismos mueran. Esa idea terrible de que solo con sangre se gana. Siempre es igual...

Agradecimientos

Gracias a mis hermanos Txomin y Nekane, sin ellos no soy; a Lorena, por Ser y estar; a Federico, mi primer y crítico lector; a Luis, Cris y Manolo por tantos ratos; a Iñaki Olazabal, por llevar toda la vida; a Gorka, por apuntalar mi geografía; a mis socios de Zoko, Javi, Peter y Mikel, por empujarme; a mi gente de Irún, por anclarme; a Vicente, el sacerdote más heavy que conozco; a mis amigos Buenos y a los Malvados; a los que sumaron y a los que restaron; a los que me dieron luz y a los que me oscurecieron, entre todos me hicieron y de todos aprendí; a Belén Bermejo, porque le hubiera encantado verme escribir; y sobre todo a mi editor, Alberto Marcos, por su paciencia, y en especial a mi amigo (y también mi editor, sí, pero sobre todo amigo), David Trías, por haber esperado tanto.